Eve Edwards

Die Sehnsuchtsvolle

Eve Edwards studierte in Cambridge und promovierte in Oxford. Nach ihrer Promotion unterrichtete sie englische Literaturgeschichte an der Universität und arbeitete als Diplomatin und für die Hilfsorganisation Oxfam. Heute lebt Eve Edwards als freie Autorin mit ihrem Mann und ihren drei Kindern in Oxford.

FSC
www.fsc.org
MIX
Papier aus verantwortungsvollen Quellen
FSC® C023842

Die Originalausgabe erschien unter dem Titel
»The Other Countess«
First published 2010 by Razorbill, Penguin Group
Aus dem Englischen von Anne Braun
Einband von Hauptmann&Kompanie unter Verwendung
eines Fotos von Trevillion Images
Druck und Bindung: Bercker Graphischer Betrieb, Kevelaer
Printed 2012
ISBN 978-3-7817-0510-4

www.klopp-buecher.de

Eve Edwards

die Sehnsuchtsvolle

Aus dem Englischen
von Anne Braun

Klopp

Für Alex Reid:
Danke für all die Abende im Phoenix

Prolog

1578

Als Ellie den jungen William Lacey zum ersten Mal sah, fand sie ihn erschreckend. Wie ein Engel mit goldenen Haaren, der aus unerfindlichen Gründen unter die Sterblichen gefallen war, stand der neue Earl vor Wut schnaubend neben seiner verwitweten Mutter in der Eingangshalle des heruntergekommenen Herrenhauses. Mit seinen vierzehn Jahren gehörte er nun zu den jüngsten und bedeutendsten Adligen Englands und war keineswegs gewillt, Ellies Vater, den Alchimisten, anzuhören, der ihm und seiner Mutter sein herzliches Beileid zum kürzlich erlittenen Verlust aussprechen wollte.

Ellie begriff, dass der junge Earl ihren Vater, Sir Arthur Hutton, verabscheute … und alle, die mit ihm zu tun hatten – zu denen unglücklicherweise auch sie selbst gehörte.

Der Earl hätte sich vielleicht sogar beherrscht, wenn ihr Vater es bei einigen Worten des Mitgefühls belassen hätte; doch zu Ellies Bestürzung fügte Sir Arthur leichtsinnigerweise hinzu, dass er auch weiterhin mit der Unterstützung durch die gräfliche Familie rechnete.

Ellie hielt vor Schreck die Luft an; ihr war, als müsste sie ohnmächtig dabei zuschauen, wie jemand unbedachterweise einen

Schritt über eine Klippe machte. Warum hielt ihr lieber, aber weltfremder Vater nicht endlich den Mund? Mit jedem Wort seines Geschwafels schaufelte er nur sein eigenes Grab.

Der neue Earl von Dorset klopfte ungeduldig mit dem Fuß auf den Boden, die Fäuste in die Hüften gestützt. Zwischen seinen Augenbrauen hatten sich zwei Furchen gebildet. Hätte er Flügel gehabt wie der Erzengel Michael am Tag des Jüngsten Gerichts auf dem Wandteppich in der Kirche, hätte er sicher voller Zorn damit geschlagen. Obwohl William Lacey nur zwei Jahre älter war als Ellie, verkörperte er in ihren Augen die ganze finstere Autorität, die seine Position ihm verlieh – ein Junge, der über Nacht zu einem Erwachsenen geworden war und dessen Ecken und Kanten noch nicht abgeschliffen waren.

Oh, madre de Dios, *Vater, hört bitte auf!*, flehte Ellie innerlich und grub die Finger in den schäbigen Wollstoff ihres grauen Rockes.

»... und wie Ihr zweifellos wisst, Mylord, sind wir Alchimisten davon überzeugt, dass es nicht mehr lange dauern wird, bis wir dem Geheimnis auf die Spur kommen, wie man gewöhnliches Blei in Gold verwandeln kann.« Sir Arthur fuchtelte aufgeregt mit den Armen; sein Ärmel glitt zurück, und man sah, dass seine Finger und sein Unterarm infolge seiner Experimente am Schmelztiegel mit Narben übersät waren. »Es bedarf höchstens noch einiger Jahre harter Arbeit, dann haben wir der Natur ihre Geheimnisse entlockt, davon bin ich felsenfest überzeugt. Euer verehrter Vater, Gott hab ihn selig, hat es gewusst – und sich ebenfalls diesem Ziel verschrieben. Er –«

Der junge Earl hob die Hand, um Sir Arthurs Redefluss zu unterbrechen. Der Alchimist blinzelte verdutzt, wie eine aus dem

Schlaf gerissene Eule. Ellie versteckte sich hinter der langen schwarzen Robe ihres Vaters, voller Angst, dass der Earl gleich Blitz und Donner entfesseln würde – oder zumindest ihren Vater und sie aus seiner Grafschaft verbannen würde.

»Mir ist bekannt, Sir«, sagte der Earl, »dass mein *verehrter* Vater für Männer Eures Metiers stets ein offenes Ohr und eine offene Tür hatte.«

Sir Arthur lächelte zufrieden. »Er war in der Tat höchst großzügig –«

»So großzügig, dass er das gesamte Vermögen seiner Familie in dieses fruchtlose Streben gesteckt hat!« Der Earl spuckte diese Worte förmlich aus, so, als wären sie eine Beleidigung. »Wenn ihr Alchimisten so kurz davorsteht, unedle Metalle in Gold zu verwandeln, wo ist dann, bitte schön, *mein* Gold? Was habt Ihr Blutsauger mit dem Gold gemacht, das auf meinen Feldern und von meinen Untergebenen erwirtschaftet wurde?«

Ellie schnappte empört nach Luft. Ihr Vater war kein Blutsauger! Er glaubte mit ganzem Herzen an seine Suche nach Gold; für sich selbst gab er kaum Geld aus; alles, was er hatte, und alles, was ihm gegeben wurde, steckte er in seine Forschungen. Und er würde irgendwann Erfolg haben – das hatte er ihr versprochen. Alles, was er brauchte, waren Menschen, die an ihn glaubten. Ellie bohrte die Spitze ihres schäbigen Schuhwerks in den Steinfußboden, aus Angst, von ihren Gefühlen überwältigt zu werden und ihren Vater in Schutz zu nehmen. Doch das hätte alles nur noch schlimmer gemacht.

»Die Familie Lacey hat kein Geld mehr, das sie zum Fenster hinauswerfen könnte.« Der Earl winkte einen Diener herbei, der abseits gestanden hatte. Ellie begriff, dass er die Absicht hatte, sie aus dem Haus zu werfen. »Ihr könnt den anderen *Gelehrten* mitteilen, dass sich Alchimisten in Lacey Hall fortan besser nicht mehr blicken lassen sollten – es sei denn, sie legen es darauf an, von meinen Jagdhunden vertrieben zu werden.«

»Will, bitte!« Beschwichtigend legte die verwitwete Gräfin ihrem Sohn eine Hand auf den Arm. Er zitterte vor Zorn und ballte immer wieder die Fäuste, während er versuchte, sein Temperament im Zaum zu halten. »Sir Arthur ist mit seiner Tochter da«, sagte die Gräfin besänftigend.

Der junge Earl holte tief Luft und mäßigte sich. Er rang sich sogar ein Lächeln ab. »Verzeiht, Madam«, sagte er zu seiner Mutter. »Ich hatte nicht die Absicht, derartige Schritte gegen den Mann zu unternehmen, es sei denn, er wäre so töricht, noch einmal herzukommen.« Da erst fiel sein Blick auf Ellie, die halb versteckt hinter ihrem Vater stand: ein etwa zwölfjähriges Mädchen mit langen schwarzen Locken, die unter ihrer Haube hervorlugten.

Ellie war bewusst, dass sie für ein Mädchen ihres Standes wahrlich keine Zierde war; doch für ihren Vater waren Dinge wie Kleidung nebensächlich, und dass sie mal ein neues Haarband bekommen hatte, war auch schon lange her.

»Mistress Hutton braucht sich nicht zu fürchten; mein Zorn richtet sich nicht gegen sie.« Der junge Earl griff beruhigend nach der Hand seiner Mutter, um ihr zu verstehen zu geben, dass er sich beherrschen würde.

»Dann sollten wir Sir Arthur und seiner Tochter vielleicht noch etwas zu essen anbieten, bevor Turville …«, die Gräfin nickte in Richtung des Bediensteten, »sie hinausführt?«

»Ja, das wäre das Beste. Verzeiht, Mutter, aber ich muss dringend an die frische Luft. Vom Gestank der Alchimie wird mir immer übel. Guten Tag!« William Lacey gab dem wartenden Turville mit einer unwirschen Handbewegung zu verstehen, dass das Problem mit dem unerwünschten Besucher nun bei ihm lag, ehe er ins Freie trat und seine Hunde mit einem Pfiff zu sich rief. Eine Meute mit weiß-braunem Fell und wedelnden Schwänzen schoss hinter Ellie aus einer Tür und rannte sie fast über den Haufen. Erschrocken klammerte sie sich an den Arm ihres Vaters, für den Fall, dass der Graf eventuell nicht Wort halten würde, doch da waren seine Hunde bereits an ihr vorbeigerannt.

Als sie wieder aufblickte, war die Gräfin verschwunden, und nur Turville stand noch da, ein muskulöser, großer Mann mit schütterem kupferrotem Haar, dem man sein aufbrausendes Wesen ansah. Zornig funkelte er die ungebetenen Gäste an.

»Raus!«, sagte er und wies mit dem Daumen zur Tür.

»Aber –«, stieß Sir Arthur hervor, der noch nicht begreifen konnte, dass seine Hoffnung auf eine weitere Anstellung zunichtegemacht worden war.

»Ich bin nicht so weichherzig wie *sie*.« Turville deutete auf die Reihen der Familienporträts an den Wänden. »Gesindel wie Ihr hat schon genug Unheil angerichtet. Von mir kriegt Ihr nichts zu essen. Seht zu, dass Ihr vom Land der Laceys verschwindet! Und nehmt Euer Bettlerbalg mit!«

Als seine Tochter beleidigt wurde, erwachte Sir Arthur aus seiner Benommenheit. »Genug, Ihr … Knappe! So dürft Ihr nicht von ihr sprechen! Sie ist eine Komtess: Lady Eleanor Rodriguez de San Jaime …«

Turville schnaubte. »Klar, und ich bin der König von Spanien! Verschwindet endlich, oder ich jage euch beide mit Fußtritten von hier bis runter nach Cadiz!«

Ellie zupfte ihren Vater am Ärmel. »Kommt, Vater, wir gehen!«

Arthur jedoch war nicht bereit, die Ehre seiner Tochter in den Schmutz ziehen zu lassen. Dank ihrer verstorbenen Mutter, der jüngsten Tochter eines unbedeutenden spanischen Adligen, besaß Ellie in der Tat mehrere zungenbrecherische Adelstitel, doch was nützte ihr das, als sie nun in geflickter Kleidung in der Eingangshalle eines englischen Earls stand? Ihr Vater, einst ein wohlhabender, geachteter Diplomat in Madrid, war nach seiner Rückkehr nach England immer mehr verarmt – blind für alles außer seiner Suche nach einer Formel zur Herstellung von Gold.

Die Verantwortung für die praktischen Dinge des Alltags hatte Ellie seit dem Tod ihrer Mutter getragen, und nun dachte sie mit Schrecken daran, dass ihr Vater und sie noch immer nichts zu essen und keine Unterkunft für diese Nacht hatten.

»Bitte«, flehte sie ihren Vater erneut an und zupfte ihn am Ärmel. »*Por favor, mi padre!*«

Erst jetzt hörte Arthur die Verzweiflung in ihrer Stimme, und er strich ihr geistesabwesend über den Kopf.

»Wir sind nicht auf Almosen dieser Leute angewiesen, nicht wahr, Ellie?«, sagte er zärtlich und schulterte sein Bündel. »Die Straße des Wissens ist voller Ranken und Dornen, die uns stechen, um uns zu noch größeren Anstrengungen anzutreiben.«

Oder die uns verletzen und bluten lassen, dachte Ellie bedrückt und griff nach ihrem eigenen Bündel.

»Ich sage nicht Lebewohl«, sagte Sir Arthur sehr ernst zu Turville. »Ihr habt keine Höflichkeit verdient.« Nach einer schwungvollen Drehung, bei der sich sein Umhang bauschte, stolzierte er zur offenen Tür hinaus, majestätisch wie ein König, der sich bei Hof zurückzieht.

Ellie warf einen letzten Blick durch die einst vornehme Eingangshalle und bedauerte, dass sie nicht hier nächtigen konnten, auch wenn das Dach von Lacey Hall sicher an manchen Stellen undicht war. Sie bezweifelte, dass sie jemals hierher zurückkehren würden.

»Fort mit dir, kleine Spanierin«, rief Turville, der sie argwöhnisch beäugte. »Oder muss ich dir meine Hunde auf den Hals hetzen?«

Ellie warf den Kopf in den Nacken, denn ihr Stolz verbot ihr, ihre Angst zu zeigen. »*Malvado!* Euer Herr sagte, Ihr dürft es nicht tun – und außerdem, Sir, hat er die Hunde alle mitgenommen!« Sie war drauf und dran, ihm auch noch die Zunge herauszustrecken.

»Nicht meinen Barty, den nicht.« Turville schnipste mit den Fingern, und prompt erhob sich, wie ein Gespenst, ein Irischer Wolfshund aus dem Halbdunkel neben dem Kamin. Fast so groß wie Ellie, wandte er ihr seine graue, schnurrbärtige Schnauze zu, und ein Speichelfaden tropfte auf den Fußboden. Der Diener sah mit Freude, dass das Mädchen blass wurde. »Und außerdem ist mein Herr nicht hier, um zu sehen, was ich tue.«

Ellie sah zu, dass sie wegkam.

1. Kapitel

1582

»Es ist kein Geld mehr da«, verkündete die Gräfin, während sie resigniert die Geschäftsbücher der Familie durchsah. »Die Ernteerträge sind dieses Jahr nicht so hoch wie sonst und unsere eigenen Reserven so gut wie aufgebraucht.«

Will starrte aus dem Fenster, durch dessen winzige Glasscheiben die Zweige der Bäume verzerrt wiedergegeben wurden. Schnee bedeckte das ganze Land. Rotwild lief durch den Park, unbehelligt von Jägern an diesem Tag. Doch in absehbarer Zukunft war Geld seine Hauptsorge, nicht Fleisch.

»Was können wir tun, Mutter? Müssen wir James und Tobias nach Hause holen?«

Die Gräfin rieb sich den Nasenrücken und spürte, dass sie Kopfschmerzen bekam. Ihr jüngster Sohn lebte bei einer anderen adligen Familie und teilte einen Hauslehrer mit deren Sprössling, doch nun war sein Schuldgeld fällig. Und aus Cambridge schickte James gesalzene Rechnungen.

»Und dann müssen wir auch an Sarahs Zukunft denken.« Mit einem Fingernagel ritzte Will seine Initialen in die Eisschicht auf einer der Scheiben. »Catherine ist zum Glück gut vermählt, aber wir schulden Huntsford noch immer einen Teil ihrer Mitgift. Er sagte zwar, wir könnten uns Zeit lassen, aber es wäre eine Schande für unsere Familie, wenn wir den Rest nicht aufbrächten. Er ist ein guter Freund – und es wäre schlichtweg peinlich.«

Will drehte sich um und blickte auf das Porträt seines Vaters, das im Arbeitszimmer über dem Kamin hing. *Ihr seid an allem schuld, Vater,* dachte er. *Wenn Ihr Eurem Landgut und Eurer Familie mehr Aufmerksamkeit geschenkt hättet, stünde uns jetzt nicht das Wasser bis zum Hals!*

Alle Welt erwartete von ihm, mühelos in die Fußstapfen des alten Earls zu treten, doch nicht selten fühlte sich Will wie der Titan Atlas, der unter der Bürde seiner Verpflichtungen fast zusammenbrach. Der Titel ›Earl von Dorset‹ klang großartig; doch Will wusste nicht, wie er ihm gerecht werden sollte. Er versuchte zwar, den vornehmen Schein aufrechtzuerhalten, strauchelte aber immer wieder unter der Last und hatte alle Mühe, nicht den Halt zu verlieren. Er wusste, dass er dieser Aufgabe nicht gewachsen war, doch er musste so tun als ob, da so viele Menschen von ihm abhängig waren. Der hochtrabende Titel Earl von Dorset war ihm verhasst, und er hätte ihn zu gern abgelegt, so wie eine Schlange ihre alte Haut abstreift.

Erging es Euch ähnlich, Vater?, fragte er das Porträt. *Habt Ihr Euch deshalb meistens in Eurem Labor verschanzt und alles andere schleifen lassen?*

»Tja, mein lieber Sohn«, fuhr die Gräfin nun fort und schob das Hauptbuch zur Seite, »uns bleibt nur eine einzige Möglichkeit. Du musst an den Hof der Königin gehen und zusehen, dass wir wieder zu Vermögen kommen. Entweder du gewinnst die Gunst der Königin, oder du heiratest eine ungewöhnlich reiche junge Frau.«

Amüsiert zog Will eine Augenbraue hoch. »Ach, weiter nichts?«

»Herrje, das klang vielleicht etwas zu geschäftsmäßig, nicht wahr?«, räumte die Gräfin ein. »Ich wollte vorschlagen, dass du unserer geliebten Herrscherin deine Aufwartung machst und gleichzeitig versuchst, das Herz einer ehrenwerten jungen Dame zu gewinnen ...«

»Ich weiß, wie Ihr es gemeint habt, Mutter.« Will lehnte sich an den Fensterflügel, verschränkte Arme und Füße und versuchte, nicht darauf zu achten, dass seine Hose an einem Knie geflickt war. »Aber ich fürchte, dass ich nicht in einem Aufzug dort auftreten sollte, der nur Schande über die Familie bringt.« Er deutete auf sein altmodisches Samtwams, das er von seinem Vater geerbt hatte. »Nicht gerade der letzte Schrei, oder?«

Seine Mutter lächelte voller Stolz. »Mein Lieber, gewisse Mängel in Sachen Kleidung machst du mit deiner Ausstrahlung mehr als wett, obschon *ich* es bin, die das sagt.«

»Aha, und seit wann sind Mütter unvoreingenommen?«

»Du hast ja recht.« Sie erhob sich und ging zu der eisenbeschlagenen Truhe an der Wand. Dann nahm sie einen Schlüssel von der Kette um ihre Taille, schloss die Truhe auf, öffnete den Deckel und holte einen Satinbeutel heraus.

Will schwante, was sie vorhatte, und er hob abwehrend die Hand. »Nein, Mutter, das könnt Ihr nicht tun!«

»Und ob! Mein Rubingeschmeide war Teil *meiner* Mitgift. Es dürfte mindestens tausend Pfund einbringen – genug, um Englands bestaussehenden jungen Lord mit angemessener Kleidung und Personal für einen Aufenthalt bei Hof auszustatten.«

Will sah sie traurig an. »Aber wenn Ihr es verkauft, dann besitzen wir buchstäblich nichts mehr, Mutter. Ich dachte, Ihr wolltet es Sarah schenken, wenn sie mal heiratet.«

»Das hatte ich auch vor, aber was nützen uns meine Rubine, wenn wir nur ihre Schönheit bewundern können und dafür diesen Winter Hunger leiden und unser Haus zu einer Ruine verfällt?«

Will trat zu ihr und nahm die Juwelen entgegen. Er beugte sich hinunter und küsste sie auf die Stirn.

»Eine Mutter wie Euch habe ich gar nicht verdient!«

Sie stieß ihm spielerisch in die Rippen. »Stimmt, hast du nicht, du Bengel. Aber jetzt geh, verkauf den Schmuck, und umwirb ein hübsches, vermögendes Mädchen – eine junge Frau, die auch noch nett ist, sodass ich ihr nicht den Hals umdrehen möchte, kaum dass ich eine Woche mit ihr unter demselben Dach lebe!«

»Ich werde mein Bestes tun, Mutter«, versprach Will. »Ich werde uns aus dieser Notlage herausholen, glaubt mir!«

Ein besonders übles Schimpfwort riss Ellie aus ihrer Konzentration. Ein zweites, wesentlich milderes, entschlüpfte ihr selbst, weil der Begriff, nach dem sie gesucht hatte, davonschwirrte. Ellie hob den Kopf und blickte aus dem Fenster ihrer Kammer, die recht abgelegen in einem düsteren Winkel von Windsor Castle lag. Unten auf dem Hof bauten Zimmerleute die Schranken für das königliche Turnier auf, das – nach der feierlichen Verleihung des Hosenbandordens an ihre getreuesten Gefolgsleute – der Höhepunkt der Feierlichkeiten zu Ehren des heiligen Georg sein würde. Lautes Sägen, Hämmern und Fluchen erfüllten die Luft, sodass Ellie sich kaum auf ihr Manuskript konzentrieren konnte: eine Übersetzung, um die ihr Vater sie gebeten hatte. Nachdenklich kaute sie auf dem Ende ihres Federkiels herum, als plötzlich einer der Arbeiter sich sein Hemd über den Kopf zog und einen Oberkörper entblößte, um den ihn jeder griechische Gott beneidet hätte.

»Nicht abschweifen, Ellie!«, tadelte sie sich, schielte aber dennoch ein zweites Mal verstohlen zu dem jungen Mann.

Seit Tagen schon waren die Vorbereitungen in vollem Gange. Die Königin und ihr Gefolge würden noch diese Woche eintreffen, und das bedeutete Hunderte von zusätzlichen Personen, die sich im Palast zusammendrängen würden. Von den jungen Edelmännern wurde erwartet, dass sie ihre Ritterlichkeit unter Beweis stellten; von den jungen Mädchen, dass sie ihre Freier mit ihrer Schönheit und prachtvollen Gewändern betörten. Jugendlichkeit wurde großgeschrieben am Hof der nicht mehr jungen Monarchin. Elisabeths früherer Günstling, der Earl von Leicester, hatte die unverzeihliche Dreistigkeit besessen, sich zu vermählen; und dass seine Position nun frei geworden war, lockte die jungen Adligen des Landes in Scharen an den Hof, wie ein Honigtopf Bienen anzog.

Ellie gähnte und rieb sich den Nasenrücken, ohne zu merken, dass sie ihre Wange mit Tinte beschmierte. Wie langweilig das alles war, wenn man nicht an der allgemeinen Aufregung teilnahm! Um zum elitären Kreis des höfischen Nachwuchses zu gehören, musste man reich sein oder zumindest so tun und zudem aus einer einflussreichen Familie stammen. Als Tochter eines Gelehrten und mit ihren dubiosen spanischen Wurzeln war sie selbst nicht Fisch, nicht Fleisch. Sie gehörte weder in die Küche noch in den Ballsaal, sondern war irgendwo dazwischen.

Ellie biss in ihr Weizenbrötchen und klopfte die Krumen ab, damit sie nicht auf das Blatt fielen, das sie gerade so sorgfältig beschrieb. Sie war stolz auf ihre schöne Handschrift – nur sehr wenige Frauen konnten flüssig lesen, von Schreiben ganz zu schweigen. Die Königin beherrschte natürlich beides, was Ellie sehr bewunderte. Doch auch sie besaß die Fertigkeit, einen Text in drei verschiedene Sprachen zu übersetzen, obwohl sie eigentlich noch nicht ausgelernt hatte. Ellies Mutter, Lady Marta Rodriguez, Condesa de San Jaime, war eine angesehene Poetin am spanischen Hof gewesen – wo sie die Aufmerksamkeit von Sir Arthur Hutton erregt und sich wenig später mit ihm vermählt hatte. Ihr Vater hoffte, die Königin mit seiner gebildeten Tochter zu beeindrucken, sodass er selbst mit seinen eigenen Bestrebungen ein offenes Ohr bei ihr finden würde. Er drängte Ellie, ihre Übersetzung einer Arbeit seines Lieblingsalchimisten Paracelsus schnell abzuschließen, möglichst noch vor der Ankunft des Hofstaates, um sie der Königin überreichen zu können. Ellie fand es sehr ermüdend, die ausschweifenden Abhandlungen des alten Schweizers zu übersetzen – und sie hatte noch fünf Seiten vor sich. Noch schlimmer war, dass sie das dumpfe Gefühl hatte, dass die Königin längst nicht so begeistert sein würde, wie ihr Vater es sich erhoffte. Die Königin verschenkte ihre Gunst aus genau kalkulierten politischen Gründen, nicht, weil ihr Herz überfloss.

»Diesen Paracelsus soll die Pest holen«, murrte Ellie und griff erneut zur Feder. »Möge seine Schreibfeder vertrocknen.« Nachdem sie mit dieser abgemilderten Verwünschung etwas Dampf abgelassen hatte, setzte sie ihre Arbeit fort.

Gegen Mittag kam die Magd, um die Kammer aufzuräumen, die Ellie mit drei anderen Mädchen aus Lord Mountjoys Gefolge teilte. Ellie beschloss, einen Spaziergang zu machen und sich im Schlossgarten umzusehen, um wieder einen klaren Kopf zu bekommen. Sie legte ihre Arbeit in die kleine Truhe, die am Kopf ihres Bettes stand, schloss sie ab und huschte dann leichtfüßig die Treppe hinunter. Sollte sie vielleicht unten im Hof an den Turnierschranken vorbeigehen? Warum auch nicht? Die Sonne stieg höher, und da gab es inzwischen sicher noch den einen oder anderen männlichen Oberkörper mehr zu bestaunen – natürlich aus rein ästhetischen Gründen. Als gebildeter Mensch durfte man sich am Anblick eines gesunden Prachtexemplars der göttlichen Schöpfung durchaus ergötzen, sagte sie sich.

Mit einem Lächeln auf den Lippen hüpfte Ellie die letzten Stufen hinunter in den Sonnenschein und merkte plötzlich, dass sie vor sich hin summte – Takte des Lieblingslieds ihrer Mutter. Nach dem stundenlangen Sitzen in der kleinen kalten Kammer war es herrlich, sich endlich wieder lebendig zu fühlen. War das Leben nicht schön? Endlich war das Glück einmal auf ihrer Seite: Sie war jung, hatte in den letzten Monaten genügend zu essen bekommen und besaß sogar ein neues Gewand, das abgelegte Kleid einer Edeldame. Das alles verdankte sie Lord Mountjoy, dem neuen Förderer ihres Vaters, der dessen Leidenschaft für die Alchimie teilte.

Aber lange Zeit war alles ganz anders gewesen! Seit damals, als ihr Vater und sie buchstäblich aus Lacey Hall hinausgeworfen worden waren, hatten sie ein trostloses Leben geführt. Sie hatten bei einem seiner Kollegen in Northampton Unterschlupf gefunden, von dessen Mildtätigkeit gelebt und der einen oder anderen Hauslehrerstelle, die er Sir Arthur vermitteln konnte. Das hatte aber nur so lange gedauert, bis besagter Kollege ein Auge auf die heranwachsende Ellie warf. Sie hatte mehrere Monate lang in der Angst gelebt, ihr Vater könne sie mit seinem Freund vermählen wollen – zum Dank für die jahrelange Gastfreundschaft. Doch mit dieser Bedrohung war es zum Glück vorbei, als sich Sir Arthur und sein Kollege über die Frage zerstritten, welcher Katalysator sich am besten für die Umwandlung unechter Metalle eignete. Als Folge davon wurden Ellie und ihr Vater mitten in der Nacht aus dem Haus gejagt. Der Kollege ihres Vaters warf ihnen noch ihre Habseligkeiten nach und die Bemerkung: »Eine Schwefelmischung natürlich, Ihr Narr!«

Nach diesen Worten fiel die Tür ins Schloss – und Ellie brauchte sich nicht mehr vor einer möglichen Vermählung zu fürchten.

Schwefel sei Dank, er hat mich gerettet, dachte Ellie schmunzelnd, als sie nun über den von Eibenhecken gesäumten Weg schlenderte und bei jeder Lücke nach den Männern an den Turnierschranken spähte.

Es war gewiss kein Paradies gewesen, das sie in Northampton hinter sich gelassen hatten, doch die darauffolgenden Monate der Wanderschaft spotteten jeder Beschreibung. Damals hatte sich das Leben von Ellie und ihrem Vater kaum von dem von Bettlern unterschieden, bis Lord Mountjoy sie schließlich aufnahm. Aber die leidvolle Erfahrung hatte Spuren in Ellie hinterlassen. Ihr kindliches Vertrauen in ihren Vater war zusehends geschrumpft und schließlich ganz erloschen; geblieben war nur die äußere Hülle einer pflichtbewussten Kameradschaft. Ihr Vater würde niemals Gold herstellen können: Das hatte Ellie inzwischen begriffen. Sie konnte nur hoffen, dass er irgendwann aufwachte und von seinem Irrglauben abließ, ehe es zu spät war.

Ellie schlug die Richtung zum Kräutergarten ein, denn die vielen Gerüche waren sicher eine angenehme Abwechslung zur stickigen Enge ihrer Kammer. In Lord Mountjoys Gemächern hatte sie akkurate Zeichnungen von Pflanzen gesehen; vielleicht gab es in den sicher gut bestückten Beeten der Königin noch ein paar neue Pflanzen zu entdecken? Einer von Ellies Träumen war, eines Tages ein eigenes Stück Land zu besitzen, um darauf unterschiedliche Heil-

und Küchenkräuter anzubauen. Das englische Essen schmeckte nie so gut wie die Mahlzeiten ihrer Mutter früher, die nach spanischen Rezepten gekocht hatte. Ellie zerbröselte ein Rosmarinblatt zwischen den Fingern und saugte den würzigen Duft in sich auf.

Ein Knirschen auf dem Weg sagte ihr, dass sie nicht allein in diesem Teil des Gartens war. Sie drehte den Kopf und sah drei junge Männer, eindeutig Adlige, die mit großen Schritten aus Richtung der Ställe kamen und in ein Gespräch vertieft waren. Sie waren Brüder oder Vettern, wie Ellie dachte, weil sie sich sehr ähnlich sahen. Ellie beschleunigte ihre Schritte. Falls die Jungen ein politisches Streitgespräch führten, war es besser, nichts zu hören. Solche Dinge waren gefährlich und bisweilen tödlich. Doch mit ihren wesentlich kürzeren Beinen konnte sie den drei jungen Riesen, die auf sie zukamen, natürlich nicht entkommen. Deshalb beschloss sie schnell, den von Eibenhecken gesäumten Hauptweg zu verlassen und sich auf einen Nebenpfad zu flüchten. Dort würde sie sich in eine Laube setzen und warten, bis die drei vorbeigegangen waren. Das Stofftuch, das sie stets bei sich trug, um sich bei Gelegenheiten wie dieser mit Sticken die Zeit zu vertreiben, bot eine gute Ausrede, wenn man irgendwo saß.

»Mann, Will, sosehr ich dich mag: Ich gehöre trotzdem nicht gern zu deinem Gefolge«, sagte der Größte der drei und zupfte unwillig an seiner Halskrause herum. Er war ein stattlicher junger Mann mit dichten, schulterlangen Haaren und militärischen Schritten. »Wie lange, denkst du, wird dieser Mummenschanz nötig sein?«

Ellie erschrak. Den jungen Mann mit den goldenen Locken, der offenbar Will hieß, kannte sie: Er hatte sie und ihren Vater vor vier Jahren aus seinem Haus geworfen! Hatte sie ihn etwa heraufbeschworen, weil sie vorhin an Lacey Hall gedacht hatte? Verbissen drückte sie die Nadel in den Stoff und zog den Faden mit einem Ruck heraus, während sie vor Scham am liebsten im Boden versunken wäre.

»Tut mir leid, Jamie, aber ich brauche ein Gefolge. Wie könnte ich Ihrer Majestät mit weniger Mann als ein unbedeutender Baron unter die Augen treten?« Die Stimme des Earls von Dorset klang im Vergleich zu früher tiefer; der jetzt Achtzehnjährige hatte nichts Jungenhaftes mehr.

Der Größere seiner beiden Begleiter schnaubte. »Echt schwachsinnig das Ganze, wenn du mich fragst.«

»Kann sein, aber uns bleibt keine andere Wahl.«

Von ihrer nüchternen Unterhaltung gelangweilt, sprang der Jüngste der drei, dunkelhaarig wie der Größte, in die Höhe und riss ihm die Kappe vom Kopf. Ellie schätzte ihn auf dreizehn oder vierzehn, schlaksig und hochgeschossen wie eine Bohnenstange und noch ohne den muskulösen Körperbau seiner großen Brüder. »Hör auf zu maulen, Jamie! Du klingst wie ein langweiliger alter Sack. Freu dich lieber aufs Turnier – ist bestimmt spannender als dein langweiliges Leben in Cambridge!« Er warf die Kappe im hohen Bogen durch die Luft, und sie landete oben auf der Hecke. Mit johlendem Gelächter rannte er ihr nach und riss sie mit einem Satz wieder herunter, um das Spielchen zu wiederholen.

»Kindskopf!«, brummte James und rief dann laut: »Tobias, bring sie zurück!«

»Fang mich doch, wenn du kannst!« Der Junge rannte davon, die Kappe in der Hand.

»Verdammt, zerdrück sie nicht!« James setzte ihm nach. »Ich schlag dich windelweich, du missratener kleiner Teufelsbraten!«

»Das möchte ich sehen!«, rief Tobias nach hinten, lachte und verschwand hinter der erstbesten Ecke.

»Diebische Elster!« James legte an Geschwindigkeit zu, um seine Kappe zurückzuerobern.

Will schüttelte den Kopf und bückte sich, um eine Feder aufzuheben, die im Gerangel von der Kopfbedeckung seines Bruder gefallen war. Erst da merkte er, dass sie beobachtet worden waren. Er machte eine Verbeugung.

»Guten Tag, Mistress.«

Ellie erhob sich und machte einen Knicks. »Mylord.« Sie strich ihren schlichten grünen Rock glatt und freute sich, dass sie in ihm so gut aussah, dass sich sogar ein Lord vor ihr verbeugte.

Er blickte den davonrennenden Laceys nach. »Meine Brüder.« Das schien ihm Erklärung genug zu sein.

»Das sah ich.« Sie blickte angestrengt auf ihr Sticktuch und dankte dem Himmel, dass der junge Earl sie offenbar nicht erkannt hatte. Aber warum ging er nicht endlich weiter?

Er steckte die Feder in ein Knopfloch seines Wamses. »Störe ich bei Eurem Tun?«

»Oh, es ist nichts von Bedeutung.« Verlegen ließ sie den Lappen hinter ihrem Rücken verschwinden.

Ihre ablehnende Haltung schien sein Interesse eher zu wecken als zu dämpfen. »Darf ich es sehen?«

Widerwillig zeigte sie ihre Näharbeit vor, die äußerst schäbig aussah. Und der letzte scharlachrote Stich vorhin hatte sie ganz und gar nicht schöner gemacht.

»Ein Stickmustertuch?«

»Jawohl, Mylord.«

Er nahm es ihr aus den Händen und strich es glatt. »Oje, es ist etwas fleckig in dieser Ecke hier.« Er hob den Blick und schaute ihr ins Gesicht. »Genau wie die fleißige Näherin.« Behutsam berührte er ihre Wange.

Konnte es eine peinlichere Situation geben, als ausgerechnet vom Earl von Dorset mit einem Tintenfleck im Gesicht ertappt zu werden? Verlegen hielt Ellie sich die Hand an die Wange, um ihn zu verbergen.

»Moment, lasst mich machen.« Er zog ein Leinentüchlein aus der Tasche und tunkte einen Zipfel in den Springbrunnen, der neben der Laube plätscherte. Ohne den Blick von ihren Augen abzuwenden, beugte er sich vor und rieb über den Tintenklecks. »So, jetzt ist er weg.«

Ellie vergaß zu atmen. Er stand so dicht vor ihr, dass sie den zarten Nelkenduft in seinem Atem roch und merkte, dass die Stelle ihres Gesichts, die er berührt hatte, heiß geworden war. War es möglich, dass er mit ihr *flirtete*? Ein absurder Gedanke! In seinen blauen Augen, die sie vorsichtig anlächelten, lag aber auch eine gewisse Härte, wie sie es nicht anders von ihm erwartet hätte.

»Darf ich nach Eurem Namen fragen, Mistress?«

»Lady Eleanor Rodriguez, Komtess de San Jaime.« Ihre Stimme klang seltsam belegt.

Seine Mundwinkel sanken herab. »Spanierin?«

»Meine Mutter stammte aus Madrid, ist aber seit zehn Jahren tot. Mein Vater ist Engländer.«

Die Mundwinkel gingen wieder nach oben. »Und er heißt?«

»Durchaus möglich, dass Ihr ihn kennt.« Ellie wand sich innerlich. *Himmel, hilf mir,* flehte sie. Ein plötzlicher Sturm, die Ankunft der Königin von Saba – egal was. »Er gehört zum Gefolge von Lord Mountjoy –«

»Will, wo bleibst du?«, rief James vom anderen Ende des Eibenpfads. »Wir kommen zu spät!«

Will trat einen Schritt zurück, aber erst nachdem sein Daumen sachte über Ellies Kinn mit dem kleinen Grübchen gefahren war. Mit gequälter Miene wandte er sich dann seinem Bruder zu.

»Ah, verzeiht vielmals, Mistress.« James riss sich seine zurückeroberte Kappe vom Kopf und verbeugte sich. »Jetzt verstehe ich, was meinen Bruder davon abhält, seine Verabredung einzuhalten.«

»Lady Eleanor«, stellte Will sie vor.

»Sir.« Ellie war unsagbar froh über diese Störung. »Ich will Euch nicht länger aufhalten.«

»Dann freue ich mich auf ein Wiedersehen, wenn wir beide hoffentlich etwas mehr Zeit haben.« Der Earl gab ihr einen Handkuss, ohne den Blick von ihren Augen zu lösen.

»Oh, ähm … einen schönen Tag euch beiden.« Überwältigt von seiner Galanterie, knickste Ellie und eilte dann mit wehenden Röcken in die Sicherheit ihrer Kammer zurück. Wie um alles in der Welt, fragte sie sich bestürzt, konnte sie dem galanten Earl während ihres Aufenthalts bei Hof fortan aus dem Weg gehen? Sie hatte sein aufbrausendes Naturell nicht vergessen und wollte keinesfalls dabei sein, wenn er erfuhr, wer ihr Vater war, oder wenn er ihn persönlich traf. Der junge Earl würde vor Wut *platzen*.

2. Kapitel

Will blickte ihr mit Bedauern nach. Sein Interesse an diesem Mädchen mit dem schmuddeligen Sticktuch überraschte ihn selbst. Sie hatte Humor und über seine Brüder gelacht – das hatte den Ausschlag gegeben. In ihren Augen hatte der Schalk geblitzt, und ihre lächelnden Lippen waren wunderschön gewesen.

Will seufzte. Er war nicht zum Spaß an den Hof gekommen und durfte sich nicht ablenken lassen.

James kratzte sich an der Brust und gähnte. »Wer war sie, Will?«

»Weiß nicht genau. Gehört zu Mountjoys Gefolge.«

»Vermögend?«

Will zuckte die Schultern.

»Tja, so wie ich uns kenne, ist sie entweder bereits vergeben oder mittellos«, sagte James sachlich.

Will lächelte. »Aber sie ist entzückend wie der junge Frühlingsmorgen.«

James schüttelte sich und grinste. »Verschone mich – schreib meinetwegen ein Sonett für sie, aber trag es mir bitte nicht vor!«

Will strich über seinen kurz geschnittenen Bart. »Ich glaube durchaus, dass sie sich über ein Gedicht freuen würde. Sie hatte Tintenkleckse an den Fingern.«

»Ein Frauenzimmer mit Bildung – verschone uns Gott vor dieser widernatürlichen Spezies!«

»Hüte deine Zunge, James. Vergiss nicht, an wessen Hof wir sind.«

James war klug genug, auf seinen großen Bruder zu hören. Vermutlich wurden sie nicht belauscht, doch die junge Dame hatte ihnen gerade erst vor Augen geführt, dass man sich nie sicher sein konnte. Wenn jemand der Königin etwas gegen sie ins Ohr flüsterte, konnten sie ihren Hut nehmen.

»Wenn die entzückende kleine Lady sowieso nicht infrage kommt, was willst du dann von ihr?«

»Ich habe sie doch gerade erst kennengelernt, Jamie. Deine Phantasie galoppiert wieder mal mit dir davon.« Will reichte ihm die Hutfeder und schritt davon.

»Du könntest sie zu deiner Mätresse machen. Eine Schönheit wie sie ist schnell vergeben: Wenn du nicht zugreifst, tut es ein anderer.«

»Ich bin hier, um eine Gemahlin zu finden, keine Mätresse.«

»Dann macht es dir nichts aus, wenn ich mein Glück bei ihr versuche?« Geschickt wich James dem Schlag aus, den er erwartet hatte.

»Wage dich nicht in ihre Nähe!«

»Auweia, so schlimm ist es?«

»Ach, halt die Klappe, Jamie!«

»Wie Mylord wünschen.«

Tobias stand wartend auf den Stufen vor Lord Burghleys Privatgemächern. Alle drei Lacey-Brüder waren gespannt zu hören, warum Elisabeths engster Berater Will sehen wollte. Neben seinen zahlreichen anderen Verpflichtungen war Burghley seit dem Tod ihres Vaters auch ihr Amtsvormund, und das bedeutete, dass er die Ländereien der Laceys verwaltete, bis Will mit einundzwanzig volljährig sein würde. Zweifellos schöpfte er einen Teil des Gewinns für seine Vormundschaft ab, wie es allgemein üblich war. Mit Burghley musste man sich gut stellen, denn wer sich mit ihm anlegte, lief Gefahr, auch die Gunst der Königin zu verlieren.

Ein Diener bat seine Brüder, draußen zu warten, und führte Will ins Allerheiligste. Will betrat einen hell erleuchteten Raum. Burghley stand gebieterisch am Fenster, gekleidet in eine Amtsrobe aus schwerem Samt, mit Goldknöpfen besetzt. Unter seinem nerzbraunen Spitzbart war eine gut sitzende kleine Halskrause zu sehen. Die weißen Haarbüschel zu beiden Seiten seines Mundes erinnerten Will immer an die Schnurrhaare einer Katze, die wachsam zucken würden, wenn ein schädliches Nagetier am Stoff des Königreichs knabberte. Dunkle Augen musterten den jungen Earl von Kopf bis Fuß, schienen aber mit dem, was sie sahen, zufrieden zu sein, denn Will wurde nicht abgewiesen.

»Mylord Burghley?«

»Dorset! Schön, Euch am Hof zu sehen.« Burghley deutete auf einen Stuhl, während er selbst hinter seinem Schreibtisch Platz nahm. An der Wand hinter ihm hing Saxtons neue Landkarte von England und Wales, die erste, auf der das Reich der Königin akkurat abgebildet war. Will schaute kurz auf die Stelle entlang der Themse, wo seine eigene Grafschaft lag, gleich südlich vom Zentrum und nicht sehr weit weg von Windsor gelegen. »Wie geht es Eurer charmanten Frau Mutter?«

»Der Gräfin geht es gut, Sir.«

»Aber sie wollte Euch nicht begleiten?«

Sie konnten sich schlichtweg keine weitere neue Kleidung leisten als die für ihn und seine Brüder. Wie Burghley vermutlich wusste, würden seine Mutter und seine Schwester warten müssen, bis sich die Vermögenslage der Familie etwas gebessert hatte. Doch im Moment ging es nur darum, die üblichen Höflichkeitsfloskeln auszutauschen.

»Nicht dieses Jahr, Sir. Sie zieht das ruhige Landleben vor.«

Burghleys Augen blitzten amüsiert auf. »Das passt gar nicht zu der Lady, die ich in ihrer Jugend kannte.«

»Mit dem Alter wird man gesetzter.«

Darüber musste Burghley schmunzeln. »Nicht alle, junger Mann, nicht alle. Dass Lady Mary jemals gesetzt werden würde, hätte ich mir nie träumen lassen.« Er griff zu einer Karaffe, die auf seinem Schreibtisch stand, goss zwei kleine Gläser Rotwein ein und schob eines zu Will. Ein gutes Zeichen. Würde ihn der clevere Lord Burghley nicht mögen, würde er ihm auch keine Erfrischung anbieten, oder?

Es sei denn, sie wäre vergiftet …

Will verwarf diesen verrückten Gedanken. Er hatte offenbar zu viele Theaterstücke gesehen.

»Ich denke, Ihr fragt Euch, warum ich Euch hergebeten habe.«

»Jawohl, Sir.« Will nippte an seinem Wein und konnte zum Glück keinen verdächtigen Nachgeschmack feststellen.

»Ich bin stets auf der Suche nach guten Männern, Dorset, und was ich über Euch höre, klingt recht positiv.« Mit einer fahrigen Handbewegung deutete er auf einen Stapel Papiere zu seiner Linken. »Zuverlässig, ergreift vernünftige Maßnahmen, um das Vermögen der Familie wieder aufzubauen, königstreu. Kurz gesagt: ein vortrefflicher junger Mann. Euer Vater wäre stolz auf Euch gewesen.«

Will schluckte den bitteren Geschmack hinunter, den er immer im Mund hatte, wenn die Rede auf den verstorbenen Earl kam.

»Danke, Sir.«

»Die Königin ist, wie Ihr wohl wisst, der Quell sämtlicher Vergünstigungen am Hof, und Ihr seid zweifellos gekommen, um ihre Achtung zu gewinnen. Doch auch ich habe einen gewissen Spielraum, Leute zu protegieren.«

Will war ganz Ohr. »Sir?«

»Wie steht es derzeit auf den Ländereien rund um Lacey Hall? Alles ruhig? Keine Anzeichen von Katholiken?«

»Nein, Sir.«

»Machen die Anhänger des alten Glaubens keine Probleme?«

Diese Frage war schon kniffliger. Will wollte keinen seiner Untertanen verraten.

»Nicht dass ich wüsste, Sir.« Das entsprach der Wahrheit. Dass sich die alte Dame Holton hartnäckig weigerte, die neuen Bräuche in der Pfarrgemeinde zu übernehmen, war lediglich von lokalem Interesse und stellte keine Bedrohung dar, höchstens für den Seelenfrieden des Geistlichen.

»Gut, gut, das entspricht den anderen Berichten, die ich erhielt. Was haltet Ihr davon, Dorset, in Berkshire meine Augen und Ohren zu sein?«

Will schluckte. »Ich … ähm, es wäre mir eine Ehre, Ihrer Majestät in jeder Funktion zu dienen, die sie wünscht.«

»Es ist *mein* Wunsch, Dorset. Und ich verlange nicht von Euch, Eure Freunde und Nachbarn zu bespitzeln; mir fehlt die Zeit, um das Gewissen eines jeden zu kontrollieren. Ich wünsche nur, dass Ihr fragwürdige Personen überwacht und mir alles meldet, was nach Verrat aussieht.«

So ausgedrückt, konnte Will sich kaum weigern. »Selbstverständlich, Sir.«

Burghley hielt sein Glas in das zum Fenster hereinfallende Licht, und der Wein schimmerte wie frisches Blut. »Wir wandeln nach wie vor auf Messers Schneide, Dorset. Spanien und der Papst würden uns zu gern verschlingen. Glaubt mir, es ist keine leichte Aufgabe, mit der Verteidigung des Königreichs betraut zu sein. Gefahren und Intrigen lauern überall, wie der Fall Edmund Campion neulich bewiesen hat.«

Will wusste, dass der Jesuit zusammen mit zwei anderen katholischen Missionaren im Dezember hingerichtet worden war; ihr Verbrechen hatte darin bestanden, dass sie versucht hatten, das heikle religiöse Gleichgewicht zu erschüttern, das Elisabeth und ihre Berater um jeden Preis wahren wollten. Kein vernünftiger Mensch sehnte sich nach dem Blutvergießen während der Regierungszeit von Elisabeths Halbschwester, Königin Maria, zurück. Und Frieden war ein Ziel, hinter dem auch Will voll und ganz stand.

»Ich werde tun, was Ihr von mir erwartet, Sir. Allerdings hätte ich Euch ohnehin unterrichtet, wenn ich irgendwelche beunruhigenden Anzeichen bemerkt hätte.«

Burghley schmunzelte. »Ich weiß, Dorset, doch da wäre noch etwas. Ich möchte auch etwas für *Euch* tun. Um die Schulden abzutragen, die Euer Vater Euch hinterlassen hat, braucht Ihr recht viel Glück und Ausdauer. Für den Dienst, den Ihr mir leistet, gibt es eine kleine Entlohnung – dreihundert Pfund pro Jahr. Im Gegenzug erwarte ich von Euch, dass Ihr als *mein* Mann denkt und handelt.«

Will rutschte nervös auf seinem Stuhl herum, denn ihm war nicht ganz wohl bei dieser Sache. Er kannte Burghley zwar als ehrlichen Politiker, soweit das überhaupt möglich war, aber trotzdem hatte er das Gefühl, seine Seele zu verkaufen.

»Meine größte Loyalität gilt Ihrer Majestät, Sir.«

»Die meine ebenfalls, und folglich dürfte es da keinen Konflikt geben, sehe ich das richtig?«

Will trank einen Schluck Wein, um Burghleys Angebot zu überdenken. Er konnte unmöglich ablehnen, denn das hätte bedeutet, dass er vom Hof verstoßen würde, noch bevor er dort überhaupt aufgenommen worden wäre.

»Ich fühle mich geehrt, Sir, dass Ihr mir Euer Vertrauen schenkt.«

»Hmm.« Burghley verzog das Gesicht. »Lügt nicht, junger Mann: Ihr ärgert Euch, dass Ihr mein Angebot nicht ablehnen könnt – das erginge mir an Eurer Stelle ähnlich. Aber keine Angst. Ihr werdet feststellen, dass meine Gunst ein Vorteil für Euch ist, kein Hindernis. Dass Ihr gezögert habt, einen Teil Eurer Unabhängigkeit aufzugeben, macht Euch in meinen Augen nur sympathischer. Aber Ihr müsst bedenken, dass Ihr es ohnehin für die eine oder andere Gruppe bei Hof tun müsstet, um jemals in die Nähe Ihrer Majestät zu kommen. Und irgendwann werdet Ihr erkennen, dass Ihr mit mir besser dran seid als mit sonst jemandem.«

Will fand den Mann mit seiner direkten Art zunehmend sympathischer. »Ich glaube, das habe ich bereits erkannt, Sir.«

»Gut. Ah, da kommt mein Sohn. Kennt Ihr Cecil schon, Dorset?«

»Nein, ich hatte noch nicht das Vergnügen.« Will erhob sich, als ein junger Mann, etwa in seinem Alter, eintrat. Robert Cecil trug dasselbe schwarze Gewand wie sein Vater, war aber nur dessen blasser Schatten, dürr und bucklig, wie er war. Doch seine Augen unter den schweren Lidern zeigten, dass er einen wachen Verstand hatte.

Niemand, den man unterschätzen sollte, dachte Will.

Beide verbeugten sich voreinander.

»Hat mein Vater Euch auf die Streckbank geschnallt, um Euch

Informationen zu entlocken?«, fragte Cecil grinsend und überreichte seinem Vater ein Schreiben.

»Und die Schrauben angezogen. Aber ich denke, er weiß jetzt alles, was er wissen wollte«, erwiderte Will und lächelte.

»Der junge Dorset wird mit uns zusammenarbeiten, Robert«, erklärte Lord Burghley und brach das Siegel. »Bring ihn zu Benton, und sorg dafür, dass er sein Salär erhält.«

»Wird gemacht, Sir.«

Cecil ging voraus. Im Korridor sagte er: »Mein alter Herr muss Euch schätzen, Mylord, wenn Ihr ihn dazu bringen konntet, Euch zu bezahlen. Ihr könnt Euch geschmeichelt fühlen.«

»Oder Angst bekommen.«

Cecil lachte sarkastisch. »Das auch. Das erste Mal bei Hof, seit Ihr Earl wurdet, wie ich höre?«

»Ja.« Will versuchte, die plötzlichen Selbstzweifel zu unterdrücken. Er war ein Neuling, der nichts wusste. Einen Moment lang sah er sich als Seefahrer, der ohne Seekarten auf einem Ozean unterwegs war.

»Ich stehe Euch gern zur Seite, wenn Ihr Fragen habt. Hier wimmelt es von eitlen Pfauen aus Devonshire; da finde ich es richtig erholsam, zur Abwechslung mit jemandem in meinem Alter zusammen zu sein, mit dem man sich gut unterhalten kann.«

Will ahnte, wer die Pfauen waren, die Cecil das Leben schwer machten. Walter Raleigh, ein berühmter Sohn aus der Grafschaft Devon, frisch vom Feldzug nach Irland zurückgekehrt, machte in letzter Zeit von sich reden. Wie töricht von ihm, sich mit Cecil anzulegen, dem Sohn eines der mächtigsten Männer im Lande. Will würde diesen Fehler nicht begehen.

»Ich hatte noch nie viele Federn, mit denen ich hätte protzen können, Master Cecil, deshalb kann ich nur hoffen, dass Euch meine Gesellschaft nicht enttäuscht.«

»Es dürfte Euch nicht schwerfallen, die Narren zu übertreffen, die den Hof mit ihren Galliarden, Kapriolen und Oden ermüden, bis sie sogar ihren Mätressen zum Hals heraushängen.«

»Ich kann Euch versichern, dass ich noch nie eine einzige Verszeile verfasst habe.«

»Ausgezeichnet. Überlasst das Sir Sidney und anderen, die reimen können.« Cecil blieb stehen und verbeugte sich vor einem Mann mit ernster Miene, der streng in Schwarz gekleidet war. »Seid Ihr auf dem Weg zu meinem Vater?«

»In der Tat, Master Cecil. Ist er im Haus?« Die Stimme des Mannes war sanft, aber frostig.

»Jawohl, Sir, er erwartet Euch.«

Der Mann wandte sich so flink ab, dass seine Robe um seine gestiefelten Knöchel flog.

»Das war Sir Francis Walsingham, der Staatssekretär«, raunte Cecil Will zu. »Mit ihm solltet Ihr Euch gut stellen. Man nennt ihn allgemein nur Englands Meisterspion.« Er verzog den Mund zu einem schiefen Lächeln. »Niemand, den man verärgern sollte.«

»Versteht mich nicht falsch, Cecil, aber ich hoffe, dass ich mich nie an ihn wenden muss. Ich denke, ich werde es allein zu verhindern wissen, dass es auf meinen Ländereien zu Komplotten und Verschwörungen kommt.«

»Gut so, aber die Gefahren für unsere Königin sind bedauerlicherweise sehr real, sonst würde mein Vater Euch nicht dafür bezahlen, Berkshire sauber zu halten. So, da wären wir!«

Benton, Burghleys Angestellter, hatte Wills erstes Salär bereits in einen Beutel gepackt: dreihundert Goldmünzen. Offenbar hatte

Benton keinen Moment daran gezweifelt, dass der Earl kommen würde, um das Geld abzuholen.

»Eure Brüder erwarten Euch im Hof mit dem Brunnen, Mylord«, sagte Benton, während er die Auszahlung des Geldes in seinem Hauptbuch notierte.

Robert Cecil verbeugte sich zum Abschied. »Bis später, Mylord.«

Will schob den schweren Beutel unter sein Wams und sprang die Stufen hinunter, wobei er sich allerdings fragte, was er soeben an Burghley verkauft hatte.

»Und?«, fragte James und stürzte sich auf ihn.

»Das erzähle ich erst, wenn wir allein sind«, raunte Will ihm zu und zog Tobias vom Brunnenrand weg. In einem ruhigen Winkel der Schlossanlage schilderte er seinen Brüdern in aller Kürze die Unterredung mit Burghley.

»Dreihundert, bei Gott! Das lässt sich sehen!«, rief Tobias begeistert. »Krieg ich jetzt ein neues Pferd?«

»Nein!«, entgegneten Will und James im Chor.

»Ich brauche das Geld für meine Ausstattung für das Turnier. Ich hatte schon befürchtet, in der alten Rüstung unseres Vaters auf einem lahmen Schlachtross antreten zu müssen«, erklärte Will.

»Gib mir den Beutel, ich gehe für dich zum Waffenschmied«, bot James an.

Weil sich sein Bruder für alles interessierte, was mit Militär zusammenhing, hatte er sich bereits mit dem königlichen Hufschmied angefreundet, und Will wusste, dass James die besten Chancen hatte, möglichst viel aus dem Geld zu machen.

»Ich stehe in deiner Schuld.« Er reichte ihm den Beutel.

James nahm ihn entgegen und verstaute ihn unter seinem Wams. »Wir stehen in jedermanns Schuld, Will; das ist ja das Problem.«

3. Kapitel

Lady Jane Perceval stand vor dem fleckigen Spiegel in ihrem Zimmer und beäugte kritisch ihr Spiegelbild. Sie zupfte an dem engen Mieder aus elfenbeinfarbenem Damast herum, um ihre Brüste noch mehr zu Geltung zu bringen. Als auf der Wölbung eine kleine Pockennarbe zum Vorschein kam, stöhnte sie gequält und betupfte ihre Haut mit Cerussa, einer Paste aus Essig und Bleiweiß, damit jedes sichtbare Fleckchen Haut makellos hell war. Ihre honigbraunen Zöpfe waren über beiden Ohren zu Schleifen gebunden und zum Teil unter ihrem am Rand mit Perlen besetzten Kopfschmuck verborgen. Ihre Lippen waren, der neuesten Mode entsprechend, mit Koschenille rot gefärbt.

»Und?« Nach einer schwungvollen Drehung blickte sie ihre Zofe fragend an.

»Ihr seht wunderschön aus, Herrin«, erklärte Nell, die wusste, dass jede andere Antwort ihr eine Ohrfeige eingebracht hätte. »Ihr werdet die schönste Frau am ganzen Hof sein. Frisch wie eine Blume.«

Jane biss sich auf die Lippe und versuchte, sich von der Zuversicht ihrer Zofe anstecken zu lassen. Sie musste sich an diesem Abend den Blicken vieler Menschen stellen. Dank der Großzügigkeit ihres Vaters besaß sie prachtvolle neue Gewänder, die ihr gewiss viele bewundernde Blicke einbringen würden. Sie mochte darin zwar wie eine wunderschöne Rosenknospe aussehen, die nur darauf wartete, von einem wohlhabenden Freier gepflückt zu werden, doch Jane wusste nur zu gut, dass sie bereits gepflückt worden war. Sie schob ihr Mieder noch tiefer und tröstete sich mit dem Gedanken, dass Jungfräulichkeit am Hof zwar geschätzt wurde, sicher aber bei kaum jemandem außer bei der Königin erwartet wurde.

»Die Diener sagen, dass heute Nachmittag noch weitere junge Edelmänner eingetroffen sind«, wusste Nell zu berichten. Ihre Herrin liebte Klatsch und Tratsch und hatte Nell nicht zuletzt deshalb eingestellt, weil dieser jungen Frau kaum etwas entging.

»Ach ja? Ist jemand darunter, den wir kennen?«

Nell wandte sich den abgelegten Kleidungsstücken zu und faltete sie sorgfältig zusammen. »Master Walter Raleigh wurde in der Nähe der Gemächer der Königin untergebracht, wird gesagt.«

»Wie schön für ihn«, sagte Jane bissig.

Schlimmer als die Tatsache, dass sie nicht mehr unberührt war, war für Jane, dass sie törichterweise ausgerechnet auf Walter Raleigh, den besten Freund ihres Bruders, hereingefallen war. Missmutig starrte sie in den Spiegel und versuchte, die unerwünschten Erinnerungen zu verdrängen – an seine hitzigen Schmeicheleien, die zu einem verschwitzten Liebesakt in der heimischen Scheune geführt hatten. Naiv, wie Jane damals noch gewesen war, hatte sie es für einen Liebesbeweis gehalten und anschließend mit einem Heiratsantrag gerechnet; doch sie hatte ihre Unschuld gegen einen Moment wilder Raserei eingebüßt und begreifen müssen, dass sie für Raleigh nur ein weiterer warmer Körper gewesen war, mit dem er seine Lust ausgelebt hatte. Nach einem letzten Kuss und einem Schlag auf den Po war er davongeritten und hatte sich nicht einmal mehr umgeblickt.

Inzwischen bin ich klüger, versicherte sie ihrem Spiegelbild stumm und war heilfroh, dass man ihr diesen Fehltritt nicht ansah. Ihre Monatsblutung hatte sich zum Glück pünktlich eingestellt, sodass sie kein Nachspiel befürchten musste. Raleigh war ein Gentleman, so behauptete er zumindest, und der Waffenbruder ihres Bruders. Als Soldat und Abenteurer war er viel unterwegs und würde ihr kleines Geheimnis sicher nicht herumposaunen, oder? Was würde er dadurch schon gewinnen, außer dass er sich den Zorn ihres Vaters zuziehen und Schande über sie bringen würde?

Den Männern kann man nicht trauen. Man muss sie benutzen, genau wie sie uns benutzen, hatte sie als Lehre aus dieser bitteren Erfahrung gezogen. Wäre sie nicht von seinem dunklen, guten Aussehen und seinen süßen Worten geblendet gewesen, hätte sie rechtzeitig gemerkt, dass er nicht mit seinem Herzen, sondern mit einer sehr viel tiefer gelegenen Stelle dachte.

Ihr Herz war allerdings auch nicht mit im Spiel gewesen. Seine Schmeicheleien hatten ihr gefallen, doch es war dumm von ihr gewesen, bis zum Äußersten zu gehen. Aber nun hatte sie ihre Lektion gelernt. Sie würde es Raleigh und seinesgleichen heimzahlen! Sie würde so strahlend schön, so begehrenswert sein, dass er danach lechzen würde, sie noch einmal zu besitzen. Doch sie würde ihn gnadenlos abblitzen lassen!

Jane legte sich eine Perlenkette um den Hals. Wenn sie erst mal verheiratet war, würde sie es sich noch einmal überlegen. Raleigh gäbe einen guten Liebhaber für eine Frau mit einem alten, reichen Gemahl ab – denn Jane war entschlossen, jemanden zu heiraten, der zweckmäßigerweise bald sterben würde, sodass sie noch in jungen Jahren eine wohlhabende Witwe wäre. Vielleicht würde es ihr ähnlich ergehen wie der Gräfin von Essex, die sich für ihre zweite

Ehe den gut aussehenden Earl von Leicester geangelt hatte. Wer beim ersten Mal vor dem Altar Wohlstand und Macht erwarb, konnte sich später einen passenderen Ehemann aussuchen. Wenn eine Frau die Spielregeln nicht gut genug beherrschte, um zu gewinnen, wurde sie über den Tisch gezogen. Und Jane hatte nicht die Absicht, sich über den Tisch ziehen zu lassen.

»Sag meinem Bruder, dass ich fertig bin. Wir können nach unten gehen!«, befahl Jane Nell.

»Sehr wohl, Mylady.«

Nell nahm das Leinentüchlein mit den Schminkflecken und machte sich auf die Suche nach Lord Henry. Mochte die scheinheilige Lady Perceval ruhig glauben, dass alle Welt auf ihr Getue hereinfiel – sie, Nell, kannte die Wahrheit. Ihre Herrin war letzten Monat mit diesem eingebildeten Devon-Laffen im Heu gewesen und wollte nicht, dass jemand davon erfuhr. Hätte man diesem Raleigh nicht auf den ersten Blick angesehen, dass er ein lüsterner Kerl war, dem es nur um das Eine ging, hätte Nell eventuell sogar Mitleid mit ihrer Herrin gehabt. So aber freute sie sich diebisch, dass diese auf den Kerl hereingefallen war und diese Demütigung erfahren hatte.

Die vornehme Lady hat immer über alle die Nase gerümpft; jetzt weiß sie hoffentlich, dass sie keinen Deut besser ist als wir, dachte sich Nell insgeheim. Sie lebten zwar weiterhin in zwei völlig verschiedenen Welten, doch die Einsicht, dass sie, Lady Jane, auch nur ein Mensch war, würde ihre Arroganz vielleicht etwas dämpfen.

Nell schob ihre Haube ein Stück nach hinten, damit ihr die blonden Locken in die Stirn fielen, und klopfte an Sir Henrys Tür.

»Herein!«

Sie trat ein und machte einen Hofknicks. »Meine Herrin ist bereit, Mylord.«

Henry lag auf seinem Bett und winkte sie näher. Mit seinem rotblonden Haarschopf und dem stämmigen Körperbau erinnerte er sie oft an einen tollpatschigen, wilden Bär. »Ach ja, Süße?« Er umschlang ihre Beine und vergrub sein Gesicht in ihrem Mieder. »Ah, wie gut du riechst, Nell! Rosenwasser?«

»Ja, Sir.« Nell warf einen Blick über ihre Schultern, um zu sehen, ob sie die Tür wirklich zugemacht hatte.

»Weil du weißt, dass ich es mag?«

»Das könnte sein, Sir.« Etwas schüchtern fuhr sie ihm durchs Haar. Das hier war eine weitere Ausnahmesituation, bei der die Trennlinie zwischen ihresgleichen und Höherstehenden durchbrochen wurde. Von einem Mann wie Henry begehrt zu werden, verlieh ihr ein Gefühl von Macht.

»Weißt du, was mir gerade durch den Kopf geht, Nell?«

Sie kicherte leise. »Ich denke, das kann ich erraten, Mylord.«

Er zog sie über sich und ließ seine Hand unter ihren Rock gleiten. »Aber wir müssen uns beeilen. Sonst muss meine Schwester zu lange warten.«

Nell quiekte, als er ihr auf die nackten Schenkel klopfte. »Oh nein, Sir, es geht nicht. Ich habe zu tun.«

»Dann lass uns keine Zeit verlieren!«

Jane ging in ihrem Zimmer auf und ab und ärgerte sich über das Ausbleiben ihres Bruders. Typisch Henry, der immer nur tat, was er wollte, ohne Rücksicht auf die Wünsche seiner Mitmenschen. Er war vier Jahre älter als sie und neulich erst aus Irland zurückgekehrt, wo er, Raleigh und ihre Waffenbrüder erfolgreich die zweite Desmond-Rebellion niedergeschlagen hatten. Wieso hätte er da Rücksicht auf seine kleine Schwester nehmen sollen?

Die Tür öffnete sich, und Henry lehnte sich lässig an den Türrahmen. Seine Haare waren zerzaust, seine Kleidung saß schief.

»Endlich«, fauchte Jane. Da sie weiterhin als unschuldige Jungfer gelten wollte, musste sie natürlich so tun, als fiele ihr nicht auf, dass er gerade aus dem Bett kam, höchstwahrscheinlich mit diesem Flittchen Nell!

»Ich hatte noch zu tun, Janie. Verzeih, dass ich dich warten ließ.« Großspurig reichte er ihr seinen Arm. »Du siehst wunderschön aus!«

»Kann man von dir leider nicht sagen.« Um die Ehre der Familie zu retten, zupfte sie sein Wams zurecht und legte ihm seine Goldkette ordentlich über die Brust. »Sind schon viele eingetroffen?«

»Ja, heute war der Teufel los. Raleigh ist da. Cecil. Sidney treibt sich auch irgendwo hier herum. Die Mountjoys ...«

Nun musste Jane doch schmunzeln. »Schön, ich mag Charles.«

»Charles Blount ist ein netter Kerl, aber nicht reich genug für dich, Janie. Wie man hört, wirft sein Vater alles einem dahergelaufenen Alchimisten in den Rachen. Aber vielleicht hat er es auch auf dessen reizende Tochter abgesehen. Von der würde ich mir auch gern Alchimie beibringen lassen!«

Jane zupfte die Falten ihres Rockteils gerade. »Werde nicht ordinär, Henry!«

Ihr Bruder lächelte süffisant. »Oh, und die größte Überraschung war die Ankunft des Earls von Dorset. Bisher konnte er es sich nicht leisten, an den Hof zu kommen, aber irgendwie scheint er zu Geld gekommen zu sein. Er ist mit etlichen Edelmännern und zwanzig Dienern in silbernen Livreen angereist.«

Jane überschlug im Kopf, wie viel so ein Gefolge gekostet haben musste. »Wie alt ist er?«

»Dorset? Achtzehn. Schau ihn dir ruhig mal an, Janie. Vielleicht macht sein blendendes Aussehen seine geringen Mittel wett. Er hätte gewiss nichts gegen ein Mädchen mit einer Mitgift wie deiner!«

Jane verwarf den jungen Earl sofort, da dieser sie vermutlich überleben würde. Sie brauchte einen Gemahl, der schon gebrechlich und leichtgläubig war. »Und wann wird die Königin erwartet?«

»Morgen, wenn die Feierlichkeiten richtig beginnen.« Er rieb sich die Hände. »Ich kann es kaum erwarten.«

Ellie saß am Ende der Tafel, an der Mountjoys Haushalt saß. Der Bankettsaal füllte sich rasch, und die Bediensteten hatten alle Mühe, schnell genug aufzutragen, weil die jungen Lords und Ladys, die sich zum Fest eingefunden hatten, mit ihrem gesunden Appetit im Handumdrehen sämtliche Schüsseln leerten. Da Ellie sich unbeobachtet wähnte, machte sie sich einen Spaß daraus, ihre Tischgenossen zu mustern, während sie ihren Kapaun in winzige, mundgerechte Stücke schnitt, um mehr von dem leckeren Geschmack zu haben. Solche Delikatessen bekam sie nicht jeden Tag vorgesetzt! Das Fleisch war mit Thymian gewürzt und vielleicht auch einer Prise Majoran und perfekt gebraten.

Sie blickte am Tisch entlang, um zu sehen, welche weiteren Gerichte aufgetragen worden waren, und rümpfte beim Anblick der marinierten Heringe die Nase. In der Fastenzeit hatte sie so viel Fisch gegessen, dass er ihr nun zu den Ohren heraushing.

Am anderen Ende des Tisches saßen ihr Vater und Lord Mountjoy vor einer Rehpastete und schienen über ein kompliziertes philosophisches Thema zu diskutieren. Ihr Vater merkte nicht, dass sein Ärmel in der Soße hing und sein Essen inzwischen kalt geworden war. Sein Gönner, ein jovialer grauhaariger Herr, der mit seinen Hängebacken an einen Bluthund erinnerte, teilte seine Begeisterung zwar, überließ das Reden aber seinem Gesprächspartner, damit er die verschiedenen Fleischgerichte kosten konnte.

Ebenfalls an einem oberen Tischhaupt saßen der Earl of Dorset und seine Brüder bei Robert Cecil. Sie teilten sich einen Linseneintopf und rissen große Brotstücke ab, um sie in die dicke Suppe zu tunken. Lord Burghley speiste wie üblich in seinen eigenen Gemächern, vermutlich, um nicht ständig gestört zu werden. Wenn er sich in der Öffentlichkeit zeigte, hatte er keinen Moment Ruhe und wurde mit Gesuchen überhäuft. Angeblich saß er im Moment mit Sir Francis Walsingham hinter verschlossenen Türen, um wichtige Fragen der Staatssicherheit zu besprechen. Burghleys Sohn dagegen saß an diesem Tage lieber bei den anderen jungen Leuten und wirkte sogar ausnahmsweise einmal fröhlich. Ellie hatte bereits einige Worte mit Master Cecil gewechselt und wusste, dass er gebildet und klug war, obschon sein Äußeres nicht unbedingt anziehend war. Auch er hatte Ellies Vorzüge schnell erkannt und sie ›Mistress Weisheit‹ getauft, nachdem sie in einem lateinischen Buch, das er las, einen Fehler entdeckt und korrigiert hatte. Damals hatte Ellie gehofft, sie würden eventuell Freunde werden, aber wenn er den Laceys so nahestand, musste sie ihm fortan aus dem Weg gehen.

Am anderen Ende von Cecils Tisch saßen Walter Raleigh und seine Gefährten. Raleigh hing lässig auf seinem Stuhl, die Beine gespreizt, damit alle seine wohlgeformten Waden in der marineblauen Kniehose bewundern konnten. Sein Wams war aus feinstem Brokat, nachtblau und mit Perlen bestickt, seine Halskrause hatte, passend dazu, einen Stich ins Azurblaue. Ein Ohrring schmückte sein eines Ohr, und er hatte die schwarzen Haare nach hinten gebunden, was ihm unbestreitbar gut stand. Und erst seine Braguette – die Schamkapsel! Beinahe hätte Ellie ihren Wein über den Tisch geprustet. Was für ein eitler Gockel! Die Größe seiner Braguette war gerade noch an der Grenze zur Schicklichkeit – als wollte er aller Welt verkünden: *Hier bin ich, meine Damen! Kommt und greift zu!*

Dios, wenn jemand in sich selbst verliebt war, dann dieser Mann! Ganz zweifellos würde er sich am morgigen Tag, wenn die Königin da war, mustergültig benehmen und nur Augen für sie haben, doch an diesem Abend gehörte er allen Damen.

Alle Gespräche verstummten für kurze Zeit, als zwei junge Adlige etwas verspätet eintrafen. Die junge Frau trug ein elfenbeinfarbenes Gewand, der Mann Schwarz: ein geschickter Kontrast. Ellie kannte sie bereits, zumindest den jungen Mann – sie hatte Sir Henry kurz in den Gemächern von Lord Mountjoy gesehen und vermutete, dass die Dame an seiner Seite seine Schwester war. Was für ein prachtvolles Kleid sie trug – es musste mindestens einhundert Pfund gekostet haben, mit all den vielen aufgenähten Perlen! Ellie beobachtete das schöne Paar, als es durch den Saal schritt, um sich zu Raleigh zu setzen. Die junge Frau zögerte kurz, bevor sie den Platz rechts von Raleigh einnahm. Aber was war das? Bildete Ellie es sich nur ein, oder hatte er ihr tatsächlich über den Rücken gestreichelt, als sie sich setzte? Wie konnte er so dreist sein? Aber andererseits traute sie diesem Fleisch gewordenen Priapos alles zu!

»Ellie, Ellie, mein Schatz!«, rief ihr Vater da vom anderen Ende des Tisches. »Was hat Paracelsus noch gleich über die Anwendung von Hitze bei unedlen Metallen gesagt?«

Alle, die zwischen ihr und ihrem Vater an der Tafel saßen, verstummten und warteten gespannt auf ihre Antwort. Ellie wünschte ihren Vater zwar auf den Grund des Ozeans, doch als brave Tochter gab sie ihm die Antwort auf seine Frage.

»Ja, ja, richtig! Danke, Schatz; ich wusste, dass auf dein Gedächtnis Verlass ist.« Sir Arthur setzte seine Unterhaltung mit Lord Mountjoy fort, während Ellie auch weiterhin den Blicken ihrer Tischgenossen ausgesetzt war. Charles Blount, Mountjoys eigensinniger Sohn, brach das Schweigen.

»Nun, Lady Eleanor, Ihr seid eine wandelnde Bibliothek! Wir stehen alle im Schatten Eures alles überragenden Wissens!«

Die anderen lachten über seinen dummen Scherz.

»Danke, Sir, ich betrachte es als Kompliment.« Ellie spielte mit dem Essen auf ihrem Teller herum und fragte sich, mit welcher Entschuldigung sie sich zurückziehen könnte. Sie wusste, dass Charles sie nicht mochte, hauptsächlich, weil ihr Vater so großen Einfluss auf Lord Mountjoy hatte, aber andererseits hatte er prinzipiell etwas gegen Mädchen mit Bildung. Die Situation war ähnlich wie damals mit dem Earl von Dorset, nur dass sie diesmal verdächtigt wurde, Teil einer alchimistischen Verschwörung zu sein, die darauf abzielte, der Familie Mountjoy möglichst viel Geld abzuluchsen. Ellie warf einen Blick auf ihr Kleid, das sie den Mountjoys verdankte, und musste sich eingestehen, dass Charles durchaus Grund zu dieser Annahme hatte.

Nun beugte er sich über den Tisch und senkte die Stimme zu einem vertraulichen Flüstern. »Ich frage mich, ob unter dem Panzer der Gelehrsamkeit, den Ihr tragt, überhaupt das Herz einer Frau schlägt. Die Ärzte sagen, dass Bildung bei einer Frau die Gefühle und Leidenschaften versiegen lässt, sodass sie wie ein alter Apfel verwelkt und sauer schmeckt. Was haltet Ihr von dieser Meinung?«

»Ich halte mich nicht für sehr gebildet, Sir.« Sie riss die Augen auf, um möglichst unschuldig und erstaunt zu wirken. »Vielleicht solltet Ihr das jemanden fragen, der mehr Verstand hat als ich? Ihre Majestät eventuell? Ihr wärt gewiss der Erste, der zugibt, dass unsere Monarchin für ihre Gelehrsamkeit und ihr Wissen berühmt ist.«

Blount kniff die Lippen zusammen und lehnte sich wieder zurück. »Clever, sehr clever«, brummte er. »Lady Eleanor, ich fürchte, Euer Verstand wird Euch irgendwann zum Verhängnis werden. Ich freue mich jetzt schon auf diesen Moment!«

»Hoffentlich haltet Ihr die Anspannung so lange aus, Sir. Sie könnte Eurer Gesundheit abträglich sein.« Sie legte sich ein Stück Käsekuchen auf den Teller, nicht weil sie hungrig gewesen wäre, sondern weil sie etwas tun musste, um ihre zittrigen Finger zu beschäftigen, und zerhackte es mit dem Löffel in kleine Stücke.

Charles schoss nach vorn und hielt ihr Handgelenk fest. »Lady Eleanor, es ist mir ernst. Mein Vater ist völlig verrückt, seit Eurer ihn mit seinen Versprechungen von Gold verführt hat. Er ist wie ein Kranker, der alle Decken abschüttelt und nicht begreift, dass er hohes Fieber hat, sondern glaubt, im Raum wäre es glühend heiß. Ihr müsst Euren Vater von hier wegbringen, ehe es zu spät ist!«

Er hatte recht – Ellie wusste es. Doch wenn sie irgendeinen Einfluss auf ihren Vater hätte, hätte sie ihn schon längst geltend gemacht. Er war als Erster von diesem Fieber befallen worden; Lord Mountjoy hatte sich nur unglücklicherweise bei ihm angesteckt.

»Ihr tut mir weh«, wisperte sie mit Tränen in den Augen.

Doch Blount war so wütend, dass er ihre Hand nicht freigab. »Werdet Ihr tun, worum ich Euch bitte?«

»Und wie, bitte schön? Ich bin nur seine Tochter, nicht seine Herrin. Er wird erst gehen, wenn Euer Vater ihn wegschickt.«

Mit einem abfälligen Schnauben ließ Blount ihr Handgelenk los.

»Euch gefällt das behagliche Leben hier zu sehr, um es überhaupt zu versuchen.«

Ellie rieb sich ihr Handgelenk. »Bitte verzeiht«, sagte sie leise.

»Es geht nicht ums Verzeihen. Alles rächt sich. Betet zu Gott, dass er barmherziger zu Euch ist, als Ihr es zu meiner Familie seid.«

»Entschuldigt mich, Sir.« Ellie sprang auf, obwohl ihr Teller noch voll war. Unter Blounts missbilligenden Blicken bekam sie keinen Bissen mehr hinunter.

»Geht, geht!« Er winkte sie davon. »Im Gegensatz zu meinem Vater lege ich keinen Wert auf Eure Gesellschaft!«

Ellie rannte aus dem Saal und verfluchte den Tag, an dem Sir Arthur beschlossen hatte, Alchimist zu werden.

Will sah die kleine schwarzhaarige Lady aus dem Saal eilen und fragte sich, warum sie so aufgebracht war. Dem Gesichtsausdruck des Gentlemans, der ihr gegenübergesessen hatte, nach zu schließen, trennten sie sich nicht als Freunde. Ein Streit unter Liebenden? Hoffentlich nicht. Will wünschte sich von ganzem Herzen, dass sie noch ungebunden war.

»Soso, Mylord, Ihr wollt also Euer Geschick beim Turnier erproben?«, erkundigte sich Robert Cecil.

»Bei meiner Seel', Sir, das hab ich vor.«

»Dann hoffe ich, dass Ihr siegen möget. Es gibt einige in diesem Saal, die es verdient hätten, von ihrem hohen Ross geworfen zu werden.« Bei diesen Worten warf Cecil einen vielsagenden Blick auf Raleigh, der den finsteren Blick bemerkte, spöttisch sein Glas hob und ihm zuprostete.

»Was habt Ihr gegen ihn?«, fragte Will, dem diese Frage fast unabsichtlich über die Lippen gekommen war.

»Er ist ein aufgeblasener Gockel, dem die Gunst der Königin zu Kopf gestiegen ist. Von seiner Sorte gibt es am Hof mehr als genug.«

»Dann hoffe ich, dass ich morgen ein paar seiner Federn rupfen kann.«

»Das wäre fürwahr ein Segen.«

»Wärt Ihr so freundlich, mir den Namen des Gentlemans zu verraten, der dort am unteren Tischende sitzt?« Diskret deutete Will auf Lady Eleanors Tischgenossen.

Cecil blickte dorthin. »Ah, das ist Charles Blount. Ein feiner Kerl, der leider mit einem törichten Vater geschlagen ist. Aber das werdet Ihr vermutlich bereits wissen.«

Wills Augen wanderten am Tisch bis zu Lord Mountjoy weiter – und dann zu dessen Nachbarn. »Gütiger Himmel, was macht *der* denn hier?«

Cecil spitzte die Ohren bei Wills entrüstetem Ton. »Wer?«

»Der Scharlatan, Sir Arthur Hutton.«

»Der Gelehrte?«

»Dieser blutsaugerische Floh hat meine Ländereien und somit auch mein Erbe so gut wie ruiniert. Ich hatte gehofft, er läge längst tot in einem Graben.«

»Weit gefehlt. Er gehört zu Mountjoys Gefolge.«

Wills Blick wanderte zu Blount zurück. »Der arme Kerl!«

Cecil schmunzelte. »Ich sehe, Ihr versteht seine Situation.«

»Ich muss herausfinden, wie ich ihm helfen kann. Meinem Vater hat niemand die Augen geöffnet. Er hat noch in seiner Todesstunde geglaubt, dass man aus nichts Gold herstellen kann!«

»*Ex nihil nihil fit* – Von nichts kommt nichts.«

»Richtig. Ich wünschte, mein Vater hätte Lukrez aufmerksamer gelesen!«

Cecil schickte den Diener weiter, denn er wollte seinen Verstand nicht mit noch mehr Wein trüben. »Apropos lateinisches Wissen: Sir Arthur besitzt einen großen Trumpf.«

»Ich kann mir nicht denken, was das sein könnte.«

»Er hat eine sehr gelehrte Tochter. Eine Amazone des Wissens. Sie hat neulich mein Latein verbessert.« Er senkte die Stimme. »Ich vermute, dass sie auch Griechisch kann.«

Will hatte ganz vergessen gehabt, dass Hutton eine Tochter hatte. Die zerlumpte Göre musste in der Zwischenzeit eine verknöcherte Jungfer geworden sein, die mit gekrümmtem Rücken über Pergamenten saß und alle Welt mit ihrem angelernten Wissen zu Tode langweilte. Wer weiß, vielleicht hatte die dunkelhaarige Schönheit, die er im Garten getroffen hatte, nur deshalb Tinte an den Fingern gehabt! Es war durchaus vorstellbar, dass die Tochter des Alchimisten alle Mädchen in Mountjoys Haushalt zwang, wie sie Lesen und Schreiben zu lernen, genau wie ihr Vater den Lord dazu zwang, Gold herstellen zu wollen. Will würde der jungen Lady einen riesigen Gefallen tun, wenn er dafür sorgte, dass der Alchimist vom Hof verjagt wurde. Mädchen brauchten Bildung so wenig wie Fische ein Paar Stiefel. »Ich weiß nicht, ob ich das einen Trumpf nennen würde. Die Tochter muss schrecklich sein.«

Cecil schmunzelte über Wills Einschätzung, die im krassen Gegensatz zur Wirklichkeit stand. »Oh ja, und wie!«

4. Kapitel

Ellie war viel zu niedergeschlagen und traurig, um schlafen zu können, und deshalb bat sie einen freundlichen Diener um eine Kerze und arbeitete an ihrer Übersetzung weiter. Es war ein Akt der Verzweiflung: Sie glaubte nicht wirklich, damit die Sympathie der Königin erringen zu können, aber sie *musste* etwas tun, um sie beide aus diesem Elend zu holen, in die ihr Vater sie gestürzt hatte. Ihm schien die demütigende Abhängigkeit, die er auch ihr aufgezwungen hatte, nicht das Geringste auszumachen; er saß am Grunde des tiefen Brunnenschachts entgangener Möglichkeiten und spielte wie ein zufriedenes Kind mit seinen wissenschaftlichen Instrumenten, während Ellie neben ihm stand und sehnsüchtig nach oben zu dem Fleckchen Himmel starrte. Sie konnte die Sterne hoch über sich sehen, hatte aber kein Seil zum Herausklettern.

»Ding, dong, hört man die Glocken alle,
Ellie ist in den Brunnen gefallen«, summte sie den alten Kindervers vor sich hin. *»Wer warf sie hinein?«* Nachdenklich hielt sie inne.

Darauf gab es viele Antworten. Ihr Vater. Sie selbst – vielleicht hätte sie ihn längst verlassen sollen, das hätte ihn eventuell aus seiner Traumwelt gerissen. Aber wohin hätte sie auch gehen sollen? Nach dem Tod ihrer Mutter war der Kontakt zu ihren spanischen Verwandten abgebrochen – die Entfernung und religiöse Differenzen waren zu große Hindernisse, als dass die Beziehung fortbestanden hätte. Geblieben waren Ellie nur ein paar spanische Ausdrücke ihrer Mutter; deren Juwelen waren längst verkauft. Ihr Vater war von seiner englischen Familie verstoßen worden, als seine Leidenschaft für die Alchimie unkontrollierbare Ausmaße angenommen hatte. Würden ihre Verwandten väterlicherseits sie überhaupt aufnehmen, wenn sie zu ihnen ginge? Aber Ellie liebte ihren Vater von ganzem Herzen und hatte ehrlich gesagt viel zu viel Angst davor, von seiner Verwandtschaft abgewiesen zu werden.

»*... das war die Alchimie*«, summte sie weiter.

»*Wer holt sie wieder heraus?*« Niemand! Ihr Vater war wie ein Kind und brauchte sie fast mehr als sie ihn. Und leider gab es weit und breit keinen Ritter in einer glänzenden Rüstung, der sie retten würde.

Das Mädchen im Bett neben Ellie rollte sich im Schlaf auf den Rücken und begann zu schnarchen. Nur ihre Nase ragte unter der Decke hervor. Vor dem Fenster gerieten sich zwei Stallkatzen in die Haare und kreischten wie verstimmte Violinen, die von einem stümperhaften Anfänger malträtiert wurden.

Wunderbar: Gerade als Ellie sich endlich schlafen legen wollte, setzte der nächtliche Chor ein. Sie wickelte ihre Decke enger um die Schultern und blies die Kerze aus. Ellie blieb aber am Schreibtisch sitzen und legte den Kopf auf die Unterarme. Und trotz der vielen Geräusche um sie herum fiel sie irgendwann vor Erschöpfung in einen unruhigen Schlaf.

Als ihre Zimmergenossinnen sich zu rühren begannen, wachte Ellie wieder auf. Langsam hob sie den Kopf, rieb sich den Schlaf aus den Augen und drehte vorsichtig den Kopf hin und her, weil ihr Nacken steif war.

»Ellie, du verrücktes Huhn!«, rief Margaret Villiers, eine Cousine von Lord Mountjoy, und lachte. Sie war ein Mädchen mit rosigen Wangen und dichten roten Locken und Ellies Meinung nach eine der nettesten Personen auf der Welt. Sie war immer guter Dinge und nahm es auch mit Humor, dass sie keine Schönheit war. Das machte sie mit ihrer fröhlichen, lebhaften Art wett, sodass auch die Herren der Schöpfung ihre Gesellschaft suchten. »Warum bist du denn nicht ins Bett gekommen?«

Ellie gähnte nur.

»Du hast Tinte im Gesicht.«

Ellie rieb sich über die Wange. »Nicht schon wieder«, sagte sie und schaute erschrocken auf ihr Manuskript. Es war zum Glück nicht verschmiert. Sie hatte auf dem Löschblatt gelegen.

»Ich glaube, es sind einzelne Buchstaben!«, rief Margaret lachend. Sie fasste Ellie am Kinn und hielt ihre Wange ins Licht. »Ich würde sagen, es heißt: G-O-L-D – Gold!«

»Kannst du es bitte abwischen?«, bat Ellie. Wäre sie abergläubisch gewesen, hätte sie es vielleicht als Zeichen gesehen. Der Wahnsinn ihres Vaters fraß nicht nur ihr Herz auf, sondern hinterließ auch Flecken auf ihrer Haut. Sie bekreuzigte sich heimlich und flüsterte ein Stoßgebet, um diese Gedanken abzuschütteln.

Margaret befeuchtete einen Lappen und wischte damit über Ellies Wange. »Und? Bist du fertig geworden?«

Alle Mädchen wussten von Ellies schwieriger Übersetzung.

»Ja, gegen zwei Uhr in der Früh.«

»Oh, Ellie. Da bist du froh, nicht wahr?«

»Falls es nicht umsonst war, ja.«

Margaret drückte sie kurz an sich. »Dann hast du jetzt ja Zeit, dir das Turnier anzuschauen.«

»Stimmt.«

»Und bei der Ankunft der Königin dabei zu sein.«

»Ja, darauf freue ich mich schon sehr.«

Margaret griff nach ihrem dünnen Wollrock und ließ ihn über ihren Reifrock gleiten. Dann zog sie ihr Mieder nach unten und band es am Rock fest. »So, hilfst du mir jetzt bitte mit den Häkchen am Rücken? Ich helfe dir dann bei deinen.«

Mit geschickten Fingern schob Ellie die Häkchen in die Ösen, bis die Lücke geschlossen war. Am anderen Ende des Raums halfen sich die beiden anderen Mädchen ebenfalls gegenseitig beim Ankleiden, denn keines von ihnen war reich genug, um sich eine Zofe leisten zu können.

»Guten Morgen, Isabel und Katherine«, trällerte Margaret fröhlich und lächelte sie durch ihre Zahnlücke an.

Isabel, Margarets sommersprossige kleine Schwester, ächzte. »Maggie, wie kannst du zu so früher Stunde schon so munter sein?«

»Es ist meine Natur. Entweder man lacht oder man weint über unsere absurde Welt, und ich habe mich schon vor langer Zeit für Ersteres entschieden.«

Ellie fand, dass sie von ihrer Freundin eine Menge lernen konnte.

»Und außerdem bietet uns der heutige Tag die seltene Gelegenheit, Dutzenden gut aussehender Männer schöne Augen machen zu können. Was kann sich ein Mädchen am Hof da mehr wünschen?« Margaret seufzte. »Gott sei gelobt für seine wundervolle Schöpfung!«

»Amen«, antwortete Isabel ähnlich salbungsvoll, und alle lachten schallend.

»Apropos Wunderwerke der Schöpfung: Habt ihr Master Walter Raleigh gesehen?«, fragte Katherine, ein schlankes Mädchen, das seine langen blonden Haare im Moment geschickt flocht. »Ist er nicht ein *Bild* von einem Mann?«

Margaret schnaubte. »Was er leider weiß. Seit er als Soldat mit in Irland war, stolziert er herum, als gehöre ihm die Welt. Vergiss ihn, Katherine, er strebt nach Höherem als uns.« Margaret holte ein farblich zu ihrem Petticoat passendes Ärmelpaar aus ihrem Schrankkoffer. »*Mein* persönlicher Favorit ist dieser neue Earl, Dorset.«

»Und sein Bruder«, fügte Isabel hinzu und zuckte mit den Augenbrauen, während sie ein Strumpfband um ihre Seidenstrümpfe legte. »Mit einem der beiden würde ich gern mal ausreiten.«

»Isabel Mary Villiers!«, rief Margaret mit gespielter Empörung, während die anderen zwei über die zweideutige Aussage ihrer Schwester lachten.

»Keine Bange, Maggie, ich weiß mich zu benehmen«, versprach Isabel. »Außerdem stellt uns Lady Jane Perceval ohnehin alle in den Schatten. Habt ihr ihr Kleid gesehen?«

»Mit dem, was es gekostet hat, hätte ich sämtliche Armen von London satt machen können«, sagte Margaret, die die übertriebene Zurschaustellung von Prunk in den Hofkreisen ziemlich unangemessen fand.

»Nehmt euch vor ihrem Bruder in Acht, Kinder«, sagte Katherine warnend, als sie ihren Kopfschmuck auf dem blonden Krönchen aus Zöpfen befestigte. »Er ist ein Schürzenjäger allererster Güte. Er probiert sein Glück bei jeder.«

»In dem Fall bin ich tief gekränkt! Ich war gestern Morgen etliche Minuten in seiner Gesellschaft«, sagte Margaret scherzend, »und er hat nicht mal den *Versuch* gemacht, mich zu verführen. Erinnerst du dich, Ellie? Du warst ja dabei.«

»Er war viel zu sehr damit beschäftigt, vor Lord Mountjoy zu katzbuckeln, er hat uns gar nicht bemerkt.« Ellie entwirrte die verhedderten Schnüre ihrer Freundin. »Er ist zu oberflächlich, als dass du ihm aufgefallen wärst.«

Margaret lachte. »Das nehme ich als Kompliment, obwohl ich weiß, wie du es gemeint hast.«

»Er ist wie eine Elster, die sich nur für Dinge interessiert, die glänzen und blitzen, statt auf ihren wahren Wert zu achten.«

»Ei, ei, was bist du für ein kluges Kind. Aber ich sehe ihn eher als Wolf, dem ich unscheinbares Lämmchen zum Glück entkommen bin.« Sie griff nach ihrer Halskrause, die sie über Nacht an den Vorhang gehängt hatte, damit sie nicht zerknitterte, und reichte Ellie das Nadelkissen. »Steckst du sie mir fest?«

Ellie drehte die Freundin um, um im Nacken mit dem mühseligen Festmachen der Halskrause zu beginnen.

»Sei du bloß vorsichtig, Ellie«, sagte Margaret. »Dich übersieht der Kerl vermutlich nicht so leicht, und ich habe gesehen, wie gierig er dich angestarrt hat!«

Ellie fand es schön, dass ihre Freundin besorgt um sie war, musste aber zuerst eine Stecknadel aus dem Mund nehmen, um ihr antworten zu können. »Keine Bange, Maggie. Ich weiß mit Wölfen umzugehen.«

»Ach ja? Und wie?«

Ellie drückte die Nadel in den gestärkten Kambrik und durch das Drahtgestell von Margarets Kragen. »Ganz einfach: Ich stopfe ihnen lateinische Deklinationen ins Maul, bis sie es zuklappen und sich auf die Suche nach einer weniger gelehrten Beute machen.«

Wieder mussten die Mädchen lachen. Nachdem Ellie sich ihre eigene, weitaus bescheidenere Halskrause an den Kragen hatte heften lassen, kleidete sie sich in aller Eile fertig an, stopfte einige eigenwillige Locken unter ihre Samthaube und griff dann nach ihren Papieren.

»Ich bringe es nur schnell zu meinem Vater. Wir sehen uns dann nachher beim Turnier«, versprach sie Margaret.

»Gut, Ellie. Aber falls du nicht kommst und ich dich hinterher wieder mit einem Buch in einem verstaubten Winkel des Schlosses finde, werde ich ein ernstes Wörtchen mit dir reden, glaub mir!«

»Maggie, du kennst mich nicht.« Ellie tippte sich mit dem Zeigefinger ans Kinn. »Gut aussehende junge Männer oder alte Bücher? Keine Frage: Da entscheide ich mich jederzeit für die jungen Männer.«

»Freut mich zu hören. Und noch eins, Ellie.« Margaret senkte die Stimme, damit die anderen zwei Mädchen nicht mithören konnten. »Betrachte es nicht als Spaß. Wir wissen beide, dass eine Heirat unsere einzige Chance ist. Du solltest dir die jungen Männer am Hof wirklich gut anschauen!«

Ellie wusste, dass ihre Freundin recht hatte. Sie lief Gefahr, vollends aus der besseren Gesellschaft ausgestoßen zu werden, wenn es ihr nicht gelang, einen Gemahl zu finden, der sie über kurz oder lang vor ihrem Vater rettete. Ihre ausländische Herkunft war eher von Nachteil in diesem Land, das kurz vor einem Krieg mit Spanien stand.

Ellie seufzte. Was hatte sie zu bieten? Mit ihrer Mitgift, die lediglich aus theoretischem Wissen und einem nichtssagenden Adelstitel bestand, musste sie wirklich sehr viel Glück haben, wenn sie allein schon die Aufmerksamkeit eines unbedeutenden Adligen am Hof auf sich ziehen konnte, das war ihr klar. »Ich werde kommen, Maggie.«

Ellie wusste, wo sie ihren Vater finden würde. Lord Mountjoy reiste stets mit allem, was nötig war, um an jedem Ort, an dem er sich für längere Zeit aufhielt, ein Labor aufzubauen. Und genau, wie Ellie vermutet hatte, fand sie Sir Arthur in den Privatgemächern des Lords, wo die beiden an ihrem neuesten Experiment arbeiteten. Keiner von ihnen hatte sich die Mühe gemacht, sich nach dem Abendessen umzuziehen, was vermutlich bedeutete, dass sie die ganze Nacht durchgearbeitet hatten.

»Vater?« Ellie blieb in der Tür stehen und machte einen Hofknicks vor den beiden Männern.

»Ach, du, Ellie?«, sagte Sir Arthur geistesabwesend. »Wir haben es bald. Wir sind schon sehr nah dran!«

Er glaubte *immer*, kurz vor dem großen Durchbruch zu stehen! Wie üblich strahlte sein Gesicht vor Begeisterung, und in seinen Augen lag ein fiebriger Glanz. Die Ärmel seines Gewandes waren zurückgerutscht, und man sah seine dünnen Unterarme mit ihren roten Brandflecken und den blassen Narben.

»Jetzt nur noch zwei Tropfen Phoenixtränen in die Phiole.«

Arthur entkorkte ein Fläschchen mit einer klaren Flüssigkeit und ließ zwei Tropfen in ein Glasgefäß fallen. »Jetzt das Ganze noch erhitzen …« Mit einer langen Zange hielt er das Gefäß über den kleinen Brennofen auf dem Marmortisch.

PENG! Das Glasgefäß explodierte, die brennende Flüssigkeit und Glassplitter schossen durch den Raum. Lord Mountjoy und Ellie duckten sich. Die Zange bewahrte Arthur vor größeren Verletzungen, doch einige Splitter bohrten sich in seinen Arm. Ungeachtet aller Schmerzen wischte er sich nur rasch das Blut ab und klaubte ein paar Klümpchen heraus.

»Hmm, interessant, sehr interessant.« Er wühlte weiter zwischen den Scherben herum. »Hat es funktioniert? Seht Ihr irgendwo das Goldklümpchen?«

Mountjoy ging tatsächlich auf alle viere und suchte nach dem ersehnten Gold.

Ellie goss klares Wasser für Arthurs versengte Finger in eine Schüssel. »Vater?«

»Was ist, Ellie? Siehst du nicht, dass ich beschäftigt bin?«

»Ich weiß, Vater, aber ich habe die Übersetzung für die Königin fertig.«

»Tatsächlich? Gut, gut. Leg sie dort rüber, ich schaue sie mir an, sobald ich Zeit habe.«

Seit Wochen hatte er ihr Druck gemacht, und jetzt sagte er nur, er würde sich ihre Übersetzung ansehen, wenn es ihm in den Kram passte! Ellie schluckte ihre Wut und ihre Enttäuschung hinunter – zwei Gefühle, die nichts Neues für sie waren, wenn es um ihren Vater ging.

»Gut, dann lege ich es in Euer Zimmer, Vater.«

»Ja, ja, mach nur.« Arthur gab die Suche nach Goldklümpchen auf und kratzte sich ratlos am Kopf. Was war *diesmal* schiefgelaufen?

»Hier ist Wasser für deine Brandwunden.«

»Brandwunden? Ich?« Betroffen blickte Arthur auf seine Finger. »Allmächtiger, du hast recht.« Er tauchte seine Hand in das kühlende Wasser. »Du bist ein gutes Mädchen, Ellie. Aber jetzt geh!«

»Ja, Vater.«

Nachdem sie ihr Manuskript in die winzige Kammer ihres Vaters gelegt hatte, ging Ellie zum Hof vor der *St. George Chapel* – einem gewaltigen Gotteshaus. Die Sonne wärmte die honigfarbenen Steinmauern, und selbst die grotesken Figuren über der ersten Fensterfront sahen eher komisch als furchterregend aus: der Affe, der auf sie heruntergrinste, der Grimassen schneidende Kobold – eigentlich sonderbar, dass sich über dem Eingang zu einem Gotteshaus so freche Figuren befanden. Die vielen Fensterreihen glänzten im Morgenlicht. Das Mauerwerk sah fast aus, als wäre es aus filigraner Spitze, dabei bildete es für das gewaltige Dach eine stabile Stütze, denn dank der Strebepfeiler lag eine verborgene Kraft in den Mauersteinen. Das erinnerte Ellie an die großen Halskrausen, die neuerdings in Mode waren – sie sahen leicht und zart aus, standen aber aufgrund der Unterfütterung und viel Stärkemittel waagrecht vom Hals ab.

Eine rötlich gelbe Katze mit weißem Bauch kam zu Ellie und strich langsam und genüsslich um ihre Beine. Ellie bückte sich, um sie am Kopf zu kraulen. Im Inneren des Gotteshauses begannen die Chorknaben, die Willkommensgesänge für die Königin zu proben. Es klang so schön, dass Ellie sich nicht zum Weitergehen entschließen konnte; sie nahm die Katze auf den Arm und blieb mit geschlossenen Lidern unter der Tür stehen. Unter ihren Händen begann die Katze zufrieden zu schnurren.

Männerstimmen näherten sich und rissen Ellie aus ihrer Verzückung. Sie drehte sich zu dem runden Turm im Zentrum der Schlossanlage von Windsor und sah die Turnierteilnehmer zur Kapelle kommen, angeführt vom Kaplan. Sie wollten sich bestimmt den Segen für ihre Darbietungen abholen und für ihre Gesundheit beten; denn obwohl das Turnier nur aus Kampfspielen bestand, gab es immer wieder Verletzte. Die Katze zappelte sich frei und stolzierte davon, um auf einem ruhigen, von der Sonne beschienenen Plätzchen fernab der vielen Männer ihre Pfoten sauber zu lecken. Ihnen aus dem Weg zu gehen, hielt Ellie auch für eine gute Idee.

Beim Weggehen stand sie plötzlich dem Earl von Dorset gegenüber, der überraschenderweise aus der Richtung des Schlossportals gekommen war. Er war bereits zum Teil für das Turnier gekleidet und trug einen wunderschönen Ringkragen um den Hals, mit vergoldeten Gravuren; sein Umhang hing lässig über einer Schulter. Er schenkte ihr ein breites Lächeln und schien erfreut, sie zu sehen – was allerdings nicht auf Gegenseitigkeit beruhte.

»Lady Eleanor aus der Sticklaube.« Er machte eine schwungvolle Verbeugung. »Darf ich diese Begegnung als gutes Omen deuten und hoffen, dass mir das Glück heute hold sein wird?«

»Mylord, einen guten Morgen.« Ellie machte ihren einstudierten Hofknicks und wollte möglichst rasch weitergehen.

Doch er streckte eine Hand aus und hielt sie am Arm fest. »So schnell wollt Ihr mich wieder verlassen?«

»Der Gottesdienst fängt gleich an. Ich möchte Euch keinesfalls davon abhalten.«

»Wozu brauche ich einen Priester, wenn ich einen Engel habe, der mich segnen kann?«

Ellie ächzte innerlich über seine blumige Sprache. »Ich fürchte, Ihr braucht eine Brille, wenn Ihr mich mit einem Engel verwechselt, Mylord.«

Ganz schön schlagfertig, dachte Will. Er hatte einen Austausch der üblichen höflichen Floskeln erwartet, doch sie hatte ihn schachmatt gesetzt. Er warf den Kopf in den Nacken und lachte schallend.

»Meine schöne Lady, Ihr wisst nicht, was Ihr sagt. Ich würde mich aber nur dann als wirklich gesegnet erachten, wenn Ihr mir etwas von Euch gebt, das ich beim Turnier bei mir tragen kann. Euer Minnetuch, einen Ärmel vielleicht, den ich am Körper tragen kann – Euch zu Ehren.«

Dios! Darum würdet Ihr nicht bitten, wenn Ihr wüsstet, wer ich bin, dachte Ellie grimmig.

»Ich fürchte, Sir, ich habe nichts, was ich Euch geben kann«, entschuldigte sie sich und machte einen Schritt rückwärts.

Will musterte sie kritisch, doch er gab ihre Hand nicht frei. »Habt Ihr Eure Gunst bereits einem anderen gewährt?«

Sie überhörte die mögliche und weniger unschuldige Bedeutung dieser Frage, die der Earl aber zweifellos im Sinn gehabt hatte. »Nein, Sir, das habe ich nicht.«

»Dann lasse ich keinen Einwand gelten.« Er zog sie näher zu sich. »Wenn schon kein Ärmel, dann vielleicht Euer einzigartiges Sticktuch? Das würde mir schon reichen.« Er lächelte.

»Sticktuch?«

»Ich verspreche auch, gut darauf aufzupassen und es fleckenlos zurückzugeben. Nun ja, nicht fleckiger, als es schon ist«, verbesserte er sich in der Hoffnung, sie mit seiner guten Laune anstecken zu können.

Ellie betastete das schmuddelige Stoffstück in ihrer Gürteltasche. Was konnte es schaden, auf das galante Spielchen einzugehen, solange der Earl seiner Illusion erlag und nichts von ihrer wahren Identität wusste? Sie hätte sich niemals träumen lassen, dass ein richtiger Lord bei einem königlichen Turnier etwas von ihr tragen wollte. Warum sich nicht diesen kurzen Traum gönnen, ehe er zerplatzte und sie wieder mit leeren Händen dastehen würde? »Nun, also, ich …«

Er legte sich eine Hand aufs Herz. »Bitte, meine liebe Lady, gewährt mir diesen schlichten Wunsch, damit ich frohen Herzens sterben kann«, rief er theatralisch.

Nun musste sie doch lachen. »Ihr müsst gar nicht *so* dramatisch sein, Sir. Hier, nehmt mein Sticktuch mit meinen besten Wünschen. Möge es Euch von Nutzen sein.«

Er steckte das Tuch unter sein Wams und hauchte dann einen Kuss auf ihre Finger. »Ich werde bestrebt sein, Euch alle Ehre zu machen.«

Nach diesen Abschiedsworten wandte er sich ab und ging zu den anderen in die Kapelle, wo der Chor nun einen Psalm der Lobpreisung sang. Ellie blickte ihm nach und wünschte sich, ihre Vergangenheit umschreiben zu können. Wenn sie doch nur die magischen Kräfte besäße, die Alchimisten zugeschrieben werden! Dann würde sie ihre Schlacke in Gold verwandeln, das einem Mann wie dem Earl würdig wäre. Stattdessen war er ihr Feind, was er allerdings noch nicht wusste, während sie leider fast gar nichts war.

5. Kapitel

Mit nur einer Stunde Verspätung traf die Königin auf ihrer Barkasse ein – majestätisch saß sie in einer prachtvollen Robe auf einem vergoldeten Stuhl, umgeben von ihrem Gefolge und Musikanten, die während der Flussfahrt für ihre Unterhaltung sorgten. Will, der mit den anderen Adligen am Landesteg unterhalb des Schlosses stand, um sie zu begrüßen, überschlug im Kopf, wie viel eine derartige Entourage wohl kostete. Kein Wunder, dass Elisabeth ständig in Geldnöten steckte! Zuerst kamen die königlichen Leibgardisten an Land, dann die Waffenmeister und Staatsräte, die alle für ihren Schutz zu sorgen hatten, obwohl Will fand, dass die Leibgardisten für diese Aufgabe am besten geeignet waren: Sie waren große, breitschultrige Männer mit kantigem Kinn, denen man ansah, dass sie kampferprobte Soldaten waren.

Die Wartenden teilten sich, als Elisabeth an Land trat. Das Gefolge der Königin, sieben Hofdamen und vier Ehrendamen, stand ihr zu Diensten, das in seinen schwarzen und weißen Kleidern einen perfekten Hintergrund bildeten und seine Herrin umso mehr strahlen ließ. Sie sah in ihrem roten Samtgewand, dem mit Perlen besetzten Mieder über dem weißen Satinoberteil und den mit Goldfäden bestickten Ärmeln wirklich sehr majestätisch aus. Eine mit Spitze eingefasste Halskrause umrahmte ihr Antlitz. Will, der sie seit einigen Jahren nicht mehr aus der Nähe gesehen hatte, erschrak fast. Die Königin wirkte um Jahre gealtert. Sie würde, wie er ausrechnete, nächstes Jahr fünfzig werden. Doch auch ihr prachtvolles Gewand konnte nicht darüber hinwegtäuschen, dass ihre Wangen eingefallen waren, ihre klugen Augen Krähenfüße aufwiesen und ihre rotbraunen Haare eindeutig gefärbt waren. Die gelblichen Zähne wirkten auch nicht sehr vorteilhaft; allerdings lächelte sie kaum und hielt ihre schmalen Lippen geschlossen, wann immer es ihr möglich war. Unwillkürlich musste Will an Lady Eleanor denken, die er erst vor wenigen Stunden getroffen hatte – wie erfrischend jung sie im Gegensatz zur Königin wirkte! Doch dann rief er sich rasch wieder zur Ordnung und überlegte, welche Komplimente er der Königin machen könnte, ohne lügen zu müssen. Er musste sich etwas einfallen lassen, denn von den unverheirateten Männern wurde erwartet, dass sie Ihrer Majestät möglichst blumige Komplimente machten.

Eskortiert von ihren beiden engsten Beratern, Burghley und Walsingham, schritt die Königin die Reihe ihrer Edelmänner ab, beginnend bei den Lords aus den ältesten Adelsgeschlechtern bis hin zu den jüngeren. Als Earl hatte Will das Glück, mit am Anfang der Schlange zu stehen. Als die Königin auf seiner Höhe war, machte er eine tiefe Verbeugung und sah zwei mit Juwelen besetzte Schuhspitzen vor ihm stehen bleiben.

»Mylord Dorset, wir sind erfreut, Euch endlich am Hof zu sehen.«

»Gott schütze Euer Majestät. Ich fühle mich zutiefst geehrt, Euer Durchlaucht meine Hochachtung aussprechen zu dürfen. Jedes einzelne Jahr, in dem es mir nicht vergönnt war, mich im Glanz Eurer königlichen Gegenwart zu sonnen, kam mir wie eine Ewigkeit vor.«

»Sehr schön.« Mit einem huldvollen, königlichen Nicken nahm

sie seine Worte zur Kenntnis. »Dann will ich hoffen, Euch in Zukunft öfter zu sehen. Ihr beabsichtigt doch hoffentlich, am heutigen Lanzenstechen teilzunehmen, nicht wahr?«

»In der Tat, Euer Majestät, wenn es Euch gefällt, werde ich mich gern mit den anderen edlen Herren messen.«

»Ausgezeichnet. Nichts erfreut mich mehr als ein Festtagsturnier.«

Sie schritt weiter, um ihre Aufmerksamkeit dem nächsten Glückspilz zu schenken. Will stieß einen stummen Seufzer der Erleichterung aus. Offenbar war alles gut gegangen. Sie hatte länger mit ihm gesprochen, als er erwartet hatte, und schien ihm gewogen zu sein. Er ließ sich noch einmal durch den Kopf gehen, was er zu ihr gesagt hatte – nein, er hatte sich nicht blamiert, wie er insgeheim befürchtet hatte.

Die Entourage folgte der Königin gemessenen Schrittes in der Geschwindigkeit, die sie vorgab. Will genoss das prunkvolle Spektakel. Besonders gut gefielen ihm der Hofnarr in seinem bunt gescheckten Narrenkostüm und die beiden prachtvoll gekleideten Zwerginnen, die die Nachhut bildeten. Im Schloss angekommen, zog sich Elisabeth in ihre Privatgemächer zurück, und auf ihr Zeichen hin durften sich alle zerstreuen.

Will machte sich auf die Suche nach seinen Brüdern, die Turville beim Polieren der Rüstung halfen, da die Zeit knapp war. Das gute Stück war eine Leihgabe des Hufschmieds, erworben aus dem Nachlass eines in Ungnade gefallenen Lords, und war seit Jahren im Lager aufbewahrt worden.

»Wie war's, Will?«, fragte James und hörte auf zu pfeifen, als er seinen großen Bruder näher kommen sah.

»Gut. Ihre Majestät hat mit mir gesprochen und mich am Hof

willkommen geheißen.« Er nahm einen Lappen, um ebenfalls mitzuhelfen – im Hause Dorset war sich niemand für körperliche Tätigkeiten zu fein. Es war auch so schon schwer genug, nach außen hin wohlhabend zu tun. Die zwanzig in Seide gekleideten Diener, die er eigens für den Tag seiner Ankunft bei Hof angeheuert hatte, waren nach Hause geschickt worden, die elegante Livree war weggepackt, bis sie das nächste Mal gebraucht werden würde.

Turville, der während der letzten Jahre in Wills Diensten beträchtlich an Leibesumfang gewonnen hatte, hängte den Brustharnisch an den Holzständer und nahm sich dann den Helm vor. Er warf Will einen missbilligenden Blick zu, denn er fand es nicht schicklich, dass ein Earl seine eigene Rüstung polierte. »Mylords Pferd ist gestriegelt und bereit. Sein Pfleger führt es für Euch auf den Turnierplatz.«

»Besten Dank, Turville. Du bist tüchtig wie immer, wie ich sehe.«

»Wie lange haben wir noch?«, fragte Tobias und warf einen Schulterschutz auf das Sackleinen.

»Aufgepasst mit dem Schulterstück, junger Herr!«

»Immer mit der Ruhe, Dickerchen! Ist ja nichts passiert.«

»Manche Leute haben eben mehr Glück als Verstand«, merkte James an und gab seinem kleinen Bruder eine Kopfnuss, weil er zu ihrem langjährigen Diener so frech gewesen war.

»Ich muss in einer knappen Stunde auf dem Turnierplatz sein.« Will begann mit der mühseligen Arbeit, die ersten Teile der Rüstung anzulegen; nicht die schwersten Stücke – die musste jemand zum Turnierplatz bringen, wo er sie erst kurz vor Beginn des Turniers anlegen würde.

Turville half ihm dabei. »Euer Vater wäre stolz auf Euch, wenn er Euch so sehen könnte, Sir.«

»Kann sein.« Die Beziehung zu seinem Vater war nie sehr herzlich gewesen. Der alte Earl war viel zu sehr mit seiner fanatischen Suche nach Gold beschäftigt gewesen, um Zeit für seine Kinder zu haben, und irgendwann hatte Will es aufgegeben, seine Aufmerksamkeit erringen zu wollen. Selbst wenn sein Vater noch leben würde, wäre ihm das Aussehen seines Sohnes vermutlich egal gewesen. Doch warum hätte Will den seiner Familie treu ergebenen Turville damit behelligen sollen? Er zog das Sticktuch aus der Tasche und wollte es an seinem Ärmel befestigen.

»Was ist das?« Tobias, der Augen hatte wie ein Luchs, riss ihm das Sticktuch aus den Fingern. »Bei Gott, was für ein schmuddeliger Lappen!«

Grinsend nahm Will ihn ihm wieder weg. »Ich weiß.«

»Was? Und du trägst es mit dir herum wie einen kostbaren Schatz, weil …?«

»Weil es ein Scherz zwischen mir und einer gewissen Lady am Hof ist. Ich reite heute ihr zu Ehren.«

Tobias wollte sich ausschütten vor Lachen. »Hoffen wir, dass sie als Glücksbringerin geeigneter ist als fürs Sticken.«

»Ich fürchte nein, aber ich will ja nicht um ihre Hand anhalten. Sie gefällt mir einfach. Sie hat einen Witz, so spitz wie eine Klinge, mit der sie jeden aufgeblasenen Mann niederstreckt, der es wagt, ihre Intelligenz mit hohlen Floskeln zu beleidigen.«

James krauste die Stirn. »Will, du hast mich vom College geholt, um hier bei Hof eine wohlhabende Braut zu finden, und jetzt vergeudest du diese einmalige Gelegenheit wegen eines Mädchens, das ohnehin nicht infrage kommt? Mal ehrlich, ist dein Kopf noch in Ordnung?«

»Was kann es schon schaden?«, sagte Will trotzig, obwohl er

wusste, dass sein Bruder recht hatte. Er sollte aufhören, mit der jungen Lady zu tändeln, und ernsthaft nach einer vermögenden Braut Ausschau halten. »Ab morgen nehme ich es wirklich in Angriff, versprochen!«

»Lady Jane Perceval wäre eine erstklassige Wahl.« James überprüfte sein Spiegelbild in einer Unterarmschiene. »Reich, hübsch und an den Hof gekommen, um sich einen Gemahl zu angeln.«

»Ich habe sie gestern Abend gesehen. Sie sieht gut aus.« Doch sie hatte nichts an sich, was sein Interesse geweckt hätte.

»Gut, worauf wartest du dann noch? Am besten, du freundest dich mit ihrem Bruder an und bittest ihn, sie dir vorzustellen. Je schneller die Sache über die Bühne ist, desto schneller können Tobias und ich uns wieder unseren Studien widmen.«

Tobias stöhnte. »Sprich bitte nur für dich, Jamie. Von mir aus kann es so lange dauern, wie du willst, Will! Ich finde das Leben am Hof wesentlich spannender als die öden Unterrichtsstunden.«

Will war hellhörig geworden. »Seit wann bist du so lernbegierig, James?«

»Es gibt in Cambridge eine gute Frau, die unserem Bruder den Kopf verdreht hat«, sagte Tobias mit einem spitzbübischen Grinsen.

Will verdrehte die Augen. »Dann will ich hoffen, dass das Ganze geheim bleibt und du nicht auf dem Marktplatz am Pranger endest!«

James zwinkerte ihm zu. »Das hoffe ich auch – ich meine, dass es geheim bleibt. Aber ich kann den Liebreiz einer erfahrenen Frau nicht hoch genug loben. Sie hat mir schon eine Menge beigebracht.«

»Diesen Spruch solltest du vielleicht mal zur Königin sagen«, rief Tobias und lachte.

»Tobias!« James verpasste ihm eine zweite Kopfnuss. »Leichte Schläge auf den Kopf erhöhen das Denkvermögen«, sagte er entrüstet. »Und in deinem Fall scheint das dringend nötig. Über so etwas macht man keine Scherze!«

In seine Rüstung eingeschnürt, stapfte Will mit seinen Brüdern, die seinen Schild und seinen Helm trugen, die Stufen der Herberge hinunter – ziemlich steifbeinig, denn seine Kluft behinderte ihn beim Gehen. Sie hatten ein Quartier außerhalb der Schlossmauern bezogen, um das Fehlen von Bediensteten zu vertuschen und Geld zu sparen. Der Wirtin und ihren Mägden waren die Vorbereitungen im oberen Stockwerk nicht entgangen, und sie standen nun am Fuß der Treppe, um der kleinen Gruppe nachzuwinken.

»Gott sei mit Euch, Mylord!«, rief Mistress Gideon. Sie hatte Will und seine Brüder auf Anhieb ins Herz geschlossen – ebenso wie ihre Mägde, die kaum noch ein anderes Gesprächsthema hatten und bei ihrem Anblick glänzende Augen bekamen.

»Habt Dank für Eure guten Wünsche.« Will hielt sich seine gepanzerte Hand an die Brust, denn an eine Verbeugung war mit dem Brustharnisch nicht zu denken.

»Kannst du mir sagen, warum wir das tun?«, sagte er ächzend zu James, sobald sie außer Hörweite der Wirtin waren. »Diese Rüstung ist ungefähr so bequem, als würde man mit den Töpfen eines Kesselflickers herumlaufen. Ich komme mir wie ein Narr vor.«

»Du siehst aber nicht so aus.« James wollte seinem Bruder aufmunternd auf den Rücken klopfen, hielt sich dann aber zurück. »Sehr martialisch. Trotzdem, du hast recht: Es ist ein lächerlicher Sport, der gar nicht mehr zur modernen Kriegsführung passt. Gib mir eine Kompanie von Arkebusieren und reichlich Schrotkugeln, und ich mache mit euch Rittern kurzen Prozess.«

»Aber es geht um die romantische Atmosphäre auf dem Turnierplatz, Sir«, wusste Turville beizusteuern, als sie unter dem freundlichen Beifall der Einwohner über das Kopfsteinpflaster der Hauptstraße von Windsor zum Torbogen des Schlosses hinaufstapften. »Ich erinnere mich noch gut an die Geschichten über König Heinrich, der den ganzen Hof zum Jubeln brachte, wenn er als junger Mann an Turnieren teilnahm. Und auch seine Tochter, die Königin, liebt die alten ritterlichen Bräuche.«

Das war Will natürlich bekannt: Die Wettkämpfe waren nur eine weitere Zurschaustellung der Macht der Herrscherin, bei denen ihre Edelmänner ihr Leben für sie aufs Spiel setzten und sie zum Ziel ihrer ritterlichen Liebe und Pflicht machten. Die Teilnahme an Turnieren war ein Ritual, dem man sich unterziehen musste, wenn man bei Hof Ansehen gewinnen wollte.

»Dann kann ich nur hoffen, dass ich der romantischen Illusion gerecht werde und nicht vor den Augen der vielen Zuschauer flach auf dem Rücken lande.«

»Denk positiv, Will. Du bist kein schlechter Reiter«, versuchte James ihn aufzumuntern.

»Aber nicht so gut wie du, richtig?«

»Übung macht den Meister, Will! Du musst zugeben, dass du nicht so viel Zeit im Sattel zugebracht hast wie ich.«

»Das liegt daran, dass ich das nötige Geld zusammenkratzen musste, damit wir uns dein Pferd überhaupt leisten konnten.«

Tobias spürte, dass sich seine Brüder gleich wieder in die Haare geraten würden, wie so oft, wenn es um ihre jeweilige Rolle ging, und er beschloss, sie ganz schnell abzulenken.

»Will, hast du schon von der Explosion gehört?«

»Was? Gab es einen Anschlag auf die Königin? Wann?«

»Nein, Will, da war sie noch gar nicht da. Irgendein Schwachkopf von Alchimist wollte offenbar Lord Mountjoys Schlafgemach in die Luft jagen. Doch Lord Burghley hat davon erfahren und den beiden Herren aufs Strengste verboten, weitere Experimente durchzuführen.«

»Sir Arthur Hutton – war er es?«

»Richtig, so heißt er. Er ist in Ungnade gefallen.«

»Wurde er des Hofs verwiesen?«, fragte Will hoffnungsvoll.

»Nein, er wurde nur gerügt und bekam den guten Rat, in Zukunft lieber Bücher zu schreiben, als Sprengstoffe herzustellen. Und Lord Mountjoy wurde daran erinnert, dass alchimistische Experimente unter dem königlichen Dach nicht erlaubt sind.«

Sie gelangten zu den Wiesen, die den Turnierplatz umgaben, wo es bereits von Edelmännern und ihren Bediensteten wimmelte. Die ersten Teilnehmer probten ihren Ritt zu den Ringen oder übten Zielschießen. Wenn sie die Zielscheibe nicht trafen oder nicht schnell genug auswichen, wenn der Sack herumwirbelte, wurden sie aus dem Sattel geworfen. Wimpel flatterten in der leichten Brise; Rüstungen glänzten; Pferde mit prächtigen Satteldecken in Gold und Azurblau trabten vorbei. Herolde mit den Wappen ihrer Herren schritten vor den bedeutendsten Turnierteilnehmern her und riefen ein ums andere Mal die Titel ihres Lords aus. Maskenspieler, die vor Beginn des Turniers auftreten würden, versammelten sich in einer Ecke, ebenso weiß gekleidete Mädchen, die Vestalinnen darstellten, Musikanten, die ihre Instrumente mit bunten Bändern geschmückt hatten. Ein Pferd war als Drache herausgeputzt worden und würde vom Günstling der Königin geritten werden. Kurz und gut: Es war ein einziges kunterbuntes Durcheinander von Farben und Geräuschen.

Turville stieß einen kurzen Pfiff aus. Ein schlaksiger junger Mohr näherte sich ihnen mit einem riesigen Schimmel, dessen Schabracke Dorsets Wappenfarbe aufwies: Smaragdgrün.

»Ein schöner Hengst«, staunte Will. »Wem gehört er?«

»Im Moment dir. Früher gehörte er dem gleichen in Ungnade gefallenen Lord wie deine Rüstung«, erklärte James. »Er stand einige Monate im Stall des Hufschmieds, der ihn dir übrigens verkaufen würde, wenn du ihn haben willst.«

Will streichelte die samtige Nase des Pferdes. Oh ja, und ob er ihn wollte!

»Was hat dieser Lord genau verbrochen?«

»Er sitzt im Tower.«

»Ah.«

»Braucht das Geld. Er kann sich den Unterhalt eines Pferdes, das er höchstwahrscheinlich nie mehr reiten wird, nicht leisten.«

»Ich probiere das Pferd heute mal aus, und wenn es so gut ist, wie es aussieht, werde ich es kaufen.«

Tobias schnaubte verächtlich. »Und wieso solltest du ein weiteres Pferd bekommen, wenn ich nicht mal ein eigenes habe?«

»Weil er der Earl ist und Ihr nicht«, murmelte Turville.

»Wie heißt das Tier?«, fragte Will.

»Berber. Den Jungen kannst du übrigens gleich mitkaufen, wenn du möchtest.« James deutete auf den dunkelhäutigen Knecht, der das Pferd inmitten des Lärms und des Umtriebs perfekt im Griff hatte.

Will wusste, dass es Mode war, einen afrikanischen Pagen zu haben, doch für derlei Eitelkeiten hatte er kein Geld, und außerdem war der junge Mann für einen niedlichen Pagen doch schon etwas zu alt. »Ich will nur das Pferd.« Er nahm dem Jungen die Zügel aus der Hand und führte das Pferd zum Aufsteigklotz, ohne auf die bestürzte Miene des Reitknechts zu achten.

James klopfte dem Jungen auf die Schulter. »Keine Bange, Diego, er nimmt dich auch. Ich kenne meinen Bruder besser als er sich selbst.«

»Berber und ich, wir waren noch nie getrennt«, sagte der junge Nordafrikaner niedergeschlagen.

»Ich werde ihm später gut zureden. Wenn du deine Arbeit heute gut machst, brauchst du dir keine Sorgen zu machen, ob du heute Abend ein Dach über dem Kopf hast oder nicht, glaub mir!«

Diego fasste sich wieder und rannte zu dem jungen Earl, um ihm bei dem schwierigen Unterfangen zu helfen, mit einer Rüstung auf ein Pferd zu steigen. Turville schnallte Will die letzten Einzelteile um und trat erst zurück, als Will die speziell konstruierten Stufen hinaufstieg.

»Ich wette, er schwitzt unter dem vielen Eisen wie ein Fischweib«, lästerte Tobias, als er die unbeholfenen Bewegungen seines großen Bruders beobachtete.

Berber war offenbar gut trainiert, denn er blieb auch dann ganz ruhig, als er plötzlich das Gewicht eines Reiters samt Rüstung auf dem Rücken hatte. James näherte sich mit der Lanze, deren Spitze mit Stoff umwickelt war, damit man dem Gegner keine schweren Verletzungen zufügen konnte. Turville reichte Will den Helm.

»Befestige das Minnetuch an meinem Schulterstück«, sagte Will zu seinem Diener. Er mühte sich mit dem Visier ab. »Wie um alles in der Welt soll man mit diesem Ding etwas sehen?«

»Kann man nicht«, sagte James und stieg die Stufen hoch, um seinem Bruder zu helfen. »Ziele einfach und reite los! Wie fühlst du dich in deinem Panzer?«

»Wessen dämliche Idee war das eigentlich?«

»Deine.«

»Das war verflucht noch mal das erste und letzte Mal, Jamie. In Zukunft kannst *du* für die Familienehre kämpfen!«

»Lächeln, Bruderherz! Tu so, als mache es dir einen Heidenspaß! Raleigh und seine Leute treffen gerade ein.«

Will zauberte ein heiteres Lächeln auf sein Gesicht. Er hatte sich noch nie im Leben unbehaglicher gefühlt als jetzt. Je eher diese Farce vorbei war, desto besser.

»Mylord Dorset, da habt Ihr ja einen edlen Hengst!«, rief Raleigh ihm vom Rücken eines rötlich braunen Schlachtrosses aus zu. Obwohl er keinen Titel besaß, durfte er als Günstling der Königin bei diesem Sport mitmachen, der eigentlich nur Adligen vorbehalten war. Er war klug genug, aus seiner bescheidenen Herkunft das Beste zu machen, indem er diesen Nachteil in einen Vorteil ummünzte. Seine Rüstung bestand aus schlichtem, zweckmäßigem Plattenpanzer ohne jeden Schnickschnack: eine eindeutige Aussage. »Konntet Ihr in den ritterlichen Künsten bereits Erfahrungen sammeln?«

Will wusste, dass Raleigh mit diesem Wortwechsel sämtlichen Umstehenden zu verstehen geben wollte, dass Will sich keinesfalls mit einem kampferprobten Soldaten messen konnte. Er machte nicht den Fehler, ihm zu widersprechen. »Nein, Master Raleigh, ich bin ein blutiger Anfänger in dieser Kunst. Doch ich vertraue darauf, dass Ihr mir gegenüber etwas Nachsicht walten lasst.«

Raleigh lachte. »Wenn Ihr Nachsicht und Milde sucht, seid Ihr hier am falschen Platz. Dann wärt Ihr heute Morgen vermutlich besser bei Eurer Mätresse im Bett geblieben!« Die Männer in seiner Begleitung lachten leise.

Will entblößte seine Zähne zu einem kühlen Lächeln. »Ihr schätzt mich falsch ein, Sir. Ich fürchte mich nicht davor, einen oder zwei Stöße abzubekommen.«

»Dann freue ich mich schon auf unsere Begegnung, falls wir gegeneinander antreten sollten.«

Mit einem überheblichen Grinsen ritt Raleigh weiter, dem der Löwenanteil der Aufmerksamkeit der Zuschauer auf der Wiese zuteilwurde. Während Will ihm noch nachblickte, merkte er plötzlich, dass sich die Atmosphäre auf dem Turnierplatz merklich veränderte. Die Teilnehmer des Festzuges nahmen ihre Plätze ein; die Musik schwoll an, Trommelschläge gaben den Takt für den Applaus der Zuschauer vor. Eine erwartungsvolle Spannung lag in der Luft, und alle warteten darauf, dass sich die höfische Elite gleich einen harten Kampf liefern würde, der nicht selten in Blutvergießen endete. Will wurde von einer Welle der Erregung gepackt: Die Spiele würden gleich beginnen – und er hätte die Gelegenheit, sein Können unter Beweis zu stellen.

»Was für ein Esel! Hoffentlich trittst du gegen ihn an, Will«, sagte Tobias wütend, während er Raleigh nachblickte. »Und dann verpasst du ihm so einen heftigen Stoß, dass er in der nächsten Grafschaft landet und nur noch röchelt.«

Will lachte über die Empörung seines kleinen Bruders, die ihn nur noch mehr anfeuerte. »Das ist doch unwichtig. Ich bin schon froh, wenn ich mich nachher nicht bis auf die Knochen blamiere.«

Will trieb Berber an und ließ ihn im Schritt gehen, um sich an das Pferd und seinen Gang zu gewöhnen. Dank des hohen Sattelknaufs hatte Will einen guten Sitz, doch er bedauerte, dass er nicht härter trainiert hatte, ehe er nun vor Publikum auftrat. Natürlich hatte er mit seinen Brüdern zu Hause schon zum Spaß Turniere geritten, aber nie auf einem so edlen Pferd und vor so vielen Zuschauern. Und am Ende des ersten Rings der Übungsbahn entdeckte er Lady Eleanor in einer Gruppe von Mädchen, die die Reiter mit großen Augen anhimmelten. Er lächelte, weil sie Arm in Arm mit einem etwa gleichaltrigen Rotschopf dastand und sie beide über Sir Percevals hohen Federbusch lachten, der ihm ständig störend in die Augen fiel. Wie zufällig ritt Will auf die Mädchen zu und hoffte, dass Berber sich weiterhin so mustergültig verhielt wie bisher.

»Ladys«, sagte er höflich. »Ich hoffe, Ihr bleibt, um Euch die Wettkämpfe anzusehen.«

Die vier Mädchen machten hastig einen Hofknicks und wechselten scheue Blicke, weil sie nicht damit gerechnet hatten, von einem Lord angesprochen zu werden. Drei von ihnen fragten sich, welche von ihnen den jungen Earl wohl bereits kannte und folglich mit ihm reden sollte. Widerwillig trat Ellie einen Schritt vor.

»Jawohl, Mylord, wir werden zuschauen.«

Will berührte das Minnetuch an seiner Schulter. »Ich trage Euer Abzeichen zum Schutz in der Nähe meines Herzens.«

»Wäre ein Schild da nicht nützlicher, Sir?« Wieder parierte sie seine Schmeichelei mit einem Scherz, was Will sehr amüsant fand.

Er zwinkerte. »Den habe ich natürlich auch – zusätzlich. Wünscht mir Glück, Ladys!«

Er gab seinem Pferd die Sporen und ritt weiter.

»Ellie, du gerissenes Biest, du hast uns kein Sterbenswörtchen verraten!«, sagte Isabel fassungslos. »Wie bist du zu *der* Ehre gekommen?«

Ellie zog ihre Freundinnen zu den Holzbänken, die rund um den Turnierplatz aufgestellt waren. »Es hat nichts zu bedeuten – nur ein kleiner Scherz zwischen dem Lord und mir.«

»Am Hof in aller Öffentlichkeit dein Tuch am Arm zu tragen ist alles andere als ein Scherz«, merkte Margaret an. »Und was für ein Lord! Alles vom Feinsten: Rüstung, Pferd und er selbst! Du meine Güte!« Sie griff sich ans Herz und tat so, als würde sie gleich in Ohnmacht fallen.

»Bleib auf dem Boden der Tatsachen, meine liebe Margaret Villiers«, sagte Ellie. »Wir alle wissen, dass ein Lord, der mir eine derartige Aufmerksamkeit zuteilwerden lässt, definitiv nicht weiß, wer ich wirklich bin. Ich denke, er findet mich nur amüsant. Sein Interesse wird bald wieder erlahmen.« Und dafür gäbe es einen triftigen Grund …

Den wachsamen Mädchenaugen entging nicht, dass Will als Nächstes bei Henry Perceval anhielt, um dessen Schwester vorgestellt zu werden. Selbige war in cremefarbene Seide gekleidet und trug dazu eine goldfarbene Halskrause, sodass sie wie eine wandelnde Schatztruhe aussah.

»Seht ihr, was ich meine? Reiche Mädchen kommen nie außer Mode«, sagte Ellie und seufzte.

Margaret drückte ihren Arm. »Aber er trägt heute dein Minnetuch, nicht ihres!«

Aber wie lange noch?, fragte sich Ellie.

6. Kapitel

Am ersten Turniertag lief es recht gut für Will. Als er in dem Festzug, von der Königin angeführt, mitritt, bekam er Applaus für seine Aufmachung, und von drei Auftritten hatte er einen verloren und zwei gewonnen. Und dass er kein einziges Mal aus dem Sattel gefallen war, war sehr erfreulich.

Vor dem abendlichen Bankett bereitete Turville ein dringend nötiges Bad für ihn vor. Will lag mit angezogenen Knien im Zuber, genoss das warme Wasser, das seine Schrammen linderte, und hörte sich an, wie seine Brüder seine Auftritte in allen Details kommentierten. Diese nachträgliche Beurteilung war in Wills Augen das Beste an den ganzen Wettkämpfen, besonders, wenn man sie mit einem Krug des besten Dünnbiers der Wirtin hinunterspülen konnte.

»Du hast deine Lanze nicht gerade gehalten«, sagte James. »Nur deshalb konnte Blount einen Treffer erzielen.«

»Hmmm«, brummte Will nur. Kritisieren war einfacher als selbst zu kämpfen; er hatte kaum noch Kraft im Arm gehabt, als er entlang der Schranke auf Sir Charles Blount zuritt.

»Master Blödmann Raleigh lag am Ende des Tages in Führung«, beklagte Tobias niedergeschlagen.

»Wie schön für ihn«, murmelte Will träge.

»Die blöden Schiedsrichter müssen blind sein. Perceval war in der zweiten Runde eindeutig besser, aber trotzdem wurde Raleigh zum Sieger erklärt.«

»Tja, das Leben ist nun mal nicht immer gerecht.« Will drückte den Schwamm aus und seifte sich die Arme ein.

»Ich habe gesehen, dass du vor den Wettkämpfen Lady Jane vorgestellt wurdest«, merkte James an, streckte seine langen Beine aus und gähnte.

»In der Tat.«

»Du solltest sie fragen, ob du morgen ihr Abzeichen tragen darfst!«

Will verzog das Gesicht. Das wäre gewiss das Klügste, um sich bei ihr einzuschmeicheln. Sie hatte recht angenehm gewirkt und war über seine Komplimente erfreut gewesen – ganz im Gegensatz zu der scharfzüngigen dunkelhaarigen Schönheit, die ihm neuerdings im Kopf herumspukte. Perceval schien nichts gegen eine Verbindung zwischen ihm und seiner Schwester zu haben, denn er hatte sie ihm bereitwillig vorgestellt. Gerüchten zufolge hatte Sir Thaddeus Perceval, ein altmodischer Baron, der mit Wolle und Kohlebergwerken ein Vermögen gemacht hatte, seinen Sohn Henry angewiesen, einen jungen Mann bester Abstammung zu finden, und folglich hatte er, Will, ganz gute Chancen.

»Mach ich vielleicht. Mal sehen, was heute Abend beim Bankett passiert.«

Das reichte James nicht. »Will, uns bleibt nicht mehr viel Zeit.«

»Das weiß ich, aber es geht um den Rest meines Lebens. Das ist keine Kleinigkeit. Ich will zumindest etwas über den Charakter der Lady wissen, ehe ich ihr den Hof mache und sie dann heirate.«

James seufzte. »Ehrlich gesagt geht es nur um die Höhe der Mitgift. Wir stehen verdammt kurz vor dem Ruin.«

Will wollte sich diese Stunde der Erholung nicht verderben lassen, indem er an all ihre Probleme erinnert wurde, und warf den Schwamm nach seinem Bruder. »Das weiß ich selbst. Aber darf ich dich daran erinnern, dass du mich heute erst überredet hast, einen zusätzlichen Mann einzustellen?«

»Diego ist eine gute Investition – er hat ein unglaubliches Geschick mit Pferden.«

»Das nützt uns nur etwas, wenn wir uns weiterhin einen Reitstall leisten können. Wenn du so verdammt versessen darauf bist, auf die Schnelle an Geld zu kommen, kapere doch eine spanische Galeone!«

James warf den Schwamm zurück, der klatschend ins Badewasser fiel. »Wenn du die verdammten Mittel hättest, ein Piratenschiff auszustatten, täte ich es!«

Tobias verdrehte die Augen. Seine älteren Brüder, die sich altersmäßig so nahestanden, waren schon immer wie Katz und Maus gewesen, obwohl sie sich innig liebten. Um die beiden Streithähne nun zu besänftigen, sprang er auf einen Stuhl, um sich Gehör zu verschaffen.

»Ich weiß etwas! Ich gehe nach Amerika, baue eine Plantage auf und entdecke eine Goldmine!«

»Komm wieder runter, du kleiner Narr«, brummte James, obwohl er über seinen kleinen Bruder grinsen musste.

»Nein, ich lasse mir nicht den Mund verbieten – es ist eine geniale Idee. Ihr habt es nur noch nicht erkannt. Wartet ab: Wenn ich wieder nach Hause komme, bin ich so reich wie der König von Spanien, kaufe für jeden von euch ein Landgut und für mich selbst drei!«

»Nur drei?«, entgegnete James trocken.

»Ja. Ich lasse mir nicht nachsagen, dass ich habgierig bin.«

»Nein, nur ein Träumer«, ergänzte Will und erhob sich aus seinem lauwarmen Badewasser. »Kommt, Leute, lenken wir unsere Schiffe zu dem Bankett heute Abend und plündern wir die Galeonen reicher Ladys, sofern welche unseren Weg kreuzen sollten.«

»Kreuzen? Nach deinen heldenhaften Erfolgen heute dürften sie dich direkt ansteuern und sich dir an den Hals werfen, Will«, stellte ihm James in Aussicht und reichte ihm das Handtuch.

»Klingt für mich eher nach Schiffbruch.«

»Nein, für dich bedeutet es Vermählung!«

Als Jane am Arm ihres Bruders die Stufen hinunterging, war ihr fast übel – von dem seichten Geschwätz ihrer vielen Verehrer, Raleighs anzüglichen Bemerkungen und davon, sich ständig verstellen zu müssen. Sie fand das Leben am Hof anstrengend, und dabei war sie gerade mal zwei Tage hier. Sie wusste zwar, dass es eine Falle war, in die sie bereitwillig den Kopf gesteckt hatte, weil sie glaubte, sie nach Lust und Laune manipulieren zu können, doch inzwischen war ihr klar geworden, dass sich die Schlinge immer mehr zuzog, je mehr sie sich wand, um wieder herauszukommen. Ihre Familie erwartete von ihr, dass sie eine glänzende Partie machte, und hatte sie aus diesem Grund großzügig ausgestattet, doch ihr war bereits jede Lust auf eine Eroberung vergangen.

Und warum? Erst gestern vor dem Spiegel hatte sie sich vorgenommen, mit ihrer Heirat das große Los zu ziehen; doch als sie sich heute umsah, stellte sie fest, dass sie keinen dieser Männer wollte, weil niemand sie um ihretwillen haben wollte. Raleighs Anwesenheit bereitete ihr Magenschmerzen, denn seine vielsagenden Blicke erinnerten sie ständig an ihren Fehltritt. Doch am meisten hatte sie bestürzt, wie der charmante, aber unaufrichtige Earl von Dorset sie mit netten Komplimenten überschüttet hatte. Dabei hatte er sie nicht einmal richtig angeschaut, sein Blick war nur kurz über ihr Gesicht gehuscht, ohne bei ihren Augen zu verweilen. Er war nicht der Einzige: Jeder Gentleman sprach auf dieselbe Weise mit ihr und heuchelte Interesse, obwohl er im Geiste bei ganz anderen Dingen war, vermutlich bei der Höhe ihrer Mitgift. Das hatte sie so frustriert, dass sie am Ende des Tages sogar versucht hatte, ihrer Zofe ihr Herz auszuschütten. Doch Nell hatte sie nur angestarrt, als wenn sie plötzlich übergeschnappt wäre. Offen mit ihrer Zofe reden zu wollen, war dumm von ihr gewesen, denn Jane wusste ja, dass diese sie nicht sonderlich mochte. Von jemandem, der standesmäßig so weit unter ihr stand, konnte sie ohnehin kein Mitgefühl erwarten. Sie war nur so lange loyal, wie sie dafür bezahlt wurde.

»Warum so ein langes Gesicht, Janie?«, fragte Henry. Er trug seinen rechten Arm in einer Schlinge, da er ihn am Nachmittag bei einem Sturz vom Pferd verstaucht hatte. »Du schaust drein wie drei Tage Regenwetter. Dabei kannst du zufrieden sein. Bis jetzt läuft es doch bestens für dich.«

»Danke.« Jane machte sich nicht die Mühe, ihrem Bruder anzuvertrauen, wie es in ihr aussah, denn er hätte ihre Klagen als ›Weibergeschwätz‹ abgetan.

»Vater wird sich freuen zu hören, dass die Königin mit dir gesprochen hat.«

Die Königin hatte die dezent-vornehme Farbe von Janes Gewand gelobt. Die Percevals waren klug genug, die Königin nicht zu verärgern, indem sie Jane als Rivalin präsentiert hätten. Die Gräfin von Leicester war so leichtsinnig gewesen und daraufhin des Hofes verwiesen worden.

»Nachtblau steht dir gut.«

Jane hatte dieses Kleid eigentlich gar nicht anziehen wollen, doch es war eigens für das Bankett angefertigt worden und zu teuer, um es nicht zu tragen.

»Freut mich zu hören.«

»Raleigh trug diese Farbe gestern Abend.« Henry musterte seine Schwester verstohlen. Zwischen ihr und seinem Freund musste etwas vorgefallen sein, aber er war sich nicht sicher, ob er wissen wollte, was es war.

»Dann kann ich nur hoffen, dass er heute Abend etwas anderes trägt. Ich möchte nicht, dass jemand glaubt, wir gehörten zusammen.«

»Er ist ein Mann mit guten Aussichten. Du könntest eine schlechtere Partie machen.«

»Aber auch eine bessere!«

Sie betraten das Vorzimmer zum Bankettsaal und blieben kurz stehen, um sich in den eigens aufgestellten Silberschalen die Hände zu waschen. Diener trugen die Speisen von den gesondert gelegenen Küchenräumen zum Ausgaberaum: Rinder- und Schweinebraten, Fleischpasteten und Brathähnchen. Die Tranchierer warteten nur auf das Signal, dass die Königin gleich eintreffen würde.

Jane wünschte sich, der Abend wäre bereits vorbei. »Gehen wir zu unseren Plätzen; Ihre Majestät kommt sicher gleich.«

Doch ihr Bruder hatte jemanden erspäht, den er kannte. Er blieb vor einem schwarz gekleideten Herrn und einer jungen, dunkelhaarigen Schönheit stehen, die neben dem Eingang standen, als wüssten sie nicht, ob sie willkommen waren oder nicht.

»Sir Arthur, wie ich hörte, wolltet Ihr das Schloss in Brand stecken«, sagte Henry fröhlich.

Der Alchimist schüttelte den Kopf. »Eine gelinde Übertreibung, Sir. Es war lediglich ein kleiner Unfall, der sich rasch wieder ausbügeln ließ.«

Jane starrte entsetzt und fasziniert zugleich auf die Brandwunden auf den Handrücken des Gelehrten. Ein kleiner Unfall?

»Ich hoffe, dass Ihr nicht in der Nähe wart, Lady Eleanor«, fuhr ihr Bruder fort und schenkte dem Mädchen sein charmantestes Lächeln.

»Nicht so nahe, als dass es der Erwähnung wert wäre«, sagte das Mädchen und wich unwillkürlich einen Schritt zurück, als sei ihr Henrys Interesse lästig und als würde sie am liebsten weglaufen.

Oh ja, dachte Jane, sie war genau der Typ Mädchen, der Henry gefiel: glutvolle braune Augen, nicht so blass, wie es derzeit als modisch galt, rabenschwarze Locken, nur nachlässig geflochten, sodass ihr einzelne Strähnen ins Gesicht fielen und sie im Nacken kitzelten … alles Dinge, nach denen ihr Bruder verrückt war. Hatte sich das Mädchen absichtlich so zurechtgemacht?, überlegte sich Jane. Wenn ja, dann hatte sie die billige Anmache ihres Bruders durchaus verdient.

»Ich glaube, Ihr hattet noch nicht die Gelegenheit, meine Schwester kennenzulernen. Jane – darf ich dir Sir Arthur Hutton und seine Tochter, Lady Eleanor, vorstellen?«

Beide Mädchen machten einen Knicks, Janes fiel eher knapp aus, der von Ellie war tiefer.

»Was ist mit Eurem Arm passiert, Sir?«, erkundigte sich Arthur und lenkte damit Henrys Aufmerksamkeit wieder auf sich. »Ich hoffe, er ist nicht gebrochen.«

Jane musterte derweil seine Tochter weiter betont kühl und distanziert.

Ellie rang nervös die Hände. »Ihr … ähm … trugt gestern Abend ein wunderschönes Kleid, Mylady, ich habe es sehr bewundert. Doch das heutige übertrifft es noch. Es steht Euch ausgezeichnet.«

Jane musterte den grünen Rock des Mädchens. Es war offensichtlich, dass sie keinen weiteren besaß, denn er war etwas schmutzig unten am Saum, weil sie damit vermutlich auch beim Turnier gewesen war.

»Eine Frau ist mehr als nur ihr Kleid«, sagte Jane in einem Ton, der als hochmütige Zurückweisung gedacht war.

Doch zu ihrer Überraschung strahlte das Mädchen sie an. »Ich freue mich, dass Ihr das auch denkt. Dieses Theater um Kleidung ist wirklich lächerlich und lästig, nicht wahr? Wenn es nur darum ginge, könnte man ja gleich eine Kleiderpuppe mit seinem Gewand zu den Festen schicken und sich daheim einen gemütlichen Abend machen.«

Diese höchst ungewöhnliche Vorstellung gefiel Jane, sie musste schmunzeln. »Das würde aber nur klappen, wenn ein Herold jedes Mal verkündet, wessen Kleid gerade eintrifft.«

»Richtig. ›Tretet zur Seite, verehrte Herrschaften, denn das Kleid einer äußerst bedeutenden Persönlichkeit, der Gräfin von Allem, hält Einzug, in Begleitung Seiner Hoheit, des Herzogs von Allem und Jedem!‹«

»Das würde der Staatskasse eine Menge Ausgaben für Speisen ersparen.«

»Und das übliche Gesprächsniveau in neue, unerhörte Höhen treiben!«

Jane prustete und hielt sich rasch ein spitzenbesetztes Taschentuch vors Gesicht, um nicht lauthals zu lachen. »Psst, nicht! Ich soll mich hier am Hof von meiner besten Seite zeigen.«

Das junge Mädchen seufzte. »Ich auch. Aber nachdem Vater heute früh Lord Mountjoys Latrinenstuhl in die Luft gejagt hat, glaube ich nicht, dass ich die höfische Gesellschaft noch mit irgendetwas schockieren kann.«

»Er hat *was* getan?«

»Den Abort in die Luft gejagt. Nachdem ihm ein kleiner Glasbehälter explodiert war, kam er auf die glorreiche Idee, das Experiment in einem kleineren Raum zu wiederholen, um sich weitere Verbrennungen zu ersparen. Er war nicht mehr zu bremsen.« Der gequälte Blick, den das Mädchen seinem Vater zuwarf, ähnelte dem einer verzweifelten Mutter, die sich über ihr ungehorsames Kind ärgert. Das Mädchen tat Jane fast leid.

»Mit welchem Nachspiel wird er rechnen müssen?«

Zuerst zuckte Lady Eleanor nur mit den Schultern, dann sagte sie: »Wir sind uns nicht sicher, ob wir heute Abend an Lord Mountjoys Tafel willkommen sind. Sein Sohn hasst uns wie die Pest, und sein Vater liegt danieder, da er wegen der giftigen Gase bei der letzten Katastrophe in Ohnmacht fiel.«

»Sir Arthur dagegen scheint sich bester Gesundheit zu erfreuen.«

»Ja, es hat den Anschein, als sei mein Vater gegen Verletzungen gefeit. Zumindest glaubt er das.«

Jane warf einen Blick in den Bankettsaal. Inzwischen waren fast alle Plätze besetzt, was bedeutete, dass die Königin sehr bald eintreffen würde. »Ich kenne Sir Charles Blount. Soll ich bei ihm ein gutes Wort für Euch einlegen?«

»Danke, Mylady, aber das ist nicht nötig. Ich ziehe es vor, dass mein Vater die Konsequenzen seines heutigen Abenteuers zum Teil zu spüren bekommt. Sonst lernt er es nie!«

Dass eine Tochter so etwas über ein Elternteil sagte, war höchst ungewöhnlich, aber Jane ahnte, dass sich das Vater-Kind-Verhältnis längst umgekehrt hatte.

»Er setzt alle Hoffnung auf ein Geschenk, das ich für die Königin anfertigen musste«, fuhr das Mädchen fort und rieb sich die Arme, als wäre ihr kalt. »Eine Übersetzung. Aber bisher hat Ihre Majestät sich noch nicht dazu geäußert.«

»Also steht Ihr hier herum und fragt Euch, ob Euch das Glück lächeln oder zürnen wird?«

Die Mundwinkel des Mädchens gingen amüsiert nach oben. »Richtig.«

»Dann hoffe ich, dass Ersteres der Fall ist.«

»Danke.«

Henry schaffte es, sich von Sir Arthur loszueisen, und er bot Jane seinen Arm an, um sie in den Saal zu führen.

»Wir müssen aufhören, ständig in allerletzter Minute zu kommen«, sagte er, obwohl es ihm schmeichelte, dass alle herüberblickten. Auf dem Weg zu ihrem Tisch nickte er sämtlichen bekannten Gesichtern zu.

»Du liebst es doch, Aufmerksamkeit zu erregen, Henry«, raunte sie ihm zu, während sie mit zusammengebissenen Zähnen lächelte.

Er rückte ihren Stuhl zurecht. »Ich wäre dir dankbar, wenn du dir die Tochter von Hutton warmhältst, Janie. In meinem Interesse …«

Weil sie sich gerade mit den Reifen ihrer Krinoline abmühte, vergaß Jane zu lächeln. »Ich bin nicht deine Kupplerin, Henry. Ich mag das Mädchen. Lass sie in Frieden!«

Henry nahm neben ihr Platz. »Was weiß ein unschuldiges junges Ding wie du schon von Kupplerinnen, Janie?« Er senkte die Stimme. »Oder ist das mit der Unschuld vielleicht schon passé, hm?«

Ein kalter Schauer lief ihr über den Rücken. »Ich weiß nicht, was du meinst.«

»Wenn du weiterhin als Unschuldslamm durchgehen willst, würde ich vorschlagen, dass du tust, worum ich dich gebeten habe. Ich würde Vater nur ungern Klagen über dein Benehmen am Hof schicken müssen.«

»Du verräterischer Judas!«, murmelte Jane.

Er nahm sein Messer aus seinem Gürtel und stieß es in ein Weizenbrötchen. »Wie du meinst, aber du bist nicht die Jungfrau Maria, habe ich recht, Schwesterherz?«

Eine Trompetenfanfare verkündete das Eintreffen von Königin Elisabeth. Alle Anwesenden erhoben sich.

»Gott schütze Ihre Majestät!«, verkündete der Herold, bevor er an der Spitze des Zuges den Saal betrat, während die Saaldiener rückwärts vor der Königin hergingen.

Jane fiel in den Applaus ein. Es war dumm, auf die Monarchin neidisch zu sein – deren Stellung war einmalig –, aber Jane ertappte sich dabei, dass sie es doch ein kleines bisschen war, weil die Königin immer im Mittelpunkt der allgemeinen Aufmerksamkeit stand. Niemandem unterstellt als Gott, ließ Elisabeth die Männer vor ihr hertänzeln, als sie nun zu ihrem Platz schwebte, in einem Gewand, dessen Pracht von ihrem Reichtum und ihrer Macht zeugte: mit Goldfäden durchwirkte Stoffe, Perlenschnüre und eine Halskrause so groß, dass sie die aller anderen in den Schatten stellte. Wie ein Juwel in einer meisterhaft gearbeiteten Fassung zog die Monarchin alle Blicke auf sich und flößte ihren Untertanen Angst und Ehrfurcht ein. Jane seufzte. Wenn sie das Geheimnis der Königin kennen würde, die selbst aufmüpfige Untertanen in ihre Schranken zu verweisen verstand, müsste sie weder die Drohungen ihres Bruders noch die Aussicht auf eine Vermählung mit einem der gefühllosen Männer, die ihr den Hof machten, fürchten. Dann hätte sie sie in der Hand!

Aber andererseits hatte Elisabeth nie geheiratet – seit sie den Thron bestiegen hatte, hatte sie sich niemals einem Mann gebeugt. Die Königin wusste, dass die Macht einer Frau in der Brautwerbung bestand, nicht in einer Eheschließung, und sie wehrte jede Gefahr für ihre Person oder ihr Reich ab, indem sie mit den Männern spielte, sich jedoch niemals festlegte. Jane wusste aber natürlich, dass ein solches Verhalten in ihrem Fall unmöglich war, da sie nicht mit einem Königreich aufwarten konnte.

Die Königin stellte sich an ihren Platz und nickte ihrem Kaplan zu, der ein ungebräuchliches Tischgebet herunterleierte. Als er fertig war, nahm die Königin ihren Platz ein, und alle folgten ihrem Beispiel – es sah aus wie eine Woge, die bei denen begann, die dem Zentrum der Macht am nächsten waren, und sich bis zu den rangniedrigsten Rittern an den unteren Enden der Tafeln ausbreitete.

»Sieh nur, wo Raleigh sitzt. Erstaunlich …«, sagte Henry.

Jane schaute zu den Tischen auf der Empore und sah ihn inmitten der höchsten Adeligen, die rangmäßig weit über ihm standen, in der Nähe der Königin sitzen.

»Sein Stern ist im Steigen begriffen. Das dürfte ganz nützlich für uns sein«, fuhr Henry fort, während er ein Stück Lammbraten auf seinen Teller legte – etwas ungeschickt, da er dazu seine linke Hand benutzen musste.

Auf der anderen Seite des Saals gingen Sir Arthur und Lady Eleanor gerade auf die Tafel zu, an der Lord Mountjoys Gefolge saß. Sie schlichen sich an der Wand entlang, da sie wussten, dass es als unhöflich galt, nach der Königin einzutreffen. Die Tochter sah aus, als wäre sie überall lieber als hier, und das konnte Jane gut nachvollziehen. Als Sir Arthur versuchte, sich ans Ende der Bank zu quetschen, gab Sir Charles Blount seinen Männern das Zeichen, ihn daran zu hindern. Das daraus resultierende geflüsterte Geraune lenkte etliche neugierige Blicke in die düstere Ecke. Henry schnaubte höhnisch, als zwei seiner Diener Sir Arthur unter den Armen packten und unsanft aus dem Saal führten. Nun war seine Tochter ihrem Schicksal überlassen. Sie machte Anstalten, ihrem Vater zu folgen, doch eines der Mädchen am Tisch nahm ihre Hand und zog sie neben sich.

Henry biss herzhaft in seine Keule. »Wir haben hier genügend Platz«, sagte er mit vollem Mund. »Schick ihr die Nachricht, Janie, sich zu uns zu setzen!«

»Sie fühlt sich wohl, dort, wo sie ist, Henry. Lass sie in Frieden!«

»Sie fühlt sich wohl? Nicht mehr lange.« Henry deutete mit einer Kinnbewegung auf die beiden Diener, die den Alchimisten gerade zur Tür hinausgeführt hatten. Auf ein weiteres Zeichen Blounts hin tippten sie der Lady auf die Schulter und deuteten zur Tür. Errötend sprang sie auf und rannte aus dem Saal, während ihre rothaarige Freundin ihr fassungslos nachschaute.

»Gut, gut.« Henry warf seine Serviette auf den Tisch. »Meinst du nicht auch, dass sie eine starke Schulter braucht, um sich auszuweinen, Janie?«

»Henry, *nicht*!«

»Entschuldige mich bitte. Ich bin in Sachen tätige Nächstenliebe unterwegs.« Er sprang auf und eilte zu einer Seitentür hinter einem Wandteppich, um kein Aufsehen zu erregen.

Jane starrte auf ihren leeren Teller. Sie spürte, dass sie die unsägliche Wut auf ihren Bruder kaum unterdrücken konnte.

7. Kapitel

»Mylord? Mylord Dorset, was ist?« Robert Cecil winkte einen Diener herbei. »Bring dem Earl einen Becher Wein!«

Und schon hatte Will einen Trinkpokal in der Hand. Er stürzte den Inhalt hinunter und lachte freudlos. »Besten Dank, Sir.«

»Seid Ihr krank?«, erkundigte sich Cecil.

Will hielt den Pokal hoch und gab dem Diener zu verstehen, ihn nachzufüllen. »Nein, alles in Ordnung. Ich habe nur gerade eine Überraschung erlebt.«

Cecil widmete sich wieder seinem Teller. »Die wenigsten Überraschungen sind angenehmer Art.«

»Wie wahr!« Will brach den Flügel einer gebratenen Gans ab. »Auch Dinge, die auf den ersten Blick schön anzusehen sind, entpuppen sich bisweilen als faulig in ihrem Inneren.«

»Ich vermute, Ihr spielt nicht auf das Essen an, oder?« Cecil versuchte sich zu erinnern, wann genau die Stimmung seines Tischnachbarn umgeschlagen war. »Ist Euch der Anblick Sir Arthurs so zuwider? Macht Euch keine Sorgen: Wenn es nach meinem Vater geht, ist er nicht mehr lange hier am Hof. Der Mann ist eine Gefahr für die Öffentlichkeit!«

»Es war nicht der Vater, der mich überrascht hat.« Will leerte seinen zweiten Becher und winkte sofort nach dem nächsten. Er sollte aus dieser Lektion etwas lernen, sagte er sich. Er hätte sich auf seine Mission konzentrieren sollen, deretwegen er an den Hof gekommen war, statt mit irgendeinem Mädchen herumzutändeln, das er durch Zufall kennengelernt hatte. Dem Himmel sei Dank, dass ihm rechtzeitig die Augen geöffnet worden waren, wer weiß, was sonst passiert wäre! Diese Lady Eleanor hätte ihn beinahe von der Suche nach einer passenden Braut abgehalten. Jetzt aber hatte er begriffen, was er gleich hätte merken können: Das Mädchen mit den tintenverschmierten Fingern war die Tochter des Alchimisten!

»Ihr sprecht von Lady Eleanor?« Eine steile Falte bildete sich auf Cecils Stirn. »Ach ja, einen Vater wie ihn zu haben, ist fürwahr ein Kreuz! Gehe ich recht in meiner Vermutung, dass sie nicht der Amazone entspricht, die Ihr erwartet habt? Ein reizendes Mädchen. Blount hätte sie nicht ebenfalls des Saals verweisen dürfen. Wie peinlich für sie! Ich kann sie nur bedauern.«

»Peinlich?« Beinahe hätte Will seinen Becher umgestoßen, als er nach dem Salzfässchen griff. »Ich bezweifle, dass sie zu dieser menschlichen Empfindung fähig ist, sonst würde sie es gar nicht wagen, sich unter anständigen Menschen zu bewegen.«

»Ihr mögt die Lady nicht? Ich persönlich finde sie interessant und gut erzogen.«

»Dann kennt Ihr sie vermutlich nicht. Sie kann sich ausgezeichnet verstellen.«

»Das ist eine schwerwiegende Anschuldigung, Mylord.« Cecil behagte diese Wendung ihrer Unterhaltung nicht. Er wandte sich seinem anderen Tischnachbarn zu, um über ein angenehmeres Thema reden zu können.

Doch Will war noch nicht fertig. »Wie erklärt Ihr Euch sonst, Cecil, dass ich in meiner Ignoranz heute beim Turnier mit ihrem Minnetuch geritten bin?« Er schauderte über die Erniedrigung, ausgerechnet das Abzeichen der Tochter des ihm verhassten Hutton – für alle Welt sichtbar – zur Schau gestellt zu haben.

Cecil wandte sich ihm wieder zu. »Ihr wusstet nicht, wer sie ist?«

»Ich hielt sie für Lady Eleanor Rodriguez, Komtess de San Jaime.«

»Das entspricht der Wahrheit. Es ist der Adelstitel ihrer Mutter, den sie geerbt hat – bedauerlicherweise ohne Ländereien oder anderen Besitz.«

»Erinnert mich an einen Taschenspielertrick! Das Frauenzimmer schiebt einen nichtssagenden spanischen Adelstitel vor, um von ihrem wahren Namen – Hutton – abzulenken!«

»Sie hat Euch also belogen?«

»Eine Unterlassungssünde nur, doch ja, das hat sie getan.«

»Und hatte sie Grund zur Annahme, dass Ihr ihr aus dem Weg gehen würdet, wenn Ihr ihre wahre Identität gekannt hättet?«

»Unsere letzte Begegnung endete damit, dass ich sie und ihren Vater aus meinem Haus jagte. Folglich wusste sie genau, dass ich sie hasse!«

Mit einem schiefen Grinsen hob Cecil seinen Pokal zu einem Trinkspruch. »Dann würde ich sagen: Gut gemacht, Lady. Sie hat die miserablen Karten, die ihr das Schicksal zugeteilt hat, clever ausgespielt.«

Will musste sich auf die Zunge beißen, um nicht erneut zu widersprechen, was er bei einem seiner Brüder zweifellos getan hätte.

»In diesem Fall gebe ich mich geschlagen, Cecil, und werfe *meine* Karten auf den Tisch. Mit einer Hutton will ich nichts zu schaffen haben!«

»Ich sehe, dass Ihr denkt, dass die Nachkommen für die Sünden der Väter büßen müssen, Dorset.« Cecil lehnte sich zurück, damit die Diener das schmutzige Geschirr abräumen und die Desserts auftischen konnten. »Ah, Aprikosentörtchen!«

Will begnügte sich mit weiterem Wein, auf Süßspeisen hatte er keinen Appetit. »Ich spreche aus Erfahrung. Niemand kann den Konsequenzen der Taten seiner Vorfahren entrinnen.«

»Ihr redet wie einer der Propheten aus dem Alten Testament, Dorset. Ich glaube nicht, dass unser Heiland Euch da zustimmt!«

»Ich weiß, wovon ich spreche.«

»Hmm.« Cecils Blick ruhte kurz auf seinem eigenen Vater, der zur Rechten der Königin saß. »Dann preise ich Gott dafür, dass er mich mit einem Vater gesegnet hat, auf den ich stolz sein kann.«

Will war klug genug zu erkennen, dass sich ihm nun die Gelegenheit bot, ihr Gespräch wieder in harmonischere Bahnen zu lenken.

»Euer Vater ist in der Tat ein bemerkenswerter Mann, der das Ruder mit ruhiger und sicherer Hand hält und die finanziellen Geschicke des Staates lenkt.«

Cecil schmunzelte. »Ein schönes Bild – mein Vater als Steuermann, das gefällt mir. Aber sagt mir, Mylord, welche Art von Musik gefällt Euch?«

Ellie rannte aus dem Schloss, so schnell ihre Beine sie trugen, und flüchtete sich in den Teil des Schlossgartens, in dem sie am Vortag gewesen war. Der letzte Mensch, den sie jetzt sehen wollte, war ihr Vater, der sich sicher fragte, womit er diesen Rauswurf verdient hatte, und der sicher auch noch von ihr bemitleidet werden wollte. Er war blind dafür, wie die Welt ihn sah – und es hätte ihn sowieso nicht interessiert. Soll er sich doch bei Lord Mountjoy ausweinen, dachte Ellie. Sie war jedenfalls böse auf ihn.

Ellie trat gegen den Springbrunnen, in dem der Earl gestern erst sein Taschentuch angefeuchtet hatte. Sie war verzweifelt und hatte das Gefühl, in einer Falle zu sitzen. Tränen liefen über ihre Wangen; unwillig wischte sie sie mit dem Handballen ab und ärgerte sich, weil Heulen schließlich auch nichts nützte. Dadurch wurde nichts besser. Niemand hörte, sah oder kümmerte sich darum, wie es ihr ging. Sie wollte schreien, schimpfen – doch wozu auch?

»Lady Eleanor?«

Ellie erstarrte.

Ein Mann trat aus dem Dunkel. Es war nicht der Earl, wie sie halb gefürchtet, halb gehofft hatte, sondern Sir Henry Perceval.

»Oh, Sir.« Sie deutete einen Knicks an und hoffte, dass er in der Dunkelheit weder ihren undamenhaften Fußtritt an den Brunnen gesehen hatte noch jetzt ihre Tränen.

»Ich habe gesehen, wie Euch die Schurken aus dem Saal führten. Wie ich bereits zu meiner Schwester sagte, seid Ihr an unserem Tisch stets willkommen. Sie hat mich geschickt, um nach Euch zu sehen.«

Wirklich? Ellie war über Lady Janes Fürsorge gerührt.

»Eure Schwester ist sehr freundlich, Sir. Ich bin … mir geht es gut, danke der Nachfrage.«

»Oh, oh, wer macht denn da eine Falschaussage?« Er trat einen Schritt näher. Es war zwar dunkel, doch wenn er noch einen Schritt näher käme, würde er ihr Gesicht sehen können, wie Ellie befürchtete.

»Wirklich, Sir, ich bin nur hier, weil … weil ich noch etwas frische Luft schöpfen wollte, ehe ich mich zur Ruhe begebe.« Sie wich einen Schritt zurück, und ihr Rock berührte die Hecke, die den hinteren Teil der Laube eingrenzte.

Ihr Zurückweichen ermutigte Henry jedoch noch mehr. »Schämt Euch, Lady Eleanor, mich zu belügen«, sagte er mit sanfter Stimme und hob tadelnd den Zeigefinger. »Ich kann Eure Tränen doch sehen, die diese Schurken zum Fließen brachten.« Er zeichnete die Spur ihrer Tränen auf den Wangen nach, ließ seinen Daumen dann langsam an ihrer Halskrause vorbei bis zum Schlüsselbein wandern, wo er verharrte. »Seht nur, die Spur der Tränen führt bis zu Eurem Herzen.« Nun kam der Zeigefinger zum Einsatz und glitt über ihre Haut bis zum viereckigen Ausschnitt ihres Mieders.

Urplötzlich wurde ihr bewusst, dass sie ganz allein und weit weg von anderen waren.

»Es stimmt, Sir, ich war etwas aufgebracht«, sagte sie und hoffte, durch ihre Förmlichkeit wieder einen geziemenden Abstand zwischen ihnen herzustellen. »Deshalb noch einmal: Besten Dank an Eure Schwester.«

Doch ihr Verehrer ließ sich nicht entmutigen. Seine Finger wanderten über ihre Brust nach oben in die Halsgrube. Sie hob das Kinn und versuchte, dadurch seinem Handrücken zu entkommen. »Sir?«

»Arme Lady Ellie«, säuselte er, und sein Daumenballen glitt sachte über die zarte Haut an ihrem Hals, an die Stelle, wo ihre Halskrause am Kragen befestigt war. »Das Leben muss gar nicht so schwer sein.«

»Nein?« Ellie ärgerte sich, dass ihre Stimme so verschreckt klang. Hektisch huschten ihre Augen nach links und nach rechts, um einen Fluchtweg zu entdecken.

»Ich kenne jemanden, der Euch den Weg ebener machen könnte, damit Euer Mund wieder lächelt statt schluchzt.« Sein Daumen glitt nun über ihren Mund, zog die Unterlippe leicht nach unten.

Ohne den Augenkontakt zu unterbrechen, kam sein Kopf noch näher.

Ellie schauderte. »Ich bin … ich bin jedem dankbar, der es gut mit mir meint.« *Nicht provozieren,* sagte sie sich. *Ich muss es schaffen, dass er es bei einer harmlosen Tändelei belässt.*

»Ich erwecke heute vielleicht nicht den Eindruck«, sagte er mit einem Lächeln, das er sicherlich für charmant hielt, und deutete auf seine Armschlinge, »aber ich kann Euer Beschützer sein.«

Für welchen Preis?, dachte Ellie. »Ich habe bereits einen Beschützer: meinen Vater!«

»Der dieser Aufgabe wahrlich nicht gewachsen ist, oder? Ihr seid ein glänzendes Juwel, dessen Glanz jedoch durch eine ärmliche Fassung getrübt wird. Wärt Ihr mein, würde ich Euch in Samt und Seide hüllen, Eure Füße in Satinschuhe stecken …«

Himmel, hört dieser Mann sich jemals selbst zu?, fragte sich Ellie. Es war offensichtlich, dass es ihm im Moment eher ums Auspacken als ums Einhüllen ging. Er wollte aus ihr eine Edelkurtisane machen, drückte es aber so aus, als könne ihr nichts Besseres passieren.

»Eure Großzügigkeit ist höchst lobenswert, Sir, doch ich brauche nichts Derartiges. Wenn Ihr erlaubt, würde ich nun gern ins Schloss zurückgehen.«

Mit einem strahlenden Lächeln schüttelte er den Kopf. »Wie süß und unschuldig! Ihr habt wirklich keine Ahnung, was ich Euch anbiete, nicht wahr?«

Er war ein Narr, wenn er sie für so naiv hielt! »Bitte, Sir.«

Er legte seine Hand nun auf ihre Hüfte. »Ich denke, ich sollte Euch vielleicht jetzt und hier schon mal eine Kostprobe dessen geben, was mir vorschwebt.« Er drängte sie rückwärts an die Hecke, umschlang ihre Taille und drückte sie an sich. Sein Mund suchte ihre Lippen. Ellie versuchte zu protestieren, doch das nutzte er aus, indem er ihr seine Zunge grob in den Mund schob. Sie stemmte sich gegen seinen Brustkorb und versuchte, ihn wegzudrücken, doch er lachte nur und hielt sie noch fester.

»Nein, nein, wehr dich nicht, mein Vögelchen.« Er drückte seine Stirn an ihre, und sie roch seinen schweren, heißen Atem. »Pscht, ich werde nicht grob sein.«

»Bitte –«

Er griff erneut an, fest davon überzeugt, dass er ihr nur ein bisschen mehr gut zureden musste, um sie verführen zu können. Kein Jäger ließ seine Beute entkommen, wenn er sie erst einmal in die Enge getrieben hatte.

Will war die Lust am Feiern vergangen, und er wartete nur auf eine Gelegenheit, um sich zurückzuziehen. Diese kam, als sich die Königin mit einer kleinen Gruppe Auserwählter für weitere Vergnügungen in ihre Gemächer zurückzog. Mit Hinweis auf das Turnier am nächsten Tag entschuldigte er sich bei Cecil. Beim Aufstehen merkte Will, dass er definitiv zu viel getrunken hatte, denn er war unsicher auf den Beinen und übelster Laune. Er verabschiedete sich von James und Tobias und sagte, sie könnten bleiben, so lange sie wollten. Warum hätte er sie um die weiteren Vergnügungen des Abends bringen sollen, nur weil er selbst schlechter Laune war?

»Vergiss Lady Jane nicht!«, raunte James ihm zu und deutete mit einer verhaltenen Kopfbewegung auf Sir Henrys Schwester, die auf der anderen Seite des Bankettsaals saß.

Tobias schnaubte. »Sie macht ein Gesicht wie drei Tage Regenwetter.«

»Ruhe!«, knurrte James, der nicht wollte, dass Will sich abschrecken ließ und seine Brautwerbung hinausschob. »Sie sehnt sich nur nach Gesellschaft, da ihr Bruder sie unhöflicherweise im Stich gelassen hat. Ihre Laune bessert sich bestimmt, wenn ein gut aussehender junger Ritter sie um ein Minnetuch bittet.«

Will seufzte schwer. »Ich habe einen besseren Vorschlag! Der liebeskranke Ritter ist von der Schönheit der Lady so geblendet, dass er lieber seinen Herold zu ihr schickt.« Ein vielsagender Blick auf Tobias. »Der sich mit honigsüßen Worten bei ihr einschmeichelt. Verstanden, Tobias?«

»Ich?«

»Jawohl, du. Dann werden wir ja sehen, ob sich die kostspielige Erziehung, die wir dir angedeihen lassen, bezahlt macht.«

»Mensch, Will!«, stieß Tobias hervor.

»Geh schon, sei ein guter Cicero, und vertritt mich würdevoll.« Will gab seinem kleinen Bruder einen Schubs und ließ sich auf den nunmehr leeren Platz neben James fallen.

Steifbeinig näherte sich Tobias der Lady und spürte die Blicke seiner Brüder in seinem Rücken.

»Keine schlechte Verbeugung«, kommentierte James.

Will wartete darauf, dass Lady Jane in seine Richtung blickte, was unweigerlich passieren würde, sobald Tobias den Grund seines Kommens erwähnte. Grüßend hob er seinen Trinkpokal.

»Er macht seine Sache gut. Sie lächelt bereits«, murmelte Will und beglückwünschte sich innerlich zu seiner Idee der Brautwerbung auf Distanz, die allem Anschein nach erfolgreicher war als seine bisherigen direkten Kontaktversuche.

»Aha! Er hat den Köder ausgelegt, und sie hat angebissen.« James klopfte mit dem Heft seines Messers auf den Tisch, als Lady Jane

Tobias einen Ärmel reichte, den dieser in die Tasche steckte. »Klug von der Lady, einen Ersatzärmel mitzubringen.«

Will war irgendwie enttäuscht. Das schäbige Sticktuch war ihm weitaus bedeutungsvoller vorgekommen.

»Schau, er hat's geschafft: Sie blickt ihm lächelnd nach, und er hat ihr Abzeichen bekommen.« James empfing Tobias mit ausgestrecktem Arm. »Hier kommt unser siegreicher Kriegsheld. Wie konntest du sie so schnell überreden?«

Wohl wissend, dass sie noch beobachtet wurden, überreichte Tobias ehrfurchtsvoll den Ärmel, und Will drückte einen Kuss darauf, ehe er ihn unter sein Wams steckte. Kaum drehte Tobias der Lady den Rücken zu, grinste er über das ganze Gesicht.

»War ganz einfach, Jamie. Ich sagte ihr, ich hätte einen leicht beschränkten Bruder – ein Feigling ohne Mumm in den Knochen –, der bisher nur eine vernünftige Entscheidung getroffen hat, nämlich die, ihr Ritter sein zu wollen, und sie möge doch bitte so gütig sein und Mitleid mit dem armen Narren haben.«

»Das hast du nicht gesagt!«, rief Will erschrocken.

»Oh doch. Und sie hat gesagt, ich sei ein lustiger Kerl, der sie zum Lachen bringt. Dann hat sie mir anstandslos ihren Ärmel gereicht und gesagt, sie wünsche dir viel Glück für das morgige Turnier.«

Jamie schob sich eine Handvoll Rosinen in den Mund. »Etwas unkonventionell, aber es hat gewirkt! Unser Cicero hat einen Pluspunkt für geschicktes Taktieren verdient.«

»Ich denke, der steht mir zu. Ich gehe jetzt zu Bett. Weckt mich ja nicht auf, wenn ihr kommt. Und du, Jamie, sorg dafür, dass Tobias keinen Unfug macht.«

»Sehr wohl, Mylord«, sagte James und grinste.

»Umgekehrt wäre vielleicht besser«, sagte Tobias.

»Nein, wenn ich an Jamies Verantwortungsbewusstsein appelliere, sind die Chancen größer, dass ihr beide mit intakten Gliedmaßen und noch allen Zähnen auftaucht.« Will schlängelte sich aus dem Bankettsaal und wunderte sich, warum der Boden so fürchterlich schwankte.

»Herrje, er geht wie ein Seemann an Land«, kommentierte Tobias.

»Ja, unser Will scheint einen über den Durst getrunken zu haben. Im Bett ist er sicher am besten aufgehoben.«

Wills Laune verdüsterte sich wieder, als er ins Freie trat. Alle amüsierten sich offenbar bestens, während er sich hundsmiserabel fühlte.

So ein hinterhältiges Weibsbild!

Was für eine falsche Schlange!

Er bedachte die nicht anwesende Lady mit Schimpfworten, doch das besserte seine Stimmung um keinen Deut. In selbstquälerischer Absicht und um sich noch mehr in seine Wut hineinzusteigern, führten ihn seine Schritte zu dem Ort, an dem er sie zum ersten Mal erblickt hatte. Er musste einsehen, dass man sich nicht vom ersten Eindruck blenden lassen durfte, sondern sich erst dann mit einer Frau anfreunden sollte, wenn man sie besser kannte. Er hatte Schande über seine Familie gebracht, indem er ausgerechnet mit dem Abzeichen von Menschen herumgelaufen war, die seine Familie an den Rand des Ruins gebracht hatten; das musste er sich stets vor Augen halten. Und dabei war er sich so großartig vorgekommen, ein kleines Geheimnis mit der Lady zu teilen, während sie ihn insgesamt sicher ausgelacht hatte.

Als er torkelnd zur Laube kam, musste er feststellen, dass diese bereits belegt war. Kein Wunder, sie war der ideale Ort für ein Stelldichein!

»Verzeihung.« Er machte eine etwas schwankende Verbeugung und wollte sich schnell wieder zurückziehen, um das Pärchen nicht zu stören. Dabei fiel er allerdings über die Bank und landete auf seinem Hosenboden, was sicher nicht sehr würdevoll aussah.

»Dorset? Was zum Teufel macht Ihr hier?«, fluchte Sir Henry Perceval verärgert, und das vermutlich nicht zu Unrecht. Er drückte den Kopf seiner Begleiterin an seine Brust, zweifellos, um ihre Identität zu verbergen.

»Verdammt schlechter Zeitpunkt. Wollte nicht stören, aber ich bin wohl etwas angezecht. Gebt mir einen Augenblick, bin gleich wieder weg!« Will rollte sich auf die Knie und zog sich dann unbeholfen an der Bank hoch.

Die Lady schien etwas sagen zu wollen, doch Perceval drückte ihren Kopf noch fester an seine Brust.

»Bitte nochmals tausend Mal um Verzeihung«, fuhr Will fort, als er endlich wieder auf den Beinen stand.

»Dorset, hört auf zu schwafeln. Westwärts ho, mein Guter!«

»Klar doch, sofort.« In welcher Richtung lag noch mal die Herberge? Woher zum Kuckuck sollte er das wissen, wenn er doch kaum mehr wusste, wo oben und wo unten war?

Plötzlich erstarrte er mitten in der Bewegung. Die Lady hatte ihrem Begleiter unerwartet das Knie zwischen die Beine gestoßen und sich seinem Arm entwunden. Sie zitterte vor Empörung am ganzen Leib. Ihr Begleiter hingegen jaulte vor Schmerzen.

»Bei Gott, Lady, das war hart!«, rief Will lachend. Doch sein Lachen blieb ihm in der Kehle stecken, als er in Lady Eleanors zornfunkelnde Augen blickte.

Sie fuhr sich mit dem Handrücken über den Mund. »Nicht hart genug! Er … er ist gegen meinen Willen über mich hergefallen, Mylord!«

Erstaunlich, wie ernüchternd Hassgefühle wirken können, dachte sich Will, als er merkte, dass er plötzlich wieder klar denken konnte, als wenn sich die Wolken vor einem Vollmond verzogen haben.

»Wirklich? So soll es gewesen sein?«, sagte er spöttisch, ehe er sich besorgt Sir Henry zuwandte: »Mylord, alles in Ordnung?«

Vornübergebeugt machte Perceval nur eine schlaffe Handbewegung, die zweierlei bedeuten konnte: entweder dass er am Sterben war und dringend gerettet werden musste oder dass er sich allmählich wieder erholte. Will hoffte, dass es Letzteres war.

Ohne dass es weiterer Worte bedurft hätte, hatte Ellie an Wills Tonfall gemerkt, dass sich seine Haltung ihr gegenüber komplett verändert hatte. Doch sie gab sich nicht so schnell geschlagen.

»Ich sehe, dass Ihr mir nicht glaubt, doch es ist die reine Wahrheit, wirklich, ich schwöre es«, sagte sie mit Tränen in den dunklen Augen – ein cleverer Trick, um sein Mitgefühl zu erregen.

»Oh ja, verstehe. Ihr seid in aller Unschuld durch die Dunkelheit bis hier zur Laube geschlendert, und was passiert? Ihr fallt aus allen Wolken, als Euer Begleiter plötzlich mehr von Euch will. Kommt schon, Lady, so naiv ist keiner von uns!«

Das Gesicht des Mädchens verzog sich zum Weinen, und ihr Zittern wurde stärker – hätte Will nicht gewusst, was für eine gute Schauspielerin sie war, hätte er glatt Mitleid mit ihr bekommen!

»Ihr spielt die Rolle der armen Maid wirklich gut, Mistress. Gratuliere!« Will machte eine spöttische Verbeugung. »Doch da Eure Gunst nun eindeutig einem anderen Ritter gehört, möchte ich Euch

Euer Minnetuch zurückgeben, das Ihr mir freundlicherweise ausgeliehen habt.« Er riss das Sticktuch aus seiner Gürteltasche und wollte es ihr zurückgeben. Als sie nicht danach griff, ließ er es auf den Boden fallen. »Soll es dort liegen bleiben, bis irgendein anderer Mann es haben möchte – das gilt auch für die Besitzerin!«

Die Lady taumelte rückwärts, als hätte er ihr eine Ohrfeige gegeben, fasste sich aber wieder. Und bevor Will begriffen hatte, wie ihm geschah, trat sie ihm ans Schienbein und rannte dann davon.

Will hüpfte zuerst auf einem Bein herum und fiel dann auf den Boden, da es mit seinem Gleichgewichtssinn offenbar nicht zum Besten stand.

»Alles in Ordnung, Dorset?«, keuchte Perceval.

»Die verdammte Hexe hat uns beide zu Boden gestreckt!«, ließ Will, der auf dem Rücken lag, die Sterne wissen.

»Himmel, sie ist entzückend. Nicht die Ihre also?«

»Ganz sicher nicht!«, bestätigte Will grimmig.

»Gut, dann eile ich ihr nach. Wünscht mir Glück!«

»Das werdet Ihr auch brauchen«, murmelte Will.

8. Kapitel

Da Ellie einen Lord in die Weichteile und den anderen ans Schienbein getreten hatte, wagte sie aus Angst vor möglichen Folgen nicht, in ihr Zimmer zu gehen. Ihr blieb keine andere Wahl, als nach ihrem Vater zu suchen, der als Beschützer zwar ungeeignet war, aber zumindest zu ihr stehen würde, sollte sich einer der beiden an ihr rächen wollen. Sie fand ihn auf einer Bank vor Lord Mountjoys Gemächern, wo er seine Tabellen durchsah und in sein Notizbuch übertrug.

Er blickte auf und war erfreut, sie zu sehen. »Ellie! War's schön beim Bankett?«

Sie biss sich auf die Lippen und schüttelte den Kopf. »Ich durfte auch nicht bleiben.« Wieder kamen ihr die Tränen.

»Aber, aber, Schatz, nicht weinen. Diese Männer von Blount sind es doch gar nicht wert! Jedenfalls keine Tränen.«

Sie begann zu schluchzen, mit bebenden Schultern. Arthur drückte sie an seine Brust und klopfte ihr unbeholfen auf den Rücken. »Schsch, meine Kleine, ganz ruhig. Ich werde einen Diener bitten, uns etwas zum Essen zu bringen. Geht es dir dann wieder besser?«

Ihr Vater konnte sich beim besten Willen nicht vorstellen, dass etwas außer einem leeren Magen seinem kleinen Mädchen zu schaffen machen könnte. Wie würde er reagieren, wenn sie ihm zu erklären versuchte, was zwischen ihr und den beiden Edelmännern in der Gartenlaube vorgefallen war? Er würde wutentbrannt losrennen, um sie zur Rede zu stellen, doch was würde es nützen? Eine weitere Möglichkeit, ihren Vater niederzumachen, käme dem Earl wie gerufen, schließlich hatte er auch sie verhöhnt; und Perceval würde ihm vermutlich nur ins Gesicht lachen. Es würde wahrscheinlich nur dazu führen, dass alle Welt von ihrer Demütigung erfuhr, und das wäre für ihr Ansehen äußerst verhängnisvoll.

»Wie wär's dann mit einem Stück Cheddarkäse und einem Apfel, hm? Cheddar magst du doch. Und dazu vielleicht etwas Quittengelee?«

Ach, wenn es so einfach wäre und die Dinge sich mit Gelee und Äpfeln regeln ließen, wie früher, als sie noch klein gewesen war!

»Aber jetzt ist Schluss mit den Tränen! Ich bin ja schon ganz nass!«

Ellie löste sich von seiner Brust, setzte sich neben ihn und verschränkte die Arme.

»Besser jetzt?«

Sie nickte.

»Dann lasse ich nun unser Abendessen kommen.«

Sie legte ihre Hand auf seinen Arm, damit er nicht aufstand. »Bitte, Vater, ich bin nicht hungrig.«

»Nein?«

»Vater, können wir nicht weggehen von hier? Bitte! Gehen wir irgendwohin, wo Ihr Euch in Ruhe Euren Studien widmen könnt. Ein kleines Häuschen mit einem kleinen Garten ...«

»Du willst den Hof verlassen?« Er fiel aus allen Wolken. »Die Königin hat doch gerade erst dein Manuskript erhalten. Das ist unser großer Moment, Ellie; wir können jetzt nicht weglaufen!«

»Nein?«

»Lord Mountjoy braucht mich – endlich kommen wir mit unseren Forschungen voran, Ellie. Es wäre sträflich, jetzt wegzugehen.« Er beugte sich zu ihr. »Außerdem weißt du, dass wir uns im Moment kein eigenes Haus leisten können. Aber wenn wir erst wieder zu Geld kommen, werde ich dir das vornehmste Haus im ganzen Königreich kaufen und die schönsten Kleider, falls du das möchtest.«

Ellie lehnte den Kopf an die Wand hinter ihr und schloss die Augen. »Ihr wollt nicht weggehen?«

»Nein, natürlich nicht.«

»Könnte ich dann allein weggehen? Würde mich Onkel Paul eventuell bei sich aufnehmen?«

Arthur runzelte die Stirn, als sie seinen Bruder erwähnte, mit dem er sich entzweit hatte. »Du willst lieber zu ihm gehen, als bei mir zu bleiben?«

»Nein, Vater. Ich will nur weg vom Hof.«

»Ellie, das ist sehr selbstsüchtig von dir. Du musst hierbleiben, falls dich die Königin zu sehen wünscht.«

»Selbstsüchtig?«

Er nickte, spielte am Einband seines Notizbuchs herum und war in Gedanken schon bei der ersehnten Unterredung mit der Königin. »Du bist die Botschafterin der Alchimie, mein liebes Kind!«

Sie stand auf und schritt mit geballten Fäusten auf und ab. »Ihr nennt mich selbstsüchtig?«

»Du begreifst nicht, welch wichtige Rolle du spielst. Wie auch? Du bist noch jung und unerfahren.«

Ellie sprang auf und ging wütend vor ihrem Vater auf und ab. »Ich bin immer bei Euch geblieben, Vater, egal, was geschah. Ich habe mit Euch gehungert, in Scheunen geschlafen, manchmal sogar im Gebüsch. Ich habe fast jeden Anspruch auf mein Geburtsrecht als Adlige verloren und muss mich Tag für Tag den Feindseligkeiten des halben Hofstaats stellen. Und da sagt Ihr, ich sei selbstsüchtig?« Ihre Stimme war immer schriller geworden, wie kurz vor einem Zusammenbruch.

Doch ihr Vater schüttelte nachsichtig den Kopf. Für ihn war das Ganze nur eine kindische Laune. »Setz dich wieder, Schatz. Ich wollte dich nicht kränken. Du bist ein gutes Mädchen. Ich weiß, was für ein Glück es ist, eine Tochter wie dich zu haben.«

Ellie unterbrach ihr hektisches Hin-und-Her-Gehen und starrte auf die kahle Wand vor ihr. »Würde Onkel Paul mich aufnehmen, Vater?«, fragte sie so ruhig wie möglich.

Arthur seufzte. »Das kann ich nicht sagen, mein Liebling. Als ich das letzte Mal mit ihm sprach, wünschte er dich und deine Mutter mit mir zusammen in die ewige Finsternis. Damals warst du noch ein Kind, und es war, bevor deine liebe Mutter in eine bessere Welt einging. Und ich fürchte, Paul ist ein Mensch, der nichts vergisst.«

»Was müsste er denn vergessen?«

»Na ja, er hat nie begriffen, warum ich das Haus unserer Familie verpfänden musste. Er hat schließlich die Farm – was hätte er da mit einem Besitz in Gloucester anfangen sollen? Er war sogar so unverschämt, mich vor Gericht zu bringen, kannst du dir das vorstellen? Von mir erhält er jedenfalls keinen Penny, auch nachdem ich der Natur das Geheimnis abgetrotzt habe, wie man Gold herstellt.«

»Verstehe.« Onkel Paul konnte sie folglich vergessen.

»Also, mein Goldschatz, wie wär's mit einer warmen Brühe, wenn du schon keinen Käse willst?«

»Wie Ihr wollt, Vater«, sagte Ellie verzweifelt. Sie hatte gedacht, sämtliche Tiefen zu kennen, aber es hörte offenbar nie auf. »Gut, etwas Brühe.«

Als Will im Morgengrauen erwachte, stellte er fest, dass er rücklings bei der Laube im feuchten Gras lag. Es dauerte eine Weile, bis ihm einfiel, wieso er hier war. Er hatte sich sinnlos betrunken und war dann über die junge Lady und ihren neuen Liebhaber gestolpert. Vorsichtig blinzelnd öffnete er ein Augenlid und sah, dass Perceval fort war, bestimmt um sich wieder mit ihr zu versöhnen – mit honigsüßen Worten und Versprechen, die er nicht zu halten gedachte.

Sowohl Männer als auch Frauen: Wie verlogen sie alle waren!

Als Nächstes stellte Will fest, dass er ziemlich unbequem lag, deshalb richtete er sich mühsam auf, wankte zum Brunnen und klatschte sich kaltes Wasser ins Gesicht. Sein Wams würde nie wieder aussehen wie früher – es hatte sich mit Tau vollgesaugt, und ein neues konnte er sich kaum leisten. Eine weitere Gemeinheit, die auf Lady Eleanors Konto ging!

Er setzte sich auf die Bank, rieb sich die schmerzenden Schläfen und verwünschte die Vögel, die ausgerechnet jetzt mit einem übermütigen Morgenkonzert begannen. Verflixte gefiederte Krachmacher! Da fiel sein Blick auf ein cremefarbenes Leinentuch, das zertrampelt im Dreck lag. Obwohl er auf den ersten Blick erkannte, was es war, hob er es auf und dachte wehmütig an die Umstände zurück, unter denen es hier gelandet war.

War er zu dem Mädchen wirklich gemein gewesen? Im kalten Glanz des frühen Morgens sah er sein Verhalten plötzlich in einem neuen und wenig schmeichelhaften Licht. Was immer sie auch getan hatte – es gab ihm nicht das Recht, sie derart zu beleidigen. Er hatte so getan, als sei sie keinen Deut besser als eine gewöhnliche Prostituierte.

Doch die Lady hatte sich nicht so schnell geschlagen gegeben. Will schmunzelte, als ihm wieder einfiel, wie sie sie beide zu Boden gestreckt hatte; doch dann fragte er sich, was der Grund gewesen war. In seinem Fall war es ihm klar, aber warum hatte sie Sir Henry das Knie zwischen die Beine gestoßen? Wollte sie damit nur ihre Verlegenheit darüber vertuschen, dass sie in einer kompromittierenden Situation ertappt worden war? Oder war sie wirklich in Not gewesen? Will hatte plötzlich das schreckliche Gefühl, sich bei ihr entschuldigen zu müssen. Sie war zwar nach wie vor die Tochter eines vermaledeiten Alchimisten, doch bekannt für ihre Bildung und nicht für ihre Verführungskünste. Bei keiner ihrer früheren Begegnungen hatte sie den Eindruck erweckt, dass sie über die nötige Erfahrung verfügte, um mit einem Mann vom Schlage Sir Henrys fertigzuwerden. Selbst wenn sie sich von ihm in die Laube hatte führen lassen – was eindeutig leichtsinnig gewesen war –, hatte sie vielleicht doch ausnahmsweise mal die Wahrheit gesagt, als sie behauptete, er sei unerwartet über sie hergefallen.

»Der Teufel soll mich holen«, murmelte Will. Weitaus schlimmer, als sich bei einem Freund entschuldigen zu müssen, war es, bei einem Feind oder einer Feindin in der Schuld zu stehen. Um mit sich selbst wieder ins Reine zu kommen, würde er sie ausfindig machen müssen, sich vergewissern, dass sie vergangene Nacht nicht zu Schaden gekommen war … und dann würde er in den sauren Apfel beißen und sie um Verzeihung bitten.

Aber zuerst mal musste er zusehen, dass er das heutige Turnier überlebte! Ächzend richtete Will sich auf und machte sich auf den

Weg zu seiner Herberge. Sollte die Lady ihm eine Bestrafung an den Hals wünschen, brauchte sie sich nur vorzustellen, was er in seiner Rüstung litt, mit einem Kater, der selbst König Artus von den Toten erwecken könnte!

Mit einem Stapel gestärktem Linnen in den Armen blieb Nell unter der Tür zur Treppe, die zu den Gemächern ihrer Herrin hinaufführte, stehen. Auf dem Stallhof war etwas im Gange, und sie verdiente sich immer gern ein paar zusätzliche Pennys, indem sie ihrer Herrin Klatschgeschichten zutrug. Lady Jane mochte zwar einige Fehler haben, aber knauserig war sie nicht!

Ein älterer Herr in einem langen schwarzen Gewand stand neben seinen Habseligkeiten – einem Durcheinander aus Kartons und Büchern. Er beschwerte sich lauthals über die ungerechte Behandlung. Ein junges Mädchen stand bei ihm, mit einer Tasche in der Hand und einer so ausdruckslosen Miene, als würde sie weder sehen noch hören, was um sie herum geschah. Nells Mundwinkel verzogen sich vor Schadenfreude. Sie hatte Gerüchte gehört, dass die Tochter des Alchimisten Henry den Kopf verdreht hätte, aber nun sah es ganz so aus, als würde sie in Schimpf und Schande aus dem Schloss geworfen werden.

»Sir Charles, es ist empörend! Euer Vater braucht mich!«, klagte der Alchimist, während dreiste Diener weitere Bündel auf den Haufen mit seinen Habseligkeiten warfen.

Nell kannte den hochgewachsenen Edelmann, der den Rauswurf überwachte: Es war Sir Charles Blount, einer der Favoriten ihrer Herrin.

»Ganz im Gegenteil, Sir, mein Vater braucht nur seine Ruhe«, rief Blount hämisch. »Vor allem vor *Euch*!«

»Er würde Euch verbieten, so mit mir umzugehen, wenn er davon wüsste!«

Sir Charles lächelte spöttisch. »Er weiß davon, doch meine Befugnis kommt nicht von ihm, sondern von der Königin selbst. Sämtliche Personen, die dem gefährlichen Zeitvertreib der Alchimie nachgehen, sollen unverzüglich des Hofes verwiesen werden. Mylord Burghley hat den Erlass in ihrem Namen unterzeichnet. Möchtet Ihr ihn lesen?« Süffisant wedelte er mit einem Pergamentblatt.

Sir Arthur Hutton konnte es einfach nicht fassen. »Ich bin nicht gefährlich! Ich bin lediglich bemüht, das menschliche Wissen über die Geheimnisse der göttlichen Schöpfung zu erweitern.«

»Da erlaube ich mir, anderer Meinung zu sein, Sir. Der Schaden, den Ihr gestern angerichtet habt, spricht für sich! Am Ende des heutigen Tages müsst Ihr mindestens fünf Meilen entfernt von Windsor sein und dürft diese Grenze nicht mehr übertreten, solange die Königin hier weilt.«

Ein weiterer Edelmann kam auf den Hof, dieser verwachsene Robert Cecil. Die Mägde tuschelten über ihn, aber nicht unfreundlich. In der edlen Kniehose sahen seine dünnen O-Beine fast mitleiderregend aus.

»Master Cecil!«, rief der Alchimist im Tonfall eines Ertrinkenden, der ein Floß erspäht. »Bitte, legt bei Ihrer Majestät ein gutes Wort für mich ein! Ich zähle mich zu ihren ergebensten Untertanen. Mein Metier stellt keine Gefahr für sie dar. Ganz im Gegenteil – sobald sich mein Erfolg einstellt, wird ihr Reich die Früchte meiner Arbeit ernten und zum mächtigsten Land in der Geschichte der Menschheit werden.«

Master Cecil hatte jedoch nur Augen für das Mädchen, nicht für den Mann. »Ich fürchte, Sir, unsere gnädige Herrscherin denkt eher an die unmittelbare Gefahr als an mögliche Reichtümer in der Zukunft. Ihr seid im Namen Eures Metiers zu großen Opfern bereit, ich weiß, aber das ist eine Bürde, die Ihr allein tragen müsst und tunlichst in sicherer Entfernung von Euren Mitmenschen.«

Sein respektvoller Ton milderte die Proteste des Alchimisten etwas ab. »Ay, Sir, da mögt Ihr recht haben. Der Philosoph arbeitet lieber in völliger Zurückgezogenheit, fernab aller irdischen Belanglosigkeiten und Oberflächlichkeiten.« Ratlos blickte er auf seine Habseligkeiten und seine Ausrüstung und fragte sich, wie um alles in der Welt er sein Lebenswerk mit sich nehmen konnte.

»Doch Ihre Majestät weiß Eure Loyalität und das Geschenk, das Ihr ihr gestern Abend machtet, durchaus zu schätzen. Die Übersetzung wurde hoch gelobt.« Cecils letzte Worte waren an die junge Dame gerichtet, die seine höflichen Worte jedoch kaum zu hören schien. »Zum Zeichen ihrer Wertschätzung lässt sie der gelehrten Dame diesen Beutel übergeben.«

Nell schnaubte, als der Bucklige dem Mädchen einen Lederbeutel in die Hand drückte. Höchst unwahrscheinlich, dass er von der Königin kam! Eine der königlichen Kammerzofen hatte ihr erzählt, dass die Herrscherin von ihren Untertanen oft mit Geschenken belästigt wurde und selten die Zeit hatte, mehr als einen kurzen Blick darauf zu werfen, sofern der Schenkende keine bedeutende Persönlichkeit war. Die Arbeit des Mädchens würde vermutlich eher zum Feueranmachen dienen als ein Arbeitszimmer zieren.

Cecil senkte die Stimme und raunte dem jungen Mädchen etwas zu. »Lady Eleanor, in diesem Beutel sind zwanzig Pfund, genug, um ein Pferd für Euch selbst und eines als Lastpferd zu mieten. Auf diese Weise könnt Ihr es bis zum Abend ohne Weiteres bis nach Maidenhead schaffen. Dort gibt es ein ganz ordentliches Gasthaus namens Black Boy. Beruft Euch auf mich, dann wird Euch der Wirt aufnehmen.«

Die junge Dame nickte, und ihre Finger umschlossen den Beutel.

Bedank dich bei ihm, du Närrin, dachte Nell kopfschüttelnd. Der Mann mochte die junge Frau offenbar, doch diese tat rein gar nichts, um aus seinem Interesse Kapital zu schlagen.

»Werdet Ihr zurechtkommen?«, fragte er und suchte ihren Blick.

Das Mädchen rang sich ein Lächeln ab. »Danke, Sir, ja. Seltsam, erst gestern Abend habe ich meinen Vater angefleht, mich vom Hof wegzubringen; und nun wurden meine Gebete erhört, aber auf andere Weise, als ich gehofft hatte. Aber wir werden schon zurechtkommen – das tun wir immer.«

Nell hatte genug gehört, um sich ihren Silberling zu verdienen. Sie huschte die Stufen hinauf und betrat leise das Gemach ihrer Herrin, wohl wissend, dass Lady Jane noch im Bett sein würde.

»Mylady, Ihr werdet nie erraten, was gerade unten auf dem Hof vor sich geht«, begann Nell aufgeregt und zog die Vorhänge auf.

Lady Jane gähnte und rieb sich den Schlaf aus den Augen. »Hoffentlich ist es das wert, mich deshalb aufzuwecken!«

Nell wandte ihr den Rücken zu, um das saubere Leintuch auszubreiten, und verdrehte dabei die Augen, was ihre Herrin jedoch nicht sah. »Ich denke schon.« Sie erzählte ihr in aller Kürze, was sie unten auf dem Hof gesehen und gehört hatte.

Sie hatte allerdings nicht damit gerechnet, dass Lady Jane ihre Decken zurückwarf und aus dem Bett sprang. »Schnell, mein Kleid!«

Nell brachte ihr das Gewünschte und hielt es so, dass ihre Herrin hineinschlüpfen konnte. »Aber, Mylady, es gibt nicht viel zu sehen: nur einen alten Narren, der einen Denkzettel bekommt.«

Lady Jane hielt still, während Nell mit geschickten Fingern ihr Mieder zuschnürte. »Für Ärmel ist keine Zeit. Bring mir meinen langen Umhang. Das muss reichen.«

Sie schlüpfte schnell in ihre Lederschuhe und rannte aus dem Raum, während Nell ihr mit großen Augen nachblickte. Nell ging ans Fenster, um zu sehen, weshalb ihre Herrin so aufgeregt war. Und tatsächlich – Lady Jane stürmte auf den Hof, ungeachtet der Tatsache, dass sie nur halb bekleidet war. Sie legte ihren Arm um die junge Dame und redete auf sie ein. Das Mädchen nickte kraftlos und legte den Kopf an Lady Janes Schulter.

»Na, na!«, hörte Nell da Sir Henry hinter sich fragen, der ihr auch schon freundschaftlich auf den Hintern klopfte. »Was hast du mit meiner Schwester angestellt?«

»Das müsst Ihr sehen, Sir!« Sie zeigte nach unten auf den Hof. »Meine Herrin ist nach unten geeilt, um der Tochter des verrückten Alchimisten beizustehen.«

Doch Henry fand die Impulsivität seiner Schwester nicht amüsant, wie Nell erwartet hätte, sondern er legte die Stirn in Falten. »Was soll das? Warum stehen so viele Leute dort unten herum?«

»Die Königin schickt den Gelehrten fort, Sir«, erklärte Nell nun sachlich, denn sie spürte, dass sie besser daran tat, Besorgnis zu heucheln. »Und seine Tochter muss natürlich mit ihm gehen.«

Drei weitere junge Mädchen gesellten sich zu der Gruppe auf dem Hof: ein eher unattraktiver Rotschopf und zwei weitere Mädchen aus Mountjoys Gefolge. Sie brachen wie Klageweiber in Tränen und Schluchzer aus. Es war fast so unterhaltsam wie ein Schauspiel.

»Nein, das können sie nicht machen!« Schnellen Schrittes ging Henry davon.

Nell machte es sich auf der Bank unter dem Fenster gemütlich, um zu sehen, wie die Sache weiterging; sie fand Henry unwiderstehlich, wenn er wütend war – nicht zuletzt auch deshalb, weil er nach einem Wutanfall oft zu ihr kam, um sich wieder abzureagieren. Sie tupfte sich rasch einige Tropfen des Rosenwassers ihrer Herrin in den Nacken, ehe sie wieder auf den Hof hinunterblickte und Henry auf den Hof stürmen sah. Er ging auf Blount los und wollte gerade handgreiflich werden, als dieser ihm den königlichen Erlass unter die Nase hielt. Doch was Nell am meisten verblüffte, war das Verhalten des Mädchens: Sie wich vor Henry zurück und griff nach ihrem Bündel, als könnte sie es plötzlich nicht erwarten, von hier wegzukommen.

Interessant, Mylady. Du lässt dich nicht so leicht erobern, richtig?, dachte Nell.

Zwei Pferde wurden auf den Hof geführt. Auf Blounts Befehl hin beluden die Diener sie mit den Gepäckstücken. Master Cecil hatte Henry zur Seite genommen und spielte den Friedensstifter. Wer sich gegen einen Befehl der Königin stellte, war ein Narr – und das war Henry nicht, obschon er außer sich war, weil ihm das neueste Ziel seiner Begierde entschlüpfte. Stattdessen wandte er sich dem Alchimisten zu und heuchelte Mitgefühl.

Auf dem Pferd war kaum noch Platz für einen Sattel, nachdem alles Gepäck verstaut war, doch das schien dem Alten nichts auszumachen. Lieber nicht reiten können, als eines seiner Bücher zurückzulassen. Nell sah das Mädchen aufsteigen und ihren Freundinnen zuwinken, ehe sie ihrem Vater folgte, der zwei der Pferde am Führstrick zum Tor hinausführte. Bei seinem Abgang hätte Nell fast applaudiert – Dramatik und Leidenschaft in einer meisterhaften Aufführung!

Als sie Schritte auf der Treppe hörte, tat sie sehr geschäftig.

»Soso, nach Maidenhead, sagst du, Janie?«, fragte Henry, als er hinter seiner Schwester den Raum betrat. »Seltsam – der Vater faselte etwas von Oxford, weil sein Genie dort hoch geschätzt werden würde.«

»Dem brauchst du keine Beachtung zu schenken, Henry. Lady Eleanor ist praktischer veranlagt als er. Sie hat mir anvertraut, sie hätten etwas Geld bekommen, und sie hoffe, irgendwo in der Nähe eine Unterkunft zu finden. Bis nach Oxford wären es an die vierzig Meilen; allein die Leihgebühr für die Pferde würde ein großes Loch in ihre Ersparnisse reißen.«

Er gab seiner Schwester einen Handkuss. »Der Herr segne die vernunftbegabte Ellie!«

Jane entzog ihm ihre Finger. »Verflixt noch mal, Henry, lass die Kleine in Frieden.«

Er grinste. »Vergiss es, Süße; sie braucht jetzt einen Freund.« Er wandte sich an Nell. »Sind das meine Hemden, Zofe?«

»Ja, Mylord.«

»Dann bring sie in mein Zimmer. Dort sind noch ein paar, die geflickt werden müssen.«

Jane drehte sich zum Fenster. »Seit wann ist meine Zofe für deine Flickarbeiten zuständig, Henry?«

»Seit ich sie darum gebeten habe, Schwester. Stört es dich?«

Seufzend schüttelte Jane den Kopf.

»Komm mit, Nell!«, sagte Henry und winkte Nell zur Tür, während er bereits sein Wams aufknöpfte.

Nach einem kurzen Knicks für ihre Herrin griff Nell nach den Hemden und folgte ihm.

9. Kapitel

»Und, Vater, was nun?« Ellie hatte die Frage zurückgehalten, bis sie die verwinkelten Straßen von Windsor hinter sich gelassen hatten. Sie folgten der Straße am Fluss entlang stromaufwärts. Es war ein malerischer Weg für jeden, der in Stimmung war, die Landschaft zu betrachten: Elegante Weiden ließen ihre frischen grünen Zweige mit den noch nicht ganz ausgereiften Blättern ins Wasser hängen; Narzissen und Schlüsselblumen zierten die Hecken, Glockenblumen brachten einen Hauch des Himmels an die schattigen Waldränder. Schwäne glitten ruhig über das Wasser, tauchten graziös den Schnabel ein. Es war eine Szenerie, die Ellie gern für die kalten Wintertage in ihrem Herzen bewahrt hätte, doch an einem Tag wie diesem war das einfach nicht möglich.

»Hmm? Was ist?«, fragte ihr Vater zurück.

»Wohin sollen wir gehen? Heute können wir in Maidenhead übernachten, aber ich habe mich gefragt, Vater, ob Ihr auch an morgen gedacht habt.«

Sie schon. Doch sie wollte ihren Vater dazu bringen, dass *er* den Vorschlag machte, für die nächsten Wochen ein Häuschen zu mieten, um dann in aller Ruhe weitere Zukunftspläne zu schmieden. Dank des großzügigen Geschenks der Königin hatten sie vorläufig keine Geldsorgen. Doch Ellie war klug genug, nichts zu sagen – er musste glauben, es sei seine Idee gewesen.

»Ich denke an Oxford, Ellie. Ich bin dieser Adligen überdrüssig, die nicht begreifen, welchen Nutzen ich der Menschheit zu bringen versuche.«

»Verstehe, Vater.« Sie schwieg, weil sie an einem Fuhrwerk vorbeikamen, das auf dem Weg zum Markt von Windsor war. Der Bauersfrau, die darauf saß, sah man an, dass sie sich darauf freute, gute Geschäfte zu machen, da der königliche Hof dort weilte.

»Oxford wird dir gefallen, Ellie. Die Gelehrten sind angenehme Zeitgenossen, und sie werden dein Wissen schätzen.«

»Das glaub ich gern, Vater.« Sie holte tief Luft. Nun war der Zeitpunkt gekommen, taktisch klug vorzugehen. »Ich habe mir überlegt, ob wir dort vielleicht freundlicher aufgenommen werden, wenn Ihr zuvor Eure letzten Experimente in einer Abhandlung zusammenfasst, die wir verteilen können. Ich habe gehört, dass die Gelehrten manchmal dazu neigen, sich gegenseitig ihr Wissen streitig zu machen. Wenn Ihr Eure Erkenntnisse aber zuvor niederschreibt, können sie sie nicht als die ihren ausgeben. Denn dann hättet Ihr einen schriftlichen Beweis dafür, dass sie aus Eurer Feder stammen.«

Sir Arthur legte die Stirn in Falten und hob den Saum seines Gewands aus dem Staub, durch den er ihn die letzte Meile gezogen hatte. »Du könntest recht haben, Ellie. Das habe ich nicht bedacht.«

»Ich habe mir überlegt, dass wir besser für eine Weile in Maidenhead bleiben und uns dort eine Unterkunft suchen, damit Ihr Euch auf die Ankunft in Oxford vorbereiten könnt. Dann könnt Ihr den dortigen Gelehrten gleich nach unserer Ankunft die Früchte Eurer Forschungen präsentieren.«

Ellie manipulierte ihren Vater nur ungern, doch sie hatte keine andere Wahl. Ihr Vater und sie waren auf einer abschüssigen Bahn, und sie konnte die Talfahrt auf diese Weise für kurze Zeit hinauszögern. Ein Aufschub war besser als nichts.

»Ich weiß nicht recht, Ellie …«

»Ich könnte ein kleines Häuschen für uns finden – und Ihr könntet quasi gleich weiterarbeiten. Master Cecil sagte, in Eurem Beruf sollte man ein zurückgezogenes Leben führen.«

Sir Arthur betrachtete seine Tochter, die auf dem Rücken ihres Mietkleppers saß. Er ertappte sich bei dem Gedanken, dass sie eigentlich auf einem weißen Zelter sitzen sollte, in feinste Gewänder gehüllt; doch stattdessen trug sie einen fleckigen Rock, und ihr junges Gesicht sah erschöpft aus.

»Was tue ich dir nur an, Ellie, hm?«, sagte er, halb zu sich selbst.

Die kurzfristige Betroffenheit ihres Vaters bestürzte Ellie mehr als alles andere. Sie biss sich auf die Lippen und wandte den Kopf ab.

»Du hättest gern ein Häuschen, stimmt's?«

Sie nickte.

Er legte ihr eine Hand aufs Knie. »Wir können aber nicht ewig dort bleiben, das ist dir klar, oder? Nur so lange, bis ich meine Abhandlung geschrieben habe.«

»Das weiß ich, Vater.«

Zufrieden lächelte er sie an. »Ich werde dich für deine Treue belohnen, meine Liebe, sobald das alles vorbei ist. Derzeit kämpfen wir uns durch das Tal der Schatten, aber irgendwann werden wir auf Ehrenplätzen sitzen.«

Ellie versuchte gar nicht erst, den Traum zu zerstören, an den er sich klammerte. Was würde es nützen? »Dann ist es Euch recht, dass ich nach einer Unterkunft suche?«

»Ja, mein Schatz. Wie viel Geld war in dem Beutel?«

Ellie schluckte. Er würde es ihr wegnehmen – und ihr letztes Geld für weitere Bücher oder alchimistische Geräte ausgeben! »Zwanzig Pfund, Vater.«

»Dann solltest du dir vielleicht Stoff für ein neues Kleid kaufen. Wir wollen nicht, dass uns die Gelehrten von Oxford schief ansehen, oder?«

Vor Staunen konnte Ellie nur nicken. Sie musste sich Momente wie diesen einprägen, in denen er so lieb und fürsorglich war, um ruhig zu bleiben, wenn er wieder mal von einer seiner fixen Ideen besessen war.

»Und ich denke, wir sollten auch allmählich daran denken, einen Ehemann für dich zu suchen«, fuhr er fort. »Einen netten jungen Mann, der nichts dagegen hat, wenn du weiter studierst. Oxford wird ein guter Ort sowohl für dich als auch mich sein, davon bin ich überzeugt.«

»Ich dachte, Gelehrte dürften nicht heiraten«, sagte sie vorsichtig.

»Ich dachte weniger an die Gelehrten als an die reichen jungen Männer, die von ihnen unterrichtet werden. Mir schwebt ein junger Edelmann vor, der sich für Alchimie interessiert – das wäre ideal.«

Für wen? Ellie bemerkte, dass die Gedanken ihres Vaters zwar bei ihr angefangen hatten, dann aber wie üblich zu dem verfluchten Gold gewandert waren. Doch eines wusste *sie* genau: Lieber würde sie als alte Jungfer sterben, als einen Mann zu heiraten, der sich auch nur *entfernt* für Alchimie interessierte!

»Ja, ja, Oxford ist für uns beide gut«, brummte Sir Arthur vor sich hin, während er wie üblich darüber nachgrübelte, wie er diesen letzten ihm verbliebenen Trumpf ausspielen konnte.

Will war beim Turnier übelster Laune. Sein Kater wurde mit jedem Stoß noch größer, doch stur, wie er war, gab er nicht auf. Vielleicht gab das sogar den Ausschlag, denn er schlug sich erstaunlich wacker für einen Neuling, gewann selbst gegen sehr viel erfahrenere Reiter und verspürte eine wilde Schadenfreude, als einer von Raleighs Gefährten vom Pferd stürzte und wie ein umgedrehter Maikäfer auf dem Rücken lag.

Er winkte Lady Jane zu, als er an der Tribüne vorbeiritt, ihren Ärmel als Minnetuch für alle Welt sichtbar an seinem Helm, und versuchte, nicht mehr an das Tuch der Tochter des Alchimisten zu denken, mit dem er am Vortag unabsichtlich geprotzt hatte. Er sagte sich, dass diese Lady Jane wesentlich liebenswerter war als seine erste Wahl – ihre Haut war von vornehmer Blässe, ihre Haare hatten die Farbe von reifem Weizen, ihr Kleid war prächtig und geschmackvoll. Sie hatte weder Grasflecken am Rocksaum noch eine schlaffe Halskrause! Alles an ihr war neu und perfekt gestärkt. Jetzt musste er sie nur noch in sein Herz schließen, bevor er ihr einen Antrag machte … doch irgendetwas an ihr störte ihn. War es die Tatsache, dass sie dem Anschein nach nicht viel von ihm hielt? Will verlangte zwar nicht, dass seine zukünftige Gattin ihn liebte, doch er wünschte sich, dass er sich in Gesellschaft seiner Gemahlin wohlfühlte und sie sich in der seinen.

Trotzdem ertappte er sich dabei, dass er nach Lady Eleanor Ausschau hielt, sah aber bald, dass sie nicht bei ihren Freundinnen saß. Sie war auch nicht bei Sir Henry, der wegen seiner Verletzung vom Vortag nicht an den Wettkämpfen teilnahm. Mit mürrischer Miene lehnte er an der Holzwand am anderen Ende der Tribüne. Weil Will Ellie nicht auf Anhieb entdeckte, sagte er sich, dass ihre Abwesenheit ein weiterer Punkt war, der gegen sie sprach. Denn es bedeutete, dass er sich nicht kurz und schmerzlos bei ihr entschuldigen konnte, was für ihn das Einfachste gewesen wäre. Er hatte gehofft, es vom Rücken seines Pferdes aus tun zu können. Er wollte ihr das Sticktuch überreichen, das er eigens in Seide eingewickelt hatte, um ihr zu zeigen, dass er es bedauerte, sie am Vorabend so schnöde behandelt zu haben. Danach wäre er eilends weitergeritten, in dem beruhigenden Gefühl, seine Pflicht getan zu haben.

Er lenkte Berber zu seinen Brüdern zurück und stieg ab. Tobias und sein neuer Diener, Diego, übernahmen die Zügel, um den Hengst herumzuführen, bis er sich abgekühlt hatte.

»Gut gemacht, Will!«, sagte James, als er ihm half, den Helm und einen Teil der Rüstung abzulegen, damit Will sich erholen konnte. »Ich glaube es noch kaum, aber du bist im Finale!«

»Gegen wen?« Will schüttete sich etwas Wasser über den Kopf.

»Raleigh oder Blount. Die beiden sind im Moment dran.«

Will merkte, dass ihm der Ausgang dieser Runde eigentlich egal war. Er legte sich auf den Rücken und starrte in den Himmel.

»Nicht dass die Konkurrenz allzu groß gewesen wäre, da Perceval ja aus dem Rennen ist«, fuhr James fort.

Typisch für meinen Bruder, dass er meine Leistung herabwürdigt, dachte sich Will. Aber dazu ist Familie vermutlich da – um dafür zu sorgen, dass man vor Stolz nicht abhebt.

»Falls du gegen Raleigh antreten musst: Überleg dir gut, ob du Devons berühmten Sohn vom Pferd werfen willst. Würde der Königin vermutlich nicht gefallen.«

»Oder vielleicht doch«, gab Will zu bedenken, da er wusste, dass die Launen der Königin schwer vorhersehbar waren.

»Stimmt. Dann bleib am besten fair und warte ab, ob dir Fortuna hold ist oder nicht.«

»Ohhh!«, ertönte es da aus den Zuschauerreihen.

»Was war das?«

»Blount hat Raleigh gerade an den Rippen gekitzelt, doch er hielt sich im Sattel.«

»Sir Charles scheint heute in Form zu sein.«

»Und wie! Er hat vorhin voller Stolz herumerzählt, wie er den Alchimisten heute früh verjagt hat. Mit Lord Burghleys Unterstützung konnte er ihn aus dem Schloss werfen.«

Will richtete sich so abrupt auf, dass ihm schwindlig wurde. »Das hat er getan?«

»Ja. Und wie er sagt, musste Hutton mit zwei altersschwachen Kleppern von dannen ziehen, und seine Tochter saß wie eine Marketenderin inmitten der Gepäckstücke.«

Will fluchte leise.

»Was ist? Ich dachte, du freust dich, wenn du die beiden nicht mehr sehen musst.«

Will ließ sich wieder ins Gras fallen. »Erinnerst du dich an Lady Eleanor?«

James grinste. »Oh ja, mit dem größten Vergnügen.«

»Das ist sie – Huttons Tochter. Ich habe es selbst erst gestern Abend erfahren.«

»Ach du Schande!« James schnipste an die Helmzier. »Nun ja, Will, es gibt noch andere Ladys auf der Welt, denen du den Hof machen kannst, und Lady Jane scheint dir gewogen.«

»Ich weiß, ich weiß, ich hatte keine Absicht, der kleinen Hutton nachzulaufen, aber ich wollte mich bei ihr entschuldigen.«

»Wofür? Der Vater dieses Mädchens hat unsere Familie ruiniert; ich hätte eher vermutet, dass sie sich bei *dir* entschuldigen müsste – und wenn mich nicht alles täuscht, wäre dir schon die eine oder andere Möglichkeit eingefallen, an der du Gefallen gefunden hättest.«

»Red nicht in diesem Ton von ihr, Jamie! Das Mädchen ist absolut tugendsam, soweit ich weiß. Genau darum ging es ja. Gestern Abend kam ich zufällig dazu, als sie sich Perceval vom Leib halten wollte, und ich betrunkener Idiot habe sie als Flittchen abgetan, anstatt ihr meinen Schutz anzubieten.«

»Was hat Perceval getan? Konnte sie ihm entkommen?« James bedachte Sir Henry aus der Ferne mit einem finsteren Blick. Obwohl James bisweilen lockere Sprüche machte, war er im Grunde seines Herzens sehr ritterlich und wurde sauer, wenn er hörte, dass jemand das weibliche Geschlecht schlecht behandelte.

Will grinste grimmig. »Ja, das ist sie. Sie stieß ihm das Knie in die Weichteile, und da sie schon mal in Fahrt war, trat sie mir noch gleich ans Schienbein.«

James lachte schallend. »Donnerwetter, die Lady gefällt mir. So ein Talent ist verschwendet bei dem alten Narr, ihrem Vater.«

»Als ich heute früh wieder klar denken konnte, begriff ich, dass ich mich vergewissern musste, dass ihr in der Nacht nichts zugestoßen war. Perceval wollte ihr nachgehen, als wir uns trennten. Aber offenbar kamen wir beide zu spät; nun ist sie fort.«

»Dürfte das Beste für sie sein.«

»Nur dass sie mich jetzt für einen unhöflichen Tölpel hält. Außerdem behagt mir der Gedanke nicht, dass sie wegen ihres Vaters nun in einer verzweifelten Notlage ist.«

»Stimmt, das hat sie nicht verdient«, stimmte James ihm zu. »Aber du kannst nicht mehr tun, als dich bei ihr zu entschuldigen, falls sich eure Pfade noch einmal kreuzen. Verantwortlich bist du nicht für sie.«

»Nein, bin ich nicht.« Trotzdem kam er sich mies vor.

James zog seinen Bruder auf die Füße. »Du wirst gleich aufgerufen werden, Will. Schlag dir die dunkelhaarige Schönheit aus dem Kopf, und bemüh dich, der hübschen Blonden alle Ehre zu machen!«

»Gegen wen trete ich an?«

James blickte zu dem großen Brett, auf dem mit Kreide die Namen der Teilnehmer standen. »Raleigh – Gott stehe dir bei! Sieht so aus, als seien die Schiedsrichter stets auf seiner Seite, außer bei einem ganz klaren Treffer. Da siehst du, was es bringt, wenn man der Günstling der Königin ist.«

»Dann sollte ich mich bemühen, ihn aus dem Sattel zu hebeln, wenn schon nicht aus dem Kopf der Königin.«

Tobias führte Berber zum Aufsteigblock zurück. »Du musst gewinnen, Will; ich habe um meinen Dolch mit dem Silbergriff gewettet, dass du ihn schlägst.«

»Dann sollte ich mit Absicht verlieren, um dir das Wetten zu verleiden«, knurrte Will und schwang sich in den Sattel.

»Das tut er mir nicht an«, sagte Tobias verunsichert zu James, »oder?«

Als Will seinen Gegner Raleigh am anderen Ende der Turnierschranken sah, fragte er sich, was um alles in der Welt er hier tat. Er war an den Hof gekommen, weil er unbedingt etwas tun musste, um das Familienvermögen wieder aufzustocken, und nun würde er gleich an einer hölzernen Barriere entlangpreschen und versuchen, den derzeitigen Günstling der Königin aus dem Sattel zu werfen. Das Problem war allerdings, genau wie James gesagt hatte, dass er nicht die leiseste Ahnung hatte, ob er mit einem Sieg nicht seine einzige Chance vertat, die Achtung der Königin zu erringen. *Falls* er siegte. Wenn er dagegen verlor, standen seine Chancen besser, bei der Königin gut angesehen zu sein, doch dafür riskierte er eine ernsthafte Verletzung, und diese Aussicht war auch nicht sehr verlockend.

»Ich bin verdammt, wenn ich siege, und auch, wenn ich verliere«, murmelte er vor sich hin.

Allerdings blickte Raleigh drein, als hätte er den Sieg bereits in der Tasche. Will wusste, dass er mit seinem weißen Hengst und seinem vergoldeten Kettenhemd prachtvoller aussah als Raleigh, aber dessen schmucklose Rüstung zeigte, dass er ein Soldat war und kein Feiertagsritter. Das war ärgerlich und nicht förderlich für Wills Selbstvertrauen. Doch niemand hatte je gewonnen, wenn er von Anfang an mit einer Niederlage rechnete.

Sein neuer Diener berührte seinen Steigbügel. »Durchlauchtester und mächtiger Herr …«

Will zog irritiert die Augenbrauen hoch und stellte sich unwillkürlich vor, dass diese Anrede Lady Eleanor ganz sicher eine spitze Bemerkung entlockt hätte.

Schlag sie dir aus dem Kopf, Will, tadelte er sich.

»Ja, Diego?«

»Ich habe beobachtet Rah-Lee. Sieht stark aus, hat aber keine Kraft hinter Waffe. Im letzten Moment weicht aus nach links.«

Beeindruckt musterte Will den Jungen. Seine dunkelbraunen Augen wirkten intelligent und schlau – gewiss kein Dummkopf, dieser Junge.

»Berber … er verliert nicht gern«, fügte Diego hinzu und tätschelte liebevoll den Pferdehals.

»Ich auch nicht.«

»Dann ist alles gut. Lord Tobias kann behalten Dolch.«

»Das werden wir sehen. Danke, Diego.«

»Danke, mein Meister.« Der Diener gab Berbers Kopf frei und machte eine elegante, tiefe Verbeugung.

Will sandte ein Stoßgebet zum Himmel, ehe er die Lanze anlegte und auf das Startsignal wartete. Kaum ging das rote Tuch nach unten, gab Will seinem Pferd die Sporen, und Berber preschte los – und wie! Seit Will im Winter 1576 mit seinen Brüdern auf einem Schlitten den Bowman's Hill hinuntergerast war, hatte er kein solches Tempo mehr erlebt. All seine Sinne waren geschärft, als er die bebende Spitze seiner Lanze nun auf den Ritter richtete, der auf ihn zudonnerte.

Die Wucht des Zusammenpralls war brutal. Will wurde im Sattel rückwärts geschleudert, als Raleighs Lanze seinen Schild genau in der Mitte traf. Seine eigene Waffe traf den gegnerischen Schild etwas mehr seitlich. Diego hatte also recht: Raleigh wich tatsächlich im letzten Moment aus – vermutlich, wenn er sich im Sattel aufrichtete, um mehr Kraft in seinen Stoß zu legen. Keiner von beiden fiel aus dem Sattel, doch Will vermutete, dass sie beide einen tauben Arm und neue blaue Flecken hatten. Er galoppierte bis zum Ende der Schranken, wendete sein Pferd und wartete auf die Entscheidung des Schiedsrichters.

Der Devon-Pfau ein Punkt; Berkshires verarmter Earl null.

Er ritt zu Diego zurück, wo Tobias sich als Knappe betätigte und überprüfte, ob die Polsterung der Lanze noch intakt war.

»Dieser stinkende Knoblauchfresser! Er hat den Schiedsrichter gekauft!«, zischte Tobias. »Mach ihn fertig, Will!«

»Ich tue, was ich kann«, erwiderte Will sachlich, und seine Seite fühlte sich an, als sei er zwischen Hammer und Amboss des römischen Gottes Vulkan geraten.

Diego beruhigte den nervösen Berber. »Mein alter Meister, er sagt, man kann Mann mit Lanze aus Sattel heben, wie wenn Klinge dringt ein in Schale von Walnuss. Hinein und hoch.«

Will fand nicht, dass es ein guter Zeitpunkt für eine Lektion war, besonders da sie aus zweiter Hand von einem Mann stammte, der im Tower gelandet war.

»Und wer war sein Vorbild in den ritterlichen Künsten, Diego?«

»Mein Lord war letzter Waffenmeister von Leicester.«

Leicester, der ranghöchste Militärkommandant des Landes, stellte sicher nur die besten Männer ein, sagte sich Will. Vielleicht sollte er doch hinhören. »Hast du noch weitere Ratschläge für mich, Diego?«

Der clevere Maure lächelte. »Ja, Mylord.«

»Dann schnell! Es geht gleich weiter.«

»Rah-Lee ist zu selbstsicher. Rechnet nicht mit Anfängertrick von Euch. Ihr habt immer benutzt rohe Kraft, um Gegner aus Sattel zu werfen, nicht Geschick.«

Nun, damit hat er ins Schwarze getroffen, dachte Will amüsiert. Kein Wunder, dass James den Jungen mochte.

»Und dieser Trick wäre?«

»Richtet Euch im Sattel auf und zielt ein bisschen unter Mitte von Schildbuckel, damit er kann machen Linksruck, dann fallt zurück in Sattel, und richtet die Lanze nach oben.« Er hob die schmalen Schultern und ließ sie wieder fallen. »Klinge in Walnuss stoßen.«

»Ganz einfach, richtig?«

Der Junge lächelte nur.

»Falls ich unversehrt zurückkomme, Diego, erinnere mich daran, dir einen Shilling zu geben.«

»Und falls nicht, Sir?«

»Dann lauf, als seien die Höllenhunde hinter dir her, denn ich werde ziemlich sauer sein.«

Will zügelte sein Pferd am anderen Ende der Schranken und wartete auf das Startzeichen. Die Zuschauer bejubelten ihren jeweiligen Favoriten – Will sah mehr mit Raleighs Farbe winken als mit seiner. Ein paar Störenfriede aus dem gegnerischen Lager stimmten einen Sprechchor an: »Ra-leigh! Ra-leigh!« Sie klatschten und pfiffen anfeuernd. Will schloss die Augen, um sie auszublenden. Er sah das Manöver, das Diego ihm beschrieben hatte, im Geiste vor sich, vermutete aber, dass die praktische Umsetzung ziemlich schwierig werden könnte. Doch mit seinem Punkt Rückstand hatte er nicht viel zu verlieren. Er öffnete die Augen wieder und blickte konzentriert in den schmalen Korridor, der entlang der Schranken führte. *Reinstoßen und hochdrücken!*

Das rote Tuch sauste herab, und Will gab seinem Hengst die Sporen. Es war ein herrliches Gefühl, die geballte Kraft unter sich zu spüren, die anspannten Muskeln. Er konnte Raleighs Gesicht hinter dem Visier nicht sehen, rief sich aber dessen selbstgefälligen Gesichtsausdruck in Erinnerung, und prompt packte ihn der Zorn. Er würde den aufgeblasenen Pfau vom Pferd stoßen und selbst mit verbissener Sturheit im Sattel bleiben! Als er und sein Gegner aufeinander zuritten, hob er sich leicht im Sattel. *Reinstoßen und hochdrücken. Klinge in die Walnuss. An den Linksdrall denken!*

Dann ging alles blitzschnell. Als die gegnerische Lanze an Wills Schild knallte, musste sein Arm die ganze Wucht des Aufpralls abfangen, und Will ächzte. Die Spitze von Raleighs Lanze prallte ab. Im selben Moment ließ sich Will in den Sattel zurückfallen, richtete die Lanze leicht nach oben, und sie glitt zwischen Schild und

Arm. Will hebelte seinen Gegner aus dem Sattel, so sauber, wie man eine Erbse aus ihrer Hülse drückte. Kaum war Raleigh oberhalb des Sattelknaufs, wurde er von der Wucht des Aufpralls rückwärtsgeschleudert. Er landete der Länge nach im Sand und konnte nur noch den Schweif seines Pferdes sehen, das unbeirrt zum anderen Ende der Schranken weitergaloppierte.

Jubel erhob sich aus der Menge. Wo vorhin noch Raleighs Farbe geschwenkt wurde, flatterte nun das Grün Dorsets. Auch der voreingenommenste Schiedsrichter musste den Sieg des Earls anerkennen. Will zügelte Berber und reichte Tobias seinen Schild, James die Lanze. Dann nahm er den Helm ab. Durch das Visier hatte er die ganze Süße seines Sieges nicht genießen können, nun aber sah er, dass Raleigh immer noch auf dem Rücken lag.

»Ich hab den Mann hoffentlich nicht getötet«, murmelte Will und überlegte, wo er ein schnelles Schiff zum Kontinent finden könnte, falls er fliehen musste.

»Nein, Will, er ringt nur nach Luft«, sagte James grinsend. »Großartig, Mylord!«

»Oh, wenn sogar du das sagst, muss ich wirklich gut gewesen sein.« Er sah den Hofmarschall auf sich zueilen. »Was ist jetzt?«

»Mylord, Master Raleigh gibt sich geschlagen. Er will keine weitere Runde«, erklärte der Hofmarschall.

Will senkte den Kopf. »Dann lege ich meinen Sieg zu Füßen Ihrer Majestät.« Er wusste, was jetzt von ihm erwartet wurde, und klemmte sich den Helm unter den Arm. »Meine Lanze, James!«

Er ließ Berber tänzelnd schreiten, als er sich der Tribüne näherte, auf der die Königin unter einem Baldachin saß. Dort senkte er die Lanze und stand wartend vor ihr, während der Siegerkranz geholt wurde.

»Mylord Dorset, Ihr habt uns alle überrascht«, sagte die Königin mit volltönender Stimme und hängte den Kranz an die Spitze seiner Lanze. »Eure Jugend hat über die Erfahrung gesiegt. Wir gratulieren zu Eurer Leistung.«

»Ich widme meinen Sieg Eurer Majestät«, sagte Will feierlich. »Gott hat mir unwürdigem Anfänger zugelächelt.«

Elisabeths Mundwinkel kräuselten sich, weil sie wusste, dass er darauf anspielte, dass sein Glück auf Kosten ihres aktuellen Günstlings ging. »Vielleicht wollte Gott die Erfahrenen daran erinnern, dass auch sie fehlbar sind. Ja, so könnte es sein. Ihr habt das Preisgeld wahrlich verdient.« Mit einer knappen Handbewegung gab sie dem Hofmarschall zu verstehen, Will den Geldbeutel zu überreichen.

»Meine größte Belohnung ist es zu wissen, dass ich Euer Majestät erfreut habe«, sagte Will galant und band den Beutel mit der Schnur an der Scheide seines Schwerts fest. Er fühlte sich erfreulich schwer an.

»Wie edel. Wir werden Euch in Zukunft hoffentlich des Öfteren bei Hof sehen.«

»Wie könnte sich ein kleiner Planet von der Sonne fernhalten, Euer Majestät? Tanzen wir nicht immer um Euch herum, auch wenn wir am Himmelszelt entlangwandern?«

Mit dieser Schmeichelei brachte er sie zum Lachen. »Ich sehe, dass Ihr ein großer Charmeur seid, Dorset. Die Ladys am Hof müssen vor Euch gewarnt werden. Aber nun muss ich nach Eurem armen Gegner sehen und ihm mein Mitgefühl aussprechen.« Sie erhob sich, was für alle Anwesenden das Signal zum Aufbruch war. Will wartete, bis sie gegangen war, ehe er zu seinen Brüdern zurückritt.

»Alles in Ordnung, Will?«, fragte James.

»Bestens. Ihre Majestät schien eher amüsiert als erzürnt darüber, dass ich ihren Günstling geschlagen habe. Ich denke, sie weiß es zu schätzen, dass ich ihn daran erinnert habe, dass er auch nur ein Mensch ist, obschon er sie am häufigsten zum Lächeln bringt.« Mit einem Seufzer der Erleichterung schwang sich Will von Berbers Rücken auf den Aufsteigblock. »Helft mir aus dieser Rüstung, bevor ich einen Hitzschlag erleide!«

Mit schnellen, geschickten Bewegungen schnürten James und Tobias die Platten auf und befreiten Will von dem zusätzlichen Gewicht, das er seit Stunden mit sich herumgeschleppt hatte, dann von den Polstern.

»Ah, tut das gut!«, seufzte Will und streckte sich genüsslich, während er an dem verschwitzten Hemd herumzupfte, das ihm am Leib klebte.

»Du musst dich umziehen«, erklärte James.

»Klar, ich gehe zum Gasthof und genehmige mir ein schönes Bad!«

»Nein, ich meinte jetzt gleich – bevor du zu Lady Jane gehst. Du kannst den Ort deines Triumphes nicht grußlos verlassen. Eine bessere Gelegenheit als diese bekommst du so schnell nicht wieder. Du musst deine Brautwerbung vorantreiben.«

Will verzog das Gesicht, als er sich das Hemd über den Kopf zog. »Ich weiß nicht, ob man schon von Brautwerbung sprechen kann, Jamie.«

»Wäre aber besser.«

Will schlüpfte in das frische Hemd, das Tobias für ihn aufgetrieben hatte. »Bitte, verdirb mir nicht den Tag. Ich will meinen Sieg genießen und mich nicht mit dir streiten. Ich werde der Lady den

Ärmel zurückgeben und kurz mit ihr reden; das muss reichen.« Da fiel ihm der Geldbeutel ein, er holte eine kleine Goldmünze heraus und warf sie Diego zu. Geschickt fing der Junge sie auf. »Für deinen Tipp.«

Diego lachte erfreut. »Ihr seid höchst großzügig, oh großer und erlauchter Earl von Dorset!«

»Genug«, sagte Will, während Tobias kicherte. »Die Anrede ›Mylord‹ reicht vollkommen, Diego.« Er wandte sich an seinen kleinen Bruder. »Tobias, wie war das mit der Wette?«

Tobias wich einen Schritt zurück. »Wie meinst du das, Will?«

»Wie standen die Wetten?«

»Zehn zu eins.«

Will grinste. »Freut mich, dass du die brüderliche Loyalität hattest, den Schwächeren zu unterstützen. Geh und hol dir deinen Gewinn ab, aber denk das nächste Mal daran, dass ich durchaus auch hätte verlieren können!«

»Hast du aber nicht, oder?«

»Diesmal nicht.« Wills Augen schweiften zu Lady Jane, die geduldig darauf wartete, dass der Sieger ihr seine Aufwartung machte. »Nein, diesmal nicht.«

10. Kapitel

Im Laufe der nächsten Tage stellte Sir Arthur fest, dass ihn die Idee, für einige Zeit an einem abgeschiedenen Ort zu schreiben, immer mehr reizte.

»Wie unser Herr Jesus damals, der sich in die Wüste zurückzog, bevor er zu den Menschen predigte«, sagte er.

Ellie murmelte etwas Unverbindliches, weil sie diesen Vergleich nicht angemessen fand.

Sir Arthur hatte die Last der Pferde umverteilt, sodass auch er die Schönheit der Landschaft für ein paar Meilen vom Sattel aus bewundern konnte.

»Ein entzückendes Tal, nicht wahr, Ellie? Hier haben wir früher eine Zeit lang gewohnt, weißt du noch?«

Und ob Ellie sich noch daran erinnerte! Lacey Hall lag ganz in der Nähe, und vermutlich gehörte das Land hier den Dorsets.

»Ich habe einige sehr schöne Erinnerungen daran. Zusammen mit dem alten Earl habe ich wichtige Erkenntnisse gewonnen. Ein Jammer, dass der junge Earl so engstirnig ist. Ich würde vorschlagen, dass wir uns hier irgendwo ein Häuschen suchen; die Atmosphäre ist wie geschaffen für einen Gelehrten wie mich.«

»Ich finde, wir sollten weiterziehen, Vater. Der Earl will uns nicht in seiner Nähe haben.«

Sir Arthur machte eine wegwerfende Handbewegung. »Ach, gehört ihm die Luft, die wir atmen? Was stört es einen bedeutenden Herrn wie ihn, wenn wir hier wohnen? Er wird es nicht einmal merken. Außerdem ist er am Hof und denkt an andere Dinge als an zwei arme Reisende, die vorübergehend ein Quartier brauchen.«

Je mehr Ellie widersprach, desto mehr beharrte ihr Vater darauf, ausgerechnet in dieser Gegend von Berkshire am Ufer der Themse vorübergehend wohnen zu wollen.

»Die Dorfbewohner von Stoke-by-Lacey waren immer sehr freundlich zu uns«, fuhr er fort. »Sie haben einem Mann meines Standes den gebotenen Respekt erwiesen. Ich wundere mich, dass du nicht an einen Ort zurückkehren willst, an dem wir, wie wir aus Erfahrung wissen, gut behandelt werden.«

»Aber das wissen wir doch gar nicht, Vater. Der Earl hat damit gedroht, uns fortzujagen, wenn wir uns jemals wieder hier blicken lassen.«

»Er sprach von seinem *Haus*, Ellie. Aber das Recht, auf einer Straße, die der Königin gehört, durch das Dorf zu reiten, kann er uns nicht absprechen, da bin ich mir ganz sicher.«

»Aber Vater –«

»Genug, Eleanor! Ich bin dein Vater, und du wirst dich fügen«, sagte Sir Arthur mit gefurchter Stirn.

Ellie war so wütend, dass sie sich auf die Fingerknöchel in ihrem Reithandschuh beißen musste, um nicht vor Wut laut zu schreien.

»Hier wohnt doch diese Lady, eine Witwe. Dame Holton, genau, so hieß sie. Sie hat sich sehr für dich interessiert, Ellie, und sie besitzt ein hübsches Haus mit viel Platz für Gäste. Wir gehen zuerst dorthin, um herauszufinden, ob sie noch im Dorf ist.«

Stoke-by-Lacey hatte sich verändert, seit Ellie es zum letzten Mal gesehen hatte; die Häuser waren in besserem Zustand, und die

Dorfbewohner wirkten wohlhabender als früher, unter der Herrschaft des nachlässigen alten Earls. Der graue Kirchturm hatte einen neuen Wetterhahn und schönes Glas im westlichen Fenster; das Gasthaus war gut besucht; beladene Fuhrwerke, auf dem Weg nach London, standen auf dem Hof. Es gab auch eine Bäckerei, die offenbar florierte, und der leckere Duft von Brot und Kuchen stieg Ellie in die Nase. Wenig später bog Sir Arthur von der Hauptstraße ab und ritt eine gewundene Gasse hinunter, die von Blumengärten gesäumt war. Sie gelangten zu einem weiß getünchten Fachwerkhaus mit einem dichten Reetdach, auf dem ein Strohvogel saß, der dem Wohnhaus seinen Namen gab: Patridge Cottage – *Haus zum Rebhuhn*. Die Apfelbäume im Garten blühten, im Küchengarten wuchsen Kräuter und Gemüse in ordentlichen Reihen. Auf dem Hof scharrten einige Hühner.

»Warte hier!«, befahl Sir Arthur und stieg ab. »Ich will mich zuerst vergewissern, ob Dame Holton noch hier lebt.«

Ellie glitt vom Rücken ihres Pferdes und merkte, dass ihre Muskeln nach dem zweitägigen Ritt ziemlich verspannt waren. Dazu kam die Tatsache, dass sie ihre Tage und folglich Bauchschmerzen hatte, was sie ihrem Vater natürlich nicht sagen konnte. Mit ihm konnte sie über hochgeistige Themen reden, nicht aber über frauliche Belange. Damit musste sie allein zurechtkommen, da er nur rot anlief, wenn sie darauf zu sprechen kam.

Ellie setzte sich im Schatten eines Baums auf einen liegenden Baumstamm und dachte an den Tag zurück, als sie kurz vor ihrem vierzehnten Geburtstag zum ersten Mal ihre Monatsregel bekommen hatte. Ihr Vater mochte zwar ein Gelehrter sein, aber er hatte ihr nicht beigebracht, was alles zur Natur von Frauen gehört. Unvorbereitet, wie sie war, hatte Ellie ein paar schlimme Tage lang befürchtet, schwer krank zu sein. Als sie sich in ihrer Not schließlich ihrem Vater anvertraut hatte, war er nur knallrot geworden und hatte eine Dienerin dafür bezahlt, seine Tochter aufzuklären. So erfuhr Ellie, woran sie ›litt‹ und wie sie mit der allmonatlichen Unpässlichkeit umgehen musste. Danach wurde dieses Thema nie mehr angesprochen.

Zum Glück hatte besagte Dienerin geahnt, dass Ellie auch von Dingen wie Kinderkriegen nichts wusste, und sie erklärte dem ahnungslosen Mädchen unverblümt und in allen Einzelheiten, was sich zwischen Mann und Frau abspielte. Mit großen, staunenden Augen hatte Ellie zugehört, als die Frau ihr die Freuden und Leiden des Frauseins schilderte und ihr auch den einen oder anderen pikanten Ratschlag gab, wie man seinem Ehemann eine besondere Freude machen konnte. Ellie lächelte bei der Erinnerung daran. Bei einigen der Dinge, die die Frau ihr erzählt hatte, hatte sie ganz rote Ohren bekommen und sich beim besten Willen nicht vorstellen können, jemals derartige Sachen mit einem Mann machen zu wollen; doch in letzter Zeit ertappte sie sich immer häufiger dabei, dass sie sich vorstellte, wie es wohl wäre.

Auch jetzt begannen ihre Gedanken zu wandern. Ellie stellte sich vor, wie es wäre, von einem jungen Mann geküsst zu werden, seine Hände um ihre Taille zu spüren, von ihm an sich gezogen zu werden, seine Lippen zu spüren … Es musste wunderbar sein, begehrt und geliebt zu werden – und eine starke Schulter zu haben, an die man sich anlehnen konnte. Einen Mann, der einem half, die Probleme des Alltags zu meistern. Er müsste natürlich gut aussehen, freundlich sein, liebevoll, auf sie eingehen; er würde wissen, wie er sie streicheln musste … und plötzlich sah sie im Geiste den Earl von Dorset vor sich …

Erschrocken fuhr Ellie auf.

»Dumme Kuh!«, schalt sie sich und schlug sich mit der Faust auf die Knie. »Der Earl besitzt keine dieser Eigenschaften – und will von mir ganz bestimmt nichts wissen.« Bestürzt über diesen Ausrutscher ihrer Phantasie, sprang sie auf und schritt auf und ab. Statt dummen Tagträumen nachzuhängen, sollte sie sich besser vor Augen halten, wie der Earl sie vor zwei Tagen behandelt hatte. Er hatte sie im Stich gelassen und keinen Finger gerührt, um sie vor dem aufdringlichen Henry zu beschützen!

»Ellie!«

Sie wirbelte herum und sah ihren Vater mit einer matronenhaften Frau am Arm daherkommen. Dame Holton war eine üppige Frau mit kantigem Kinn, unter deren Haube ergrauende braune Haare hervorlugten. Ihre resoluten Bewegungen ließen erkennen, dass sie zu den Menschen gehörte, die sich zu wehren und im Leben zu behaupten wussten.

Ellie machte einen Knicks.

»Was für eine entzückende junge Lady aus ihr geworden ist!«, rief Dame Holton überschwänglich und tätschelte Ellies Wange. »Aber natürlich könnt Ihr bleiben, Sir Arthur! Ich freue mich immer über nette Gesellschaft. Meine Mädchen sind nach ihrer Heirat weggezogen. Und die Pest hat mir meinen lieben Sohn und auch meinen Gemahl entrissen, wie Ihr vermutlich noch wisst.«

»Aber ja, Madam. Holton war ein guter Mensch.«

Sie lächelte mit Tränen in den Augen. »Und Gregory war ein wunderbarer Sohn. Gottes Wege sind unergründlich; ein jeder von uns hat sein Kreuz zu tragen.« Sie bekreuzigte sich. »Tretet ein und ruht euch aus. Eure Tochter kann mir helfen, die Zimmer herzurichten, während Ihr Eure Arbeitsutensilien auspackt, Sir.«

Ellie fand das Haus faszinierend, denn es war anders als die Häuser, die sie bisher gesehen hatte. Es war vollgestopft mit kleinen Heiligenstatuen, religiösen Gemälden und Bildausschnitten und kunstvoll geschnitzten Kruzifixen. Es gab kein Fensterbrett, keine Ablage oder Wand, die nicht dekoriert gewesen wären. Ellie betrachtete eine Skulptur der heiligen Jungfrau Maria und strich mit einem Finger über deren glatte Wange, während Dame Holton frische Leintücher holte.

»Entzückend, nicht wahr?«, sagte die Hausherrin, als sie mit einem Armvoll frischem Bettzeug zurückkam. »Ich habe sie aus der Pfarrkirche gerettet. Lag in der Gosse, die arme Statue.«

»Und die anderen Sachen?«

»Alles verwaist, von unwissenden Menschen weggeworfen. Ich konnte es nicht mit ansehen und habe angefangen, die Sachen zu sammeln. Der Kesselflicker weiß von meiner Leidenschaft und bringt mir ebenfalls vieles von dem, was er in die Finger bekommt.« Sie deutete auf ein Kreuz aus Ebenholz, das neben dem Fenster hing. »Das stammt aus dem Blackfriars-Kloster, wie er sagte.«

»Sehr schön. Und Ihr habt so viele Gegenstände!«

Dame Holton nickte. »Das stimmt. Ich werde sie bis zu dem Tag aufbewahren, an dem die Menschen ihren Irrtum einsehen und diese Gegenstände zurückhaben wollen. Dann wird mich der Vikar nicht mehr belächeln, sondern an meine Tür klopfen und mich anflehen, sie ihm zurückzugeben.« Behutsam strich sie über die Schulter der Jungfrau … eine Frau, die eine andere tröstete.

»Irrtum?«

Dame Holton schnalzte mit der Zunge. »Reden wir besser nicht davon, mein Kind. Komm, wir richten dein Zimmer her! Ich gebe dir das von Gregory. Es hat einen herrlichen Blick auf den Obstgarten und gutes Licht zum Nähen und Lesen.« Die Lady redete weiter und weiter, über die Nachbarn, alle möglichen Haushaltsthemen und darüber, bei welchen Tätigkeiten Ellie ihr helfen könnte. Ellie ließ die Flut an Informationen brav über sich ergehen. Ihr Vater bereitete ihr schon genügend Kopfzerbrechen, da wollte sie sich nicht noch über die religiösen Neigungen ihrer neuen Wirtin Gedanken machen. Es wurde zwar nicht ausgesprochen, doch allem Anschein nach waren ihr Vater und sie im Haus einer sehr suspekten Person gelandet: einer Katholikin!

Auf dem Rückweg nach Lacey Hall schwelgte Will noch in den Erinnerungen an seinen ersten Auftritt bei Hof. Er hatte einen Turniersieg errungen, in Burghley und seinem Sohn Verbündete gefunden, und er war mit Lady Janes Bruder in zögernde Verhandlungen über eine mögliche Vermählung getreten. Der nächste Schritt war bereits vereinbart: Die Percevals würden ihn besuchen kommen; er musste also nur dafür sorgen, dass sein Landgut gepflegt aussah, um seine zukünftige Braut zu beeindrucken.

»Du schaust ganz schön selbstzufrieden drein, Bruderherz«, sagte James und grinste, als er ihn eingeholt hatte.

Will lachte. »Nicht mal *du* kannst behaupten, dass ich schlecht war.«

»Nein, ich gebe zu, dass du dem Namen unserer Familie keine Schande gemacht hast.«

Tobias kam angetrabt; sein Mietgaul konnte mit den Reittieren seiner großen Brüder natürlich kaum mithalten. »Wenn du Lady Jane heiratest, bekomme ich dann ein eigenes Pferd?«

James gab ihm eins hinter die Ohren. »Kannst du uns zur Abwechslung mal mit einem anderen Thema nerven?«

»Würdest du an meiner Stelle auch tun«, maulte Tobias.

»Glaub ja nicht, dass die Hochzeit bereits beschlossene Sache ist«, sagte Will. Dass Tobias ihn daran erinnert hatte, wohin das alles führte, lag ihm wie ein Wackerstein im Magen. »Die Percevals sind reich genug, um sich einen Gemahl unter den besten Familien des Landes aussuchen zu können. Der Bruder mag mich vielleicht, aber die Lady offenbar nicht.«

Lady Jane war Will gegenüber freundlich, aber kühl gewesen und hatte seine Einladung anfangs sogar abgeschlagen. Erst auf Sir Henrys Betreiben hin hatte sie sich bereit erklärt, Wills Einladung anzunehmen. Will fragte sich, mit welcher Drohung oder welchem Versprechen ihr Bruder sie wohl dazu überredet hatte.

»Tut sie nicht, was ihre Familie beschließt?«, fragte Tobias.

»Ich will eine Gemahlin, die mich freiwillig heiratet, nicht weil andere es ihr vorschreiben.«

»Wie fortschrittlich du denkst, Will«, sagte James. »Mal sehen, ob du das auch tust, wenn es um Sarahs Zukunft geht.«

Will verzog das Gesicht. »Nicht! Es ist mir schon schwer genug gefallen, Catherine meinem besten Freund zur Frau zu geben. An unsere kleine Schwester will ich noch nicht denken.«

»Jeder Mann muss wissen, dass er es mit uns zu tun bekommt, wenn er unsere Schwestern nicht gut behandelt«, sagte James grimmig.

»Der Mann, der Sarah heiraten wird, muss vor *ihr* geschützt werden«, sagte Tobias mit der Loyalität des Bruders, der ihr altersmäßig am nächsten stand. »Sie schlägt ganz schön hart zu.«

»Nur wenn man sie ärgert – und da bist du der Einzige.«

»Zu dir und Will ist sie immer ganz lieb, weil sie weiß, dass sie euch um den Finger wickeln kann.«

»Wir werfen ihren Freundinnen auch keine Äpfel nach und binden ihrer Katze keine Nachthaube um und rufen sie Mistress Bagley.«

»Du musst zugeben, dass die Katze damit wirklich wie die Frau des Vikars aussah.«

»Darum geht es nicht.«

»Aber du gibst es zu!«, rief Tobias.

»Kann sein. Möglich.« James runzelte die Stirn. »Aber ich wollte sagen, dass du jeden einzelnen Schlag verdient hast, den Sarah dir je verpasst hat.«

»Immer hältst du zu ihr!«, maulte Tobias.

»Nur weil du immer im Unrecht bist.«

Will hielt eine Hand hoch. »Das reicht, bitte! Sonst bekomme ich Kopfschmerzen.« Sie bogen auf den Weg ein, der nach Lacey Hall führte. Will hielt sein Pferd an, um den Anblick auf sich wirken zu lassen, denn das würde Lady Janes erster Eindruck sein. Würde es ihr gefallen? Ulmen säumten den Weg, hinter der Steigung sah man das Dach des Hauses aufragen. Das Wildgehege war eingezäunt, das Rudel gesund. Die Gärten waren von hier aus noch nicht zu sehen, doch dank der harten Arbeit seiner Mutter, gemeinsam mit den Gärtnern, waren sie ordentlich und gepflegt. Es hatte ihnen viel Geld erspart, dass er ein Treibhaus hatte bauen lassen, denn nun konnten sie die meisten Pflanzen selbst züchten.

»Keine Angst«, sagte James, der die Gedanken seines Bruders offenbar erraten hatte. »Sie weiß, dass wir nicht gerade in Geld schwimmen. Und sie wird sehen, dass wir unser Bestes tun.«

»Hoffen wir's. Aber mit einigen Tausend Pfund mehr könnte ich wahre Wunder bewirken.«

»Dann wäre sicher auch ein Pferd für mich drin, oder?«, rief

Tobias dazwischen und duckte sich rasch, weil gleich zwei Hände ihm eine Ohrfeige verpassen wollten.

Die Gräfin war hocherfreut, als ihre Söhne mit so guten Nachrichten nach Hause zurückkehrten. Sie wollte jede Einzelheit von Will hören, nicht nur über das Turnier, sondern auch über den Klatsch und Tratsch am Hof und die neueste Mode – ein Thema, zu dem er allerdings nicht viel zu sagen hatte. Doch er merkte, wie sehr sie sich nach dem höfischen Leben sehnte. Es käme ihr sehr zugute, wenn er eine gute Partie machte, denn dann hätte sie wieder Umgang mit Ladys ihres Standes.

Bei einem verspäteten gemeinsamen Mittagessen befragte Lady Dorset ihre Söhne ausgiebig. Sarah durfte sogar ihren Unterricht ausfallen lassen, damit sie ebenfalls dabei sein konnte, und sie saß brav und mit leuchtenden Augen zwischen James und Will.

Sie wird viel zu schnell groß, dachte Will. Seine kleine Schwester trug ihre aschblonden Haare mit dem bronzefarbenen Schimmer unter der Haube noch offen, doch es würde nicht lange dauern, bis sie sie hochbinden würde und auch an den Hof reisen wollte.

»Wie sah die Halskrause der Königin aus?«, wollte die Gräfin von Will wissen.

»Ähm, sie war ziemlich groß«, antwortete er.

Sara verdrehte die Augen, die Mutter schmunzelte in ihre Serviette. »Welche Art von Spitze, Will? Farbig oder weiß? Mit Perlen oder schlicht? Größer als letztes Jahr oder kleiner?«

Hilfe suchend blickte Will auf seinen Bruder, doch James konzentrierte sich darauf, sein Fleisch klein zu schneiden.

»Ihre Majestät sah sehr prächtig aus«, sagte Will nach längerem Überlegen.

»Und was sollen wir uns darunter bitte schön vorstellen?« Sarah zupfte an ihrer eigenen Halskrause herum, die nach höfischen Maßstäben sehr klein war.

»Ihr Gewand war aus einem ungewöhnlich feinen Stoff.«

»Das wird ja immer schlimmer«, stöhnte Sarah.

Tobias hatte ein Einsehen mit den Damen. »Als ich sie sah, trug sie eine Halskrause aus flandrischer Spitze, aufgespannt auf einen hochdünnen Rahmen von etwa einem Fuß Durchmesser. Sie liebt Weiß und trägt im Gegensatz zu einigen der jüngeren Hofdamen keine farbigen Halskrausen. Pink ist ganz aus der Mode gekommen, weil die Königin glaubt, dass es nicht zu ihrer Haarfarbe passt.«

Sarah lächelte ihren jüngsten Bruder entzückt an. »Schmuck?«

»Ja, Glasperlen, wie Tautropfen auf einem Spinnennetz verteilt.«

»Na also!« Anklagend blickte Sarah auf Will. »Wenigstens einer in unserer Familie mit Augen im Kopf!«

»Was gibt es Neues im Dorf?«, wandte sich Will an seine Mutter, um das Thema zu wechseln.

Die Gräfin seufzte. »Nun, der Müller hat seinen ältesten Sohn verloren. Es war ein Fieber. Ich habe der Familie ein Kondolenzschreiben geschickt. Der Bäcker hat angefragt, ob er einen weiteren Ofen bauen darf.«

»Ich werde Turville hinschicken, um sich die Sache anzusehen, doch ich wüsste nicht, was dagegenspräche.« Will war heilfroh, endlich über praktische Dinge reden zu können.

»Mistress Newburton und Farmer Jacobs wurden dazu verurteilt, am letzten Markttag am Pranger zu stehen wegen …«, sie warf einen kurzen Blick auf Sarah, »… ähm, Unzucht.«

»Mutter, Ihr braucht nicht so zurückhaltend zu sein. Ich bin kein

Kind mehr.« Sarah grinste Tobias an. »Wer hätte gedacht, dass Mistress Newburton noch einen Verehrer haben könnte. Sie ist schon so alt!«

»Erst fünfunddreißig«, gab die Gräfin zu bedenken.

»Sag ich doch!«

Will räusperte sich. »Ich glaube nicht, dass das ein geeignetes Tischgespräch ist, meine Damen.«

»Vermutlich nicht, aber immerhin interessanter als Halskrausen«, sagte James.

Will merkte, dass er auf verlorenem Posten kämpfte, und gab auf.

Seine Mutter lachte. »Wir machen dir Kummer, nicht wahr?«

»Was soll ich darauf antworten, Madam?«

»Nun, jedenfalls nicht so großen Kummer wie Dame Holton. Sie hat den Vikar vor der versammelten Kirchengemeinde gescholten, weil er die Kirchenausstattung nicht in Ehren hält. Letzte Woche hat er den Wandteppich mit David und Goliath aus der Kirche geworfen, und sie hat ihn zu sich nach Hause genommen. Wenn der Vikar so weitermacht, starren wir bald nur noch kahle Wände an.«

»Das war mein Lieblingswandteppich«, jammerte Sarah. »Was soll ich mir jetzt während der Predigt anschauen?«

»Wie wär's mit Zuhören?«, schlug James vor.

Die Gräfin hielt das Handgelenk ihrer Tochter fest, bevor sie ein Stück Brot nach ihrem Bruder werfen konnte. »Und sie hat einen höchst seltsamen Gast in ihr Haus aufgenommen. Ich fürchte, du wirst dich nicht freuen, Will.«

»Solange es nicht der Papst aus Rom oder einer seiner Pfaffen ist, wüsste ich nicht, warum es mich stören sollte«, entgegnete Will. Er selbst ging besagter Dame aus dem Weg, wann immer es möglich war.

»Nein, kein Pfaffe, dem Himmel sei Dank. So schlimm ist es nicht. Erinnerst du dich an den schrecklichen alten Kerl, der bei uns wohnte, als dein Vater noch lebte? Hutton, der Alchimist?«

Will fiel sein Messer aus der Hand; James vergaß weiterzukauen.

»Und ob ich mich erinnere«, sagte Will frostig.

»Er ist ihr Untermieter. Schreibt sein Lebenswerk, wie die Dame sagt.« Die Gräfin beugte sich vor und fügte in vertraulichem Ton hinzu: »Ich habe den Eindruck, sie ist in ihn vernarrt – eine Herbstromanze liegt in der Luft.«

Ihr Versuch zu scherzen missglückte.

»Hat Hutton seine Tochter bei sich?«

Die Gräfin musterte ihn besorgt. Was las sie da in seinem Gesicht? »Du erinnerst dich an sie? Ja, sie ist bei ihm. Ein ruhiges kleines Ding. Sehr hübsch und wohlerzogen. Im Dorf sprechen sie nur gut über sie.«

Will schob seinen Stuhl zurück. »Entschuldigt mich, Madam, aber ich scheine bei meiner Rückkehr ein Problem mit Ungeziefer vorzufinden. Ich muss es von meinen Ländereien vertreiben, bevor es größeren Schaden anrichtet.«

Ellie hatte das Gefühl, im Haus von Dame Holton ihr eigenes kleines Paradies gefunden zu haben. Mit dieser mütterlichen Frau konnte sie über alles reden, während sie zusammen den Haushalt machten; sie hatte ein warmes Bett in einem schönen Zimmer, das sie mit niemandem teilen musste, einen Garten, durch den sie nach Lust und Laune spazieren konnte. Sie verbrachte den sonnigen Nachmittag im Obstgarten, saß auf einer Decke unter dem Apfelbaum und las eines der Bücher aus der hochgeschätzten Sammlung ihrer Vermieterin über das Leben von Heiligen. Endlich einmal brauchte sie sich keine Sorgen um ihren Vater zu machen, der in dem kleinen Hinterzimmer saß, das die Dame ihm als Arbeitsraum überlassen hatte. Seine Gerätschaften waren noch eingepackt, denn er wollte nur sein Wissen zusammenfassen, statt es mit weiteren gefährlichen Experimenten zu erweitern. Hätte Ellie die Zeit anhalten und ewig so weiterleben können, wäre sie rundum glücklich gewesen!

Sie überblätterte die grausigen Einzelheiten eines Martyriums, um nach einer neuen Geschichte zu suchen. Sollte sie ihren Vater vielleicht darauf aufmerksam machen, dass ihre Hausherrin ihm beim Abendbrottisch schöne Augen machte? Ellie nahm an, dass die Witwe vermutlich nichts dagegen hätte, einen Baronet zu heiraten, auch wenn es sich dabei um ihren Vater mit seinem fanatischen Alchimie-Eifer handelte. Und wenn jemand ihn im Zaum halten konnte, dann nur eine Frau wie Dame Holton. Ellie konnte sich nicht vorstellen, dass sie Sir Arthur erlauben würde, das Wirtschaftsgeld für alchimistische Geräte und Grundstoffe auszugeben. Sollte er sich aus der Haushaltskasse bedienen, würde sie ihm gehörig auf die Finger klopfen – und das wäre eine nützliche Lektion für ihn. Und wenn dieser Traum wahr werden würde, könnte auch Ellie es wagen, an eine bessere Zukunft für sich selbst zu denken, vielleicht sogar an eine Heirat mit einem hiesigen Gutsbesitzer oder Richter. Dann hätte sie ein eigenes Haus und einen guten, liebevollen Gatten, mit dem sie ihr Leben verbringen würde, Kinder eventuell ...

Ein Schatten fiel über die Seite, die sie gerade las. Ellie blickte hoch, sprang erschrocken auf, und ihre Träume fielen zusammen mit dem Buch in den Staub. Sie machte einen verlegenen Knicks.

»Mylord?« Hätte er nicht noch am Hof sein sollen? Welcher unglückselige Zufall hatte ihn so rasch wieder nach Hause geführt?

»Mistress Hutton.«

Der Earl starrte sie schweigend an. Worauf wartete er? Auf eine Entschuldigung für den Tritt an sein Schienbein? Pah, darauf konnte er bis zum Jüngsten Tag warten, schwor sich Ellie. Oder wollte er von ihr eine Entschuldigung dafür hören, dass sie überhaupt existierte?

Er räusperte sich. »Geht es Euch gut?«

Überrascht schaute Ellie ihm in die Augen. Er schien sie mit einer Mischung aus mehreren Gefühlen zu mustern, doch Freude war nicht darunter.

»Ja«, antwortete sie leise.

»Ich muss mich bei Euch entschuldigen«, fuhr er gestelzt fort, wie eine Katze, die über heiße Pflastersteine ging, die sie mit den Pfoten kaum berühren wollte. »Bei unserer letzten Begegnung war ich unverzeihlich unhöflich zu Euch. Ich hätte Euch beschützen sollen, war aber nur hochnäsig. Das war nicht rechtens von mir.« Er griff unter sein Wams und zog ein in Seide gewickeltes Päckchen hervor. »Sobald ich wieder einen klaren Kopf hatte, habe ich nach Euch gesucht, doch da wart Ihr bereits fort. Ich möchte Euch etwas zurückgeben mit bestem Dank und aufrichtigem Bedauern für mein ungehobeltes Benehmen.«

Ellie nahm das Päckchen entgegen und ahnte, was es enthielt. »Danke, Mylord.«

Er trat einen Schritt zurück, und man merkte ihm an, wie erleichtert er war, diese unangenehme Aufgabe erledigt zu haben. »Darf ich fragen, wann Ihr weiterzureisen gedenkt?«

Ellies Finger krallten sich um das Päckchen. Einen Moment lang hatte sie fast so etwas wie Sympathie für den Earl empfunden, doch nun hatte er seine wahre Absicht enthüllt. Er wollte sie schon wieder vertreiben – diesmal zwar mit höflichen Worten statt mit seinen Hunden, die er aber zweifellos noch einsetzen würde, falls ihr Vater und sie nicht freiwillig weiterzogen.

»Sobald mein Vater seine Abhandlung geschrieben hat.«

»Und wie lange wird das dauern?«

»Ich weiß es nicht. Warum fragt Ihr ihn nicht selbst?«

Will winkte ab. »Ich weigere mich, mit dem Mann zu sprechen. Ich kann nicht dafür garantieren, was passiert, wenn ich gezwungen bin, mich im selben Raum aufzuhalten wie er.«

»Oder im selben Dorf?« Unwillkürlich dachte Ellie daran, dass ihr Vater gesagt hatte, die Luft, die sie atmeten, gehöre nicht dem Earl, und sie wurde zornig.

»Ich sehe, Ihr habt verstanden, und ich verlasse mich darauf, dass Ihr ihm nahelegt, dass es klüger wäre, möglich bald weiterzuziehen. Ihr wollt sicher nicht, dass Eure Wirtin ihre Gastfreundschaft bereuen muss.«

Das war eindeutig eine Drohung, in seidene Worte verpackt. Ellie biss sich auf die Zunge, ließ das Päckchen auf das Buch fallen, drehte sich wortlos um und stapfte davon.

»Mistress Hutton?«, rief ihr der Earl überrascht nach.

Ellie verschränkte die Arme vor der Brust. »Sir, für Euch bin ich Lady Eleanor Rodriguez, Komtess de San Jaime!« Sie schleuderte ihm diese Worte über die Schulter hinweg zu, ohne ihn noch einmal eines Blickes zu würdigen.

»Wo wollt Ihr hin?«

»An einen Ort, an dem Ihr nicht seid.«

Als Ellie seine Schritte hinter sich hörte, ging sie schneller, doch er holte sie ein und hielt sie am Arm fest.

»Lady Eleanor, ich muss Euer Wort haben, dass Ihr und Euer Vater von hier weggeht!«

»Das versuche ich doch gerade, Sir!«, fauchte sie mit einem vielsagenden Blick auf die Hand, die sie festhielt.

»Ich spreche nicht von jetzt, ich meinte aus dem Dorf.«

Sie wirbelte herum und schlug seine Hand weg. Sie konnte sich nicht länger beherrschen, etwas zerbrach in ihrem Inneren und ließ die Worte wie einen Sturzbach aus ihr heraussprudeln. »Ihr werdet erst zufrieden sein, wenn mein Vater und ich ganz im Elend leben, nicht wahr, Mylord? Vertreib sie notfalls mit den Hunden, Turville! Dame Holton, Ihr müsst um Euer Leben fürchten, wenn Ihr den alten Mann und seine Tochter weiter beherbergt! Sir Henry, sie ist doch nur eines Alchimisten Tochter, jeder kann sie haben, der sie begehrt!« Ellie zitterte am ganzen Leib, doch sie konnte sich nicht bremsen. »Bei allen Heiligen, könnt Ihr mir sagen, was ich Euch angetan habe? Warum lasst Ihr mir keinen Frieden, bis Ihr mich unter Eurem Stiefel zermalmt habt, bis ich zerschmettert am Boden liege?«

»Mistress Hutton – Lady Eleanor …«

Sie hatte Tränen in den Augen, doch sie wollte vor dem Earl nicht weinen. »Habt Ihr jemals auch nur einen Augenblick gedacht, dass ich so leben möchte? Ich hasse die Alchimie – ich finde es schrecklich, dass mein Vater so von ihr besessen ist –, aber ich bin nicht seine Herrin! Ich habe dieses Leben nicht gewählt, versteht Ihr? Wenn Ihr uns von Eurem Land vertreiben wollt, dann müsst Ihr Eure Hunde auf uns hetzen – ich nehme es Euch nicht ab.« Sie stieß ihn von sich und raffte ihre Röcke. Dann rannte sie davon und ließ den Earl im Obstgarten stehen.

11. Kapitel

Will starrte der jungen Lady nach, die zum Haus rannte. Seufzend hob er Buch, Päckchen und Decke auf, die sie bei ihrer überhasteten Flucht zurückgelassen hatte.

Gratuliere, Will, du Hornochse!, beschimpfte er sich.

Sie hatte zauberhaft ausgesehen in ihrem Zorn, das musste man ihr lassen. Und ihre Worte? Ihre Worte hatten ihn wirklich getroffen. Sein Zorn auf den Alchimisten stand außer Frage, aber nun hatte sie ihm unmissverständlich klargemacht, dass jeder Angriff auf diesen Mann auch *sie* traf – die bezaubernde, temperamentvolle Lady, die wahrlich etwas Besseres als diesen Vater verdient hatte. Wenn er den Alchimisten aus dem Dorf jagte, was wurde dann aus ihr? Welche Zukunft stand ihr bevor? Die Armut würde sie zu einer leichten Beute von Männern wie Perceval und noch schlimmeren Kerlen machen. Ihr Vater war unfähig, einen Schatz wie sie zu behüten. Sie brauchte jemanden, der ihr Halt bot.

Der Gedanke, ihr seinen nicht ganz ehrenhaften Schutz anzubieten, stahl sich ungebeten in seinen Kopf. Das war das typische Verhalten für einen Mann seines Standes, dem ein hübsches Mädchen wie sie ins Auge stach. Doch ihre unschuldige Art war so bezaubernd und bewundernswert, dass er sie nicht mit einem unehrenhaften Angebot kränken wollte. Sie hatte ein gutes Leben verdient, eine ehrenhafte Heirat. Obwohl sie seine Phantasie beflügelte und er sie gern zu seiner Mätresse gemacht hätte, verboten ihm der Anstand und sein Charakter, es auszusprechen.

Und er brauchte eine Gemahlin mit Geld, keine arme Kirchenmaus.

Bestürzt darüber, dass er mit seinen Gedanken so weit vom Pfad der Tugend abgekommen war, zwang sich Will, wieder zum Grund seines Kommens zurückzukehren: Sir Arthur. Er blickte zum Haus. Erstaunlich, dass keine Explosionswolken oder seltsame Gerüche herausdrangen! Will konnte sich aber auch nicht vorstellen, dass Dame Holton derartige Dinge unter ihrem ehrbaren Dach dulden würde. Hmm, vielleicht sollte er um Lady Eleanors willen die lästige Gegenwart dieses Schuftes für eine Weile ertragen, um ihr die Ruhepause zu gönnen, nach der sie sich so sehnte?

Er klemmte sich die zurückgelassenen Sachen unter den Arm und ging zur Haustür.

»Guten Tag!«, rief er mit lauter Stimme.

Dame Holton riss die Tür auf, sichtlich überrascht über den hohen Besuch in ihrem bescheidenen Heim.

»Mylord, welch unerwartete Ehre! Ist etwas passiert? Hat Euer Pferd etwa ein Hufeisen verloren?«

»Nein, Mistress. Mein Stallbursche führt mein Pferd draußen auf und ab. Ich habe nur im Garten ein paar Worte mit Lady Eleanor gewechselt, doch sie hat vergessen, diese Sachen hier mit ins Haus zu nehmen.« Er reichte ihr das Buch und die Decke.

Dame Holton runzelte die Stirn, als sie sah, dass ihr Lieblingsbuch so nachlässig behandelt worden war. »Ellie!«, rief sie erzürnt.

Im Inneren des Hauses knallte eine Tür, und Ellie kam durch den Gang aus der Küche geeilt. Ihr Gesicht war noch feucht, weil sie es offenbar mit Wasser gekühlt hatte.

»Ja?« Da erst erblickte sie Will. »Oh, Ihr seid's. Seid Ihr gekommen, um uns fortzujagen?«

Dame Holton schnalzte mit der Zunge. »So spricht man nicht mit dem Earl, Ellie. Er war so freundlich, mir mein Buch zurückzubringen. Wie konntest du es einfach im Garten liegen lassen? Stell dir vor, es hätte geregnet!«

Ellie blickte spöttisch an den wolkenlosen Himmel. »Verzeiht.«

»Und warum sollte der Earl euch wegschicken wollen?«

»Gute Frage. Soll ich schon mal packen gehen?«

Dame Holton seufzte. »Sei nicht albern, Kind.«

Will schluckte seine Voreingenommenheit und seinen Stolz hinunter und trat einen Schritt vor. »Lady Eleanor, ich bin gekommen, um Euch im Dorf willkommen zu heißen. Ich hoffe, Ihr fühlt Euch hier wohl und werdet lange bleiben.« Hätte nicht eine der scharfäugigsten Beobachterinnen des Dorfes dabeigestanden, hätte ihm Ellies fassungslose Miene ein Schmunzeln entlockt. »Dame Holton, ich hoffe, Ihr wisst, dass Ihr einen Forscher beherbergt. Deshalb hoffe ich, dass Ihr peinlich genau darauf achtet, welche Aktivitäten Ihr ihm erlaubt. Ich würde nur ungern den Feuerkarren losschicken, weil Euer Reetdach in Flammen steht.«

Dame Holton fühlte sich sichtlich geschmeichelt, dass er sich Sorgen um sie machte. »Mylord, ich versichere Euch, dass ich in meinem Haus keine gefährlichen Experimente dulde. Sir Arthur hat nur einen Ort zum Schreiben gesucht.«

»Ausgezeichnet. Dann wünsche ich den Damen einen schönen Tag.« Er machte zwei knappe Verbeugungen, drehte sich dann um und schritt davon. Dieses Zugeständnis war ihm nicht leichtgefallen, doch die große Erleichterung auf Ellies Gesicht, als ihr die Bedeutung seiner Worte aufging, entschädigte ihn für alles.

Ellie wunderte sich über das plötzlich veränderte Verhalten des Earls, wusste aber nicht, ob sie ihm wirklich trauen konnte. Während der ersten ein, zwei Tage rechnete sie insgeheim damit, seine Diener würden kommen, um sie und ihren Vater aus dem Dorf zu jagen, doch nichts geschah. Auf dem Weg vor dem Haus blieb alles ruhig: Man sah nur den Schäfer, der seine Herde zweimal täglich vorbeiführte, und Knechte, die ihren üblichen Beschäftigungen nachgingen.

Als Ellie ihr Schlafzimmer aufräumte, blieb sie vor der kleinen Kiste mit Kleidungsstücken stehen, die sie noch gar nicht ausgepackt hatte, um das Schicksal nicht herauszufordern. Konnte sie sich nun wirklich entspannen und den Aufenthalt bei Dame Holton genießen? Nach den vielen Jahren, in denen sie sich überall unerwünscht fühlte, war dieses Gefühl noch etwas ungewohnt für sie. Nein, es war noch zu früh. Der Earl war unberechenbar. Vor Dame Holton war er von ausgesuchter Höflichkeit gewesen, doch wenn er ihr, Ellie, das nächste Mal allein begegnete, war er eventuell wieder feindselig.

Nachdem Ellie ihre morgendlichen Pflichten erledigt hatte, beschloss sie, ins Dorf zu gehen, um die Freundinnen zu besuchen, die sie inzwischen hier gefunden hatte. Sie war noch nicht weit gekommen, als sie auf dem schmalen Weg auf eine Gruppe von Männern stieß, die eine Mauer reparierten. Sie wich aus, als ein Fuhrwerk mit Steinen vorbeirumpelte. Als es durch eine Pfütze fuhr, sank es wegen der schweren Ladung in den Schlamm. Die Räder blieben stecken, und das massige, karamellfarbene Zugpferd kam nicht weiter. Der Fuhrmann fluchte kräftig. Er ließ seine lange Peitsche über dem Kopf des Tiers knallen, obwohl dessen Flanken bereits vor Schweiß glänzten.

»Geh weiter, du dummes Vieh!«, rief er. »Wir haben nicht den ganzen Tag Zeit!«

Ellie fand es schrecklich, wie gemein er zu dem Tier war, und wollte gerade eingreifen, als jemand ihr zuvorkam.

»Taylor, lass das arme Tier in Frieden. Es tut ja schon, was es kann.« Der Earl trat einen Schritt vor. Ellie hatte ihn nicht bemerkt, weil er wie die anderen Arbeiter in Hemdsärmeln war. Er arbeitete mit! Ellie bekam den Mund nicht mehr zu. Das hatte sie noch nie erlebt: ein Edelmann, der harte, körperliche Arbeit verrichtete! »Wir müssen das Fuhrwerk leichter machen.« Er steckte zwei Finger in den Mund und pfiff. »Männer, alle herkommen! Holt die Steine runter, und schichtet sie neben dem Weg auf. Taylor, du hältst derweil das Pferd fest!«

Sechs kräftige Burschen legten ihre Werkzeuge weg und kamen zum Fuhrwerk. Ellie wusste nicht recht, ob sie den Earl so bald schon wiedersehen wollte. Sie hatte ein bisschen Angst, weil sie nicht wusste, wie er reagieren würde, doch ein verräterischer Teil von ihr hielt ständig nach ihm Ausschau. Ihre Vorsicht gewann die Oberhand, und sie versuchte, sich hinter dem Fuhrwerk an den Männern vorbeizuschleichen. Doch ausgerechnet da sprang der Fuhrmann vom Bock und direkt auf sie. Das führte dazu, dass Ellie in der Hecke am Straßenrand landete, zum Glück nicht in, sondern neben dem Brennnesselgestrüpp.

»Oh, Maid, hab dich gar nicht gesehen.« Der Fuhrmann fasste sich rasch wieder und half ihr auf die Beine. »Hast du dir wehgetan?«

»Nein, nichts passiert. Kümmert Euch um das Pferd, nicht um mich«, erwiderte Ellie und rieb sich die Zehen, auf die der gute Mann gesprungen war.

»Was ist los, Taylor?« Und schon eilte der Earl herbei, um zu sehen, was es gab.

»Ah, Euer Lordschaft. Ich hab die Kleine hier umgerannt, aber sie sagt, ihr sei nichts passiert.«

»Lady Eleanor!«, rief der Earl überrascht.

»So ein Mist, eine Lady! Hab ich ein Pech«, murmelte der Fuhrmann und bereute, dass er sie wie ein Dorfmädchen behandelt hatte.

Der Earl lächelte. »Was für eine angenehme Überraschung.«

Ellie wischte sich trockenes Laub von ihrem Rock. »Für mich weniger ...«

Sein Lächeln erlosch.

»Da ich in der Hecke gelandet bin.« Sie begutachtete einen Kratzer am Handgelenk, der vermutlich vom Brombeerstrauch herrührte.

Erleichtert darüber, dass sie nicht *ihn* gemeint hatte, beugte sich der Earl besorgt vor. »Verstehe. Darf ich mal sehen?«

Ellie blickte sich verlegen um: Der Fuhrmann und die sechs Arbeiter fanden diese Begegnung offenbar sehr viel interessanter als ihren Haufen Steine. »Nicht nötig, Sir. Ich gehe gleich weiter.«

»Wie denn? Ihr hängt ja noch fest.« Er deutete auf ihren Unterrock, der sich am Brombeerstrauch verhakt hatte.

»Oh.«

»Männer, macht etwas Platz für die Lady! Habt ihr nichts zu tun?«

Auf seinen Befehl hin wandten sich die Arbeiter ab, und der Fuhrmann ging zum Kopf des Pferdes, um es zu beruhigen.

»Bitte, lasst Euch helfen.« Der Earl ging vor Ellie in die Knie und begann, ihren Rock behutsam von den Dornen zu lösen. Ellie schaute auf seinen goldfarbenen Haarschopf hinunter und ertappte sich bei dem Wunsch, mit den Fingern durch die dichten Haare zu fahren. Rasch faltete sie die Hände, um diesen Impuls zu unterdrücken.

»So, fertig. Doch ich fürchte, dass Ihr auch da unten den einen oder anderen Kratzer abbekommen habt.« Der Earl deutete auf ihre Knöchel. »Nicht dass ich hingeschaut hätte ...«

Ellie fiel auf die Schnelle keine passende Erwiderung ein, doch sie merkte, dass ihre Wangen verräterisch glühten.

»Könnt Ihr allein nach Hause gehen? Wenn Ihr Euch einen Moment geduldet, hole ich mein Wams und stütze Euch.«

Sag etwas, dumme Gans, schalt sich Ellie. »Nein, nein, danke. Ich bin nicht groß verletzt. Außerdem bin ich auf dem Weg ins Dorf, und Ihr wollt sicher weiterarbeiten.«

Der Earl machte ein enttäuschtes Gesicht. »Wirklich? Es wäre kein Umstand für mich. Die Männer wissen, was zu tun ist – ich habe nur ein bisschen mitgeholfen, weil mir daheim langweilig war. Barker hier ist mein Vorarbeiter, er kann alles Übrige erledigen.« Er deutete auf den glatzköpfigen Mann, der das Abladen der Steine überwachte.

»Ich möchte Euch die Schande ersparen, mit der Tochter des Alchimisten gesehen zu werden, Mylord«, sagte Ellie leise und schlang nervös die Finger ineinander.

Der Earl räusperte sich. »Ah, diese Abfuhr hab ich vermutlich verdient. Es wäre keine Schande, sondern eine Ehre. Ihr wisst, dass ich kein Verehrer Eures Vaters bin, Mylady, dafür aber Eurer Person.«

Ellie fühlte sich geschmeichelt und genoss es, dass der charmante Earl, den sie in Windsor kennengelernt hatte, wieder zum Vorschein kam. Sie lächelte. »Ihr verehrt ein Mädchen, das mit Laub und Dornenkratzern übersät ist? Ihr habt einen absonderlichen Geschmack, Mylord, ich muss schon sagen!«

»Ich bekenne mich schuldig.« Er machte eine spielerische Verbeugung.

Ellie biss sich auf die Lippen. »Warum seid Ihr plötzlich so nett zu mir?«

Der Earl beugte sich vor und zupfte ihr einen Löwenzahnsamen aus den Haaren. »Sagen wir es so: Ich versuche heute, nicht nur eine Mauer zu reparieren, sondern auch andere Schäden auszubessern, die ich angerichtet habe …«

»Dann bereut Ihr nicht, dass Ihr mich bleiben lasst?«

Er schüttelte den Kopf. »Oh nein. Ich biete Euch Schutz auf meinem Land, Lady Eleanor, solange Ihr ihn benötigt. Und wenn ich dafür auch Euren Vater in Kauf nehmen muss, dann werde ich lernen, damit zu leben.«

Sie unterdrückte ein Lächeln. »Ich fürchte, das müsst Ihr.«

»Na schön.« Er lächelte etwas gequält. »Ich werde versuchen, nicht allzu viel daran zu denken.«

Ellie machte einen Knicks. »Danke, Mylord. Für alles.«

»Habt einen schönen Tag, Mylady, Ihr seid mir willkommen.«

Als sie sich umdrehte und weiterging, spürte sie seinen Blick in ihrem Rücken, bis sie um eine Ecke bog. Diese Begegnung war seltsam gewesen, aber auch beruhigend. Sie wusste nun, dass sie den Earl nicht mehr fürchten musste – fürs Erste duldete er ihren Vater. Dass er eventuell eine Gefahr für ihr Herz darstellte, stand auf einem anderen Blatt.

Die darauffolgenden Wochen verliefen friedlich für Will. Seine Mutter kümmerte sich um die Vorbereitungen für den Besuch der Percevals: Zwei Gästezimmer wurden frisch getüncht und die Wandbehänge gelüftet. Tobias wurde zu seinem Privatlehrer zurückgeschickt, was den Lärmpegel im Haus entscheidend senkte, und James war ins College zurückgereist, hatte aber versprochen, gleich am Ende des Trimesters zurückzukommen, um mitzuhelfen, die Gäste zu unterhalten.

Für Außenstehende sah es so aus, als würde der Earl seinen üblichen Pflichten nachgehen – Schriftverkehr erledigen, seine Ländereien inspizieren, sich die Klagen seiner Pächter anhören –, doch in seinem Inneren spürte Will, dass alles anders geworden war. Wider besseres Wissen konnte er sich nicht von Lady Eleanor fernhalten, und er fand immer wieder neue Ausreden, um es so einzurichten, dass sich ihre Wege kreuzten. Ihm war, als würde sich sein ganzes Sein nur noch um dieses unbedeutende Mädchen drehen statt um die große Last der irdischen Verpflichtungen, die er als Besitzer eines großen Landguts und als Verantwortungsträger im Lande nun einmal hatte.

Auch dieser Tag begann wie viele andere: Er wollte die Reparaturarbeiten an der Windmühle auf dem Bowman's Hill überwachen, beschloss dann aber spontan, dass es wichtiger war, Dame Holton zu befragen, warum sie an den letzten zwei Sonntagen nicht zur Messe gekommen war. Normalerweise überließ er solche Angelegenheiten Vikar Bagley, doch die Versuchung, bei dieser Gelegenheit in Ellies große, dunkle Augen blicken zu können, war einfach zu groß.

»Diego, führ Berber ein bisschen herum!«, befahl er seinem Stallburschen und rutschte aus dem Sattel.

»Ja, gern, erhabener Gebieter.«

Will schüttelte den Kopf. Er schaffte es einfach nicht, dem Jungen seine hochtrabenden, schwülstigen Anredeformen auszureden. Insgeheim vermutete er sogar, dass Diego ihn damit aufzog, aber man konnte seinem Diener ja kaum vorwerfen, dass er *zu* ehrerbietig war, oder?

»Ich weiß nicht, wie lange ich brauchen werde.«

»Verstehe, mein Gebieter. Vielleicht heißt Lady Euch nicht sehr herzlich willkommen.«

»Dame Holton ist mir gegenüber immer sehr höflich.« Will zupfte seine Halskrause zurecht und fuhr sich mit den Fingern durch die Haare, die beim Reiten hoffentlich nicht allzu staubig geworden waren. Er trug sein Lieblingswams, das weinrote Samtwams, dessen Ösen mit goldenem Futterstoff unterlegt waren, und hoffte, dass er damit adrett aussah.

»Ich meinte kleine Lady, oh gütiger und mächtiger Herr. Mit Haaren wie Holunderbeeren und Augen wie poliertes Mahagoni.«

Will starrte seinen Diener verdutzt an. War er so leicht zu durchschauen? Tuschelte bereits seine ganze Dienerschaft über seine Schwärmerei für Lady Eleanor? Und falls ja, würde es ihrem Ruf schaden?

»Wie kommst du darauf? Wo hast du das gehört, Diego?«

»Ich habe nichts gehört, großer Herr. Habe aber Augen im Kopf.« Die dunklen Augen des Jungen mit dem dichten Wimpernkranz waren zwar unterwürfig auf den Boden gerichtet, doch Will hatte längst erkannt, dass sein Stallbursche ein intelligenter Kerl war.

»Sehen andere es auch?«

»Alle beobachten erlauchten Herrscher über diese Ländereien genau, Sir.«

Das stimmte natürlich.

»Wird über die Lady getuschelt?«

Diego blickte kurz auf, und Will sah den Schalk in seinen Augen aufblitzen. »Leute tuscheln immer, Mylord. Reden über Kuh, die gekalbt hat, über Gänseherde, die entflohen ist, über Fremde im Dorf …«

»Du weißt, was ich meine, Diego. Ich möchte dem Ruf der jungen Dame nicht schaden, nur weil ich gelegentlich ihre Wirtin aufsuche.« Will schlug die Handschuhe an seinen Handteller, irritiert darüber, in Zukunft eventuell auf diese Besuche verzichten zu müssen.

Diego schüttelte den Kopf. »Ich glaube nicht, oh gütigster aller Gebieter. Junge Lady ist sehr beliebt im Dorf und immer freundlich. Niemand redet schlecht von ihr. Auch von Euch sprechen Leute nur mit großem Respekt; niemand denkt, Ihr stellt liebreizendem Geschöpf wie ihr nach mit unehrenhaften Absichten.«

»Zu Recht, Diego, zu Recht! Von meiner Seite droht ihr keine Gefahr. Sei so gut und widersprich, falls jemand das Gegenteil behauptet, und erstatte mir sofort Bericht.«

»Sehr wohl, Euer Gnaden.«

Nachdem Will seiner Meinung nach alles getan hatte, was er konnte, schritt er über den Gartenweg auf das Wohnhaus zu. Sein Herz begann schneller zu schlagen bei dem Gedanken, gleich Lady Eleanor zu sehen. Er klopfte an die Tür und freute sich, als sie es war, die ihm öffnete. Wie schön, dass sich ihre Miene nicht mehr verfinsterte, wenn sie ihn sah, da sie sich inzwischen daran gewöhnt hatte, dass er freundlich zu ihr war.

»Mylord?« Sie knickste. Will fand, dass sie sehr reizend aussah in ihrem schlichten, grau-grünen Kleid mit Schürze. Sie trug eine

Haube auf den geflochtenen Haaren, die mit einem orangefarbenen Band zusammengebunden waren. Er bemerkte, dass es das Band war, mit dem er das Päckchen mit ihrem Sticktuch verschnürt hatte.

»Lady Eleanor Rodriguez, Komtess de San Jaime.« Er verbeugte sich.

Sie lachte, als er sie mit ihrem vollen Namen ansprach, und auf ihren Wangen bildeten sich zwei entzückende Grübchen. »Alles repariert, Sir?«

»Im Moment ja, hoffe ich. Ist Dame Holton im Haus?«

»Nein, leider nicht. Sie wollte zum Markt.«

Das war Will mehr als recht. So blieb es ihm erspart, die halsstarrige Lady in dieser leidigen Angelegenheit befragen zu müssen.

»Ich kam nur vorbei, um zu hören, ob sie eine Entschuldigung für ihr Fernbleiben vom Gottesdienst während der letzten Wochen hat, aber das kann warten.«

Lady Eleanor riss erschrocken die Augen auf und biss sich auf die Unterlippe – auf eine Art, für die Will sie am liebsten geküsst hätte.

»Vielleicht war sie erkältet«, sagte Ellie, obwohl sie beide wussten, dass eine kleine Erkältung die unverwüstliche Dame von gar nichts abhalten könnte.

»Dann sollte ich dieses Gespräch am besten dem Vikar überlassen.«

»Wer ist da, Ellie?«, rief eine Stimme aus dem Haus.

Will erstarrte. Der Alchimist. Bisher war es Will gelungen, dem Mann aus dem Weg zu gehen.

Die junge Lady rang verlegen die Hände und suchte krampfhaft nach einer Ausrede, um die Begegnung zu vermeiden. Doch ihr fiel leider nichts ein.

»Der Earl, Vater.«

Eine hochgewachsene Gestalt in einem dunklen Gewand mit einem ausgefransten schwarzen Satinbesatz tauchte am anderen Ende des Flurs auf, eine Feder in der Hand. »Wo bleiben deine Manieren, Ellie? Bitte ihn doch herein!« Sir Arthur blickte Will an. »Mylord«, sagte er und machte eine tiefe Verbeugung, da er ihre letzte, bittere Begegnung offenbar vergessen hatte.

Will machte einen Schritt rückwärts. »Ich kann nicht bleiben, Sir.«

»Wie bedauerlich, Mylord. Ich vermisse Gespräche mit gebildeten Menschen, so abgeschieden, wie ich hier lebe. Die Damen sind zwar reizend, aber nicht die idealen Gesprächspartner für ernsthafte Diskussionen.«

Will staunte über die Blindheit dieses Mannes. Wie konnte er vergessen haben, was Will von ihm und seiner sogenannten ›Bildung‹ hielt?

Die arme Lady Eleanor – oder vielmehr Ellie, wie er sie inzwischen bei sich nannte – wurde rot. »Ich begleite den Earl noch bis zur Gartentür, Vater.«

»Ay, tu das, Ellie. Zeig ihm, dass ich dir gute Manieren beigebracht habe. Habt einen schönen Tag, Mylord.« Sir Arthur zog sich wieder in sein Arbeitszimmer zurück und murmelte etwas über Quecksilber vor sich hin.

Will konnte erst wieder durchatmen, als der Mann weg war.

»Danke«, sagte Ellie leise.

Er trat einen Schritt zur Seite, damit sie vor ihm durch die Tür gehen konnte. »Wofür?«

»Dafür, dass Ihr nichts gesagt habt. Vater ist ...« Sie suchte nach einem passenden Wort. »... recht kindlich in seiner Weltsicht. Er sieht sich nicht so, wie die anderen ihn sehen. Er begreift wirklich nicht, welchen Schaden er Eurer Familie zugefügt hat.«

»Oder den er Euch antut?«

Sie streckte den Arm aus, um die Gartentür zu öffnen, doch Will stellte sich ihr in den Weg. Die Weißdornhecke, die sich über das Tor wölbte, bildete einen hübschen Rahmen aus weißen Blüten für ihre dunkle Schönheit, und Will wollte diesen Anblick noch kurz genießen. Als sich ihre Blicke trafen, sah er die winzigen Goldsprenkel in ihren braunen Augen.

»Ich weiß nicht«, antwortete sie aufrichtig und biss sich erneut auf die Unterlippe. »Manchmal ist es ihm bewusst, aber es ist wie bei einem Trinker, der bisweilen einen klaren Augenblick hat, ehe er wieder in seinen früheren Zustand zurückfällt. Ich habe die Hoffnung aufgegeben, ihn jemals ganz nüchtern zu erleben.« Sie blickte den Weg entlang, wo Diego den Hengst spazieren führte. »Oh, ist das Euer Pferd? Ihr hattet es beim Turnier dabei, richtig?«

»Ja, es gehört mir.« Will war mehr als froh, das leidige Thema Sir Arthur fallen zu lassen. »Darf ich es Euch vorstellen?«

»Gern. Ein prachtvolles Tier.«

»Es wäre mir eine Ehre.« Will pfiff Diego zu sich.

»Und Euer Diener – wo kommt er her?«

»Nordafrika.«

»Ich habe noch nie jemanden mit einer so dunklen Haut gesehen.«

»In seinem Land sehen alle aus wie er, und weiter südlich sind die Menschen noch dunkler. Wenn Ihr dort hinkämt, würde man *Euch* für eine Kuriosität halten.«

Sie lachte erneut. »Ja, stimmt. Wahrscheinlich hätten die Leute dort Mitleid mit mir.«

Das bezweifelte er. Er konnte sie sich gut als Prunkstück im Harem eines jeden Sultans vorstellen.

»Diego, das ist die Komtess de San Jaime«, sagte Will, sobald der Maure in Hörweite war. »Sie möchte Berber begrüßen.«

Diego schenkte ihr sein strahlendstes Lächeln. »Berber liebt schöne Damen, Mylady«, sagte er in vertraulichem Ton. »Und am meisten liebt er, wenn sie ihm Nase streicheln.«

Will nahm ihren Arm. »Nähert Euch ihm von der Seite, damit er Euch sehen kann.« Vorsichtig machte sie einen Schritt auf den mächtigen Hengst zu, neben dem sie fast winzig aussah. Zögernd streckte sie dann den Arm aus und streichelte behutsam die weiche Haut um Berbers Nüstern. »Gut so, Ellie. Jetzt habt Ihr sein Herz erobert.«

Sie blickte ihn etwas schockiert an, weil er ihren Kosenamen benutzt hatte, doch er bereute es nicht. So nannte er sie in Gedanken schon länger. Und er hoffte, dass er zumindest mit ihr befreundet sein konnte, denn mehr war ja leider nicht möglich.

»Würde Lady vielleicht gern reiten, oh mächtiger Gebieter?«, fragte Diego in unschuldigem Ton, doch Will sah den Schalk in seinen Augen.

Ellie schlug sich die Hände an die Brust und wippte vor Aufregung auf und ab. »Au ja, darf ich? Es ist ein wunderbares Tier!«

Will tat nichts lieber, als ihr diesen Wunsch zu erfüllen. Er stieg auf sein Pferd und nahm sich vor, Diego nachher mit einem Schilling zu belohnen. »Wir reiten nur den Weg entlang. Kommt, setzt Euch vor mich!«

Die Wangen vor Verlegenheit und Aufregung gerötet, ergriff Ellie seine Hand und benutzte seinen Stiefel, um auf den Rücken des Pferdes zu steigen. Schließlich saß sie glücklich vor Will im

Sattel und ließ beide Beine auf einer Seite herunterhängen, wie es sich für eine Dame gehörte.

»Oh«, sagte sie, als sie merkte, wie nah sie Will war. »Sollte ich nicht besser wieder absteigen?«

»Nicht, wenn es nach mir geht, Mylady.« Um weitere Widerreden zu unterbinden, griff Will nach den Zügeln und schnalzte mit der Zunge. Berber setzte sich in Bewegung. »Es ist niemand da, der uns sehen könnte.«

Als sie den Weg entlangritten, ertappte sich Will bei dem Gedanken, wie perfekt sie zusammenpassten, da sich ihr Kopf genau unter seinem Kinn befand.

»Bequem, Mylady?«

»Ja, Mylord. Berber bewegt sich unglaublich geschmeidig. Was beneide ich Euch um so ein Prachtpferd!« Sie drehte den Kopf, um zu ihm aufzublicken, und ihre Haare kitzelten ihn am Hals. »Jetzt habt Ihr mir die Freude an den Gäulen verdorben, die ich normalerweise reite.«

»Ich weiß, was Ihr meint. Ich habe selbst schon mehr als genügend alte Klepper geritten, für die sich jeder Farmer schämen würde.«

Sie lachte. »Ich kann mir Euch beim besten Willen nicht auf einem alten Klepper vorstellen.«

»Oh doch, glaubt mir, Lady.« Er beugte sich zur Seite und pflückte eine Blüte von der Hecke am Wegesrand, um sie ihr hinters Ohr zu stecken. »Also, Ellie, erzählt: Was macht Ihr, wenn Ihr nicht gerade arme Stofflappen mit Eurer Nadel traktiert? Wie ich gehört habe, seid Ihr des Lateinischen mächtig.«

»Ja, und ich lese gern antike Schriftsteller, am liebsten Poesie.«

»Habt Ihr einen Favoriten?«

Sie dachte nach. »Ovid. Seine Metaphorik ist beispiellos.«

»Gerüchten zufolge beherrscht Ihr auch Altgriechisch.«

»Ein bisschen. Aber es ist kaum der Rede wert.«

»Das wage ich zu bezweifeln. So allmählich kenne ich Euch. Ihr seid tatsächlich eine Amazone des Wissens, wie ich anfangs dachte, aber Ihr verbergt es gut.«

Ihr Gesicht wurde lang, da ihr die Probleme bei Hof wieder in den Sinn kamen. »Es nützt mir wenig, Mylord. Mein Vater hatte gehofft, mit meinen Talenten die Königin zu beeindrucken, doch seine Experimentierfreudigkeit hat unserem Aufenthalt am Hof ein vorzeitiges Ende gesetzt, wie Ihr wisst.«

Sie waren an einer weiten Wiese angelangt. »Ein langsamer Galopp?«, schlug Will vor.

»Oh ja, bitte!«

Mit einem Freudenschrei gab er dem Pferd die Sporen und nutzte die Gelegenheit, Ellie fester um die Taille zu fassen. Ellie genoss jeden einzelnen Moment dieses Ritts; sie lachte, als der Wind ihre Haare zerzauste und sich die Bänder ihrer Zöpfe an den Knöpfen von Wills Wams verhakten. Kurz vor der breiten Hecke am anderen Ende der Wiese ließ Will sein Pferd abdrehen und verlangsamte das Tempo, damit Berber nicht auf die Idee kam zu springen. Er wollte kein Risiko eingehen, obwohl ihn die Idee, Ellie sein Können vorzuführen, durchaus gereizt hätte.

»Es hat Euch gefallen, Ellie, nicht wahr?«

»Hat man es gemerkt?«, fragte sie mit blitzenden Augen.

»Ja, diese Quiekser der Freude haben Euch verraten.«

»Ich quiekse nicht!«

»Doch, das tut Ihr. Ihr seid wie meine kleine Schwester Sarah. Ich wette, dass Ihr auch gern kichert.«

»Sir, mit solchen falschen Anschuldigungen zerstört Ihr meinen guten Ruf als ernsthafte Person.« Sie sah ihn streng an und tat so, als sei sie empört.

»Falls Ihr mich des Meineids bezichtigen wollt, rufe ich Berber als Zeugen auf!«

Sie kicherte über diese alberne Idee, die allerdings dafür sprach, dass er recht hatte.

Will lenkte sein Pferd zum Weg zurück. »Für diesen kleinen Ausritt möchte ich Euch um einen Gefallen bitten.«

»Und der wäre, Sir?«

»Dass Ihr mich fortan als Euren Freund betrachtet, Ellie.«

»Das tue ich. Seit einigen Tagen zumindest.«

»Dann nennt mich bitte Will, wenn wir allein sind.«

Sie beäugte ihn nachdenklich. »Ich glaube nicht, dass ich versprechen sollte, mit Euch allein sein zu wollen, oder?«

»Es war nicht zweideutig gemeint. Ihr könnt mir vertrauen.«

Sie nickte leicht, wie als Antwort auf ein inneres Zwiegespräch, das zum Glück zu seinen Gunsten ausgegangen war. »Gut, ich denke, das geht, Sir.«

»Will!«

»Will.« Lächelnd blickte sie zu ihm hoch, und er konnte der Versuchung nicht widerstehen, ihr einen hauchzarten Kuss auf die Lippen zu drücken.

»Nur eine Geste der Freundschaft«, sagte er hastig zu seiner Entschuldigung.

Nachdenklich betastete sie ihren Mund, hob dann erneut den Kopf und küsste ihn zu seiner Überraschung.

»Auf unsere Freundschaft«, sagte sie.

12. Kapitel

Als das Haus in Sicht kam, zügelte Lady Jane ihr Pferd.

»Na, was sagst du, Jane?«, fragte ihr Bruder, während er sich einen getrockneten Schmutzfleck vom Saum seines kurzen Samtumhangs kratzte.

»Recht hübsch. Sieht aus, als hätte die Familie früher mal Geld gehabt.« Sie zählte die Schornsteine und die aufwendig gestalteten Giebel – in Lacey Hall musste es mindestens sechzehn große Räume geben, fast so viele wie bei ihnen zu Hause in Stafford Grange. Die Mauern bestanden aus goldfarbenen Sandsteinblöcken, die sogar an diesem wolkigen Tag warm aussahen. Ein Wassergraben umgab das Gebäude, in dem vermutlich die Fische schwammen, die für die Tafel bestimmt waren.

»Das Land hier ist fruchtbar. Wahrscheinlich käme Dorset auch ohne deine Mitgift irgendwann wieder zu Geld«, merkte Henry an.

»Aber im Moment kann er welches brauchen«, sagte Jane und seufzte. Sie war keine Expertin in Sachen Landwirtschaft, wusste aber, dass größere Investitionen nötig waren, um die Ernteerträge zu verbessern, neue Absatzmärkte zu finden und die Waren zur Stadt zu transportieren.

»So ist der Lauf der Welt nun mal. Eine Verbindung mit dem Earl wäre gut für unsere Familie. Man sagt, dass er in Burghleys Gunst steht.«

»Und folglich soll ich ihm auch meine schenken?«

Henry zog eine Augenbraue hoch. Sie machte ständig solche Bemerkungen, seit er sie quasi erpresst hatte, mit ihm nach Lacey Hall zu reisen. Sie versuchte nicht mehr, ihm gegenüber die Unschuld vom Lande zu spielen. »Noch nicht. Wir wollen unser Pulver nicht zu früh verschießen.«

Zu spät, dachte Jane grimmig. *Dafür hat dein Freund bereits gesorgt.*

»Und denk daran, die Gräfin nicht mit deinem losen Mundwerk zu schockieren, Schwesterherz.«

»Ich kann dir versprechen, dass du an meinen Manieren nichts auszusetzen haben wirst. Ich bin schließlich eine begnadete Schauspielerin, wie du so gern behauptest.«

Henry schnippte mit den Fingern, und ihr Gefolge formierte sich für die glanzvolle Ankunft. »Bereit?«

»Das bin ich stets, Bruderherz.«

Er lächelte gequält ob ihres spöttischen Tons und ließ sein Pferd antraben, wohl wissend, dass sie gleich aufholen würde, um nicht in seiner Staubwolke zu reiten.

Der Earl hatte offenbar einen Wachtposten aufgestellt, denn als sie unter dem Bogen des Torhauses durchritten, trat die ganze Familie aus dem Haus, um sie zu begrüßen. Ein dunkelhäutiger Stallbursche eilte herbei, um Janes Pferd festzuhalten, während der Earl ihre Hand nahm, um ihr herunterzuhelfen.

»Mylady, wir sind entzückt, Euch in unserem Hause willkommen heißen zu dürfen. Ich hoffe, Ihr hattet eine angenehme Reise.«

»Sie war erträglich, Sir.« Jane fühlte nichts, als sie ihn wiedersah, nicht die kleinste Regung, und das, obwohl er mit seinem strengen schwarzen Wams und der weißen Kniehose sehr gut aussah.

Der Earl führte sie zu seiner Familie. »Darf ich Euch meine Mutter vorstellen, die Gräfin von Dorset?«

Eine altmodisch, aber elegant gekleidete Frau trat vor und streckte beide Hände aus.

»Die gräfliche Witwe«, korrigierte sie ihren Sohn lächelnd. Sie hatte dieselbe goldene Haarfarbe wie ihr Sohn, doch ihre Augen waren von einem hellen Braun.

»Madam.« Jane machte einen tiefen Knicks.

»Lady Jane.«

»Lady Dorset.«

»Oh, Ihr seid ein hübsches junges Mädchen!«, sagte die Gräfin erfreut. »Ich kann verstehen, warum die Wahl meines Sohnes auf Euch fiel.«

»Mutter!«, stöhnte der Earl, dem die direkte Art seiner Mutter peinlich war, während Jane sie erfrischend fand. Der Grund ihres Kommens war allen klar. Es wäre scheinheilig gewesen, so zu tun, als ginge es hier nicht um die Anbahnung einer Hochzeit.

Unbeirrt wandte sich die gräfliche Witwe nun Janes Bruder zu, mit einem so warmen und herzlichen Lächeln, dass Sir Henry unwillkürlich zurücklächelte. Frauen waren ihm eigentlich gleichgültig, sofern sie ihm nicht unmittelbar von Nutzen waren, entweder fürs Bett oder für seinen sozialen Aufstieg, doch die gräfliche Witwe hatte ihn auf Anhieb betört.

»Meine Schwester Sarah«, setzte Will die Vorstellung fort. Ein etwa zwölfjähriges Mädchen mit einem offenen, frischen Gesicht machte einen Hofknicks, während sie Janes Reitkleidung förmlich mit den Augen verschlang – wahrlich nicht ihr elegantestes Reitkostüm, doch das Kind war sichtlich verzaubert von den Stickereien am Mieder. »Und das ist, wie ich bedauernd gestehen muss, mein jüngerer Bruder James«, sagte der Earl, nahm ihre Hand und führte sie zu dem hochgewachsenen jungen Mann, der ihr bereits in Windsor aufgefallen war.

»Mylady, ich konnte Euch bereits aus der Ferne bewundern und fühle mich geehrt, nun endlich Eure Bekanntschaft zu machen«, sagte James galant und mit einer so schwungvollen Verbeugung, dass seine dunklen Haare beim Handkuss nach vorn fielen und ihren Handrücken kitzelten.

»Und wo ist der jüngste Bruder?«, fragte Jane hastig, denn sie hatte nicht vergessen, wie der schlagfertige Junge zu ihr gekommen war, um sie um einen Ärmel für seinen großen Bruder zu bitten.

James schlug sich an die Brust. »Es kränkt mich, wenn Euch mehr an der Gesellschaft des kleinen Lausebengels liegt als an meiner.«

Jane lächelte. »Ich fand seine Art sehr erfrischend.«

»Soweit ich weiß, sagte er Euch, unser hochgeschätzter großer Bruder sei ein Narr.«

Sie versuchte, nicht zu lachen. »Er könnte etwas Derartiges angedeutet haben, das stimmt. Hat er sich geirrt?«

James grinste seinen Bruder an. »Nein, aber das würde ich natürlich niemals aussprechen. Ich fürchte ihn zu sehr.«

Der Earl stöhnte. »Glaubt ihm kein Wort, Mylady. James fürchtet weder Tod noch Teufel.«

»Stimmt nicht – unsere Mutter kann Ohrfeigen verteilen wie sonst niemand. Ich lebe in ständiger Todesangst, wenn ich zu Hause bin.«

Es war unmöglich, sich vorzustellen, wie sich die Gräfin auf die Zehenspitzen stellte, um ihren beiden erwachsenen, großen Söhnen eine Ohrfeige zu geben, deshalb zog Jane nur spöttisch eine Augenbraue hoch.

»Ihr glaubt mir nicht?«, fragte James. »Dann muss ich nachher etwas Ungehöriges tun, um Mutter zu ärgern. Die Frauen in unserer Familie sind leicht reizbar.«

»Während die Männer ein Ausbund an Gutmütigkeit sind?«, fragte Jane ironisch.

»Oh ja! Ich zumindest. Ich kann nicht für meinen Bruder sprechen, der bekanntlich ein Narr ist – was ich aber wie gesagt niemals aussprechen würde.«

Jane lachte schallend über diesen Umgang zwischen den Brüdern, der so völlig anders war als die gleichgültige Kühle, die ihr Verhältnis mit Henry kennzeichnete. Was für eine herzerfrischende Familie, besonders dieser James, den sie ehrlich gesagt interessanter fand als seinen spröden älteren Bruder.

»Mylady«, sagte nun der Earl und bot ihr erneut seinen Arm an. »Eure Räume sind bereits hergerichtet. Vielleicht möchtet Ihr Euch nach der langen Reise etwas erfrischen?«

»Oh ja, danke.«

»Um zwölf Uhr essen wir zu Mittag.«

Jane nickte und ließ sich dann ins Haus führen.

Nell blieb noch im Freien, nachdem ihre Herrin im Haus verschwunden war. Der Verwalter der Familie kam zu ihr und fragte nach dem Gepäck, und sie war während der nächsten Stunde damit beschäftigt, dafür zu sorgen, dass alles im richtigen Raum landete. Während Nell plante, welches Kleid sie für Lady Jane herauslegen sollte, dachte sie über diese Familie und dieses Haus nach, das möglicherweise auch ihr neues Heim werden würde, wenn es zu der geplanten Hochzeit mit dem Earl kam. Es war ganz nett hier. Der Verwalter wäre vielleicht keine schlechte Partie für sie selbst, aber natürlich musste sie erst herausfinden, ob er nicht bereits verheiratet war. Er war etwas korpulent, alles andere als gut aussehend, doch das war nicht so wichtig wie Macht. Es wäre ein Jammer, dann auf Sir Henrys Aufmerksamkeiten verzichten zu müssen, aber es war von Anfang an klar gewesen, dass diese heimliche Liaison nicht von Dauer war. Ja, alles in allem war Lacey Hall kein schlechter Ort für sie.

»Mistress, braucht Ihr noch etwas für Eure Herrin?«, fragte der Verwalter, nachdem er den Mann, der den Schrankkoffer hereingetragen hatte, hinausgewinkt hatte.

»Nein, ich habe alles, was ich brauche, Master …?« Sie stellte sich dicht vor ihn, um ihn spüren zu lassen, dass er sie überragte.

Der Verwalter errötete leicht. »Turville. Affabel Turville.«

»Und ich bin Nell Rivers.« Sittsam schlug sie die Augen nieder und hoffte, dass er die zarte Rötung ihrer Wangen bemerkte.

Turville verbeugte sich. »Mistress Rivers, seid willkommen in Lacey Hall. Wenn Ihr etwas benötigt, egal was, lasst es mich wissen, und ich werde sehen, was ich tun kann.«

»Herzlichen Dank, Affabel – ich meine, Master Turville.«

Nervös verließ der Verwalter rückwärts den Raum und erteilte einem zufällig vorbeikommenden Bediensteten im Flur unnötige Befehle, nur um bei der fremden Zofe Eindruck zu schinden. Nell schmunzelte zufrieden. Ihn zu angeln würde so einfach sein wie Forellen am Bauch kitzeln – fast zu leicht!

Da klatschte jemand hinter ihr Beifall, betont langsam und hohl. Als Nell herumfuhr, sah sie Sir Henry unter der Verbindungstür zum Nebenzimmer stehen.

»Ausgezeichnet, meine kleine Füchsin. Das schätze ich so an dir: deinen unverhohlenen Eigennutz.«

Mit einem Schulterzucken öffnete Nell den Schrankkoffer. »Ich muss an meine Zukunft denken. Wenn meine Herrin in diese Familie einheiratet, muss ich zusehen, dass ich auch irgendwo bleibe und nicht leer ausgehe.«

Henry trat hinter sie und zog sie an sich. »Was du brauchst, bekommst du doch auch von mir, Nell.«

Sie verzog das Gesicht. »Als ob ich das nicht wüsste!«

Er schob ihre Röcke ein Stück hoch. »Haben wir Zeit?«

»Nein, Sir.« Sie schauderte, als seine Finger ihre Kniekehlen berührten.

»Gut, ich liebe Herausforderungen.«

»Ich fürchte, du musst dich noch etwas gedulden, Bruder.« Lady Jane schwebte herein und machte sich nicht einmal die Mühe, so zu tun, als wäre sie über den unzweideutigen Anblick entsetzt. »Ich brauche Nell dringender als du.«

Henry grinste Nell verschmitzt an. »Das wage ich zu bezweifeln.«

Jane überhörte seine Bemerkung und wandte sich an Nell: »Ich werde mein Seidendamastkleid mit den Rosen anziehen.«

»Gut, Mylady.«

»Und du, Henry … falls du dich weiterhin mit meiner Zofe verlustieren willst, dann sei in Zukunft etwas diskreter.«

»Ach, komm schon, Janie, das ist dem Earl doch egal.«

»Mir aber nicht. Ich finde es … geschmacklos.«

Henry lachte schallend. »Na schön.« Er zwinkerte Nell zu. »Dann bis später.«

Zwischen den beiden jungen Frauen herrschte ein betretenes Schweigen, nachdem Henry hinausgegangen war.

»Was willst du tun, wenn er dich schwängert?«, fragte Jane unverblümt, ehe sie sich vor den Spiegel stellte, um ihre Kappe abzunehmen. Sie warf sie hinter sich aufs Bett.

»Es ist noch nicht passiert, Herrin«, sagte sie und zuckte die Schultern.

»Du solltest dich nicht darauf verlassen, dass Henry sich dann um dich kümmert.«

Behutsam packte Nell eine neue Halskrause aus und war froh, dass sie nicht zerknittert war. »Dann würde ich mich an Euren Vater wenden, Herrin. Er hat schon genügend uneheliche Abkömmlinge, da kommt es auf einen mehr oder weniger nicht an.« Nell tat unbekümmerter, als sie sich fühlte; sie war sich des großen Risikos bewusst, das sie einging. Ein Kind wäre eine enorme Einschränkung, würde ihre Heiratschancen entscheidend verringern und ihr jede Macht nehmen – und dabei wünschte sie sich nichts sehnlicher, als selbst über ihr Schicksal bestimmen zu dürfen.

»Ich sollte dich entlassen, doch das tue ich nicht.« Lady Jane klang niedergeschlagen, zu müde für eine weitere Auseinandersetzung.

Nell, die gerade den pinkfarbenen Rock ausschüttelte, hielt mitten in der Bewegung inne. Es sah ihrer Herrin gar nicht ähnlich, so … nun ja, so verzagt zu klingen. Nell war es lieber, wenn sie Gift und Galle spuckte, denn das war sie gewöhnt.

»Danke, Mylady.«

Jane begann, die Nadeln aus ihrem Haar zu ziehen, sodass die blonden Locken auf ihre Schultern fielen. »Ich weiß, dass du mich nicht magst, aber eine andere Zofe würde mich vielleicht sogar hassen. Was hätte ich davon?«

Der Gedanke, dass ihre Herrin sich für ihre Gefühle interessieren könnte, war Nell noch nie gekommen, und sie wusste nicht, was sie darauf sagen sollte.

»Aber was spielt das schon für eine Rolle?«, fuhr ihre Herrin fort. »Der Besuch hier ist eine einzige Farce. Also spielen wir eben weiter – ich die errötende Braut und du die sittsame Zofe. Vielleicht lässt Gott einen Blitz auf uns heruntersausen, um dem Ganzen ein Ende zu setzen.«

Nell mühte sich mit den Häkchen ab, die das Miederteil mit dem Rock verbanden. »Ihr seid nicht glücklich über die geplante Verbindung, Mylady?«

Lady Jane lachte, doch es klang irgendwie unecht. »Hast du dir nie gewünscht, um deinetwillen geliebt zu werden – nicht um deines Aussehens oder wie in meinem Fall um meiner Mitgift willen?«

Nell verzog das Gesicht. »Ich kann mir keine romantischen Gefühle leisten, Herrin. Ich tue, was ich tun muss, um zu überleben.« Mit einem Ruck hatte sie den Rock losgemacht, und Jane konnte heraustreten.

»Dann bist du klüger als ich. Ich wünsche mir etwas mehr.«

»Der Earl ist ein feiner junger Mann«, sagte Nell und ärgerte sich darüber, dass ihre Herrin nicht zu schätzen wusste, was für Vorteile sie dank ihres Standes und ihres Vermögens hatte.

»In der Tat. Ich habe wirklich Glück.« Doch es klang ganz anders.

»Wenn Ihr einander besser kennt, kann sich eine Freundschaft und schließlich sogar Liebe entwickeln.« Das war mehr, als Nell für sich selbst je erhoffen konnte. Wenn *ihr* ein Mann wie der Earl den Hof machen würde, würde sie nicht lange zögern.

»Kann sein.« Jane betastete eine gestopfte Stelle an den altmodischen Bettvorhängen. »Vielleicht kommt es ja so.«

Ellie stand an dem geschrubbten Küchentisch in einem Sonnenstrahl, der zur offenen Tür hereinfiel. Ein Haufen früher Erdbeeren wartete darauf, geputzt zu werden, doch Ellie war viel zu sehr in ihre Tagträume versunken, um damit zu beginnen. Sie führte eine Erdbeere an die Lippen und genoss den süßen Duft. Die kleine Frucht roch nach Frühling und Wills Küssen. Wie wunderbar, dachte sie, diese kleinen Freuden, besonders, da glückliche Momente in ihrem Leben eher dünn gesät waren. Sie wusste nicht, wie lange ihre Freundschaft mit dem Earl währen würde, doch sie war fest entschlossen, jeden Augenblick zu genießen.

Da fiel ein Schatten über die Schwelle und riss sie aus ihren angenehmen Träumereien.

»Ist die Mistress im Haus?« Ein hagerer Gentleman mit spärlichem braunem Haar stand vor der Tür, den Hut in den Händen.

Ellie war es peinlich, ausgerechnet beim Küssen einer Erdbeere ertappt zu werden, und sie legte sie rasch weg.

»Ich werde sie holen, Sir. Wen darf ich melden?«

»John March. Bitte sagt ihr, ich sei der Freund eines Freundes.«

Ellie fand die Hausherrin im vorderen Wohnzimmer, wo sie mit einem Rosenkranz in den Fingern ein Nickerchen machte.

»Mistress Holton, da ist ein Mann an der Hintertür – ein Gentleman, wie ich glaube.«

Mit einem Ruck setzte die Dame sich auf, und der Rosenkranz entglitt ihrer Hand. »Ich habe nur gebetet«, entschuldigte sie sich hastig. »Was gibt's?«

Ellie wiederholte die Botschaft.

»Dann wollen wir mal sehen, wer es ist.« Die Dame schob den Rosenkranz unter ihren Gürtel und eilte in die Küche. »Ihr wünscht, Sir?«

Der Mann warf einen besorgten Blick auf Ellie. »Ich muss Euch unter vier Augen sprechen, Mistress.«

Die Dame sah ihn irritiert an. »Ellie, Liebes, sei so gut und schau nach, ob es am Südhang noch weitere reife Erdbeeren gibt.«

»Ich habe schon alle gepflückt, die ich fand«, sagte Ellie.

»Bitte geh und schau nach, ob du nicht eine übersehen hast.«

Ellie begriff, dass sie hier nicht erwünscht war. Sie nahm den Korb und ging in den Garten. Sie hielt sich eine gute halbe Stunde am Erdbeerbeet auf, bevor sie wieder ins Haus ging. Nach ihrem zögernden Klopfen rief Dame Holton: »Herein.«

»Hast du noch welche gefunden?«, fragte die Hausherrin, die dem Besucher gerade Brot und Käse servierte. Er verspeiste alles, was sie ihm vorsetzte, so schnell, als wäre er am Verhungern.

»Nein, Herrin. Na ja, nur eine ganz kleine, aber die hab ich gleich gegessen.« Ellie wusch ihre Finger in der Schale auf dem Tisch und wandte sich dann dem Haufen Erdbeeren von vorhin zu.

»Master March wird für eine Weile bei uns wohnen«, fuhr die Hausherrin fort, ohne Ellie anzuschauen. »Er ist ein Freund …«

»… eines Freundes von Euch, ja, das hat er schon gesagt. Freut mich, Euch kennenzulernen, Sir.«

March lächelte sie an. »Und ich freue mich, einen so hübschen weiteren Hausgast vorzufinden. Mistress Holton hat mir erklärt, warum ihr hier wohnt. Sie sagt, ich würde die Gesellschaft eines gebildeten Mannes wie deinem Vater zu schätzen wissen. Ich denke, wir werden uns gut verstehen.«

Ellie bot ihm eine Erdbeere aus dem Korb an. »Mein Vater freut sich gewiss auch. Sich immer nur mit mir zu unterhalten, ist langweilig für ihn.«

March griff nach der Erdbeere. »Gut, dann kann ich dir diese

Bürde ja abnehmen. Es ist lange her, dass ich mit einem Gelehrten gesprochen habe.«

»Unsere Ellie ist auch ein kluger Kopf, Va… Mister March.« Sie hatte sich schnell verbessert. »Sie spricht und liest Latein und weitere seltsame Sprachen.«

March beäugte sie mit neuem Interesse. »Tatsächlich?«

»Es war der Wunsch meines Vaters, Sir.«

»Du kannst die Heilige Schrift auf Altgriechisch und Latein lesen?«

»Latein ganz mühelos. Mein Griechisch lässt allerdings zu wünschen übrig.«

»Nun, vielleicht können wir zusammen studieren, wenn du Zeit hast? Mein Griechisch ist etwas eingerostet, und ich würde es gern in so angenehmer Gesellschaft wieder aufpolieren.«

»Es wäre mir ein Vergnügen, Sir.«

»Du kannst jetzt gehen, Ellie. Master March und ich haben vieles zu besprechen.« Die Hausherrin wedelte mit ihrer Schürze zur Tür. »Lauf zum Markt, und kauf dir ein, zwei neue Haarbänder. Der Kesselflicker ist im Dorf.« Sie drückte ihr ein Sixpencestück in die Hand. »Hier!«

Was war Ellie lieber? Im Sonnenschein Haarbänder zu begutachten oder in einem verstaubten Arbeitszimmer Altgriechisch zu parlieren? Da musste sie nicht lange überlegen.

»Danke!« Ellie rannte zur Tür und hätte in ihrer Aufregung fast ihren Knicks vergessen. Ihr Übermut ließ den Besucher schmunzeln.

»Oh, noch einmal so jung sein«, hörte sie ihn sagen. »Wo das Glück nicht mehr als ein Haarband kostet!«

Im Dorf wimmelte es von Menschen, die auf dem Markt ihre allwöchentlichen Einkäufe tätigten. Ellie hatte den Eindruck, als wären mehr Fuhrwerke da als sonst. Sie ging aber zuerst in die Bäckerei, um Mistress Anne Smedley, die junge Bäckersfrau, zu begrüßen, die sie noch von früher kannte, als sie und ihr Vater in Lacey Hall gewohnt hatten. Bei ihrer Rückkehr ins Dorf hatten sie ihre Freundschaft sofort wieder aufgenommen.

»Hallo? Jemand da?«, rief sie.

»Ellie!« Anne, eine kleine, pummelige junge Frau kam aus der Backstube geeilt, ihr dreimonatiges, in Windeln gewickeltes Baby auf dem Arm. »Warte, ich muss Dorothy schnell ablegen. Sie ist seit dem frühen Morgen schon so unruhig, und inzwischen fühle ich mich eher wie achtzig als wie achtzehn.« Sie legte das gut verschnürte Baby auf eine Bank, wo es außer Gefahr war, und kam dann nach vorn, um ihre Freundin zu umarmen. Prompt begann Dorothy zu wimmern.

»Ich glaube, das gefällt ihr nicht«, kommentierte Ellie, als sie sah, dass das Köpfchen des Babys hochrot anlief.

»Pah, wenn es nach ihr ginge, müsste ich sie Tag und Nacht mit mir herumschleppen«, sagte Anne erschöpft. Sie zupfte an den Spitzen ihres Mieders herum. Ihre ohnehin schon großen Brüste waren durch das Stillen noch schwerer geworden.

Lächelnd nahm Ellie das Baby hoch und wiegte es in ihrem Arm. Das Schreien hörte sofort auf. »Richtig so, kleine Lady. Wenn du der Welt nicht sagst, was du haben möchtest, wirst du es auch nie bekommen!«

Anne lächelte. »Du könntest gut als Kindermädchen arbeiten, du hast ein Händchen für die Kleinen.«

»Lieber nicht. Deine Tochter weiß jetzt schon, wie sie mich um den Finger wickelt. Aber sag, warum ist heute so viel los im Dorf, weißt du das?«

Anne packte frische Brötchen in einen flachen Korb. »Der Earl hat Gäste, sagt man – eine vornehme Lady und einen Gentleman. Der Koch von Lacey Hall hat Dutzende meiner Goodman's-Törtchen bestellt, wir kommen kaum noch mit dem Backen nach.«

Ellie freute sich, dass ihre Freundin gute Geschäfte machte. Lächelnd fuhr sie mit dem Zeigefinger über das mehlige Backbrett und malte ein Herz. »Wer hätte gedacht, dass zwei Leute so viel essen können!«

»Ah, da sind auch die vielen anderen Gäste. Der niedere Dorfadel ist geladen, um die beiden Besucher kennenzulernen, und so weiter. Und mir will kaum jemand helfen – die Mädchen bereiten sich für das Maienfest vor und können vor Aufregung keinen klaren Gedanken mehr fassen.«

»Sie gehen alle zum Maienfest?«

»Ay, sie haben nur auf schönes Wetter gewartet. Am ersten Mai selbst war's noch zu feucht für ein Tanzfest. Hat Bess dir nichts erzählt?«, fragte Anne und meinte ihre jüngere Schwester.

»Ich war seit Tagen nicht mehr im Dorf und habe deshalb auch niemanden gesehen.« Mit Ausnahme von Will, doch das behielt sie für sich.

»Sie freuen sich bestimmt, wenn du auch kommst, da bin ich mir sicher. Es findet heute Abend statt – die Mädchen treffen sich bei Einbruch der Dämmerung auf dem Dorfanger.«

»Gehst du auch hin?«

Anne schüttelte den Kopf. »Geht leider nicht, ich bin doch jetzt verheiratet. Letztes Jahr war ich noch dabei – und ich bereue es nicht. Nach dem Tanzen hab ich mich im Wald mit Sam getroffen und … na ja, Dorothy ist der lebende Beweis dafür.« Bei diesem Geständnis lief sie rot an.

Ellie grinste und kitzelte das Baby am Kinn. »Soso, Anne, du bist ja eine ganz Wilde!«

»Wir waren ja bereits verlobt – so gut wie verheiratet, hat Sam gesagt.«

»Das glaube ich gern«, kicherte Ellie.

Anne musste lachen. »Am nächsten Tag ist er mit mir ins Pfarrhaus gegangen, um das Aufgebot zu bestellen, der Gute.«

»Na ja, ich würde schon gern hingehen. Ich war ewig nicht mehr bei einem Maientanz.«

»Aber geh hinterher ja nicht in den Wald!« Anne zwinkerte ihr zu.

»Klar doch! Wofür hältst du mich? Für ein lasterhaftes Weib, das sich mit seinem Liebhaber trifft wie gewisse andere Frauen, die ich lieber nicht nenne?« Sie zog eine Augenbraue hoch und grinste.

»Stimmt, dafür bist du zu sittsam, im Gegensatz zu mir. Eine echte Lady eben!«

Dessen war sich Ellie nicht so sicher, doch es gab nur *einen* jungen Mann, mit dem sie sich gern getroffen hätte, und der trieb sich vermutlich nicht im Wald herum. »Soll ich dir Dorothy für eine Weile abnehmen? Ich wollte sowieso nur ein paar Haarbänder kaufen, und ich weiß, dass du viel zu tun hast.«

Anne lehnte sich an den Tisch und seufzte. »Stimmt.«

»Wo ist Sam?«

»In der Mühle, um Mehl zu kaufen.«

»Dann ruh du dich jetzt aus – schau meinetwegen den Brotlaiben beim Aufgehen zu: Ich mache mit Dorothy einen kleinen Spaziergang.«

Anne legte eine Hand auf den Arm der Freundin. »Du bist ein Schatz.«

»Mach ich doch gern.«

Ellie wickelte das Baby in ein Tuch und ging mit ihm hinaus in den Sonnenschein. Der Kesselflicker war leicht zu finden, denn er stand unter der alten Eiche auf dem Dorfanger und war von einer Schar junger Mädchen umgeben, die seine Bänder in allen Farben des Regenbogens bestaunten. Bess, Annes Schwester, ein großes, schlankes Mädchen mit braunen Haaren, begrüßte Ellie überschwänglich und lud sie ebenfalls zum abendlichen Maientanz ein. Ellie stellte sich zu ihr, und die beiden Mädchen diskutierten die verzwickte Frage, ob Ellie für den abendlichen Tanz ein himbeerrotes oder ein waldgrünes Band kaufen sollte. Oder vielleicht beide? Ellie drehte ihre Münze in der Hand und fragte sich, ob sie sie nicht besser für einen Notfall aufsparen sollte. Denn eigentlich brauchte sie kein neues Haarband.

Doch ihre Hausherrin hatte ihr das Geld geschenkt, damit sie sich etwas Schönes kaufte, nicht um es zu horten.

»Auf, Ellie, entscheide dich!«, sagte Bess.

Ellie nahm zwei der Bänder in die Hand, um sie zu begutachten, und wedelte damit herum. Der Kesselflicker, der über seine Bänder gebeugt dastand und Ellies Auswahl lobte, richtete sich plötzlich auf, starrte über Ellies Schulter hinweg und machte eine tiefe Verbeugung. Bess drehte den Kopf und machte einen Knicks. Als Ellie sich ebenfalls umdrehte, sah sie Will auf dem Rücken seines Pferdes, in Begleitung einer seiner Brüder, Lady Janes und … wie schrecklich … auch Sir Henrys! Es war zu spät für sie, sich noch zu verstecken oder sich unauffällig davonzuschleichen – nicht mit vollen Händen und einem schlafenden Baby im Wickeltuch an der

Brust. Sie machte einen Knicks und fing Wills Blick auf. Er lächelte, als er sie sah.

»Lady Eleanor!«, rief Jane überrascht und lenkte ihr Pferd näher. »Ich wusste gar nicht, dass Ihr auch hier seid!«

»Danke gleichfalls, Mylady.« Sie rang sich ein Lächeln ab.

Sir Henrys Blick schweifte von dem Baby auf den Earl, und er kam zu einem wenig schmeichelhaften Schluss. Seine Lippen wurden schmal.

»Mein Vater und ich wohnen für einige Wochen hier im Dorf«, fuhr Ellie fort. Sie machte einen Schritt von Henry weg in Richtung von Will und Jane.

»Dieses Kind … ist doch sicher nicht Eures, oder?« Jane lachte etwas schrill.

Errötend schüttelte Ellie den Kopf. »Nein, Mylady. Es gehört einer Freundin. Ich hüte die kleine Dorothy, damit ihre Mutter in Ruhe ihre Brote backen kann.«

»Das Kind einer Bäckerin!« Jane schüttelte amüsiert den Kopf bei dem Gedanken, dass sich eine Lady dazu herablassen könnte, das Kind einer Bürgerlichen zu hüten. »Meine Liebe, Ihr seid stets für eine Überraschung gut.«

Nachdem sich sein erster Verdacht als falsch herausgestellt hatte, schwang sich Henry aus dem Sattel und trat näher. »Lady Eleanor, welche Freude, Euch nach der unschönen Szene in Windsor nun wiederzusehen.«

Ellie fragte sich, ob er damit ihre Vertreibung vom Hof oder seinen plumpen Annäherungsversuch in der Laube meinte.

»Sir«, entgegnete sie kühl.

»Ihr seid dabei, ein Band für Euch selbst auszusuchen?« Er zog ihr das himbeerrote aus den Fingern.

»Wie Ihr seht.«

Will stieg ebenfalls ab und stellte sich auf die andere Seite von Ellie. Henry hielt das Band an ihre Haare.

»Oh, dieses hier steht Euch besser. Himbeeren – da denkt man doch gleich an den süßen Geschmack.« Sein Blick blieb an ihren Lippen hängen. Ellie war versucht, ihn erneut zu treten.

Will deutete auf das grüne Band. »Aber das hier passt besser zu Eurem Kleid, nicht wahr, Lady Eleanor?«

»Gut, dann erlaubt mir, Euch beide zu kaufen«, verkündete Henry großspurig und griff nach seiner Geldbörse.

»Nein, nein, *ich* möchte sie der Lady schenken«, sagte Will. »Wir sind schließlich auf meinem Grund und Boden.«

»Ich glaube nicht, dass Euch das das Recht auf sämtliche Bänder gibt, die sich darauf befinden, Mylord«, sagte Henry scherzend.

»Genug, Mylord, Sir Henry!« Abwehrend hob Ellie eine Hand. »Ich fürchte, Ihr kommt beide zu spät. Meine reizende Hausherrin gab mir Geld, damit ich mir Bänder kaufen soll – als Geschenk von ihr.« Sie drückte dem verdutzten Kesselflicker ihr Sixpencestück in die Hand. »Und jetzt muss ich Dorothy zu ihrer Mutter zurückbringen. Sonst denkt sie noch, ich hätte sie entführt.«

Nach einem Knicks wandte Ellie sich zum Gehen, doch Jane rief ihr nach: »Lady Eleanor, kommt mich doch mal besuchen, solange ich hier bin. Ich würde mich freuen, mich mit Euch zu unterhalten, von Freundin zu Freundin.«

Ellie blieb noch einmal stehen und überlegte, ob es eine Möglichkeit gab, Jane zu sehen ohne deren lästigen Bruder im Schlepptau. »Gern, Mylady.«

»Ich werde Euch morgen früh ein Pferd schicken, damit Ihr mit uns speisen könnt«, bot der Earl hastig an. »Wäre Euch das recht?«

Das war es nicht und würde es auch nicht sein, solange Henry dabei war, aber eine Ablehnung wäre unhöflich gewesen, und die Dorfbewohner hätten sich die Mäuler zerrissen. »Ja, Mylord. Danke.«

Jane trieb ihr Pferd ein paar Schritte auf Ellie zu. Sie beugte sich herab und flüsterte ihr zu: »Ich würde Euch gern auch unter vier Augen sprechen – es gibt so vieles, was ich Euch erzählen möchte.«

Ellie schaute ihr in die Augen und sah die Traurigkeit, die nur wenige unter der perfekten Schönheit wahrnahmen. Was wohl der Grund dafür war? »Gern.«

»Und wann?«

Ein verrückter Gedanke kam Ellie in den Sinn und schlug Purzelbäume, so ungestüm wie ein Akrobat auf einer Kirmes. Es gab etwas, was Jane aufheitern könnte – falls sie den nötigen Mut aufbrachte. »Kommt heute Abend!«, flüsterte sie Lady Jane zu, ohne Will und Sir Henry aus den Augen zu lassen. Doch die beiden funkelten sich noch wütend an und achteten gar nicht auf die beiden jungen Frauen.

»Wohin?«

»Ich gehe mit den Mädchen aus dem Dorf zum Maientanz. Wir treffen uns in der Dämmerung hier auf dem Dorfanger.«

»Maientanz?« Jane leckte sich die Lippen. »Mit gewöhnlichen Leuten?«

»Seid keine Spielverderberin«, sagte Ellie und grinste. »Es wird Euch gefallen. Es geht wesentlich lustiger zu als bei den steifen Banketts bei Hof.«

Janes Blick schweifte über die Köpfe der versammelten Dorfbewohner, dann über den Dorfanger, auf dem sie standen. »Gut.«

Ellie war überrascht, dass Lady Jane so rasch zustimmte. »Im Ernst?«

»Ja.«

»Wunderbar. Dann bis später.« Dorothy begann zu weinen, und Ellie wandte sich erneut zum Gehen. »Oh, und tragt etwas …« Skeptisch beäugte sie Janes prachtvollen pinkrosa Damast-Petticoat und den feinen wollenen Überrock. »… etwas weniger Auffälliges.«

»Aber ich habe nichts Unauffälliges mitgebracht.«

Ellie verdrehte die Augen. »Ihr könnt nicht wie eine Herzogin gekleidet zum Maientanz gehen.«

»Ich werde mir etwas einfallen lassen«, versprach Jane.

»Dann bis zur Abenddämmerung, Mylady.« Ellie machte einen raschen Knicks und eilte dann davon. Sie spürte, dass ihr alle Augen folgten. Das würde ein Gerede geben, nur weil sich zwei adlige Herren in aller Öffentlichkeit darüber gestritten hatten, wer ihre Bänder bezahlen durfte. Hoffentlich würde sich nicht herumsprechen, dass sie die adlige Dame, die zu Gast in Lacey Hall weilte, zum abendlichen Stelldichein mit der Dorfjugend überredet hatte: Es gäbe einen Aufschrei der Empörung. Aber es würde sicher lustig werden.

13. Kapitel

»Nell, ich muss mir für heute Abend eines deiner Kleider ausleihen«, verkündete Jane, als sie vor ihrer Kommode saß. »Und richte der Gräfin aus, ich ziehe mich heute früh zurück und komme nicht mehr in den Salon.«

»Eines meiner Kleider?« Nell tauchte unter der Tür auf und dachte, ihre Herrin würde gleich sagen, es sei ein Scherz gewesen.

»Ja, irgendwas Altes«, fuhr Jane fort, zog die Haarnadeln aus ihrer komplizierten Frisur, flocht ihre Haare zu zwei Zöpfen und band sie mit zwei ungleichen Bändern zusammen.

Nell ahnte sofort, worum es ging: Ihre Herrin wollte etwas tun, das nicht erlaubt war. Ein weiteres heimliches Rendezvous vielleicht? Aber mit wem?

»Selbstverständlich, Mylady. Ich hole Euch eines aus meiner Truhe.«

Jane zog ihre feine Kleidung aus und schlüpfte in die schlichte braune Wolltunika, die Nell ihr gebracht hatte. Der Stoff war etwas kratzig, sogar durch das dünne Leinen des Hemdkleides hindurch, doch das Kleid erfüllte seinen Zweck. Ein Blick in den Spiegel sagte Jane, dass niemand auf die Idee kommen würde, sie sei in Wirklichkeit eine reiche Adlige.

»Mylady geht noch aus?«, fragte Nell, als sie die abgelegten Kleidungsstücke zusammenfaltete.

Jane zupfte an ihrem Oberteil herum, bis ihr Busenansatz bedeckt war, und setzte sich dann eine einfache Haube auf den Kopf. »Ich gehe zum Maientanz, Nell, aber ich möchte dich bitten, es meinem Bruder nicht zu sagen.« Sie klang fast stolz auf sich.

»Maientanz?«

»Ja, mit Lady Eleanor. Und den Mädchen vom Dorf.«

Na, wenn das keine Überraschung war, dachte Nell. Lady Jane hatte bisher kein Interesse an derlei *gewöhnlichem* Zeitvertreib gezeigt.

»Dann wünsche ich Euch einen schönen Abend, Mylady. Soll ich warten, bis Ihr zurückkommt?«

»Nein, nein. Ich komme allein zurecht. Aber wenn du dafür sorgen könntest, dass die Küchentür offen ist, wäre ich dir sehr dankbar.« Jane holte eine Münze aus ihrem Beutel und reichte sie Nell.

»Aber gern, Mylady«, murmelte Nell.

Dem Stallknecht hatte Jane ebenfalls bereits eine Münze zugesteckt, damit er ein Pferd für sie bereithielt. Diego, ein netter Kerl, dessen Lächeln den ganzen Stall erhellte, als er ihr Anliegen hörte, hatte darauf bestanden, sie ins Dorf zu begleiten und auf ihr Reittier aufzupassen, während die »Ladys spielten«, wie er es ausdrückte. Jane vermutete eher, dass er die Mädchen heimlich beobachten wollte. Sie ließ ihn mit ihrem Zelter in einiger Entfernung vom Dorfanger stehen und ging den Rest zu Fuß. Erst da beschlichen sie erste Zweifel. Was, wenn jemand sie erkannte? Es war die größte Dummheit, die sie je begangen hatte. Nein, das stimmte nicht. Sich mit Raleigh einzulassen, war weitaus schlimmer gewesen – im Moment war sie lediglich ein bisschen ungezogen.

»Lady Jane!« Ellie hatte sie schon erwartet.

»Pscht!«, zischte sie und hoffte, dass es niemand gehört hatte.

Ellie packte sie am Arm und zog sie mit sich. »Ich dachte nicht, dass Ihr wirklich den Mut habt.«

»An Mut fehlt es mir nicht, eher am gesunden Menschenverstand.«

»Still jetzt, es wird Euch gefallen. Ich war nicht mehr dabei, seit ich zwölf war – jedenfalls wird getanzt, es gibt sicher viel zu essen, und einige werden auch etwas zu trinken mitgebracht haben. Lustig wird es auf alle Fälle.«

Jane blickte zu den umliegenden Häusern, durch deren Fenster man auf den Dorfanger blicken konnte. »Aber hier können wir doch nicht tanzen, oder?«

»Nein, erst nachher, auf den Wiesen am Waldrand. Man kann nicht ohne Frühlingsblumen in den Mai tanzen!« Ellie setzte Jane einen selbst geflochtenen Kranz aus Gänseblümchen auf den Kopf. »Jetzt noch der Halsschmuck für die Lady!« Sie hängte Jane eine Blumenkette um den Hals.

»Danke, wie kostbar!«, sagte Jane lachend und fand die schlichten Blumen wunderschön. »Und was ist mit Euch?«

Ellie pflückte ein paar Hasenglöckchen, die am Fuß der Hecke wuchsen, und steckte sie sich nur so weit ins Haar, dass sie wie die Fühler einer Schnecke herausragten. Sie drehte sich zu Jane und blickte sie an. »Na, was sagt Ihr?«

»Ihr seht aus wie ein verrückter Käfer.«

»Ausgezeichnet.«

Jane stellte fest, dass sich die anderen Mädchen ähnlich einfallsreich geschmückt hatten. Da sie bei diesem Fest unter sich waren, konnten sie albern sein und versuchten nicht wie sonst, möglichst hübsch auszusehen, um den jungen Burschen zu gefallen. Jede hatte sich mit Blumen geschmückt. Eines der Mädchen hatte sich sogar eine Perücke aus fliederfarbenen Blüten gebastelt, ein anderes eine Schürze aus Blättern. Wie Ellie vorausgesagt hatte, hatte eines der Mädchen ein kleines Fass mit bestem Ale mitgebracht, das so regen Zuspruch fand, dass die Ersten bereits am Kichern waren.

Ellie ging auf ein großes Mädchen zu, das die inoffizielle Anführerin der Festlichkeiten war. »Bess, ich habe eine Freundin mitgebracht. Sie ist bei ihrer Tante in Up-Hadley zu Besuch«, sagte sie und nannte aufs Geratewohl den Namen eines Nachbardorfes.

Bess nickte Jane zu. »Herzlich willkommen. Wie heißt du?«

»Pru – Kurzform für Prudence«, sagte Ellie hastig und zwinkerte Jane verstohlen zu.

Prudence wie Umsicht, gesunder Menschenverstand, pah! Jane beschloss, es Ellie heimzuzahlen, noch bevor dieser Abend vorüber war.

»Ich denke, wir sind jetzt vollzählig.« Bess steckte zwei Finger in den Mund und stieß einen schrillen Pfiff aus. »Also, meine Damen, der Spaß kann beginnen. Auf zu unserer Wiese!«

Jane sah, dass etliche Bewohner vor ihren Häusern standen, um den Mädchen nachzuwinken, und die älteren Frauen lächelten wehmütig, weil sie sich vermutlich an ihre eigene Jugend erinnerten. Die jüngeren Männer hatten sich vor dem Wirtshaus versammelt und schienen bereits Pläne für nachher zu schmieden.

»Geht sparsam mit euren Kräften um, Mädels!«, rief ihnen der Lehrbursche des Hufschmieds nach. »Wir kommen später in den Wald.«

»Dann viel Glück!«, rief Bess spöttisch und schwenkte ihren Rock so schwungvoll, dass ihn der Saum streifte.

Als sie an der Bäckerei vorbeigingen, erzählte Ellie Jane leise, wie es Anne im Vorjahr ergangen war, und Jane sagte sich, dass es bis zum Sommer sicher wieder die eine oder andere Heirat im Dorf geben würde.

Auf der Wiese erwartete sie ein Maibaum, an dessen Spitze ein Blumenkranz hing, der mit vielen bunten Bändern geschmückt war.

»Ein Geschenk von den jungen Männern«, raunte Ellie Jane zu. »Das machen sie jedes Jahr, um sich bei den Mädchen einzuschmeicheln.«

Aha, damit sie leichter zu haben sind, wenn sie vom Tanzen erregt sind, dachte sich Jane, die es höchst faszinierend fand, Einblick in einen Lebensstil zu bekommen, den sie bei den unteren Klassen niemals vermutet hätte.

Ein blinder Geiger saß auf dem Boden und sprang auf, als er die Mädchen näher kommen hörte.

»Er ist der einzige Mann, der dabei sein darf.« Ellie bückte sich, um ihre Schnürsenkel nachzuziehen.

»Von den jungen Männern bezahlt?«, mutmaßte Jane.

»Ihr begreift schnell«, sagte Ellie und lachte.

»Und jetzt zur Wahl unserer Maienkönigin!«, verkündete Bess. »Der Preis geht an die verdienstvollste Maid in unseren Reihen!«

»Ich, ich!«, rief ein molliges Mädchen mit roten Wangen und einem reizenden Lächeln.

»Nein, Maud, du scheidest aus, weil du mit Hamnet erwischt wurdest.«

Die anderen Mädchen brachen in johlendes Gelächter aus, und Maud streckte Bess die Zunge heraus.

»Dieses Jahr geht der Preis, infolge eines absolut fairen und offenen Prozesses, der nur mir bekannt ist«, fuhr Bess fort, »an

Ellie, weil sie Tag für Tag die gute Dame Holton ertragen muss und unsere jungen Kerle so bezirzt hat, dass sie bei ihrem Anblick kaum noch wissen, wo oben und unten ist. Einverstanden?«

»Einverstanden!«, riefen die Mädchen, während Ellie rot anlief und eine wegwerfende Handbewegung machte.

»Die glückliche Siegerin darf die Krone tragen.« Bess jagte die widerstrebende Ellie so lange um den Maibaum, bis sie ihr unter dem Jubel der Umstehenden ein schlaffes Krönchen aus Maiblumen und Löwenzahn auf den Kopf drücken konnte.

»Ansprache!«, rief Maud.

Ellie räusperte sich und begann großspurig: »Meine sehr verehrten Damen, ich bin gerührt über euren unvergleichlichen Sinn für Gerechtigkeit und gelobe, die wohlriechende Gabe, die mir heute verehrt wurde, stets in Ehren zu halten.« Sie deutete auf ihre Krone. »Vielen Dank euch allen.«

»Lang lebe die Maikönigin!«, rief Bess, und alle jubelten mit, selbst der blinde Geiger.

Die erste Melodie ließ Ellie an ihren letzten Maientanz vor vier Jahren denken. Es war ein wunderschönes Lied, das sie sehr liebte – ein einfacher Flechttanz, der kein großes Können erforderte, sondern den Mädchen erlaubte, sich mit dem Maienbaum vertraut zu machen. Unter Bess' Kommando bewegten sich die Mädchen paarweise umeinander, bis die Bänder verflochten waren.

»Wer einen Fehler macht, muss zur Strafe den Blinden Martin küssen!«, verkündete Bess.

Der Geiger frohlockte. »Tja, meine Schönen, dann passt gut auf! Ich spiele jetzt so schnell, dass ihr unweigerlich ins Stolpern kommt!«

Aber natürlich passten die Mädchen doppelt gut auf, und keine von ihnen stolperte, zumindest nicht bei diesem Tanz. Doch die Tradition des Tanzens in den Frühling war uralt, und der Geiger wusste, was er spielen musste, um zu seinen Küssen zu kommen.

Nach dem einfachen Flechttanz kam der doppelte, anschließend der verteufelt komplizierte Spinnennetztanz. Bei einer Figur kam Jane aus dem Takt und riss auch Ellie mit, sodass sie zur Freude der anderen Tänzerinnen beide zum Geiger gehen und ihm einen Kuss auf die stoppelige Wange drücken mussten. Als sich die Mädchen müde getanzt hatten, ließen sie sich erschöpft ins weiche Gras fallen und machten sich über den Brötchenkorb her, den Anne gestiftet hatte. Dabei plauderten sie über dieses und jenes.

»Sag mal, Pru, wo kommst du genau her?«, fragte Bess, rollte sich auf den Bauch und streckte ihre Füße in die Luft.

»London«, erklärte Jane.

»Du redest so vornehm – fast so vornehm wie Ellie.«

Ellie schnaubte, und Jane bewarf sie mit Reisig.

»Ich … ähm … ich bin die Zofe einer Lady dort«, erklärte Jane dann.

»Am Hof?«

»Ja, da gehen wir manchmal hin.«

»Mann, hast du ein Glück.« Bess drehte sich auf den Rücken und beobachtete die Glühwürmchen am Waldrand. »Unser Leben hier ist *nur* langweilig. Ich würde zu gern mal die Damen am Hof sehen – oder gar die Königin persönlich! Ich meine natürlich die richtige, nicht unsere Maienkönigin.«

Ellie lächelte, nahm sich die Krone vom Kopf und ließ sie auf ihren Schoß fallen.

Jane gähnte. »Ach, am Hof kann es auch langweilig sein, wenn man zu oft dort ist. Es geht sehr förmlich zu … und spießig.«

Ellie merkte, dass Jane dabei war, sich zu verraten. Sie klang verdächtig nach einem verwöhnten Edelfräulein. »Aber die Gentlemen dort sind doch sicher eine Augenweide, nicht wahr, *Prudence*? Hab ich dir schon erzählt, Bess, dass ich neulich bei einem Turnier zugeschaut habe? Der Earl sah richtig gut aus in seiner Rüstung.«

»Ooh, das glaub ich gern! Er sieht so ... so umwerfend gut aus – und ist ein Earl – das ist so was von unfair. Ich wünschte, *ich* wäre die Lady, um die er freit.«

»Er freit um jemanden?« Ellie schaute Jane mit großen Augen an und begriff schlagartig, was der Grund für deren Besuch in Lacey Hall war. Wieso war sie nicht gleich darauf gekommen?

»Ja, die Lady, die du heute Morgen gesehen hast. Ich dachte, du kennst sie, da ihr ja recht vertraut miteinander getan habt.« Bess' Stimme klang etwas *zu* unschuldig, um glaubwürdig zu sein. Sie hatte das Getuschel zwischen Ellie und Jane genau beobachtet.

Ellie starrte auf die halb verwelkten Blumen auf ihrem Schoß. »Nein, das hab ich nicht gewusst, aber du hast recht. Ich hätte es wissen müssen.«

Bess' Enthüllung verschlechterte Ellies gute Laune schlagartig. Ihre freundschaftliche Beziehung zu Will hatte nur in einer Luftblase existiert, fernab aller Verpflichtungen und der Realität, doch nun war sie geplatzt. Während die anderen Mädchen unbeirrt weiterplauderten, stand Ellie plötzlich auf und bürstete sich den Rock ab. »Ich sollte besser nach Hause gehen.«

»Du kommst nicht mit in den Wald?«, fragte Bess, und ihre Augen glänzten, als sie mit dem Kopf auf die brennenden Fackeln deutete, die bereits zwischen den Bäumen tanzten.

»Nein, nicht dieses Jahr.«

»Dacht' ich mir.«

Ellie verabschiedete sich von den anderen, drehte sich um und ging über die Wiese auf das Dorf zu, ohne auf Jane zu warten.

Bess wandte sich an Jane. »Und was ist mit dir, Pru? Bist du so prüde wie deine Freundin, oder können wir dich überreden, mit uns in den Wald zu gehen?«

Nein, prüde bin ich nicht, dachte Jane. Aber das blieb natürlich ihr Geheimnis – und außerdem musste sie dringend mit Ellie reden, um ein, zwei Dinge klarzustellen. »Lieber nicht. Aber danke, dass ich dabei sein durfte.«

Bess schnitt eine Grimasse. »Gern geschehen. Aber du bist nicht wirklich eine Zofe, oder?«

Jane wusste nicht, was sie sagen sollte.

Bess deutete auf die Mädchen, die um sie herumsaßen. »Wir haben Euch alle heute schon gesehen. Ellie mag ja denken, sie könne uns hereinlegen, aber Euch vergisst man nicht so schnell, Mylady, da könnt Ihr anziehen, was Ihr wollt!«

Jane lachte. »Dann entschuldigt den Täuschungsversuch, aber es hat mir wirklich Spaß gemacht mit euch.«

»Wir fühlen uns geehrt, dass Ihr gekommen seid, Mylady. Wenn Ihr die nächste Gräfin werdet, wissen wir, an wen wir uns wenden, wenn uns der Vikar wieder mal den Maientanz verbieten will.«

»Ihr könnt auf mich zählen.« Jane winkte allen zum Abschied zu, drehte sich um und eilte Ellie nach. Wie schockierend, Umgang mit Mädchen gehabt zu haben, denen sie sich bisher immer weit überlegen gefühlt hatte. Zum ersten Mal beschlich sie der Gedanke, dass deren Leben möglicherweise Vergnügungen bot, die es in ihrem eigenen Leben nicht gab. Zum Beispiel Freundschaft. Oder Spaß …

»Ellie, Ellie, wartet!« Kurz vor dem Dorf holte Jane sie ein. Aus dem Gekreische hinter ihr zu schließen, waren die Mädchen inzwischen wohl zwischen die Bäume gerannt. Wenn im Wald so viel los war, waren sie beide sicher ungestört.

Ellie blieb zwar stehen, den Kopf gesenkt, drehte sich aber nicht um.

»Darüber wollte ich ja mit Euch reden. Ich weiß, dass es gewisse Gefühle zwischen Euch und dem Earl gibt. Das konnte ich heute Nachmittag sehen, aber geahnt habe ich es schon vorher.«

»Unsinn, zwischen uns ist *nichts*«, sagte Ellie mit matter Stimme. »Wir sind nur befreundet.«

»Ich wollte nicht hierherkommen, doch meine Familie hat es mir befohlen. Ich soll prüfen, ob wir zusammenpassen.« Jane merkte, dass sie wütend wurde – da hatte sie endlich mal eine Freundin gefunden, und nun stand diese Sache zwischen ihnen. Das war der Earl ihrer Meinung nach nicht wert.

»Ich verstehe – ich verstehe es wirklich. Tut mir leid, dass ich einfach davongelaufen bin. Es steht mir nicht zu, über Euer Tun zu urteilen.«

Jane warf ihr die Gänseblümchenkette an den Kopf. »Ach, lasst das, Ellie. Wir wissen beide, dass es nicht stimmt. Ob Ihr es glaubt oder nicht: Mir liegt sehr am Herzen, was Ihr denkt – oder fühlt.«

Ellie rang sich ein Lächeln ab, denn sie wusste, dass sie ohnehin nichts ändern konnte. Das Leben hatte sie auf ihren Platz gestellt, Jane auf einen anderen. »Danke … *Prudence*.«

Jane gab ein Geräusch von sich, das halb nach Lachen, halb nach einem Knurren klang. »*Prudence*! Hättet Ihr Euch keinen besseren Namen für mich ausdenken können? Ich habe mir geschworen, dass Ihr es mir büßen müsst, Lady Eleanor! Wappnet Euch für einen Tod durch … Blumen!«

Sie bewarf Ellie mit einer Handvoll eilends ausgerissener Gräser. Ellie ließ sich nicht lange bitten und revanchierte sich umgehend. *Platsch* – ihre Maiköniginnen-Krone landete in Janes Gesicht, während eine Handvoll Gras in Ellies Haaren hängen blieb.

»Ihr seht aus wie ein räudiger Hund«, sagte Jane, schrie aber gleich darauf auf, weil ihre Gegnerin ihr eine Handvoll Blätter unters Mieder schob. Die Gräserschlacht wurde immer ausgelassener und hörte erst auf, als Diego sich langsam mit Janes Pferd näherte.

»Alles in Ordnung, oh wunderbare und graziöse Ladys?«, fragte er und sah mit Staunen, dass die jungen Frauen einander lachend in die Arme fielen und nach Luft schnappten.

»Oh ja, Diego, alles bestens«, keuchte Ellie.

»Könnte nicht besser sein«, japste Jane.

14. Kapitel

Ellie kontrollierte ihr Spiegelbild in dem kleinen Spiegel aus geschliffenem Glas zum ungefähr hundertsten Mal, wie ihr schien. Sie hatte ihr grünes Kleid ausgebürstet, sich von Dame Holton deren altes Hochzeitsmieder ausgeborgt – cremefarben mit Goldfäden – und sich aus einem weiteren abgelegten Kleidungsstück ihrer Hausherrin ein Paar neue Ärmel genäht. Auch die Staubperlenkette gehörte ihrer Hausherrin und ließ Ellies alte Halskrause im Kontrast dazu unglücklicherweise recht matt aussehen. Doch daran war leider nichts zu ändern. Ellie wusste, dass sie sich sowieso nicht mit den anderen Ladys in Lacey Hall messen konnte. Sie war schon froh, dass sie *einigermaßen* passabel aussah.

Ein Klopfen an der Haustür sagte ihr, dass Diego mit einem Pferd gekommen war, um sie abzuholen. Sie holte tief Luft, ehe sie den Kopf ins väterliche Arbeitszimmer streckte.

»Ich gehe dann, Vater.«

»Hmm? Wohin?« Geistesabwesend hob er den Kopf von seinem Bücherstapel.

»Lacey Hall. Ich bin zum Essen eingeladen.«

»Ach ja, du hattest es erwähnt. Viel Spaß!« Und schon vertiefte er sich wieder in seine Arbeit.

Ellie wusste, dass es sinnlos gewesen wäre, ihn zu fragen, wie sie aussah; damit wandte sie sich lieber an Dame Holton. Sie fand sie zusammen mit Master March im Wohnzimmer, beide in ein Gebet vertieft.

»Oh, Verzeihung«, sagte sie, als sie sie auf den Knien antraf. Sie hatte zwar von Anfang an vermutet, dass March demselben Glauben anhing wie Dame Holton, hätte es aber lieber nicht mit eigenen Augen gesehen.

»Oh, Ellie, du siehst bezaubernd aus«, sagte die Dame, die sich offenbar kein bisschen schämte, in dieser demütigen Haltung ertappt zu werden. Sie bekreuzigte sich, stand auf und nahm liebevoll Ellies Gesicht zwischen die Hände. »Ihr könnt den Kopf hoch tragen, junge Lady. Ihr seht wahrlich bezaubernd aus.«

Ellie brauchte eine Weile, bis sie Diego auf dem Weg nach Lacey Hall aus der Reserve gelockt hatte. Sie wusste von Will, dass der Junge ein kluger Kerl war, was er vor Außenstehenden aber sorgsam verbarg. Dabei war er einer der interessantesten Menschen, die Ellie jemals getroffen hatte: Er sah nicht nur anders aus als die Menschen hier in England, er hatte auch ganz andere Dinge erlebt, und Ellie war beeindruckt, wie bereitwillig er Janes Ausflug vom Vorabend unterstützt hatte.

»Bist du schon lange in England, Diego?«, begann sie.

»Nein, nicht sehr lange, Mistress.«

»Erinnerst du dich an deine Heimat?«

»Ja.«

Am liebsten hätte Ellie über sein Geschick, möglichst kurze und unverbindliche Antworten zu geben, gelacht, doch sie verkniff es sich, um ihn nicht zu kränken.

»Ich kenne die Wüsten Nordafrikas nur aus den Werken von Reisenden der Antike. Stimmt es, dass man dort tagelang reisen kann, ohne auf Wasser zu stoßen?«

»Ja.«

»Und dass der ganze Erdboden mit Sand bedeckt ist?«

»Ja.«

»Hast du Heimweh?«

»Ja.«

»Was vermisst du am meisten?«

Diego blickte sie fragend an. »Warum so großes Interesse an armem Diener, wunderhübsche Maienkönigin?«

Nun musste Ellie doch lachen. Diego hatte sie heimlich beobachtet! »Redest du den Earl auch immer mit derart blumigen Titeln an, Diego?«

Er konnte sein Schmunzeln nicht verbergen. »Ja, Gütigste.«

»Das gefällt ihm sicher.« Bei dem Gedanken, dass Will mit höchst blumigen und hochtrabenden Namen überhäuft wurde, kicherte sie vor sich hin.

»Er mag nicht hören Lobesworte, Mistress, aber er hat sie verdient. Er ist sehr großherziger Meister.«

»Welche Namen hört er am liebsten?«

Mit geschickten Fragen konnte sie ihm schließlich entlocken, wie er es schaffte, dass Will sich vor Verlegenheit wand, obwohl natürlich keiner von ihnen es so ausdrückte.

»Und sein Bruder James, stöhnt er auch unter der Last blumiger Anredeformen?«

Diego schüttelte den Kopf. »Oh nein, prächtigste und gütigste Lady des Abendlandes, Master James würde es nicht zulassen.«

»Das bedeutet, dass der Earl und ich einfach zu weichherzig sind, um es dir zu verbieten? Ich vermute, du hast den Earl noch nie bei einem seiner Wutausbrüche erlebt?«

»Nein, noch nie«, bestätigte Diego.

Eine Dienerin erwartete Ellie an der Tür von Lacey Hall mit einer Schüssel Wasser und einem Kamm, sodass sie sich nach dem Ritt aus dem Dorf erfrischen konnte. Stirnrunzelnd begutachtete sich Ellie in dem großen Spiegel – sie sah wirklich von Kopf bis Fuß wie eine arme Verwandte aus, angefangen von der nicht zusammenpassenden Kleidung bis zur schmucklosen, ausgebleichten Halskrause.

»Sind die Ladys sehr prachtvoll gekleidet?«, wandte sie sich besorgt an die Dienerin.

»Oh ja, Mylady«, antwortete das Mädchen unumwunden und mit einem leichten Schmunzeln.

Ellie zuckte mit den Schultern. »Na schön, ich hätte bei einem Wettbewerb ohnehin keine Chance. Ich wurde zum Essen eingeladen, und nun kriegen sie mich eben, wie ich bin, samt Warzen und allem, wie der Volksmund so nett sagt.«

»Eine Warze sehe ich nirgends, Mylady«, sagte die Maid frech.

Ellie stutzte zuerst, lachte dann aber schallend. »Danke.« Sie klopfte an ihre leere Tasche. »Leider hab ich nichts dabei, um mich für das Kompliment erkenntlich zu zeigen, ähm …?«

»Nell, Mylady. Ich bin Lady Janes Zofe.«

»Nell.« Ellie zupfte an ihrer Haube herum. »Herrje, besser krieg ich es nicht hin.«

In diesem Moment trat der Hausverwalter aus einer Tür, und Ellie erschrak. Es war der Mann, der ihr vor vier Jahren mit seinem Wolfshund gedroht hatte, und er wirkte auch heute alles andere als erfreut, sie zu sehen.

»Lady Eleanor«, knurrte er mit einer äußerst knappen Verbeugung.

Ellie wusste, dass sie sich hätte freuen sollen, dass sie nach dem schmachvollen Rauswurf nun als Ehrengast eingeladen war, aber irgendwie jagte ihr dieser große, kräftige Mann mit den struppigen roten Haaren und dem strengen Blick noch immer Angst ein. »Master Verwalter.«

»Mir wurde aufgetragen, Euch ins Gewächshaus der Gräfin zu führen. Die Ladys inspizieren die Blumen.« Sein Ton ließ keinen Zweifel daran, dass Ellie niemals mehr einen Fuß in dieses Haus gesetzt hätte, wenn es nach ihm gegangen wäre.

»Danke«, sagte Ellie leise. Sie warf einen hilflosen Blick auf die Zofe, musste aber feststellen, dass sie sich komplett verwandelt hatte. Sie war nicht mehr die spitzzüngige Zofe, sondern blickte wie ein sanftes Lämmchen auf den Boden.

»Mistress Rivers, Sir Henry lässt fragen, ob Ihr ihm aufwarten könnt. Er sagte etwas von einem Handschuh, der ihm abhandenkam.« Ellie staunte. Der Zofe gegenüber war sein Ton fast kriecherisch respektvoll.

»Sofort, Master Turville.« Nach einem honigsüßen Lächeln eilte die Zofe davon.

»Lady Eleanor, wenn Ihr mir folgen wollt?« Der Verwalter deutete zum Garten hinter dem Haus. Er ging einen Schritt vor ihr her und öffnete ihr mehrere Türen, doch es kam Ellie eher so vor, als sei sie für ihn kein Mensch von Wert, vielmehr ein übler Gestank, den er möglichst schnell aus dem Haus vertreiben wollte. Sie ärgerte sich über seine herablassende Art.

»Und wie ist es Euch seit unserer letzten Begegnung ergangen, Herr Verwalter?«, erkundigte sie sich betont heiter, um ihn an das letzte, unschöne Zusammentreffen zu erinnern. »Ihr seht aus, als hättet Ihr es recht komfortabel in Eurer Stellung.«

›Gut im Futter‹ hätte den Kern der Sache eher getroffen.

»Der Earl ist ein guter Herr«, sagte er steif.

»Und lebt Euer Hund noch – die reizende Bestie, die Ihr mir vorgeführt habt?«

»Nein, Lady, Barty ist vor zwei Jahren gestorben.«

»Ich kann nicht sagen, dass mich das betrübt.«

»Aber sein Sohn Tiber steht seinem Erzeuger in nichts nach. Er würde auch jeden zur Strecke bringen, wenn ich es ihm befehle.«

»Wie reizend.«

Turville blieb in der Tür stehen, die in den Garten hinausführte, und versperrte ihr den Weg. »Ich weiß, es steht mir nicht zu, es zu sagen, da Ihr als Gast hier seid, doch wenn Ihr meinem Herrn Schaden zufügt, müsst Ihr mit mehr als nur mit Tibers scharfen Zähnen rechnen!«

Ellie brachte ein ersticktes Lachen zustande und fasste sich an den Hals. »Ich? Inwiefern könnte ich ihm schaden?«

Turville starrte sie an. »Er hat eine hübsche junge Lady hier, die er umwerben und dann heiraten soll. Wir wollen keine Einmischung von Alchimistengören.«

Ellie wich einen Schritt zurück. »Ihr seid sehr unhöflich, Sir!«

Er machte eine wegwerfende Handbewegung. »Ihr und ich wissen beide, dass Eure Familie Gift für meine Herrschaft ist. Ich beschütze sie. Wenn ein Mann aber den Kopf verliert, schreckt er vor nichts zurück und macht sich notfalls auch zum Narren. Benehmt Euch, wie es sich gehört, dann gibt es zwischen Euch und mir keinen Ärger.«

Dachte er etwa, sie wolle dem Earl den Kopf verdrehen? Sie hatten Frieden geschlossen, das ja, und Will machte keinen Hehl daraus, dass er sie bezaubernd fand, doch Ellie bezweifelte, dass er mehr von ihr wollte als eine kleine Tändelei. Ob das auch für sie zutraf, hätte sie nicht mit Bestimmtheit sagen können.

»Ich bin hier, weil ich eingeladen wurde, Herr Verwalter, nicht, weil ich mich der Familie aufgedrängt hätte! Wer seid Ihr, dass Ihr Euch dem Willen des Earls widersetzen wollt?«

»Sein Freund und Beschützer. Ich frage ihn nicht um Erlaubnis, ob ich auf ihn aufpassen darf. Aber jetzt geht, und benehmt Euch den Ladys gegenüber! Und vergesst nicht: Ich beobachte Euch genau!«

Empört über das unverschämte Benehmen des Mannes, stolzierte Ellie an ihm vorbei und wünschte sich, ihr wäre eine spitze Bemerkung eingefallen, um diesem aufgeblasenen Kerl eins auszuwischen. Doch leider fiel ihr auf die Schnelle nichts ein.

»So ein Scheusal«, murmelte sie vor sich hin. »Ungehobelter Fettwanst auf zwei Beinen!« Zufrieden über dieses Bild spitzte sie die Lippen und suchte nach weiteren Beschimpfungen. »Ranziger Fettwanst auf zwei Beinen!« Noch besser.

»Lady Eleanor!« Die Gräfin tauchte hinter einem Gebüsch auf, wo sie Jane das neu bepflanzte Beet neben dem Gewächshaus gezeigt hatte.

Ach je, dachte Ellie bestürzt, jetzt war sie dabei ertappt worden, dass sie wie die Insassin eines Irrenhauses Beleidigungen vor sich hin murmelte!

»Mylady!« Sie machte einen tiefen Knicks.

»Mit wem habt Ihr gesprochen, meine Liebe?« Ellie sah die Gräfin schmunzeln und wusste, dass sie alles mitbekommen hatte.

»Ähm, mit niemandem«, sagte sie verlegen.

»Hat Euch jemand geärgert?«

Ja. »Nein, Mylady. Ich … ich habe nur einen Vers wiederholt, den ich neulich gehört habe.«

»Ihr mögt Poesie, nicht wahr? Dann sollten wir unbedingt zusammen Gedichte lesen. Ich bekenne mich zu dieser Passion, die keiner meiner Söhne zu teilen scheint. Dabei wünsche ich mir so sehr, dass sie kunstvoll klingende Sonette doch heimlich schätzen.« Sie seufzte. »Denn sonst hätte ich drei Barbaren großgezogen!«

Jane trat zu ihnen und küsste Ellie auf die Wange. »Lady Eleanor, schön, Euch zu sehen.«

Ellie lächelte über ihre Förmlichkeit, so kurz nach der Blumenschlacht vom Vorabend. »Bitte, Lady Jane, mein Adelstitel wird zu Hause kaum benutzt, und er hat außerhalb Spaniens auch fast keine Bedeutung. Deshalb lasse ich mich von Freunden lieber Ellie nennen.«

»Ich hoffe, Lady Jane, dass Eure große Freude über das Erscheinen Eurer Freundin nicht bedeutet, dass Ihr unserer schon überdrüssig seid, oder?« Die Gräfin winkte ihre Tochter zu sich und rückte deren Haube gerade. »Das ist meine Jüngste, Lady Sarah.«

Sarah musterte Ellies Kleidung, kritisch wie eine Damenschneiderin. »Ein schönes Mieder«, sagte sie. Das mochte zwar als Kompliment gemeint gewesen sein, klang in Ellies Ohren aber eher so, als würde die Kleine den Rest ihrer Kleidung herabwürdigen.

Vertraulich beugte sich Ellie zu ihr. »Gehört aber nicht mir, Lady Sarah, sondern zum Hochzeitsstaat meiner reizenden Hausherrin.«

»Dame Holton? Dann muss es ja schon uralt sein! Warum tragt Ihr nicht Euer eigenes Mieder?«

»Sarah!«, rief die Gräfin tadelnd.

»Schon gut, Mylady, das bringt mich nicht in Verlegenheit. Ich habe keine vornehme Kleidung, Lady Sarah, weil ich arm bin.«

»Das sind wir auch«, sagte Sarah mit einem Nicken voller Verständnis. »Aber Will schafft es immer, ein paar Pfund hier und da aufzutreiben, damit wir uns neu einkleiden können, nicht wahr, Mutter?«

Der Gräfin war so viel Direktheit mehr als peinlich, und es verschlug ihr erst mal die Sprache.

»Jane ist die Einzige hier, die Geld hat«, fuhr die kleine Sarah unbeirrt fort, »und deshalb hat sie auch eine umwerfend schöne Garderobe – die solltet Ihr mal sehen! Gestern hab ich nichts anderes getan, als ihre Schuhe zu bewundern. Sie besitzt ein Paar wildlederne Reitstiefel, für die ich fast alles geben würde!«

Jane trat verlegen von einem Fuß auf den anderen. »Lady Sarah, Ellie und ich haben schon vor einiger Zeit beschlossen, dass Kleidung nur ein nichtssagender Luxus ist.«

Sarah hüpfte auf eine Steinbank und tat so, als sei sie eine Dame bei Hof, die ihr vornehmes Kleid vorführte. »Ihr habt leicht reden, Lady Jane, mit den Kleidern, die Ihr in Euren Schrankkoffern mitgebracht habt, könnte man das Lösegeld für einen König bezahlen.«

Die Gräfin hatte ihre Sprache wiedergefunden. »Meine Ladys, ich muss mich für meine Tochter entschuldigen. Es sieht ganz so aus, als hätte ich in ihrem Fall die Rute zu sehr geschont.«

Sarah schnaubte. »Pah, ich sage doch nur die Wahrheit!«

»Nicht alles, was wahr ist, darf auch ausgesprochen werden!«, sagte die Gräfin streng.

Ellie lachte über diesen Schlagabtausch. Sie fand die kleine Lady höchst erfrischend, deren Art dem armen Will sicher viel zu früh graue Haare bescheren würde. »Lady Sarah, würdet Ihr mir armem Gast die Ehre erweisen, mir zu zeigen, welcher Teil des Gartens Euch persönlich am besten gefällt?«

»Au ja, gern. Laufen wir um die Wette?« Sarah spürte, dass sie eine Verbündete gefunden hatte.

»Sarah!«, sagte ihre Mutter kopfschüttelnd. »Lady Eleanor ist zu alt für solche Albernheiten!«

War sie das? Ellie fand das nicht, wenn die Sonne schien und sie bald ein leckeres Essen bekam. Sie war schließlich erst sechzehn, keine sechzig …

»Wohin?«, fragte sie grinsend.

»Zur Sonnenuhr!« Sarah zeigte zum anderen Ende eines von Hecken gesäumten Weges. »Auf die Plätze, fertig, los!« Sie sprang von der Bank, und ihre Haare unter der Haube wehten wie eine goldene Flagge hinter ihr her. Ellie lächelte der Gräfin und Jane kurz zu, ehe sie sich an die Verfolgung machte, wobei sie ihre Röcke bis zu den Waden hochzog, um überhaupt eine Chance zu haben, das Mädchen noch einzuholen. »Kommt mit, Jane!«, rief sie. »Wir laufen um die Wette!«

»Madam?«, wandte sich Jane an die Gräfin und streckte mit einem strahlenden Lächeln ihre Hand aus.

Lady Dorset lachte. »Na schön, ihr Wildfänge!« Sie nahm Janes Hand und rannte mit ihr so schnell, wie ihre schweren Röcke es erlaubten. »Diese verflixten Reifröcke! Man müsste wirklich ein paar Schichten ablegen, bevor man damit rennen kann!«

Ellie ließ Sarah natürlich als Erste bei der Sonnenuhr ankommen, nahm dann ihre Hände und tanzte mit ihr darum herum, während sie eine der Melodien summte, die der Geiger am Maienbaum gespielt hatte. Sarah quiekte vor Freude, als Ellie sie herumwirbelte, bevor sie schließlich beide losließen und kichernd ins Gras fielen.

»Oh!«, sagte Ellie erschrocken. »Ich darf keine Grasflecken ans Mieder von Dame Holton bekommen!«

In diesem Moment kamen die Gräfin und Jane mit hochroten Köpfen angerannt.

»Du meine Güte!«, keuchte Lady Dorset, hielt sich eine Hand ans Herz und sank ebenfalls ins Gras. »Ich bin seit Jahren nicht mehr so schnell gerannt!«

»Was ist denn das? Mutter, du rennst durch den Garten?« Will betrat die kleine Lichtung mit der Sonnenuhr und sah die vier Frauen in unterschiedlich zerzaustem Zustand auf dem Boden sitzen. Sein Haar glänzte in der Sonne. Ein Tennisschläger lag über seiner Schulter, und er trug nur ein Hemd und eine Kniehose, kein gefüttertes Samtwams, das seine breiten Schultern oder seinen flachen Bauch kaschiert hätte. Ellies Mund wurde trocken, doch sie sagte sich, das sei die körperliche Anstrengung, und wandte den Blick ab.

»Ja, mein Lieber«, sagte die Gräfin. »Ich mag mit meinen achtunddreißig Jahren ja schon recht alt sein, aber selbst in diesem Alter sollte man sich von Zeit zu Zeit körperlich betätigen.«

»Alt, Madam? Das dürft Ihr nicht sagen!«, sagte Sir Henry, der Will folgte und seinen Schläger unter den Arm geklemmt hatte.

James tauchte als Dritter auf. »Was soll das?«, fragte er, während er eine Verbeugung in Richtung der Damen andeutete.

»Mutter ... ist gerannt«, sagte Will mit unbewegter Miene. Sein Blick schweifte zu Ellie weiter. »Mit unseren Gästen.«

James streckte eine Hand aus, um der Gräfin wieder auf die Beine zu helfen. Doch dann ließ er sie nicht los, sondern drehte sie im Kreis. »Herrlich! Ich glaube, ich habe Euch nicht mehr so glücklich gesehen, Mutter, seit Vater tot ist.«

Die Gräfin strich ihm zärtlich über die Wange.

»Jetzt ich! Ich!«, rief Sarah, die ebenfalls im Kreis gedreht werden wollte.

»Na schön, du kleine Wanze!«

Sarah wurde so wild durch die Luft geschwungen, dass sie hinterher kaum noch Luft bekam und kichernd und schnaufend auf den Boden plumpste.

»Wer noch?«, fragte James in die Runde. Sein Blick verweilte bei Jane.

Sie blickte verlegen weg. Um ihr über ihre Verlegenheit hinwegzuhelfen, trat Ellie rasch vor.

Doch noch bevor James ihre Hände nehmen konnte, kam Sir Henry ihm zuvor.

»Das ist unfair, Master Lacey, warum solltet Ihr all die hübschen Ladys bekommen? Ich will auch mal! Nehmt Ihr doch meine Schwester!«

Noch ehe Ellie wusste, wie ihr geschah, hatte Henry sie um die Taille gepackt und wirbelte sie herum. Es war nicht lustig wie der Tanz um den Maienbaum – es war eher so schrecklich, wie wenn man auf der Kirmes in einem Karussell sitzt und nicht mehr aussteigen kann. Als Henry sie losließ, stolperte sie gegen ihn, und der Garten drehte sich in einem einzigen Farbenmeer um sie herum.

»Hmm, entzückend«, sagte Henry leise und ließ seine Hände über ihren Körper wandern.

Ellie stieß sich von ihm weg und sah in diesem Moment Wills Blick auf sie gerichtet. Die Irritation und der Zorn auf seinem Gesicht spiegelten ziemlich genau die Gefühle wider, die sie selbst über Henrys Aufdringlichkeit empfand. Zum Glück war die Gräfin so vernünftig, dem ausgelassenen Treiben ein Ende zu setzen.

»Meine Lieben, jetzt aber genug! Was sollen unsere Gärtner denken? Wollen wir wieder ins Haus gehen? Um zwölf wird gegessen, und einige von uns sollten sich vielleicht noch umziehen«, sagte sie und lächelte ihre Söhne an. »Sir Henry, wollt Ihr mich begleiten?«

Von seiner Gastgeberin an seine Pflichten erinnert, ließ Henry

Ellie los und bot ihr seinen Arm an. Ellie stieß einen Seufzer der Erleichterung aus.

»Lady Jane, Lady Eleanor?« Will reichte jeder einen Arm. »Gestatten?«

»Das ist ungerecht, Will«, protestierte James. »Lass eine der Schönheiten für mich übrig!«

»Du kannst Sarah nehmen.« Will zwinkerte seiner kleinen Schwester zu, die noch immer inmitten ihrer Röcke saß. »Ruf ihr unterwegs ihre Pflichten als Lady in Erinnerung, bevor wir bei Tisch sitzen, bitte!«

Sarah schnitt eine Grimasse und richtete sich dann mühsam auf. »Diese blöden Röcke! Ich wünschte, ich dürfte auch Hosen tragen!«

»Was für eine verrückte Idee!«, riefen ihre großen Brüder entsetzt.

»Außerdem kam der Vorschlag zu einem Wettrennen gar nicht von mir, sondern von Ellie!«, verteidigte sich Sarah.

Ellie zog nur eine Augenbraue hoch.

»Na schön, es war meine Idee«, räumte Sarah ein. »Aber Ellie war sofort einverstanden.«

James wischte ihr das Gras vom Rock und klopfte ihr dabei stärker als nötig auf den Hintern. »Kleines Biest!«

»Autsch!«, rief sie und hüpfte von ihm weg.

Will seufzte. »Meine Ladys, ich hoffe, ihr habt jetzt keinen falschen Eindruck von meiner Familie. Wir können uns mustergültig benehmen, wenn wir wollen. *Nicht wahr, Sarah?*«

Ellie lachte. »Ich denke, Jane und ich, beide ein Vorbild an Anstand und Schicklichkeit, haben den absolut richtigen Eindruck bekommen, Mylord!«

»Stimmt«, pflichtete Jane ihr bei und schaute an Wills Brust vorbei auf Ellie. »Sie sind hoffnungslos, allesamt!«

»Tennis spielende Monster.«

»Verrückte, scharwenzelnde Schwachsinnige!«

»Scharwenzelnd? Da nehme ich mich aber aus. Ich scharwenzle nicht!«, widersprach Will, als sie das Haus betraten. Er führte sie in den Salon, einen holzgetäfelten Raum, der einen wunderbaren Blick auf den Garten bot. Warmes Sonnenlicht fiel herein und ließ die Eichenpaneele glänzen. »Wenn überhaupt, dann James!«

»Stimmt nicht«, knurrte James.

»Aber verzeiht, meine Ladys, wir müssen uns fürs Essen umkleiden.« Will ließ die Arme der Damen los und verbeugte sich. »Wenn ihr hier bitte warten würdet? Die Musikanten werden aufspielen.« Er nickte dem Lautenspieler und dem Geiger zu, die eigens für diesen Tag angeheuert worden waren.

James zog Sarah mit sich und erklärte ihr, ihre Kleidung spotte jeder Beschreibung und sie müsse sich ebenfalls umziehen. Jane verfolgte den Wortwechsel amüsiert, bis Bruder und Schwester den Raum verließen.

»Ihr mögt James Lacey, nicht wahr?«, sagte Ellie leise und setzte sich auf die Kissen auf der Bank am Fenster.

»Ja«, gestand Jane. »Er ist ein wunderbarer Bruder.«

Ellies Blick blieb an Sir Henry hängen, der sich am anderen Ende des großen Raums gerade von der Gräfin verabschiedete. »Sie sind eine wunderbare Familie. Ich beneide sie darum, dass sie einander haben.«

Janes Miene verfinsterte sich. »Nicht alle Brüder sind ein Segen.«

»Das glaube ich gern. Doch da ich selbst nie einen Bruder hatte, konnte ich in diesem Punkt auch nie enttäuscht werden.« Sie rief sich in Erinnerung, dass Jane in diese Familie einheiraten sollte, und wollte es ihrer Freundin leichter machen. »Der Earl ist auch sehr nett.«

»Ja, er ist sehr höflich. Sehr korrekt.«

Mir gegenüber nicht immer, dachte Ellie und musste an den Kuss denken. »Er gibt sicher einen aufmerksamen Gatten ab.«

»Kann sein.« Jane strich ihre Röcke glatt und zupfte einen Grashalm vom Saum. »Doch ich habe den Eindruck, dass seine Zuneigung einer anderen gehört. Würde ich ihn heiraten, bekäme ich nur den halben Mann.«

Ellie wusste, dass sie in ihrer Situation sich schon mit einer Hälfte zufriedengeben würde. »Ich denke nicht, dass er Schande über Euch bringen würde.«

»Nein, aber er würde mich auch niemals richtig lieben, oder?«

»Ich … ich weiß nicht.« Ellie rang die Hände in ihrem Schoß.

»Wenn er mich auch nur mit einem Bruchteil des Verlangens ansehen würde, mit dem er *Euch* anschaut, hätte ich vielleicht Hoffnung, aber so …?«, sagte Jane sachlich und ohne jeden Vorwurf.

»Aber ich bin … wir sind nicht …«

»Nein, natürlich nicht, Ellie.« Jane legte eine Hand auf Ellies verschränkte Hände. »Ihr könnt nichts dagegen tun, dass er verrückt nach Euch ist, aber Ihr müsst wissen, dass er Euch nicht heiraten wird. Er braucht eine Braut mit Geld, und das macht mich zu einer besseren Partie für ihn. Es ist bedauerlich für uns beide, nicht?«

Ellie schluckte. »Ja.«

»Ich hätte ehrlich gesagt lieber einen alten Mann, der möglichst schnell das Zeitliche segnet, damit ich wieder frei bin. Falls ich doch den Earl heiraten muss, versprecht mir bitte, dass Ihr weiterhin meine Freundin bleibt. Ich habe so wenige.«

Ellie lächelte tapfer. Es wäre geradezu selbstquälerisch, Jane zu besuchen, wenn sie erst die Gräfin von Dorset war. »Natürlich bleibe ich Eure Freundin – falls Ihr es dann noch möchtet.«

»Ja, das will ich.« Jane zog ihre Hand zurück und nahm wieder ihre Pose als sittsame Lady ein.

»Ihr seid sehr freundlich … und sehr verständnisvoll.«

Jane schüttelte den Kopf. »Oh nein, da täuscht Ihr Euch, Ellie. Ich kann auch eine giftige alte Hexe sein.« Ellie erschrak über diese Worte. »Fragt meine Zofe – oder meinen Bruder.«

»Dann irren sie sich«, sagte Ellie ernst. »Oder zumindest zum Teil.«

Jane schaute sie fragend an.

»Ich meine, jeder Mensch ist in einer Notlage fähig, sich wie … ähm, wie eine Hexe zu benehmen.«

Jane lächelte über Ellies Eifer, ihre Aussage abzuschwächen. »Nein, Ellie, Ihr nicht. Ihr seid nicht ohne Grund zur Maienkönigin ernannt worden. Ihr seid ganz anders als ich.«

Ellie beugte sich zu ihr. »In Windsor habe ich Euren Bruder in die … Ihr wisst schon, getreten.«

Jane starrte sie zuerst nur verblüfft an, und es dauerte einen Augenblick, bis sie losprustete. »Ich wette, das hatte er verdient.«

Ellie kniff die Lippen zusammen und nickte. »Und den Earl hab ich vors Schienbein getreten.«

»Muss gutgetan haben! Aber deshalb seid Ihr noch lange nicht so böse wie ich. Ich bin kaltherzig, wisst Ihr. Und rachsüchtig.«

Ellie beäugte sie skeptisch. »Wenn Ihr Rachegefühle habt, dann wird das ebenfalls seinen Grund haben«, sagte sie.

Jane nickte. »Oh ja, mit Sicherheit.«

15. Kapitel

Beim Mittagessen kam Will aus dem Staunen nicht heraus. Seine zukünftige Frau war weitaus lebhafter, als er sie bisher erlebt hatte, sie taute richtig auf in der Gesellschaft von Ellie und James. An ihrer Tischhälfte ging es sehr heiter zu; er wurde fast eifersüchtig. Warum lachte und scherzte Jane nicht auch mit ihm? Und warum musste Ellie so … so unwiderstehlich aussehen in ihrem geliehenen Mieder und der zerzausten Frisur? Will hatte nicht den Eindruck, dass es ihr selbst bewusst war, dafür aber Sir Henry! Dieser Schuft hing an ihr mit dem hungrigen Blick eines Hundes, der einen Knochen sah und nur darauf wartete, dass der Koch ihm den Rücken zuwandte, um ihn sich zu schnappen. Dummerweise hatte er in der Laube von Windsor so getan, als hätte er nichts dagegen, dass Henry sie umwarb. Deshalb musste er nun auf der Hut sein und sie notfalls beschützen.

»Mylord?« Ellie meinte ihn, und ihrem Tonfall nach zu schließen sprach sie ihn nicht zum ersten Mal an. So viel zum Thema auf der Hut sein – er war in Gedanken meilenweit weg gewesen.

»Ja, Lady Eleanor?«

»Im Dorf erzählt man sich, dass Ihr noch weitere Gäste erwartet. Stimmt das?«

»Ja. Ich denke, Ihr kennt zumindest einen davon. Master Cecil ist auf der Durchreise, in Begleitung von Sir Francis Walsingham.«

Ellies Miene hellte sich auf. »Cecil? Er kommt hierher? Oh, das freut mich. Dann gibt es noch jemanden, mit dem ich über Vergil diskutieren kann.«

Auf diese Bemerkung folgte Schweigen: Die Herren waren amüsiert, die Damen schockiert.

»Ihr lest Vergil, meine Liebe?«, fragte die Gräfin, allerdings in einem Ton, mit dem man normalerweise eine tödliche Diagnose bestätigt.

»Ähm, ja«, erwiderte Ellie unsicher. »Der neue Hausgast meiner Wirtin hat mir ein Exemplar der *Eklogen* ausgeliehen. Das Buch ist sehr …« Sie verstummte, weil sie merkte, dass sie die Sache mit Erklärungen nur schlimmer machte.

»Sappho, wie sie leibt und lebt!«, erklärte James, um das betretene Schweigen zu brechen, und prostete ihr zu.

»Hoffentlich ohne die Vorliebe fürs eigene Geschlecht«, murmelte Henry.

»Und wer ist dieser Gelehrte, Lady Eleanor?«, sagte Will hastig, um das Thema zu wechseln.

»Ein gewisser Master March, ein alter Freund von Dame Holton. Ein Gentleman, der sich bis neulich auf dem Kontinent aufhielt.«

»Euer Vater freut sich bestimmt über seine Gesellschaft«, sagte die Gräfin mit einem freundlichen Lächeln.

Ellie nickte. »Ja, sie debattieren oft bis spät in die Nacht. Ich denke, er kennt viele der Gelehrten, die auch mein Vater einst kannte, als wir noch in Spanien lebten.«

»Ist er etwa auch Alchimist?«, fragte Will erschrocken, denn er wollte auf keinen Fall, dass Stoke-by-Lacey ein Zufluchtsort für diese verabscheuungswürdigen Quacksalber wurde.

»Nein, nein, ich denke, dass er der Alchimie eher ablehnend ge-

genübersteht. Er sagt, es sei ein Verstoß gegen die göttlichen Schöpfungsgesetze, Gold herstellen zu wollen.«

»Ah, er scheint ein vernünftiger Mann zu sein. Vielleicht sollten wir ihn zum Essen einladen, wenn Walsingham und Cecil hier sind.«

»Ich glaube nicht, dass er kommen möchte. Er lebt sehr bescheiden und liebt seine Zurückgezogenheit. Das ist schade, denn sein Griechisch ist viel besser als meines. Master Cecil würde ihn sicher gern kennenlernen.«

Will war ein bisschen eifersüchtig auf diesen Mann, den Ellie so offensichtlich bewunderte.

»Wie ist er?«, fragte er, etwas barscher als beabsichtigt. »Jung, gut aussehend?«

James blickte ihn überrascht an, wandte sich dann aber wieder Jane zu, die jedes Wort – gesagt oder ungesagt – wie gebannt in sich aufsaugte.

»Eher alt, würde ich sagen. Er hat einen krummen Rücken und ist kränklich. Etwa so groß wie mein Vater. Warum, kennt Ihr ihn eventuell?«

Will schüttelte den Kopf. Ellies Beschreibung nach hatte er nichts zu befürchten. »Nein, Lady Ellie, aber sagt ihm, er sei jederzeit bei uns willkommen, falls er seiner selbst gewählten Zurückgezogenheit überdrüssig ist.«

»Danke, ich werde es ihm ausrichten.«

Die Atmosphäre in Lacey Hall verlor viel von ihrem Glanz, nachdem Ellie gegangen war. Will spielte Schach mit Henry und las danach eine Weile den Damen vor, doch die Zeit wollte und wollte nicht vergehen. Lady Jane zog sich in ihren Panzer der unnahbaren

Lady zurück und machte höflich Konversation, ohne groß etwas zu sagen. James war ebenfalls weggegangen, mit der Entschuldigung, er brauche dringend einen kleinen Ausritt, um seinen Kopf auszulüften. Will konnte es ihm nicht verdenken: ein Jammer, dass seine Pflichten als Gastgeber ihn daran gehindert hatten, seinen Bruder zu begleiten.

Im Laufe des langweiligen Nachmittags, als jede Minute noch zäher verging als die vorherige, merkte Will, dass seine Mutter ihn immer wieder besorgt musterte. Hoffentlich hatte sie nicht gemerkt, was er für ihren Essensgast empfand. Hatte er eventuell Janes Gefühle verletzt? Er studierte ihr gelassenes Profil über den Rand seines Buches hinweg: Janes blaue Augen waren auf ihren Stickrahmen gerichtet, ihre helle Haut wies weder Rötungen noch Sommersprossen auf – nichts an ihr ließ darauf schließen, dass sie wie alle anderen ein Mensch mit Fehlern und Macken war. Sie war wirklich viel zu perfekt für seine chaotische, verarmte Familie.

Er blätterte weiter, bis er auf das Lieblingsgedicht seiner Mutter stieß.

»Meine wahre Liebe besitzt mein Herz und ich seins, durch unseren Tausch hat immer noch jeder eins«, las er laut vor.

Aber er besaß Janes Herz nicht. Die poetischen Worte waren eine Lüge. Trotz ihrer strahlenden Schönheit ließ Jane sein Herz kalt. Könnte er eine Ehe ertragen, die auf einem so frostigen Fundament gründete? Könnte Jane es? Will wusste genau, wonach er sich sehnte: nach Herzlichkeit, Liebe und Lachen. Er wollte Ellie!

Diese Erkenntnis traf ihn wie ein Schlag, und er kam beim Lesen ins Stocken. Bei allen Heiligen im Himmel – er hatte sich in ein mittelloses Mädchen verliebt, dessen Vater er auf den Tod nicht ausstehen konnte. Eine unpassendere Partie konnte er sich gar nicht vorstellen. Seine wahre Liebe war jedenfalls nicht die Frau, die er heiraten würde, wenn er der Stimme des Verstandes folgte.

»Will?«, fragte die Gräfin besorgt. »Was ist? Stimmt etwas nicht mit dem Sonett?«

»Nein, nein, Sir Sidney hat es sehr schön formuliert.« Er räusperte sich und fuhr fort:

»Ich trage sein Bild in mir, er das meine,
der beste Handel, den ich je getan.«

Eine Heirat war nichts als ein Handel, ein Tauschgeschäft, von beiden Parteien bewusst eingegangen. Jane erwartete nicht, dass er ihr sein Herz schenkte, sie wollte nur seinen Adelstitel und seine Achtung. Nur – was war dann mit Ellie?

»*Meine wahre Liebe besitzt mein Herz und ich seins.*« Er zwang sich, auch die letzte Zeile zu lesen. Er schlug das Buch zu. »Wenn Ihr mich bitte entschuldigen würdet, meine Ladys, ich muss nach Berber sehen, er braucht Bewegung. Ich habe ihn heute etwas vernachlässigt.«

Er eilte davon, bevor seine Mutter ihn daran erinnern konnte, dass sie eigens für diesen Zweck Stallburschen eingestellt hatten.

Draußen dämmerte es bereits, und er nahm einen erfrischenden Atemzug und ließ die Schultern kreisen, um die Pflichten eines Earls von sich abzuschütteln. Um der Zwickmühle zu entkommen, in der er gefangen war, wollte er für ein paar Stunden einfach nur Will sein, ohne Verpflichtungen. Er stieß einen Pfiff aus, und Diego kam erfreulich schnell wie immer aus dem Stall gerannt.

»Mylord?«

»Sattle Berber für mich. Er und ich brauchen etwas Auslauf.«

Diego kehrte rasch mit dem trabenden Hengst zurück. »Wenn gnädiger Herr kurz warten, hole ich auch Pferd und komme mit.«

Will winkte ab. »Nicht nötig, geh schlafen. Ich versorge Berber selbst, wenn ich zurück bin.«

»Nein, ich warte«, sagte Diego, offenbar fest davon überzeugt, dass niemand außer ihm den Hengst richtig versorgen konnte.

»Wie du meinst.« Will schwang sich in den Sattel. »Du höchst gehorsamer und untertänigster aller Diener.«

Er grinste vor sich hin, als Diegos Gelächter ihm bis hinaus in die Nacht folgte.

Will ritt einfach los, ohne Ziel und Absicht, und fand sich bald auf dem Weg wieder, der zu dem Haus führte, in dem Ellie wohnte. Es war eine stockfinstere Nacht; nur das schwache Licht der Mondsichel verhinderte, dass er sich nicht komplett verirrte.

Ein paarmal spürte er Grenzhecken an seinen Beinen und lenkte Berber rasch wieder in die Mitte des Wegs zurück. Es roch nach feuchter Erde und noch unreifer Vegetation, die der Frühsommer bald erblühen lassen würde. Irgendwo in der Nähe wuchs wilder Knoblauch – dieser Geruch riss Will ähnlich einer Prise Riechsalz aus seiner Niedergeschlagenheit und ließ ihn den Staub und die schwachen Düfte des Salons in Lacey Hall vergessen. Damit ihn das Hufgeklapper nicht verriet, band Will den Hengst an einem Torpfosten in sicherer Entfernung vom Haus der Dame Holton fest und ging den Rest des Weges zu Fuß.

Himmel, was hatte er eigentlich vor? Will fuhr sich mit einer Hand übers Gesicht und atmete den vertrauten Geruch von Leder und Rosshaar seines Handschuhs ein. Da war er Herr über dieses Land und schlich um das Haus seiner Angebeteten wie ein Dieb in der Nacht! Was bezweckte er damit? Wollte er unter ihrem Fenster eine Serenade singen? Damit würde er sich nur dem Spott der Hausherrin aussetzen, und seine unglückselige Leidenschaft würde bald im ganzen Dorf die Runde machen. Nein, er konnte sich nur daran erfreuen, dieselbe Nachtluft atmen zu können wie Ellie, in dem Wissen, dass sie dieselben Geräusche hörte und denselben Anblick genoss wie er, als er nun im Garten vor ihrem Haus stand.

Aber natürlich nur, wenn sie nicht bereits schlief, was durchaus möglich war. Kopfschüttelnd registrierte er, dass er vor lauter Liebe im Begriff stand, sich zum Narren zu machen; das war höchst irritierend, doch er konnte nichts dagegen tun.

Er schlich durch den Garten auf das Haus zu und versuchte sich zu erinnern, ob Dame Holton einen Wachhund hatte. Nein, das glaubte er nicht. Er würde ihr ins Gewissen reden müssen: Sie sollte mehr auf ihre Sicherheit bedacht sein. Vielleicht konnte er Turville überreden, ihr Tiber für eine Weile auszuleihen. Mochte Ellie Hunde? Er hatte noch nie die Gelegenheit gehabt, sie danach zu fragen. In Windsor hatte er sie mal mit einer Katze gesehen, aber eigentlich gab es noch so vieles, was er nicht von ihr wusste.

Er stolperte über etwas, und der liebliche Duft von Erdbeeren erfüllte die Luft. Herrje, er hatte ein Beet zertrampelt! Rasch machte er einen Schritt rückwärts und blieb dann stehen. Das obere Stockwerk lag im Dunkeln. Er wusste nicht, welches das Fenster von Ellies Zimmer war, doch ruhig, wie das Haus dalag, schienen bereits alle zu schlafen.

Die Nacht trug ihm verschiedene Geräusche zu: Im Obstgarten raschelten Blätter, in der Ferne bellte ein Hund, neben dem Weg plätscherte ein Rinnsal. Da fiel im Haus eine Tür zu. Aha, er hatte sich getäuscht, als er dachte, alle Bewohner schliefen. Zumindest *eine* Person war wach. Durfte er hoffen, dass es Ellie war? Er betastete seine Lippen in der Vorfreude auf den Gutenachtkuss, den er ihr zu gern geben wollte.

James würde sich totlachen, wenn er seinen großen Bruder jetzt sehen könnte, wie er einem Mädchen nachstieg. Oder er würde ihn schlagen. Leise ging Will zum Weg zurück und von dort aus zur Vorderseite des Hauses. An der Gartentür blieb er stehen, um einen letzten Blick auf das Haus von Dame Holton zu werfen. Er musste sich beherrschen; das verlangte seine Pflicht der Familie und seiner Grafschaft gegenüber. Seine Gefühle waren nebensächlich.

Plötzlich sah er, dass jemand den vorderen Salon betrat, mit einem Kerzenhalter in der Hand. Wills Herz hüpfte vor Freude, wurde dann aber wieder schwer, als er erkannte, dass es nur die Hausherrin war, die vermutlich ihre abendliche Runde drehte, um sich zu vergewissern, ob alles in Ordnung war, bevor sie zu Bett ging.

Aber was war das? Ein Mann folgte ihr! Master March, wie Will aufgrund von Ellies Beschreibung vermutete. Will wollte schon weggehen, als er etwas sah, das ihn wie angewurzelt stehen bleiben ließ: March hatte ein Kruzifix in der Hand und stellte es auf einen Tisch neben dem Fenster, dann nahm er eine kleine Flasche Wein und ein Stück Brot aus einer Ledertasche.

»Nein«, stammelte Will, »oh nein!« Mit Entsetzen beobachtete er, wie der Mann aus einem Gebetbuch vorlas und dann damit begann, Brot und Wein zu segnen. Er bereitete die Heilige Kommunion vor! Dame Holton kniete andächtig vor ihm, hörte aufmerksam zu und hob den Kopf erst, als er ihr das Brot reichte.

Nur ein Priester durfte die Kommunion verteilen!

Nur ein Katholik hielt mitten in der Nacht einen heimlichen Gottesdienst ab!

In seinem Dorf trieb sich ein Vertreter des Papstes herum – des Papstes aus Rom, der die Königin exkommuniziert und gesagt hatte, es sei die heilige Pflicht eines jeden Katholiken, sie zu töten. Will war zwar bereit, über die überholten Gepflogenheiten der Dame hinwegzusehen, solange sie nicht in Verrat abdriftete; doch einen Priester bei sich aufzunehmen war *Hoch*verrat! Es war Wills Pflicht, sie und all ihre Mitbewohner festzunehmen.

Er rannte zu Berber zurück, denn ihm war klar, dass er das nicht im Alleingang machen konnte. Gehörte auch Ellie zu diesem verräterischen Haufen? Sie hatte ungezwungen von March erzählt und seine Bildung gelobt. Wenn sie ihn verdächtigte, hätte sie ihn während des Essens sicher nicht erwähnt, oder? Nein, Will konnte sich nicht vorstellen, dass Ellie mehr über March wusste, als sie am Mittagstisch erzählt hatte. Sie war bestimmt unschuldig!

Ein düsterer Gedanke schlich sich in seinen Kopf: Er hatte sie nie nach ihrer religiösen Überzeugung gefragt, oder? Was, wenn er sich täuschte und sie ebenfalls katholisch war? Ihre Mutter war Spanierin gewesen – da wäre es nicht weiter verwunderlich, wenn Ellie in diesem Glauben erzogen worden war.

Will brauchte eine kurze Denkpause. Er legte den Kopf an die Schulter seines Pferdes und wusste nicht, was er tun sollte. Ellie hatte offen davon gesprochen, dass dieser March hier wohnte, rief er sich in Erinnerung; sie hatte nie Interesse an religiösen Fragen gezeigt; er wusste mit Sicherheit, dass sie die Dorfkirche besuchte und dass der Vikar sie schätzte. Nein, er hatte sich nicht in ihr geirrt. Dass sie im Haus einer Katholikin lebte, machte sie selbst noch lange nicht zu einer.

Und ihr Vater? Ihn musste man natürlich befragen, doch seine Interessen galten ganz ohne Zweifel der Naturwissenschaft, nicht der Theologie. Will dachte nicht, dass er mit dieser Sache etwas zu tun hatte.

Doch das änderte nichts an der schrecklichen Tatsache, dass er eine der ältesten, meistgeachteten Personen im Dorf unter Arrest stellen musste. Gott helfe der Dame, falls sie einen Priester, der ein Obdach suchte, nicht nur aus Weichherzigkeit bei sich aufgenommen hatte, sondern weil sie ebenfalls katholisch war! Gott helfe ihnen allen!

Bei seiner Rückkehr hatte Will nicht einmal Zeit für das übliche Geplänkel mit Diego. Er eilte umgehend ins Haus und warf wütend Reitgerte und Handschuhe auf den Tisch. Burghley hatte ihn gebeten, Berkshire ›sauber‹ zu halten, und er hatte es ihm feierlich versprochen; wenn er nun Nachsicht übte, nur weil er Dame Holton von Kinderbeinen an kannte, wurde er selbst zu einem Verräter. Aber er brauchte Hilfe. Eine Festnahme konnte er nicht allein durchführen. Er brauchte James.

Immer zwei Stufen auf einmal nehmend, rannte er nun die Treppe hinauf und klopfte an die Tür seines Bruders, der inzwischen hoffentlich von seinem Ausritt zurück war.

»Ich kann nur hoffen, dass du einen guten Grund hast«, knurrte James von innen. »Ich bin schon im Bett.«

Will trat ein und machte die Tür hinter sich zu. »Und ob ich einen guten Grund habe – beziehungsweise einen sehr schlechten.« James lag in seinem Nachthemd da, die Hände über der Brust gefaltet, und sah für Wills Geschmack viel zu entspannt aus. »Jamie, wir haben ein großes Problem.«

James rollte sich auf die Seite und stützte den Kopf auf die Hand. »Was ist? Hat dir Lady Jane einen Korb gegeben?«

»Nein!« Will machte eine wegwerfende Handbewegung. »Warum denkst du eigentlich an nichts anderes mehr?«

»Weil sie unsere einzige Hoffnung ist?«, entgegnete James geduldig. »Aber red schon, Will, spuck's aus! Sonst platzt du noch!«

»Ich war vor etwa einer Stunde bei Dame Holtons Haus …«

James seufzte. »Will, du kannst Lady Ellie nicht nachstellen –«

Will hob abwehrend eine Hand, um ihm das Wort abzuschneiden. »Es geht nicht um sie! Ich habe gesehen, wie Dame Holton von einem Priester die Kommunion empfangen hat – diesem Mann, von dem Ellie erzählt hat. Die Dame beherbergt einen katholischen Pfaffen!«

Jamie warf seine Decken zurück, stellte die Füße auf den Boden und strich sich mit allen zehn Fingern die Haare zurück. »Bist du dir sicher?«

Will lachte bitter. »Ich habe mit eigenen Augen gesehen, wie er ihr das Brot auf die Zunge gelegt hat. Welchen Beweis willst du noch?«

James dachte – genau wie Will – gleich an die möglichen Folgen. »Die Huttons?«

»Unschuldig, soweit ich weiß.«

James nickte. »Da sind wir schon mal froh. Also, wie wollen wir den Mann festnehmen, und was machen wir anschließend mit ihm?«

»Ich fürchte, wir müssen auch die Dame festnehmen.«

James verzog das Gesicht. Dieser Gedanke behagte ihm genauso wenig wie Will. »Und dann?«

»Es ist unsere Pflicht, herauszufinden, ob es eine Sache ist, die weite Kreise zieht, oder ob es sich nur um einen einzelnen Priester handelt, der jenen, die dem alten Glauben treu blieben, die Kommunion gibt. Ich hoffe, wir haben die Antworten, bevor Cecil und Walsingham eintreffen.«

»Wann soll das sein?«

»Morgen Abend.«

James schlüpfte in seine Kleidung. »Also schlagen wir heute Nacht noch zu?«

»Ja, das halte ich für das Beste. Wir bringen sie im Dower House unter und befragen sie gleich morgen früh.«

»Wir brauchen noch mehr Männer.«

»Gut, ich wecke Sir Henry. Und du holst Turville.«

Will fand Henry mit einer der Mägde im Bett. Sie zog sich die Decke über den Kopf, sodass er sie nicht erkannte und nur hoffen konnte, dass sie nicht zu *seinem* Haushalt gehörte.

»Bedauere, dass ich stören muss«, sagte er, doch sein Anliegen war zu dringlich, als dass Zeit für Verlegenheit gewesen wäre. »Aber Ihr müsst mitkommen!«

»Ihr klingt sehr grimmig, Dorset. Was ist passiert?« Henry schlüpfte in seine Beinkleider und zog sich ein Hemd über den Kopf.

»Ich erkläre es Euch unterwegs.«

Da Henry niemanden aus dem Dorf kannte, war er über die Neuigkeit nur amüsiert.

»Ihr habt einen Papisten auf frischer Tat ertappt, Dorset? Ausgezeichnet.« Er ließ sein Pferd schneller traben. »Wie gehen wir vor? Treten wir die Tür ein und nehmen alle Bewohner des Hauses fest?«

»Ich würde sagen, wir probieren es zuerst mit Anklopfen«, sagte Will nüchtern. »James und Turville postieren sich hinter dem Haus, falls jemand zu fliehen versucht. Uns interessieren nur die Dame und der Priester. Die Huttons wohnen nämlich auch dort.«

»Die hübsche Eleanor hat Umgang mit Katholiken?« Henry lachte. »Die Lady hat ein echtes Talent, sich in die Nesseln zu setzen!«

»Das ist nicht zum Lachen. Und außerdem glaube ich nicht, dass sie etwas davon weiß«, sagte Will.

Ellie hatte schon immer einen eher leichten Schlaf gehabt, und deshalb war sie die Erste, die das resolute Klopfen mitten in der Nacht hörte. Es bedeutete nur selten etwas Gutes – weitaus häufiger waren Krankheit oder ein Unfall der Grund. Sie tastete im Dunkeln nach ihrem Umhang, schlang ihn sich um die Schultern und tapste dann ins Treppenhaus. Aus dem Schlafzimmer der Hausherrin drang lautes Schnarchen – die alte Dame schlief offenbar tief und fest.

Erneut ein energisches Klopfen. Barfuß huschte Ellie die Treppe hinunter, bevor das ganze Haus aufwachte.

»Wer da?«

»Ellie? Ich bin's, Will. Macht auf!«

»Will?« Ellie mühte sich mit den Riegeln ab. »Was ist passiert? Ist etwas mit Eurer Mutter?«

»Nein, nichts dergleichen.« Er klang dringlich, fast verärgert.

Ellie brauchte beide Hände, um den großen Schlüssel im Schloss zu drehen. Dann endlich konnte sie die Tür öffnen und trat gleich wieder einen Schritt zurück. Sie blinzelte in das Licht der Laterne in Wills Hand. Zu ihrer Überraschung war er nicht allein. Sir Henry Perceval stand neben ihm.

»Oh, ähm, Mylord … was führt Euch her?«, fragte sie und bereute, dass sie ihn eben formlos ›Will‹ genannt hatte.

»Tretet zur Seite, Ellie. Geht in den Salon und bleibt dort.« Will stürmte ins Haus.

»Was? Warum?« Ellie rührte sich nicht von der Stelle und versperrte ihm den Weg ins Obergeschoss. »Geht es um meinen Vater? Ihr werdet ihm doch nichts tun, oder?«

»Nein, es geht nicht um Euch oder Euren Vater. Es geht um die Hausherrin und ihren Hausgast.«

»Was, zu dieser nächtlichen Stunde?« Ellies Stimme klang schriller als beabsichtigt.

»Ellie, mit wem redest du da?« Ihr Vater tauchte oben am Treppengeländer auf.

»Sir Arthur, geht bitte in Euer Zimmer zurück. Es betrifft Euch nicht.« Will schob sich an Ellie vorbei zur Treppe. Sir Henry tat noch mehr: Er packte Ellie mit beiden Armen, hob sie hoch und trug sie in den Salon. Dort ließ er sie wieder herunter und tätschelte ihr den Kopf – wie einem Hündchen, das einen Trick vorgeführt hatte. Ellie dachte aber nicht daran, brav dort zu bleiben; sie rannte hinter ihm her zurück in die Eingangshalle. Oben hämmerte Will gerade an die Schlafzimmertür der Hausherrin.

»Mistress Holton, Mistress Holton!«

Die Tür flog auf, und Schritte über Ellies Kopf ließen die Dielenbretter knarren. Sie konnte hören, was gesprochen wurde.

»Mistress, ich bin wegen Eures Hausgastes hier. Wir glauben, dass Ihr einen katholischen Priester beherbergt.«

Einen Priester? Ellie schloss die Augen und sank an die Wand. Natürlich! Sie hatte es nicht sehen wollen, doch nun fiel es ihr wie Schuppen von den Augen. Hatte *sie* Master March etwa verraten, als sie beim Essen von ihm erzählt hatte? War das alles *ihre* Schuld?

»Mylord, w-was soll das?« Die Stimme der Hausherrin zitterte. Sie tat so entrüstet, um ihre Angst zu verbergen.

»Bitte zieht Euch an! Ich muss Euch und Master March zwecks einer Befragung mitnehmen.«

»Aber wir haben doch gar nichts getan!«

»Wenn das stimmt, dann habt Ihr auch nichts zu befürchten. Ich warte vor der Tür, bis Ihr Euch angekleidet habt.«

Sir Henry tauchte oben an der Treppe auf und zog March mit

sich. Er hatte dem Mann nicht mal erlaubt, sich anzukleiden, sodass der arme Gelehrte nun schlotternd in seinem Nachthemd dastand. Ellie drückte sich wortlos an den beiden vorbei und ging in Marchs Zimmer. Das Bettzeug lag auf dem Boden, der Tisch war umgeworfen worden, die kleine Vase mit Frühlingsblumen war zerbrochen, und das Wasser sickerte durch die Holzdielen. Ellie schnappte sich Marchs Hose, Umhang und Hut und rannte damit die Treppe hinunter.

»Eure Sachen, Sir«, sagte sie keuchend, ohne auf Henrys amüsierten Blick zu achten.

»Danke, mein liebes Kind«, antwortete March würdevoll. »Mach dir keine Sorgen. All das wird sich beim ersten Licht des Morgens aufklären.«

Ellie versuchte zu lächeln, hatte aber ein schrecklich schlechtes Gewissen. »Der Earl ist ein rechtschaffener Mann; er wird Euch anhören.« Das hoffte sie zumindest. Sie hatte ihn noch nie zu seinen religiösen Ansichten befragt; wenn sie ähnlich starr waren wie seine Vorurteile Alchimisten gegenüber, dann saß March in der Tinte. Aber andererseits hatte Will seine früheren Drohungen gegen ihren Vater und sie auch nie wahr gemacht, oder?

»Besser er als Walsingham«, warf Henry ein, klopfte March auf die Schulter und schob ihn dann resolut zur Haustür. Der arme Mann musste auf einem Bein hüpfen, da er gerade in seine Beinkleider schlüpfte. »Ihr habt wirklich Glück, Priester, dass morgen Abend der königliche Staatssekretär anreist. Ich hatte mich schon gefragt, warum er sich ausgerechnet in diese Gegend verirrt – vielleicht, weil sich hier etwas zusammenbraut, von dem wir wissen sollten? Also, ich an Eurer Stelle würde Dorset alles erzählen, was Ihr wisst, und zwar schnellstens. Er wird vermutlich weitaus gnädiger sein.« Mit einem kurzen Pfiff gab er den Männern vor der Tür zu verstehen, dass alles in Ordnung war. »Noch eins, March: Walsingham beschäftigt einen Fachmann, der sich darauf versteht, den Leuten die Wahrheit zu entlocken. Wenn ich mir Euren Buckel anschaue, würde ich sagen, dass Ihr schon einmal Bekanntschaft mit der Streckbank gemacht habt. Haltet Euch das vor Augen!«

March versuchte, gerader zu stehen, doch sein Körper verriet ihn, denn seine Hände zitterten. »Ich habe nichts Falsches getan«, behauptete er erneut.

Ellie griff nach seinem Umhang, der auf den Boden gefallen war, und knöpfte ihn im Nacken für ihn zu. Sie spürte ihn zittern, was vermutlich nicht nur an der Kälte lag.

Der Earl tauchte oben an der Treppe auf, gefolgt von der Hausherrin. Sie stützte sich auf den Arm von Sir Arthur, der ihr auch die Treppe hinunterhalf.

»Wie konnte es so weit kommen?«, klagte die alte Dame. »Da holt man ehrbare Bürger mitten in der Nacht aus dem Bett und verhaftet sie!«

»Ich weiß, Madam, es ist wirklich höchst empörend«, hörte Ellie ihren Vater sagen. »Aber es kann nicht lange dauern, bis die Sache aufgeklärt ist. Dann kommt Ihr wieder frei, und auf Eurem Namen liegt kein Schatten mehr. Katholische Umtriebe? So ein Unfug! Jeder sieht, dass Ihr eine rechtschaffene Frau seid, die unserer Königin treu ergeben ist. Macht das auch dem Earl klar, dann ist alles wieder gut.«

Ellie war leider nicht davon überzeugt, dass ihr Vater recht hatte. Es war unbestreitbar, dass die Dame die geltenden Gesetze missachtete, indem sie nicht zur Messe ging. Und March war höchstwahrscheinlich tatsächlich ein katholischer Priester, genau wie

Will behauptet hatte. Ob das wirklich streng verboten war, wusste Ellie nicht mit Gewissheit – galt es wirklich als Verbrechen, wenn jemand von Rom zum Priester geweiht war?

»Mylord, was geschieht mit ihnen?«, wandte sie sich leise an Will, während Henry March auf ein eigens mitgebrachtes Pferd half und dann seine Hände vor dem Körper zusammenband.

Will zog Ellie in den Salon, nahm ihre Hand und drückte sie entschuldigend. »Ich weiß nicht. Ich sah mit eigenen Augen, dass March ein Priester ist. Darüber kann ich nicht hinwegsehen.«

»Falls es stimmt, muss er dann sterben?«

Will rieb sich das Gesicht, und seine hängenden Schultern verrieten seine Erschöpfung. »Kommt darauf an. Ich kann jedenfalls nicht zulassen, dass er in meiner Grafschaft predigt und die Menschen aufhetzt.«

»Das tat er doch gar nicht, oder?« Ellie ärgerte sich, dass ihre Stimme so kindlich-piepsig klang.

»Deshalb muss ich ihn ja befragen.« Will nahm ihr Gesicht zwischen seine Hände und küsste sie auf die Nasenspitze. »Tut mir leid, Ellie.«

»Und die Dame?«

»Ich hoffe, man kann ihr nur vorwerfen, dass sie so stur an den alten Riten festhält. Wenn sie unserer reformierten Kirche beitritt und Besserung gelobt, gibt es Hoffnung für sie.«

»Besserung geloben? Dame Holton?«, sagte Ellie ungläubig.

»Um dem Gefängnis oder noch Schlimmerem zu entkommen – wer weiß, wozu sie dann bereit ist?«

Ellie war weniger hoffnungsvoll; die alte Dame würde stur bleiben, das war ihre Natur, wie die Jahresringe im Stamm einer Eiche in ihr gewachsen. »Bitte, Will, sie ist meine Freundin. Sie ist ein lieber Mensch. Was immer sie getan hat, sie wird es aus einem guten Grund getan haben.«

»Ach, Ellie, wisst Ihr noch nicht, dass Menschen auch schreckliche Dinge tun, weil sie glauben, sie hätten einen vernünftigen Grund dafür?«

»Wie zum Beispiel mitten in der Nacht alte Damen verhaften?« Trotzig verschränkte sie die Arme.

Gekränkt wich er einen Schritt zurück und war wieder ganz der Earl. »Ja, das auch. Ich hatte auf Euer Verständnis gehofft.«

Sie war ungerecht: Im Gegensatz zu Will hatte sie keine Entscheidung treffen müssen. Sie hatte sich den Luxus erlaubt, die Augen zu verschließen vor dem, was unter dem Dach geschah, unter dem sie lebte.

»Verzeiht mir, Will. Ich verstehe es ja. Bitte sorgt gut für sie. Beide sind im Herzen gute Menschen.«

Von ihrem Eingeständnis wieder milde gestimmt, gab Will ihr einen raschen Kuss und rieb seine Nase an ihrer. »Ich werde mich gut um sie kümmern, keine Sorge.«

Ellie schaute der kleinlauten Dame und dem stoischen March lange nach, als sie auf Pferden davongeführt wurden. Natürlich machte sie sich Sorgen. An der Glut des abgedeckten Feuers zündete sie eine Kerze an und wartete, bis ihr Vater von draußen hereinkam.

»Was für eine Katastrophe!«, erklärte Sir Arthur und ließ sich auf den Stuhl am Feuer sinken. Die Kerze flackerte zwischen ihnen auf dem Kaminsims. »Das hätte ich vom Earl nicht erwartet!«

Ellie verspürte den Drang, Will zu verteidigen. »Ein Earl hat Verpflichtungen, Vater. Er konnte bei Master Marchs Treiben nicht tatenlos zusehen, nachdem er von dessen Beruf erfahren hatte.«

»March ist ein anständiger und kluger Mensch. Hat er etwas Böses getan, während er unter diesem Dach weilte?«

»Nein, Vater.«

»Also nimm den Earl mir gegenüber nicht in Schutz, Ellie. Die arme Dame Holton – verhaftet, weil sie so nett war, auch diesen Reisenden bei sich aufzunehmen!«

»Seine Lordschaft sagte, ihr würde nichts geschehen, wenn sie Vernunft annimmt und verspricht, sich in Zukunft zu benehmen.«

»Sich benehmen? Sie ist eine erwachsene Frau – kein Kind oder Hund, den man dressieren kann!«

Ellie war ganz ähnlicher Meinung wie ihr Vater, sodass sie ihm nicht mehr widersprach. »Was können wir tun, um ihnen zu helfen?«

Sir Arthur runzelte die Stirn und legte nachdenklich die Daumen und Zeigefinger zu einem Dreieck zusammen. »Ich weiß nicht. Ich habe längst keinen Einfluss mehr auf Männer mit Macht. Ich bin nichts im Vergleich zu einem Earl. Aber ich werde sehen, ob ich mit einem schriftlichen Gesuch – einer Bekundung ihrer guter Führung – etwas erreichen kann.«

»Ich werde ihnen genügend frische Kleidung und andere Dinge bringen, die sie sicher benötigen«, sagte Ellie. »Und ich werde die Hühner füttern.«

»Gut so. Mistress Holton war uns eine Freundin, als wir eine brauchten; deshalb ist es nur recht und billig, dass wir uns nun bei ihr revanchieren.«

16. Kapitel

Am darauffolgenden Tag, als der Abend nahte und die über den Weg fallenden Schatten länger wurden, ritt Will die kurze Strecke vom Dower House zurück, wo er die beiden Gefangenen separat und gut bewacht untergebracht hatte. Seine Stimmung wurde zunehmend schlechter, wie eine wacklige Brücke, die gerade der Gewalt der Fluten erlag. Er hasste, was er zu tun hatte, doch die Beweislast war erdrückend. Nach einer ersten Befragung war er davon überzeugt, dass John March ein katholischer Missionar war, der seit längerer Zeit durch das Königreich reiste, um heimlich die Botschaft Roms zu verbreiten. Doch er war auch ein gebildeter und liebenswürdiger Mann; unter anderen Umständen hätte er sich zweifellos gut mit ihm verstanden. Allerdings durfte sich Will nicht von persönlichen Gefühlen leiten lassen. March hatte sich schuldig gemacht, weil er seinen Beruf verheimlicht und für Katholiken die Messe gelesen hatte; ob er auch ein Komplott gegen die Königin plante – nun, das war schwer zu sagen. Eines aber stand fest: Dame Holton wusste von nichts; Will war davon überzeugt, dass sie es hinaustrompetet hätte, wenn sie es für gerechtfertigt hielt, denn sie sagte immer geradeheraus, was sie dachte, ohne Rücksicht auf ihre eigene Sicherheit oder die ihrer Mitmenschen. Vielleicht konnte sie sich einfach nicht vorstellen, dass sie für etwas bestraft werden könnte, was früher, als sie ein Kind gewesen war, als richtig gegolten hatte. Doch wie auch immer: Ihre Unschuldsbeteuerungen und ihre Entrüstung hallten Will noch immer in den Ohren.

Unwillig schlug er eine Nessel weg, die auf den Weg ragte. Der unerschütterliche Glaube der beiden Gefangenen ließ Will über seine eigene Haltung gegenüber den großen Mysterien des Lebens nachdenken. Er persönlich neigte nicht zu Fanatismus und konnte tolerieren, dass es auch andere Standpunkte, andere Möglichkeiten gab. Will sah sich als überzeugtes Mitglied der Kirche von England, hauptsächlich, weil sie – wie er sich eingestand – am ehesten Frieden im Land versprach, einen Frieden, der es den Menschen erlaubte, sich in einer unverwechselbaren Nische ihres Glaubens einzurichten. Für Extremisten beider Richtungen hatte er nicht viel übrig.

Lacey Hall kam in Sicht, und die untergehende, sich in den Fensterscheiben spiegelnde Sonne vermittelte den Eindruck, als stünde das Haus in Flammen. Will murmelte ein kurzes Gebet und bat darum, in dieser heiklen Situation klug zu handeln. Er befürchtete, ihr aus eigenen Stücken nicht gewachsen zu sein.

Mit erschreckender Pünktlichkeit traf die zweite kleine Gruppe von Gästen ein, gerade als die Dämmerung über Stoke-by-Lacey hereinfiel: Francis Walsingham und Robert Cecil. Selbst wenn Will die Festnahme eines katholischen Priesters hätte geheim halten wollen, wäre es ihm wegen Sir Henry nicht möglich gewesen. Gleich im allgemeinen Tumult ihrer Ankunft drängte sich Henry Perceval noch vor Will an den Pferden vorbei zu Walsingham.

»Sir Francis! Hattet Ihr eine gute Reise?«, erkundigte er sich und winkte einen Stallburschen herbei, um das Pferd festzuhalten.

»Perceval, richtig? Ja, ja, wir haben sie überlebt.« Walsinghams

Mund zog sich zu einem missbilligenden Strich zusammen. Er war ein dunkelhaariger Mann mit einem hageren Gesicht. Seine lange Nase hatte einen Knubbel auf halber Höhe, was darauf schließen ließ, dass er sie irgendwann gebrochen hatte. Seine streng protestantische Haltung missbilligte den ausschweifenden Lebensstil Percevals und anderer junger Männer bei Hof. Er wuchtete sich aus dem Sattel und rieb sich dann ächzend das Kreuz.

Perceval ließ sich von Walsinghams abweisender Art nicht entmutigen, da er eine Gelegenheit sah, diesen wichtigen Mann am Hof zu beeindrucken. »Ihr kommt gerade zur rechten Zeit, Sir. Der Earl hat einen katholischen Priester ausgeräuchert, direkt hier im Dorf. Er sitzt bereits hinter Schloss und Riegel.«

»Ein Katholik, sagt Ihr?« Walsingham war plötzlich ganz Ohr, und die Zipperlein von der Reise waren vergessen. »Wie lautet sein Name?«

Will trat zu ihnen, doch es war schon zu spät, um das Feuer noch zu ersticken. »Sir Francis, bitte tretet doch ein, und ruht Euch in meinem Haus aus.«

Walsingham verbeugte sich. »Danke, Mylord. Doch ich höre gerade von Perceval, dass Ihr einen katholischen Priester in Gewahrsam genommen habt.«

Will verfluchte Henry innerlich. »In der Tat, dem ist so. Doch das eilt nicht. Der Kerl sitzt bereits hinter Schloss und Riegel. Die Ladys erwarten Euch im Haus, um Euch zu begrüßen.«

Walsingham nickte und folgte Will ins Innere des Hauses. Cecil und Perceval schlossen sich ihnen an, mit einem deutlichen Abstand voneinander wie zwei argwöhnische Hunde. Will stöhnte innerlich: Diese sonderbare Zusammensetzung der Gäste versprach, ein Desaster zu werden.

Dem Himmel sei Dank für seine Mutter! Sie eilte auf Cecil zu und gab ihm einen mütterlichen Kuss. »Robert! Wir haben uns seit Jahren nicht mehr gesehen. Wahrscheinlich erinnert Ihr Euch gar nicht mehr an mich, doch ich war früher eng mit Eurer Mutter, Lady Burghley, befreundet!«

Cecils blasses Gesicht verzog sich zu einem Lächeln. »Gräfin, natürlich erinnere ich mich! Meine Mutter spricht oft von Euch!«

Die Gräfin lachte und beugte sich zu ihm, um ihm vertraulich zuzuflüstern: »Wir waren richtig wilde Gänse in unserer Jugend, Robert. Die Männer am Hof waren in Scharen hinter uns her, sechs oder sieben an der Zahl, und taten alles, uns zu beeindrucken.«

»Das kann ich mir vorstellen.«

Die Gräfin wandte sich dann an Walsingham. »Mein lieber Sir Francis, auch wir haben uns schon so lange nicht mehr gesehen.«

Das Lächeln des königlichen Staatssekretärs kam von Herzen, wirkte aber ähnlich unpassend auf seinem Gesicht, wie eine Haarschleife bei einem Jungen. »Lady Dorset.« Er küsste ihre Hand. »Wie ich sehe, habt Ihr in der Zwischenzeit ein paar prächtige Kinder großgezogen.«

Auf dieses Stichwort hin stellte die Gräfin ihm James und Sarah vor. »Meine Älteste ist bereits verheiratet, und mein Jüngster geht auswärts zur Schule«, erklärte sie.

»Fünf gesunde Kinder!«, staunte Sir Francis. »Gott hat dieses Haus gesegnet.« Er griff nach dem Glas Wein, das ein Diener ihm anbot, und trank zuerst aufs Wohl der Gräfin, dann auf das des Earls. »Verzeiht meinen Eifer, Madam, aber ich muss unbedingt mehr über diesen abtrünnigen Priester erfahren, den Euer Sohn aufgestöbert hat. Ich bin nicht auf Vergnügungsreise, leider; die Sicherheit Englands geht zu jeder Zeit vor.«

»Gut so, Sir. Dann werden Lady Jane, Lady Sarah und ich die Herren jetzt allein lassen.« Die Gräfin warf Will einen warnenden Blick zu, um ihn daran zu erinnern, dass sie die Festnahme der Dame Holton nicht guthieß.

»Ich bin Euch sehr verbunden, Madam«, erwiderte Walsingham.

Die Damen verließen den Raum, und Sarah zog die Tür hinter sich zu. Will hätte gewettet, dass sie am Schlüsselloch lauschen würde, wenn ihre Mutter sie nicht mit Gewalt von dort wegzog.

Walsingham ließ seine Fingerknöchel knacken und rieb sich dann die Hände. »Nun, Dorset?«

Will deutete auf die Stühle, und sie setzten sich. Cecil wirkte zwar ganz interessiert, doch ihm fehlte definitiv der Feuereifer, der in Walsingshams Gesicht zu lesen war.

»Ich sah den Mann – ein gewisser John March –, wie er seiner Hausherrin, einer älteren Frau aus meinem Dorf, die Kommunion erteilte. Natürlich habe ich die beiden umgehend festgenommen und eingesperrt.« Will sprang auf und schritt im Raum auf und ab, und der Gedanke, dass er einem hohen Staatsbeamten Bericht erstattete, machte ihn befangen. Doch dann rief er sich in Erinnerung, dass Walsingham ihm nur alters- und erfahrungsmäßig überlegen war, nicht aber, was den Adelsgrad betraf. Er musste sein Tun nicht vor ihm rechtfertigen. »Ich habe heute schon beide befragt. Und ich kam zu dem Schluss, dass die Dame nur insofern schuldig ist, als dass sie dem Glauben ihrer Jugend treu geblieben ist.«

»*Nur?*«, wiederholte Walsingham spöttisch, und seine Augenbrauen schossen nach oben. »Sie hat einen Katholiken bei sich aufgenommen!«

»Um die Sakramente und geistlichen Beistand zu erhalten. Können wir jeden in diesem Land wegen seines Glaubens einsperren?«

Walsingham musterte den jungen Earl missbilligend. »Es geht nicht nur um das halsstarrige Festhalten am alten Glauben; weitaus schlimmer ist, dass der Papst seinen Anhängern befohlen hat, die Königin zu ermorden und somit die politische Stabilität unseres Landes ins Wanken zu bringen.«

Will nickte nervös. Natürlich war ihm das bekannt – nur deshalb hatte er die beiden überhaupt festgenommen.

»Ihr mögt ihren Glauben zwar tolerieren, doch falls es ihnen gelingt, die Ordnung umzustürzen, werden Ihr und ich als Erste auf den Scheiterhaufen stehen, die sie anzünden, um das Land von all jenen zu befreien, die sich nicht zu ihrem teuflischen Glauben bekennen. Sie machen aus ihrer Absicht keinen Hehl.«

Cecil hüstelte diskret. »Aber Sir, Ihr müsst zugeben, dass das nur die größten Fanatiker unter den Anhängern Roms beabsichtigen.«

»Muss ich das?«, fragte Walsingham. »Die Königin der Schotten sitzt in unserem Kerker, und allein schon ihre Existenz führt zu Verschwörungen, an denen sie vermutlich auch aktiv beteiligt ist. Die Sicherheit unseres Landes ruht auf schwachen Füßen, und schon die Tat eines Einzelnen kann das Königreich ins Wanken bringen. Die Sicherheit von Königin Elisabeth hat höchste Priorität, und deshalb dürfen wir nicht das kleinste Risiko eingehen.«

»Das versteht sich von selbst«, räumte Will ein. »Doch Dame Holton plant gewiss keinen Angriff auf die Königin. Ihre Interessen sind allein lokaler Art. Ihr sind klerikale Ziergegenstände wichtiger als Staatsangelegenheiten.«

»Hmmm«, brummte Walsingham, der zwar nicht zustimmte, sich aber mehr für den größeren Fisch interessierte, der an der Angel zappelte. »Ich würde diesen March gern selbst vernehmen. Überlasst ihn mir, ich werde mich um alles Weitere kümmern.«

Das würde für March einen langen Aufenthalt im Tower und die Bekanntschaft mit der Folterbank bedeuten. Will erinnerte sich an das Versprechen, das er Ellie gegeben hatte. »Ich würde mich freuen, wenn Ihr mich bei meinen Ermittlungen unterstützt, aber ich hatte noch nicht die Zeit, herauszufinden, welche Kreise diese Angelegenheit bislang in meiner Grafschaft gezogen hat. Deshalb würde ich den Mann nur ungern aus den Händen geben; wer weiß, ob er nicht nützlich ist, um weitere Gefahren für unseren Frieden und unsere Sicherheit aufzudecken.«

Will hatte offenbar so geschickt argumentiert, dass der Staatssekretär nicht abgeneigt war. »Ihr denkt, Ihr könnt ihn überreden, die Namen weiterer Abtrünniger preiszugeben?«

Das dachte Will ehrlich gesagt nicht, hätte es aber niemals zugegeben. »Der Gefangene steht erst seit gestern unter Arrest; vieles ist möglich.«

Walsingham strich über seinen Spitzbart. »Stimmt. Ich habe großes Interesse an Informanten und Doppelagenten. Es zahlt sich oft aus, solche Leute laufen zu lassen, um dadurch einen sehr viel größeren Fang zu machen.«

Will hätte nicht im Traum daran gedacht, March wieder laufen zu lassen, doch er war dankbar für dieses Hintertürchen, das sich da aufgetan hatte. »Ich vertraue in diesem Punkt auf Euch. Ich habe noch keinerlei Erfahrung darin, Informanten entsprechend umzupolen.«

»Das werdet Ihr lernen müssen, Dorset. Burghley sagt, Ihr seid sein Mann in Berkshire, und folglich müsst Ihr Euer eigenes Netzwerk aufbauen. Es ist ein kostspieliges Geschäft, für das Ihr nicht viel aus dem Staatssäckel der Königin erwarten könnt.« Seine Miene wurde verdrießlich. »Sie liebt die Früchte der Geheimdienstaktivitäten, ist aber nicht geneigt, sich das Anpflanzen etwas kosten zu lassen.«

Will erschrak, versuchte aber, sich nichts anmerken zu lassen. Das Letzte, was er brauchte, waren weitere Ausgaben. Burghleys Geldgeschenk war offenbar doch nicht so großzügig bemessen, wie er anfangs gedacht hatte.

»Gab es im Haus weitere Verdächtige – Bedienstete und so weiter? Sie wissen oft mehr, als ihre Herrschaft ahnt.«

Will wollte gerade sagen, dass es keine Dienstboten gab, doch Henry kam ihm zuvor. »In dem Haus wohnt auch ein alter Alchimist – der nämliche, der neulich bei Hof Lord Mountjoys Latrinenstuhl in die Luft jagte, Mylord.«

»Ach, der? Hierher hat er sich also geflüchtet! Ein gefährlicher Bursche, wie ich Eurem Vater schon sagte, Cecil.«

»Er hat übrigens eine Tochter, die freimütig gestand, March ganz gut zu kennen.« Henry grinste Will an. Cecil drückte die Schultern zurück, weil er spürte, dass es für Ellie gefährlich wurde.

Will fragte sich, was Perceval damit bezweckte. Wollte er Ellie mit Gewalt in die Sache hineinziehen?

»Das Mädchen ist absolut unschuldig und hat nichts damit zu tun. Davon bin ich felsenfest überzeugt«, beeilte sich Will zu sagen.

»Ihr habt Vater und Tochter doch sicher ebenfalls verhaftet, nicht wahr? Wurden sie bereits befragt? Ist das Haus durchsucht worden?«, wollte Walsingham wissen.

Will blieb am Fenster stehen und sah Walsingham darin gespiegelt. Das hinter ihm flackernde Feuer ließ Will an den Scheiterhaufen denken, den er so fürchtete. »Nein, Sir.«

Walsingham erhob sich und machte einen Schritt zur Tür. »Das war wirklich nachlässig von Euch. Wir müssen sie sofort verhaften.

Wer weiß, welche Beweise sie inzwischen schon vernichten konnten!«

»Aber, Sir …?«

»Ich kann es nur Eurer Unerfahrenheit zuschreiben, Dorset. Katholiken fängt man nur, wenn man so clever und unbarmherzig ist wie sie. Sie tarnen sich nur als unschuldig und normal, um uns zu entgehen – vergesst das nie!« Er wandte sich an Perceval. »Wo ist dieses Haus?«

Henry sprang auf. »Ich zeige es Euch.«

Will merkte, dass ihm die Kontrolle entglitt. Dass Walsingham in Ellies Haus marschierte und dort alles auf den Kopf stellte, wollte Will um jeden Preis verhindern. Er hatte ihr versprochen, dass ihr keine Gefahr drohte!

»Sir, wir sind immer noch auf *meinem* Land. Ich werde Euch das Haus zeigen, wenn Ihr darauf besteht, bin aber davon überzeugt, dass Ihr Euch täuscht. Sir Henry und auch Master Cecil können sich dafür verbürgen, dass die Huttons unschuldig sind, ganz besonders die Tochter.«

Walsingham klatschte seine Reithandschuhe an die Handfläche. »Ich spüre, dass es Euch an Unvoreingenommenheit mangelt, Mylord, was Euer Urteilsvermögen zu trüben scheint.«

»Aber nein, Sir.«

Walsingham lächelte spöttisch. »Wie alt seid Ihr? Achtzehn? Euer Wissen über die Welt ist zwangsläufig noch beschränkt. Lasst Euch in diesem Fall von mir führen.«

»Ich zeige Euch das Haus. Ihr könnt es meinetwegen durchsuchen, aber damit lasst es gut sein. Der Priester ist für uns von Interesse, nicht die unbeteiligten Zuschauer.«

»Wir werden sehen.«

Ellie kam es wie eine Wiederholung des Vorabends vor, obwohl sie diesmal noch wach war und friedlich lesend am Kamin saß, während ihr Vater an seinem Manuskript schrieb. Zuerst hörte sie Hufschläge, die sich dem Haus näherten, dann ein lautes Klopfen an der Tür.

»Ich gehe«, sagte ihr Vater und erhob sich.

Sie nickte wortlos, legte ihren Finger aber an die Stelle, an der sie gerade war, und spitzte die Ohren, um zu hören, was an der Haustür gesprochen wurde. Ein blutroter Faden hing vom Buchrücken bis auf ihren Schoß.

Als ihr Vater zurückkam, waren Will und ein Fremder bei ihm. Hinter ihnen im Korridor standen weitere Männer. Ellie erhob sich und machte einen Knicks, während sie Will einen ratlosen Blick zuwarf.

»Verzeiht, dass wir Eure Abendruhe stören, Mylady«, sagte Will förmlich. »Das ist Sir Francis Walsingham – Ihr habt gewiss schon von ihm gehört.«

»In der Tat.« Ellie legte ihr Buch weg. Der Staatssekretär der Königin – wahrlich kein gern gesehener Gast in einem Haus, das unter Verdacht stand.

»Wie kann ich Euch helfen?«, fragte ihr Vater.

»Lady Eleanor, Sir Arthur.« Will verzichtete bei der Vorstellung darauf, Ellies spanische Adelstitel zu nennen.

Da drängte sich Sir Henry am Earl vorbei. »Kommt schon, Dorset, gebt der Lady, was ihr gebührt: Lady Eleanor Rodriguez, Komtess de San Jaime. Sie hat eine spanische Mutter, Walsingham, die ihr den Titel vererbt hat.«

Bei diesem offenkundigen Versuch, sie und ihren Vater in Misskredit zu bringen, begann Ellies Puls zu rasen. Was war los? Henry wollte ihr Ärger machen, doch Ellie wusste nicht, weshalb. Sie hatte nie ein Geheimnis um ihre Herkunft gemacht, aber sollte sie nun plötzlich gegen sie verwendet werden?

»Eine spanische Komtess, soso?« Der Königliche Staatssekretär wandte sich an Will: »Warum habt Ihr das nicht erwähnt? Das ändert alles!«

»Inwiefern, Sir?«, fragte Will knapp. »Die Mutter der Lady ist schon lange tot; es besteht nicht der geringste Zweifel, dass Sir Arthur und seine Tochter der Krone treu ergeben sind.«

Ellies Vater hatte endlich begriffen, was hinter diesem Wortwechsel steckte. »In der Tat, Sir. Ich versichere Euch, dass ich Ihre Majestät die Königin aufrichtig und von Herzen liebe, als Kunstmäzenin und berühmte Gelehrte sowie als weise Herrscherin.«

Walsingham rümpfte die Nase bei dieser Lobhudelei. »Schöne Worte, Sir, doch das ist noch kein Beweis. Ich achte auf die Taten eines Menschen, nicht auf seine Beteuerungen.«

Sir Arthur trat zu Ellie und schob ihre Hand unter seinen Ellbogen. »Wir werden jeder Überprüfung standhalten, Sir. Ich muss mich für nichts schämen, was ich getan habe. Ich bin ein Gelehrter, ein Alchimist, der die Geheimnisse von Gottes Universum zu entschlüsseln versucht, um auf diese Weise dem Königreich zu Ehren und Reichtümern zu verhelfen.«

Ellie spürte den Stolz, der in den Worten ihres Vaters mitschwang: Er mochte zwar verschroben und weltfremd sein, doch seine Motive waren stets nobel und rein gewesen – reiner als jedes Gold, das er mit sehr viel Glück aus seinen unedlen Ingredienzien herzustellen vermochte.

»Dann habt Ihr gewiss nichts dagegen, wenn wir Eure Schriftstücke durchsehen?«

Ellies Vater erstarrte. »Nein, Sir, ich möchte lediglich darum bitten, dass nichts zerstört wird. In der Niederschrift meiner Methoden und Verfahrensweisen steckt sehr viel Arbeit.«

Betont langsam zog Walsingham die Handschuhe aus, Finger für Finger. »Auch *ich* habe meine Methoden und Verfahrensweisen. Der Feind kann sich eines absolut harmlos aussehenden Gefäßes bedienen, um das Gift der katholischen Rebellion hineinzufüllen.« Er trat an den Schreibtisch. »Sind das alles Eure Aufzeichnungen?«

»Ja, Sir.« Sir Arthur ließ Ellies Hand los und beugte sich über Walsinghams Schulter – wie ein Vater sich fürsorglich über die Wiege seines Kinds beugen würde, wenn sich ein Wolf herumschleicht.

»Und Bücher?«

Sir Arthur deutete auf einen windschiefen Stapel. »Ein paar weitere sind noch in meiner Satteltasche.«

»Ich kann sie unmöglich alle auf die Schnelle durchsehen. Deshalb nehme ich sie mit.«

Sir Arthur ballte vor Empörung die Fäuste. »Und wie soll ich bitte schön weiterarbeiten?«

»Nehmt eine Auszeit, Sir. Ihr bekommt sie bald zurück, falls sie nichts mit unserer Angelegenheit zu tun haben.« Walsingham nahm wahllos eines der Blätter in die Hand. »Habt Ihr auch notiert, wie es zu den Explosionen in Windsor kam?«

Sir Arthur spürte, dass er sich auf gefährlichem Terrain bewegte. »Nein, Sir, ich bin noch nicht bei dem Kapitel, in dem es um die Anwendung von Phönixtränen geht.«

»Gut, ich rate Euch dringend, es niemals zu Papier zu bringen. Es wäre viel zu gefährlich, wenn es in die falschen Hände geriete, meint Ihr nicht auch?«

Sir Arthur nickte zögernd.

»Aber ich würde gern hören, wie Ihr vorgegangen seid. Es könnte ganz nützlich sein im Kampf gegen Spanien und Rom.«

»Stets zu Diensten, Sir«, sagte Sir Arthur untertänig und deutete eine Verbeugung an.

Ellie drückte sich mit dem Rücken an die Wand. Dieser Walsingham gefiel ihr nicht. Er würde ihren Vater entweder des Verrats bezichtigen oder an seine Treue zum Königreich appellieren – und in beiden Fällen würde er sein Sklave werden. Merkte ihr Vater denn nicht, in welcher Gefahr er schwebte? Er blickte so selten über den Tellerrand seiner privaten Interessen und seines Berufsstandes hinaus, dass ihm Ellies Meinung nach der politische Scharfsinn fehlte, um zu erkennen, dass Walsingham ihn nur für seine Zwecke benutzen wollte.

Henry bewegte sich unauffällig auf sie zu und stützte sich an der Wand neben ihrem Kopf ab. »Sieht aus, als liefe es nicht allzu gut für Euch, Schätzchen, nicht wahr? Braucht Ihr vielleicht einen Beschützer? Mein Angebot besteht noch«, sagte er leise.

Verzweifelt suchte Ellie Wills Blick, doch der schaute den Papierstapel durch und reichte ihn dann unter den nervösen Blicken ihres Vaters an einen Diener weiter. Walsingham inspizierte derweil die anderen Bücher im Raum – Dame Holtons spärliche Sammlung, die auf ein einziges Regalbrett passte, und die *Eklogen*, das Buch, das March Ellie ausgeliehen und in dem sie bis eben gelesen hatte.

»Von *ihm* bekommt Ihr keine Hilfe«, fuhr Henry leise fort. »Der Earl ist Burghleys Mann in dieser Grafschaft und dafür verantwortlich, dass der Frieden hier gewahrt bleibt. Folglich kann er sich nicht gegen Walsingham stellen.« Er nahm eine ihrer Locken in die Finger, zog sie glatt und ließ sie wieder zurückspringen. »Ich dagegen kann mich Eurer annehmen. Das versuche ich schon seit Wochen, leider vergeblich, und so allmählich habe ich es satt.«

Ellie versuchte, sich von ihm wegzuschieben, doch er ließ sich nicht entmutigen, so wenig wie damals in der Laube. Sie spürte die fast fiebrige Hitze seines Körpers nur wenige Zoll von dem ihren entfernt. »Stehe ich unter Anklage, Sir, sodass ich einen Verteidiger bräuchte?«

»Nun, das wisst Ihr besser als ich, Herzchen.« Er lächelte und klopfte jede Silbe mit. »Ihr lebt mit einem katholischen Priester unter einem Dach, habt einen Vater, der mit Sprengstoffen experimentiert, tragt einen spanischen Adelstitel, zu einer Zeit, da England einen unerklärten Krieg gegen Spanien führt ... Es sieht irgendwie nicht gut aus, oder?«

Walsingham blickte von den *Eklogen* auf, und sein Blick heftete sich auf Ellie. »Lady Eleanor, ist das Euer Buch?«

Henry rückte ein Stück von ihr ab und tat so, als hätte er nur eine weitere Kerze anzünden wollen.

»Ich ... ich habe darin gelesen, Sir«, gab Ellie zu. »Master March hat es mir gegeben.«

»Gegeben?«

»Ausgeliehen.«

»Stammen die Anmerkungen auf den Seiten vier, acht, zwölf, sechzehn und so weiter von Eurer Hand?«

»Anmerkungen? Nein, nein. Ich würde mir nicht anmaßen, in fremden Büchern herumzukritzeln.«

Walsingham trat zu ihr und hielt ihr das Buch unter die Nase. »Und wie habt Ihr sie gedeutet?«

Eine unheilvolle Stille trat ein, und alle Augen richteten sich auf Ellie. Ihr Magen zog sich vor Angst zusammen, als sie den Blick senkte und auf die fragliche Seite schaute. Sie hatte die schwachen Markierungen während des Lesens zwar gesehen, ihnen aber keine Beachtung geschenkt. Für sie waren es einfach nur irgendwelche Namen.

»Ehrlich gesagt, Sir, habe ich nicht darauf geachtet.«

»Findet Ihr es nicht merkwürdig, dass diese Namen nur auf manchen Seiten stehen und auf anderen nicht?«

»Jetzt, wo Ihr es erwähnt – ja, es ist merkwürdig.«

»Für mich sieht es wie eine verschlüsselte Nachricht aus. Was haben diese Namen Eurer Meinung nach zu bedeuten?«

Ellie biss sich auf die Lippen, schaute auf und hielt seinem unnachgiebigen Blick stand. »Ich … ich weiß nicht, Sir. Die Namen der bisherigen Leser vielleicht, Sir?«

Er klappte das Buch zu, so heftig und laut, dass Ellie zusammenzuckte. »Oder vielmehr eine Liste von Verrätern? Falls ja, warum sollte er Euch das Buch anvertrauen? Steht Euer Name auch darunter? Oder der Eures Vaters?«

»Warum sollten sie?« Wieder blickte sie Hilfe suchend auf Will und sah, dass er sehr viel näher gekommen war. »Mylord, was wirft man mir vor?«

Will griff nach Ellies Hand und drückte sie tröstend. »Nichts. Walsingham stellt Euch nur ein paar Fragen.«

»Ist Master March wirklich ein katholischer Priester?«

»Ich fürchte, ja.«

Walsingham steckte das Buch unter sein Wams. »Sehr fruchtbar. Eine ausgezeichnete Ausbeute. Ich bin mir sicher, Mylord, dass Ihr mir zustimmt, dass diese beiden in Gewahrsam genommen werden müssen. Die Gefahr ist zu groß, dass sie das Land verlassen, bevor ich die Gelegenheit hatte, sie gründlich zu befragen.«

Mit angespanntem Oberkörper stand Will zwischen Ellie und Walsingham. »Was wollt Ihr damit genau sagen?«

»Hier liegt genügend vor, um ein weiteres gründliches Verhör zu rechtfertigen, Mylord. Sobald ich hörte, dass es um einen Priester geht, habe ich nach Thomas Norton geschickt.«

»Dem Foltermeister? Ich werde es nicht zulassen, dass Unschuldige gefoltert werden, Sir – nicht in meiner Grafschaft!«

»Ah, aber sie sind nicht unschuldig, oder?« Walsingham nahm einen Stapel von Sir Arthurs Briefen in die Hand und ließ sie dann wie Blätter im Herbst auf den Schreibtisch zurückfallen. »Ein Blick hat mir genügt, um festzustellen, dass er in fremden Sprachen korrespondiert – Latein und Griechisch, um nur zwei zu nennen.«

»Hutton ist ein Gelehrter – und es ist doch gewiss kein Verbrechen, sich mit Kollegen auszutauschen, oder?«

Ellie spürte, dass ihre Knie immer weicher wurden, doch sie konnte nichts dagegen tun. Dieser Mann würde ihren Vater und sie foltern, um Informationen über Verschwörungen aus ihnen herauszupressen, die sie gar nicht besaßen. Sie hatte schon von der Streckbank gehört – eine grausame Vorrichtung, mit der der Körper über die Grenzen des Erträglichen hinaus gedehnt wurde. Die Schmerzen waren so unerträglich, dass die Opfer alles gestanden, nur um von ihren Qualen erlöst zu werden. Diese Vorstellung war zu viel für Ellie. Ihr Herz begann zu rasen, und ihr wurde schwarz vor Augen. »Will, bitte …«, stammelte sie mit schwacher Stimme.

Will konnte sie gerade noch rechtzeitig auffangen, bevor sie zu Boden gesunken wäre.

»Ellie!«, rief ihr Vater und eilte zu ihr, doch sie war zu schwach, um etwas zu sagen.

Will hob sie mit beiden Armen hoch, fasste sie unter der Schulter und den Knien. »Alles wird gut«, sagte er leise. »Ich lasse es nicht zu, dass sie Euch auch nur ein Haar krümmen. Walsingham, ich dulde es nicht, dass Ihr eine Lady mit Euren Drohungen erschreckt. Ich bringe Lady Eleanor zu meiner Mutter. Wenn Ihr sie weiter befragen wollt, dann nur in Gegenwart der Gräfin und ohne Androhung von Gewalt.«

Ellie vergrub das Gesicht im weichen Samt von Wills Wams und wagte nicht, die Augen wieder zu öffnen. Es war feige von ihr, sich so schwach zu stellen, das stimmte – doch im Moment fiel ihr keine bessere Taktik ein.

Walsingham schnaubte verächtlich. »Evas List und Tücke, Dorset. Jung, wie Ihr seid, durchschaut ihr sie nicht. Das Weib hat den Mann überhaupt erst zur Sünde verführt.«

»Meiner Meinung nach, Sir, fiel der Mann seiner eigenen Schwäche zum Opfer. Es wäre seine Pflicht gewesen, seine Gemahlin zu beschützen und für sie zu sorgen, nicht aber, sie für seine eigene Fehlbarkeit verantwortlich zu machen.« Nach diesen Worten drehte sich Will mit Ellie auf den Armen um und trug sie hinaus an die frische Luft.

Die kühle Abendluft tat Ellie gut. Ihr Stolz meldete sich zurück, und sie zappelte, damit er sie herunterließ, doch Will dachte nicht daran.

»Einen Augenblick noch, Liebste. Ich will Euch zuerst in Sicherheit und außer Sicht dieses Mannes haben, bevor ich Euch loslasse. Ich wusste nicht, was er vorhatte. Er ist eine Schlange – ich lasse ihn nicht mehr in Eure Nähe.«

Ellie schmiegte sich an ihn, streichelte den weichen Stoff seines kastanienbraunen Wamses und versuchte, sich von seiner Zuversicht anstecken zu lassen. »Was wird aus uns werden, Will?« Die grauenhaften Drohungen hatten dazu geführt, dass sie sich nun verletzlich und schutzlos fühlte. Sie wusste, dass ihr Zusammenbruch ihr peinlich sein sollte und auch, dass sie sich von Will wie ein Stoffballen aus dem Haus hatte tragen lassen, doch das war nicht der Fall.

Will setzte sich mit ihr auf die Holzbank in Dame Holtons Laube, von Weißdornhecken gesäumt und an der dichten Hecke zur Straße hin gelegen. Ellie hörte, wie die anderen hinter dem Dickicht damit begannen, die Pferde zu beladen und die Papiere und Bücher in die Tragkörbe zu packen, um sie zur Überprüfung wegzubringen. Sie versuchte, von Wills Schoß zu rutschen, doch er verstärkte seinen Griff.

»Bitte, lass mich dich halten«, murmelte er.

Mit einem leisen Seufzer ließ Ellie den Kopf wieder an seine Brust sinken. Sie hörte den regelmäßigen Herzschlag und spürte, wie sich sein Brustkorb hob und senkte. Nach und nach ließ sie sich davon beruhigen.

»Hab keine Angst, Ellie. Ich lasse es nicht zu, dass Walsingham dir etwas antut. Ich kann ihn allerdings nicht davon abhalten, dich zu befragen.« Er schwieg für einen Moment. »Also … wenn du etwas Verdächtiges weißt, und sei es auch nur eine Kleinigkeit, musst du es mir sagen. Ich kann dich nur beschützen, wenn ich die Wahrheit kenne.«

Ellie begriff, dass er befürchtete, sie könne in irgendeiner Weise doch in eine Verschwörung verwickelt sein, und trotzdem war er bereit, ihr beizustehen. Sie wusste nicht, ob sie ihm seine Zweifel übel nehmen oder ihm für seine freundschaftliche Loyalität dankbar sein sollte.

»Es gibt nichts zu sagen, Will, ich schwöre es. Ich habe zwar vermutet, dass March ebenso wie Dame Holton katholisch sein könnte, aber das war schon alles. Und ich glaube nicht, dass er mit bösen Absichten hergekommen ist. Wenn in dem Buch eine Liste von Namen steht, dann vermutlich die von Menschen, die wie Dame Holton bereit wären, ihn bei sich aufzunehmen.«

Er streichelte ihren Oberarm. »Gut, dann hast du nichts zu befürchten. Ich stimme dir übrigens zu; aus dem, was mir March heute Morgen erzählt hat, glaube ich nicht, dass er einen Staatsstreich plant. Ich werde mit Walsingham reden. Ein unglücklicher Zufall, dass er ausgerechnet in diesen Tagen hier ist.« Seine Hand glitt an ihrem Arm tiefer, bis er seine Finger mit ihren verschränken konnte. »Und du hast noch einen Freund, der mich hierin unterstützen wird.«

»Oh?« Ellie hob den Kopf. Wills Gesicht lag im Schatten, und sie sah nur seine Augen schwach glänzen.

»Robert Cecil ist mit Walsingham gekommen.«

»Gut. Ich mag Master Cecil.« Das war eine erfreuliche Nachricht, und Ellie fiel ein weiterer Stein vom Herzen. Sie kuschelte sich wieder an Wills Brust und schwelgte für diesen kurzen Moment in dem herrlichen Gefühl, dass sie Verbündete hatte, die zwischen ihr und dem Abgrund standen. Sie liebte Wills Liebenswürdigkeit und sogar sein lächerliches aufbrausendes Naturell – das sie schon zweimal am eigenen Leib zu spüren bekommen hatte. Sein Temperament war, wie sie begriffen hatte, die Kehrseite der Medaille, die ihn zu tiefen Gefühlen fähig machte. Die Art, wie er mit seiner Familie umging, bewies, zu welch inniger Zuneigung er fähig war. Von ihm geliebt zu werden, wäre ein Geschenk, größer als alles, was sie jemals vom Leben erhofft hatte, und sie war schon dankbar dafür, dass sie zum Kreis jener gehörte, die ihm nahestanden.

»Cecil mag dich auch. Er hält dich für ein Muster an Gelehrsamkeit.« Wills Hand wanderte erneut langsam an ihrem Arm hinauf, um die empfindsame Haut in ihrem Nacken zu streicheln. »Deine Halskrause ist völlig zerknittert, Ellie.«

»Ich weiß.«

»Eine verdammt schwachsinnige Mode.« Er zupfte an seinem eigenen, sehr viel imposanteren Kragen herum. »Dauernd ist er im Weg. Wie soll ich dich da küssen?«

Ellie erstarrte. »Mich küssen?«

Sein Nicken erahnte sie mehr, als dass sie es sah. »Du treibst mich noch in den Wahnsinn, Lady Eleanor. Ich kann nicht mehr essen, schlafen oder denken, ohne dass du mir im Kopf herumspukst. Ständig mache ich mir Sorgen um dich. Da lasse ich dich gerade mal einen halben Tag allein, und schon setzt du dich wieder in die Nesseln. Mir wäre wohler, wenn ich dich an einem Ort wüsste, an dem du sicher bist.«

»Warum, Will? Warum macht Ihr Euch Sorgen um mich?«

Er lachte. »Weil ich ein Narr bin. Ich hatte nichts Besseres zu tun, als mich in dich zu verlieben. Mein Herz schlägt hier.« Behutsam legte er seine Hand auf ihre Brust. »Kannst du es fühlen?«

Unter seiner Hand setzte ihr Herz einen Schlag lang aus. »Ja, ich kann es fühlen.«

»Gut.«

Doch auch sie musste ihm etwas gestehen. »Und … und ich denke, dass du das meine besitzt.« Sie legte ihre Hand an seinen Brustkorb.

»Meine wahre Liebe besitzt mein Herz und ich seins«, murmelte Will. Er veränderte seinen Griff, mit dem er sie festhielt, und hob ihr Gesicht an. »Darf ich?«

Ellie nickte, ohne so recht zu wissen, was sie ihm gerade erlaubt hatte. Seine Lippen streiften kurz über ihre, ehe sie sich mit festem Druck darauflegten. Seine Zungenspitze ertastete sachte ihren Mund und zeichnete ihre Lippen nach, die die Grenze zwischen ihnen bildete. Ellie entspannte sich, ließ ihn den Kuss vertiefen, während seine Zunge ihren Mund erkundete, mit erregender Langsamkeit ihre Zähne und ihre Zunge erforschte, auf sensible Stellen stieß, von deren Existenz Ellie bisher gar nichts gewusst hatte. Verglichen mit Henrys grobem Sturmangriff, ihrer einzig anderen Kusserfahrung, fühlte sich Wills Kuss wie eine liebevolle, zärtliche Annäherung an, mit der er sich ganz ihr und ihrem Geschmack hingab. Es war ein atemberaubendes Gefühl, und Ellie wurde wieder ganz schummerig.

»Ellie! Ellie!«, drang die angsterfüllte Stimme ihres Vaters von der anderen Seite des Weges herüber. »Nein, Sir Henry, ich weigere mich, ohne meine Tochter von hier fortzugehen! Nehmt Eure Hände weg!«

Sie erstarrte, als sie so unsanft in die Wirklichkeit zurückgerissen wurde. Will brach den Kuss ab, drückte seine Stirn aber noch für einen Augenblick an ihre Stirn. Ellie rang abgehackt und flatternd nach Luft und merkte erst jetzt, dass sie während der letzten Momente ganz vergessen hatte zu atmen.

»Ellie, du darfst das Atmen nicht vergessen«, wisperte Will, und sein Mund, der auf ihrer Wange lag, verzog sich zu einem Schmunzeln. »Komm, wir müssen gehen! Ich werde darauf bestehen, dass du und dein Vater in Lacey Hall untergebracht werdet.« Er zog sie auf die Füße, und Ellie merkte, dass sie äußerst wacklig auf den Beinen war.

»Ellie? Wo bist du?«

»Sie ist hier, Sir Arthur, bei mir!«, rief Will zurück. »Sie muss sich noch an der frischen Luft von ihrem Schwächeanfall erholen.«

Sich erholen? Ellie stand eher kurz davor, erneut ohnmächtig zu werden.

»Mylord, sagt mir: Geht es ihr gut? Sie braucht keine Angst zu haben – ich werde nicht zulassen, dass dieser Mann ihr etwas antut. Ich werde … ich …«

»Beruhigt Euch, Hutton. Ich bringe sie zu Euch.« Will beugte sich zu Ellies Ohr hinab. »Wir müssen gehen, aber wir werden das alles noch besprechen.« Sein Daumen fuhr an ihren Lippen entlang, während er ihr Gesicht zärtlich zwischen seinen Händen hielt.

Ellie nickte wortlos, doch das Bewusstsein, in welch schrecklicher Lage sie und ihr Vater waren, spülte die Glückseligkeit weg, die sie bei dem Kuss vorhin verspürt hatte. Was gab es zu besprechen? Will musste eine reiche Frau heiraten. Er konnte der Tochter eines armen Alchimisten, der nun zudem auch noch unter Verdacht stand, kein ehrbares Angebot machen.

»Nimm meinen Arm, meine Liebste.« Will reichte ihr seinen Ellbogen. »Und sei jetzt ganz tapfer.«

Sie ging an seinem Arm zum Gartenweg zu, spürte aber, dass all ihr Mut aus ihr herausströmte wie Mehl aus einem Loch im Sack eines Müllers. Sie konnte die Mehlspur fast sehen, wie sie im schwachen Mondlicht glänzte und den Weg markierte, zurück zu dem einzigen Augenblick ihres Lebens, in dem sie das berauschende Hochgefühl kennengelernt hatte, wie es sich anfühlte, wenn man geliebt wurde.

17. Kapitel

Nell half Dorcas, der Dienstmagd der Gräfin, die Gästezimmer für die Neuankömmlinge herzurichten. Als sie die alten Betttücher ausschüttelte, fiel ihr der angenehme Lavendelduft ebenso auf wie das Alter des Leinens. Diese Familie konnte einen Zufluss des Perceval-Goldes wahrlich gut brauchen, sonst würde man wegen der vielen gestopften Stellen bald keinen Stoff mehr sehen. Während sie das Leintuch fest unter die Matratze klemmte, wünschte sie sich, ihre Herrin würde sich rasch zu dieser Heirat entschließen, denn erst dann konnte auch sie, Nell, weitere Pläne schmieden und ihre Zukunft in Lacey Hall planen. Sie hatte die Nase voll vom schweren, anstrengenden Arbeiten.

Als Nell sich aufrichtete, wurde ihr plötzlich schwindelig, und sie musste sich am Bettpfosten festhalten, um nicht umzufallen.

»Fühlt Ihr Euch nicht wohl, meine Liebe?«, fragte die matronenhafte Dienstmagd und fühlte Nells Stirn. »Ihr bekommt doch hoffentlich kein Fieber, oder? Wechselfieber kann in dieser Gegend ziemlich schlimm sein, wenn erst Sommer ist.«

Nell wich ihrer Hand aus und rang sich ein Lächeln ab. »Nein, Dorcas. Ich habe mich nur zu schnell aufgerichtet.«

Dorcas schnalzte mit der Zunge. »Ihr solltet besser auf Euch aufpassen, Nell. Ihr habt Euer Essen ja kaum angerührt.«

Nell fühlte sich seit einigen Tagen schon etwas komisch.

»Vielleicht brüte ich ja doch eine Krankheit aus.«

Dorcas missverstand die Geste und dachte, Nell spreche von ihrem Herzen. Sie lachte schallend. »Aha, Herzschmerzen wegen eines jungen Mannes, verstehe! So war ich auch in Eurem Alter – nur zufrieden, wenn ich einen Verehrer an der Angel hatte.« Sie schüttelte ein Betttuch aus und legte es dann neben den Wasserkrug und die Schüssel. »Wer hat Euch denn den Kopf verdreht?«

Nell fiel auf die Schnelle keine gute Ausrede ein, weil sie plötzlich einen Schreck bekam. Ein Mann konnte eine junge Frau auch ›krank‹ machen. Hatte ihre Herrin mit ihrer Warnung vor wenigen Tagen womöglich recht gehabt? War sie eventuell *schwanger*?

Nein! So gemein konnte das Leben nicht sein. Nicht, wenn sie endlich kurz davorstand, in diesem Haus zu bekommen, was sie wollte.

Doch ihr Körper log nicht. Nell wusste natürlich, was die ersten Anzeichen waren, und begriff nun schlagartig, was mit ihr los war. Es stimmte! Sie überhörte das ängstliche Flüstern in ihrem Kopf und versuchte, diese Neuigkeit auf ihre übliche praktische Art zu verdauen. Ein Baby war zwar lästig, aber kein Weltuntergang. Die meisten Mädchen, die sie kannte, waren bei ihrer Heirat schon schwanger – nur dass sie in der Regel den Vater ihres Kindes heirateten.

»Nell, meine Liebe, hört Ihr überhaupt zu?«

»Hmmm? Ähm, ja, entschuldigt, ich habe nur mit offenen Augen geträumt – von meinem Traummann.« Nell versuchte, ihre geistige Abwesenheit möglichst locker zu überspielen.

»Traummann? Ja, den perfekten Mann gibt es nur im Traum.« Dorcas schaute prüfend durch den Raum und war mit dem Ergebnis ihrer gemeinsamen Arbeit zufrieden. »Herrje, ich kann nicht behaupten, dass ich nicht auch manchmal dran denke, wenn Ihr versteht, was ich meine.« Nell lächelte gequält. »Ah, hört nicht auf die alte Dorcas – ich wollte Euch nicht verlegen machen.«

Nell war keineswegs verlegen. Insgeheim dachte sie sogar, dass sie Dorcas mit Sicherheit das eine oder andere beibringen könnte, doch es konnte ihr nur recht sein, weiterhin als Unschuldslamm zu gelten, besonders jetzt, wo sie wusste, was sie als Nächstes tun musste.

»Tut mir leid, Dorcas, aber ich bin solche Sprüche nicht gewöhnt«, sagte sie kleinlaut.

Dorcas tätschelte ihr die Wange. »Süßes Kind. Kommt, wir gehen nach unten und schauen, ob ein paar Reste vom Tisch des Herrn für uns übrig geblieben sind.«

»Danke, gern.«

Nell folgte der alten Dienstmagd die Treppe hinunter, den Blick sittsam gesenkt, während sie an die Verführungsszene dachte, die sie demnächst in die Wege leiten musste. Ihr Kind brauchte einen Vater, und Sir Henry eignete sich ganz und gar nicht für diese Rolle. Master Turville wusste noch nichts von seinem Glück, doch Nell hatte soeben beschlossen, dass *ihm* diese Ehre zuteilwerden würde.

Zu Wills Erleichterung kam Sir Francis Walsingham am Morgen nach der nächtlichen Festnahme der Huttons nicht zum Frühstück. Er ließ durch seinen Diener ausrichten, er liege danieder, da die Aufregungen des Vorabends seine leichten Beschwerden verschlimmert hätten. Die Gräfin, die sich in ihrem Haus um jedes noch so kleine Wehwehchen zu kümmern pflegte, erhob sich sofort vom Tisch, um zu ihm zu eilen und nachzusehen, was sie für ihn tun konnte.

Als Lady Dorset wieder herunterkam, stand Will gerade im Begriff, das Haus zu verlassen, um zum Dower House zu reiten. »Der arme Mann«, sagte sie und zog Will in den Salon, um ihm den Zustand ihres Gastes zu schildern. »Sir Francis hat große Beschwerden. Er leidet unter einer schlimmen Verstopfung –«

Abwehrend hielt Will eine Hand hoch, denn er wusste, dass seine Mutter imstande war, ihm haarklein zu schildern, wie dem abgeholfen werden konnte. »Ich kann es mir vorstellen, Mutter.«

Sie sah ihn erstaunt an, weil er so gar kein Interesse an diesen Dingen hatte, die sie höchst faszinierend fand. Sie sagte oft und gern, was für ein Wunderwerk der menschliche Körper sei, dessen unglaublich komplexes Gleichgewicht bei jeder Krankheit gestört war. »Ein Wunder, dass er überhaupt arbeiten und kreuz und quer durch das Land reisen kann, wie er es tut.«

»In der Tat.« Will wollte dieses Thema nicht vertiefen. »Ich schwöre Euch, Mutter, in einem anderen Leben wärt Ihr bestimmt Arzt geworden.«

Sie rollte mit den Augen, als ihr Sohn so einen Unsinn redete. »Er zitiert den heiligen Paulus und nennt seine Erkrankung einen Stachel in seinem Fleisch, doch ich fürchte, es geht ihm ganz und gar nicht gut, Will.«

Ob gut oder nicht, Will war froh über diese höchst willkommene Gelegenheit, das Ruder in die eigenen Hände nehmen zu können. Nun hatte er Zeit, etwas zu unternehmen, um die extremen Maßnahmen zu verhindern, mit denen Walsingham gegen die Verdächtigen, die unter seiner Obhut standen, vorgehen wollte.

»Ich vertraue darauf, dass Ihr alles in Eurer Macht Stehende tun werdet, um seine Krankheit zu lindern, Mutter«, sagte Will. »Ich hoffe, Ihr könnt ihn überreden, heute im Bett zu bleiben.«

Die Mundwinkel der Gräfin zuckten. »Ich habe ihm ein Schlafmittel gebracht. Er wird sicher bis in den Nachmittag hinein schlafen.«

»Ausgezeichnet.«

Seine Mutter tätschelte seinen Arm. »Man darf sich nicht freuen, wenn ein anderer leidet. Irgendwann trifft es auch dich, mein Sohn.«

Er küsste ihre Wange. »Ich weiß. Aber es gibt viele Arten von Leiden, und seine Erkrankung gibt mir die Gelegenheit, ein Missgeschick zu entwirren, das noch verworrener ist als die Garnknäuel in Eurem Nähkästchen.«

»Du frecher Bengel«, sagte seine Mutter und lachte, wusste aber, dass er recht hatte. Was ihre persönlichen Sachen betraf, so war sie nicht sehr ordentlich.

»Bengel? Ich bin der Earl, habt Ihr das vergessen?«

»Nicht für mich, Will.« Sie kniff ihn in die Nase. »Jetzt geh und regle die Angelegenheit. Ich kümmere mich um unsere Gäste.«

Gerade als Will endlich gehen wollte, kam Robert Cecil aus dem Garten herein und schüttelte sich den Tau von seinen feuchten Lederschuhen. Er hatte sich geweigert, an dem ›Hausbesuch‹ vom Vorabend teilzunehmen, und Ellie und ihren Vater mit besonderer Höflichkeit behandelt, als sie nach Lacey Hall kamen, um hier die Nacht zu verbringen. Damit hatte er Will zu verstehen gegeben, dass er ihn unterstützen würde, wenn nötig.

»Gräfin.« Cecil hauchte einen Handkuss auf ihre Finger.

Die Wangen der Gräfin bekamen Grübchen, als sie über seine höfliche Geste lächelte. »Robert, ich hoffe, Ihr habt gut geschlafen.«

»In der Tat, danke.«

»Verzeiht, aber Ihr müsst mich entschuldigen. Ich muss in meine Vorratskammer, um weiteren Tee zuzubereiten.«

Cecil blickte Will fragend an. »Ist jemand krank?«

»Sir Francis«, erfuhr er von der Gräfin.

»Ach ja, dann lasst Euch bitte nicht aufhalten.« Cecil wartete, bis die Gräfin außer Hörweite war, bevor er auf Wills Ausgehkleidung deutete. »Dorset, Ihr geht dienstlich außer Haus?«, fragte er scharfsinnig.

Will verbeugte sich. »Wie Ihr seht. Da Walsingham ans Bett gefesselt ist, halte ich es für das Beste, die Befragung selbst durchzuführen.«

»Ehe Norton eintrifft?«

»Richtig.«

»Kann ich mitkommen? Ich würde zu gern einen Blick auf diesen fanatischen Priester werfen, gegen den Walsingham so wettert.«

»Fanatisch? Gut, dann bin ich gespannt auf Eure Meinung.«

March saß am Fenster, als Will und Cecil eintraten, und betete mit geschlossenen Augen. Bei ihrem Eintreten erhob er sich.

»Meine Herren?«

Will redete nicht lange um den heißen Brei herum. »March, dieser Gentleman ist Robert Cecil. Er ist bereit, dem Verhör beizuwohnen.«

Der Priester zog überrascht die Augenbrauen hoch. »Sir.« Er verbeugte sich. »Was hat ein bescheidener Mensch wie ich getan, um der Aufmerksamkeit des Sohnes des großen Lord Burghley zuteilzuwerden?«

»Gute Frage«, entgegnete Cecil spöttisch und blickte sich im Raum um. Die einzigen Möbelstücke waren ein Stuhl und ein

Tisch, auf dem eine Feder und Papier lagen, doch March hatte noch nichts niedergeschrieben.

»Master Cecil ist Walsinghams Reisegefährte, March.« Will erwähnte es absichtlich, um zu sehen, wie der Gefangene darauf reagierte. Doch abgesehen davon, dass March die Zähne aufeinanderbiss, zeigte er kein Anzeichen übermäßiger Besorgnis. »Wir haben sämtliche Bücher aus dem Haus Eurer Gastgeberin konfisziert und außerdem die Huttons in Gewahrsam genommen.«

March faltete die schmalen Hände und sagte bestürzt: »Die Huttons? Warum denn das? Was haben sie getan?«

»Lady Eleanor wurde mit einem verdächtigen Buch angetroffen, das Ihr ihr ausgeliehen hattet.«

March wandte sich ab und blickte zum Fenster hinaus; das Licht übertünchte sein blasses Gesicht und nahm ihm alles Leben, sodass es fast wächsern aussah. »Verstehe.«

Will wurde wütend. Walsingham hatte sich nicht getäuscht: In diesem Band war tatsächlich etwas verborgen, und March hatte Ellie gedankenlos in Gefahr gebracht, indem er es ihr auslieh. »Ihr leugnet es nicht?«

»Ich gebe zu, dass ich der jungen Lady die *Eklogen* auslieh, eines meiner Lieblingsbücher. Doch ich habe mir nichts dabei gedacht.«

»Und die Anmerkungen auf den einzelnen Seiten – allen Seiten, die durch vier teilbar sind?«

»Damit hat die Lady nichts zu tun.«

»Aber Ihr?«

»Es ist nur eine Liste von Namen. Dahinter steckt keine böse Absicht, Mylord. Das schwöre ich vor Gott.«

Will glaubte March, dass er nicht leichtfertig schwören würde. »Und welche Absicht verbirgt sich hinter diesen Namen?«

March schloss die Augen für einen Moment, ehe er sein Geständnis ablegte. »Es sind die Namen von Leuten, die geistlichen Beistand wünschen, Mylord, mehr nicht. Ich habe sie an den Rand geschrieben, damit sie unentdeckt bleiben sollten. Was mir leider nicht gelang, wie ich nun sehe.«

Will schritt auf und ab und versuchte, seine Gedanken zu ordnen. »Ihr müsst wissen, dass ich Euch nicht auf freien Fuß setzen kann, wenn Ihr mit Eurem Tun fortfahren wollt, March.«

Der Priester machte ein resigniertes Gesicht. »Verstehe.«

»Cecil?« Will blickte auf seinen Gast, der nachdenklich neben der Tür lehnte.

Cecil stieß sich von der Wand ab. »Es gibt eine Alternative zu einer Hinrichtung, Dorset. Mein Vorschlag wäre, ihn zu den anderen Papisten in der Burg Banbury einzukerkern.«

»Kerkerhaft?« March schüttelte den Kopf.

»Besser als der Tod, würde ich sagen«, erwiderte Cecil grimmig.

»Für manche. Aber es würde mich davon abhalten, weiterhin Gottes Werk zu tun.«

»In meinen Augen arbeitet Ihr für den Teufel und sät Zwietracht in diesem Land«, sagte Cecil mit einer für ihn ungewohnten Schärfe. »Ich würde Euch ja gern verstehen und für Euer Dilemma als Mensch reinen Gewissens Mitgefühl zeigen, doch im Gegensatz zu Euch sehe ich voraus, wohin es führen würde. Es gibt kein größeres Verbrechen gegenüber Gott und einer friedlichen Nation, als einen Bürgerkrieg zu schüren, denn genau darauf läuft es hinaus, wenn wir Engländer erneut anfangen, über Glaubensfragen zu streiten.«

March bebte vor Zorn. »Also lieber auf dem Schafott katholisches Blut vergießen, meine Priesterkollegen zuerst hängen, dann vierteilen, nur um diesen falschen Frieden zu wahren? Dann ziehe ich eine kurze, sofortige Bestrafung vor, statt eine qualvolle Ewigkeit in der Hölle zu leiden! Lieber gehe ich Gottes schmalen, steinigen Pfad, den die heilige Mutter Kirche festgelegt hat, statt die breite, bequeme Straße, die in die Verdammnis führt!«

Wills Kopf begann zu pochen. Er hasste diese Art von Diskussion, bei der zwei unversöhnliche Gegner aufeinanderprallten wie Schafböcke, die auf einer Wiese mit den Hörnern aufeinander losgingen. Er durfte sich nicht von seinem eigentlichen Ziel ablenken lassen: Ellie die Befragung auf der Folterbank zu ersparen.

»Genug, bitte! Wir werden uns sicher nicht im Grundsatz einig werden, aber vielleicht finden wir eine gemeinsame Lösung. Ich möchte verhindern, dass Unschuldige gefoltert werden. Lady Eleanor und ihr Vater dürfen nicht in Eure Mission hineingezogen werden, Priester. Auch Dame Holton, die zwar ein Ärgernis sein kann, hat die Todesstrafe nicht verdient, nur weil sie Euch Obdach gewährt hat. Sind wir uns da einig, March?«

Der Priester seufzte und nickte. »Ja, Mylord. Und ich entschuldige mich für meine Worte des Zorns.«

»Cecil?«

Sein Hausgast sah den Geistlichen finster an. »Ja, ich stimme zu, dass March für die Folgen seines Tuns einstehen muss, nicht aber jene, die er fahrlässig mit in Gefahr gebracht hat.«

»Also werde ich Sir Francis Walsingham den Vorschlag machen, dass wir March nach Banbury verbannen. Doch Ihr müsst einigen Bedingungen zustimmen, ohne die ich den Staatssekretär der Königin sicherlich nicht überreden kann, bezüglich der anderen Verdächtigen Nachsicht walten zu lassen. Master March, Ihr müsst ein schriftliches Geständnis ablegen und erklären, was der Grund für

Euren Aufenthalts in Stoke-by-Lacey ist, und auch, warum diese Namen in Eurem Buch stehen. Und Ihr müsst versprechen, dass Ihr keinen Fluchtversuch unternehmt.«

March schluckte, und sein Gesicht wurde noch eine Spur bleicher. »Ihr wollt mein Wort?«

»Ja.«

Schweigen machte sich breit. Will hoffte, dass Marchs Sorge um die anderen drei Personen, die er mit in diese Sache hineingezogen hatte, schwerer wog als seine Abneigung, sich freiwillig zu dieser Vereinbarung bereit zu erklären.

»Gut, Mylord«, räumte March nach einer Weile ein. »Ich gebe Euch mein Wort, dass ich nicht zu fliehen versuche, ehe ich in Banbury bin.« Er setzte sich an den Schreibtisch. »Aber ich werde keinen Menschen belasten, um mich selbst und die anderen, die verhaftet wurden, zu retten. Das könnt Ihr nicht von mir verlangen.« Er tunkte die Feder ins Tintenfässchen und brachte sein Geständnis zu Papier. Will stand hinter ihm und las mit, was der Priester niederzuschreiben beschlossen hatte – dass er die Sakramente erteilte und Beichten abnahm; jedoch an keiner Verschwörung gegen den englischen Staat beteiligt war und sein einziger Wunsch darin bestand, friedlich durch das Königreich reisen zu dürfen.

»Und das Buch?«, rief Will ihm in Erinnerung.

March fügte ein Nachwort hinzu, in dem er erklärte, dass es sich bei den Namen um Familien handelte, die verbotenerweise dem alten, katholischen Glauben treu geblieben waren. Sie wüssten nichts von seiner Existenz, und er wusste auch nicht, ob sie ihn willkommen geheißen hätten. Will hoffte, dass dieses schriftliche Geständnis ausreichte, um Ellie von jedem Verdacht reinzuwaschen.

Er griff nach dem Blatt und schwenkte es hin und her, bis die Tinte trocken war, bevor er es sorgfältig zusammenrollte. »Ich werde alles Nötige für die Reise zu Eurer neuen Unterkunft veranlassen.«

March stand auf und verbeugte sich. »Bitte richtet Lady Eleanor aus, wie sehr ich es bedauere, sie durch das Buch in diese missliche Lage gebracht zu haben.«

»Das werde ich tun.«

»Und besten Dank an Euch, dass Ihr mir armem Diener Gottes eine weitere Begegnung mit der Streckbank erspart.«

»Dann hofft, dass alles nach meinen Vorstellungen läuft. Es wird noch eine Weile dauern, bis ich sagen kann, dass die Gefahr wirklich abgewendet ist.«

Ihr Vater saß nun schon seit Stunden mit Walsingham hinter verschlossenen Türen. Ellie schritt vor dem Krankenzimmer auf und ab und spitzte die Ohren, um das leise Gemurmel im Inneren zu verstehen. Die an der Wand entlangwandernden Sonnenstrahlen zeigten, wie schnell die Zeit verging. Kein Gebrüll. Keine Schmerzensschreie. Sie war mit ihrem Vater hierhergekommen, als er mitten am Morgen vorgeladen worden war, und hielt seither vor der Tür Wache. Beim geringsten Anzeichen dafür, dass ihr Vater beschimpft wurde, würde sie ihm zu Hilfe eilen. Worüber die beiden Männer wohl redeten? Walsingham schien ernsthaft krank zu sein. Die Gräfin war im Laufe des Morgens mehrmals ein und aus gegangen, hatte missbilligend gemurmelt, dass der Patient seinen Schlaftrunk nicht zu sich genommen hatte, und ihre Schilderung seines Zustands klang nicht sehr positiv.

»Mein Gast ist stoischer, als es ihm guttut«, schnaubte sie missbilligend und lächelte Ellie matt an.

Ellie verschränkte die Arme vor der Brust und klopfte sich nervös an die Ellbogen. »Wie geht es meinem Vater?«

»Gut, meine Liebe. Sie unterhalten sich über sein Metier.« Die Gräfin rümpfte die Nase. »Ich muss zugeben, dass es mich an weniger schöne Zeiten erinnert, als mein Gatte so krank war. Dein Vater war der einzige Mann, den er an seinem Bett haben wollte.«

»Es tut mir leid, Mylady.«

Die Gräfin strich Ellie fürsorglich übers Haar. »Ich habe niemals Euch – oder auch Euren Vater – dafür verantwortlich gemacht.«

»Will … ich meine, Euer Sohn schon.«

Die Gräfin schüttelte den Kopf. »Will ist Will. Er sah das alles mit den Augen eines vernachlässigten Sohnes, der viel zu früh Verantwortung übernehmen musste und nicht die Mittel hatte, um ihr nachzukommen. In seiner Erinnerung sind jene Tage noch sehr bitter. Nein, die Schuld lag allein bei meinem William – ein reizender, aber schwacher Mann.« Sie biss sich auf die Lippen, und sie hatte Tränen in den Augen, obwohl sie tapfer lächelte. »Es war mir nicht möglich, stark genug für uns beide zu sein, und so kam es, dass er uns schließlich alle mit nach unten zog.«

Ellie wusste, wie sich das anfühlte. »Ich bitte vielmals um Verzeihung für alles Leid, was wir Euch zugefügt haben«, wiederholte sie.

Die Gräfin streichelte über Ellies Wange. »Mein liebes Kind.«

Nachdem sie mit ihrem Hin- und Herschreiten fast Rillen in die Dielenbretter gelaufen hatte, kehrte Ellie in ihr Zimmer zurück. Auf ihrem Kissen lag ein Blumensträußchen, zusammen mit einem Zettel: »Für die süße Komtess in Lacey Hall. Träumt etwas Schönes, Henry.« Ellie war froh, dass sie nicht da gewesen war, um es persönlich in Empfang zu nehmen. Dieser Mann war wie ein Bienenstock – man dachte, er verspräche Honig, aber in Wirklichkeit wurde man nur gestochen. Ellie spielte kurz mit dem Gedanken, Jane einen Besuch abzustatten, doch aus Angst, bei ihr eventuell ihren Bruder Henry anzutreffen, verzichtete sie darauf. Seine Aufmerksamkeiten wurden immer aufdringlicher, und Ellie wusste, wie schnell er gemein werden konnte.

Sie warf die Blumen aus dem Fenster und lehnte sich noch für eine Weile an den Sims. Sie war völlig durcheinander und kam sich wie in einer Falle vor. Sie war vor Liebe krank, vor Angst wie gelähmt und vom Unglück verfolgt.

»*Dios!*« Ellie begrub das Gesicht in den Händen und begann in ihrer Verzweiflung zu beten. »Zeig mir einen Weg aus dieser misslichen Lage, ich flehe dich an!«

Sie bekam keine Antwort. Während sie schweigend wartete, konnte Ellie den Eindruck nicht abschütteln, dass dieses Haus sie erstickte, dass die Geräusche des alltäglichen Lebens in der Ferne sie in ihrer Isolation verspotteten. Nein, das ertrug sie keinen Augenblick länger! Raus – sie musste hier raus! Als sie ins Freie stürmte, kam sie an mehreren Hausmägden vorbei, die ihr verdutzt und kopfschüttelnd nachschauten. Im Garten rannte sie, ohne auf den Gärtner zu achten, so lange, bis ihr der Schweiß über den Rücken lief und sie das Gefühl hatte, ihre Lungen würden platzen. Wie anstrengend, mit diesen schweren Röcken zu rennen! Da kam ihr der verrückte Gedanke, wie herrlich es wäre, all die vielen Schichten Kleidung abzulegen und davonzufliegen. Als sie bei den Bäumen im Wildgehege ankam, riss sie sich die Halskrause vom Leib und die Haube vom Kopf und ließ die Kleidungsstücke achtlos auf den Boden fallen.

Schon besser, aber noch nicht genug. Nicht annähernd …

Als Nächstes entledigte sie sich ihres Überrocks und ihres Mieders, sodass sie nur noch ihr Hemdkleid und ihren Petticoat trug. Jetzt erst bekam sie endlich wieder Luft. Ihr Anfall von Wahnsinn ging vorbei, und als sie wieder klar denken konnte, schämte sie sich für ihre Impulsivität. Wie konnte sie sich ihre Kleidung vom Leib reißen, wie jemand, der in der Unterwäsche schwimmen gehen wollte? Ihre schwere Oberbekleidung lag im Gras. Da fiel ihr das Gespräch mit Jane wieder ein, als sie beide kichernd gesagt hatten, wie schön es wäre, wenn sie ihre Kleidung ohne sie zu den Festen schicken könnten, und Ellie verpasste ihrem Rock kichernd einen Fußtritt.

»Verschwinde, du Spielverderber!«, rief sie. »Ich will …« Suchend blickte sie sich um. »Ich will auf einen Baum klettern!«

Eine alte Buche mit vielen ausladenden Ästen sah sehr verlockend aus, und Ellie griff kurz entschlossen nach einem der Äste, zog sich hinauf und begann mit dem Aufstieg. Eine wunderbare Stunde lang würde sie dort oben bleiben und alles, was sie niederdrückte, unter sich lassen.

18. Kapitel

»Bist du dir sicher, dass sie in diese Richtung gerannt ist?«, fragte Will den Gärtner.

Der alte Mann kratzte sich am Kopf und nickte dann. »Ay, Master. Die kleine Spanierin ist durch den Garten gerannt, als wären die Höllenhunde hinter ihr her.«

»Wie lange ist das her?«

»Eine Stunde, vielleicht auch mehr. Hab die ganze Reihe dort gehackt, seit sie vorbeigerannt ist.«

Will betrachtete die ordentlich umgegrabene Erde. Der Mann arbeitete entweder sehr schnell, oder Ellie war schon vor geraumer Zeit vorbeigekommen. »Sehr gut, arbeite weiter, Jeremiah!«

»Ay, Sir.« Der alte Mann griff wieder zur Hacke und setzte seine Arbeit pfeifend fort.

Will überlegte kurz, ob er in den Stall gehen und sich ein Pferd holen sollte, doch das würde zu lange dauern. Nach seiner Rückkehr vom Dower House wollte er sofort zu Ellie eilen, um sie zu beruhigen und ihr zu erzählen, was er mit March vereinbart hatte. Doch man sagte ihm, sie sei überstürzt aus dem Haus gerannt. Von seiner Mutter hatte er erfahren, dass Hutton seit Stunden in Walsinghams Zimmer war, und Will wusste nicht recht, was er davon halten sollte. Sie hatte ihm auch erzählt, dass Ellie stundenlang vor dem Zimmer gewartet hatte. Hatte sie dann plötzlich Angst bekommen? In Walsinghams Nähe konnte jeder Angst bekommen. Warum wäre sie sonst überstürzt davongerannt?

Als Will das Wildgehege erreichte und Ellies Halskrause und Haube achtlos auf dem Boden liegen sah, stutzte er. Und als er wenige Schritte später auf ihren Überrock und ihr Mieder stieß, bekam er einen Schreck.

»Ellie?«, rief er. Unschöne Bilder von Perceval, der ihr nachstellte, schossen ihm durch den Kopf. »Ellie?«

»Hier oben!«

Es war ihre Stimme, doch wieso kam sie von so weit oben? Er hörte sie einige spanische Schimpfwörter vor sich hin murmeln.

»Alles in Ordnung?«

»Ähm, ja.« War es ein Kichern? »Ja, alles in Ordnung, aber kommt lieber nicht näher.«

Aber natürlich kam er noch ein Stück näher, legte den Kopf in den Nacken und sah etwas Weißes zwischen den Ästen aufblitzen.

»Wieso um alles in der Welt bist du dort oben? War jemand – oder etwas – hinter dir her?«

»Nicht direkt.«

Will fand es lächerlich, hier unten zu stehen und zum Wipfel hinaufzurufen. Er war ein Earl: Diese Situation war seiner unwürdig. Kurz entschlossen griff er nach dem untersten Ast, zog sich hinauf und kletterte höher.

»Nicht!«, rief Ellie warnend. »Ich bin nicht schicklich gekleidet.«

»Das hättest du dir überlegen sollen, bevor du hinaufgeklettert bist«, knurrte er und kletterte weiter. Dass mit ihr alles in Ordnung war, glaubte er erst, wenn er sie mit eigenen Augen sah!

»Bitte, Will, es ist schon peinlich genug!«

Er grinste. »Es kann dir gar nicht peinlich genug sein, Ellie. Du kannst dir nicht vorstellen, was für einen Schreck ich eben bekam, als ich deine Kleidung auf dem Boden liegen sah!«

Er brauchte ungefähr fünf Minuten, bis er sich ganz nach oben durchgearbeitet hatte. Als er dann endlich bei Ellie ankam, sah er sie rittlings auf einem dicken Ast sitzen – stolz und betreten zugleich. Diese beiden Gefühle führten dazu, dass sie ihn einerseits herausfordernd anschaute, gleichzeitig aber auch errötet war.

»Soso, du kletterst also auch auf Bäume«, sagte Will. »Mit nichts an außer Unterkleid und Petticoat.«

»Schwere Röcke wären beim Klettern nur hinderlich«, sagte sie und wollte einen kleinen Zweig nach ihm werfen.

Er hielt ihre Hand fest. »Warum, Liebste?«

Sie lehnte sich an den Stamm und schloss die Augen. »Hast du nicht auch manchmal das Gefühl, eingesperrt zu sein? Ich bekam keine Luft mehr – und wollte nur noch eins: ganz weit hinauf.«

»Damit du trotz der Bäume den Wald sehen kannst?« Er lächelte, denn dieses Gefühl kannte er auch. »Und, hat es geholfen?«

»Nicht wirklich. Aber jetzt, wo du mich gefunden hast, nimmt mein Abenteuer einen besseren Ausgang, als ich gedacht hatte.«

Er schmunzelte und schwang sich auf den Ast über ihr, um den Ausblick mit ihr zu teilen. »Mein erster Eindruck von dir war völlig falsch, oder?«

»Wie meinst du das?«

»Ich hielt dich für eine Hofdame, die keiner Tändelei abgeneigt ist.«

»Nimm dich in Acht, Mylord.« Ellie zog die Stirn kraus. »Wenn du gemein wirst, stoße ich dich von deinem Hochsitz!«

Er lachte. »Das ist dir zuzutrauen. Lady Eleanor, du bist eine echte Rebellin. Du hast meine Mutter dazu gebracht, wie ein junges

Mädchen durch den Garten zu tollen, hast dich mit der besten Partie des Jahres am Hof angefreundet und zwei der edelsten Männer des Landes zu Boden gebracht.« Als Ellie nur spöttisch die Augenbrauen hochzog, lachte er noch mehr. »Und jetzt ertappe ich dich dabei, dass du in meinem Park auf die Bäume kletterst, schnell wie ein Äffchen und halb nackt.«

Sie errötete. »Bitte erwähne es nicht.«

»Wie könnte ich es übersehen, wo ich dich in deiner ganzen Schönheit vor mir sehe?«

Sie pikste ihm einen Zweig in die Rippen. »Ich denke, wir sollten langsam wieder nach unten klettern.«

»Nach dir, Mylady.« Er deutete eine Verbeugung an, was nicht ganz einfach war, wenn man sich etliche Meter über dem Erdboden befand.

Ellie kam zu dem Schluss, dass es aus Gründen des Anstands besser war, wenn sie sich als Erste an den Abstieg machte. Gelenkig begann sie damit und brauchte nur fünf Minuten, bis sie unten stand – halb so lang, wie sie zum Hinaufklettern gebraucht hatte. Unten angekommen, wischte sie sich die Hände ab und blickte sich suchend um. Wo war ihr Rock? In diesem Moment sprang Will neben ihr vom Baum und packte sie um die Taille.

»Eine so gute Gelegenheit lasse ich mir nicht entgehen, Mylady«, rief er, hob sie hoch und küsste sie.

»Will!«, protestierte sie, allerdings nur halbherzig. Sein Arm lag fest, aber nicht zu fest um ihre Schultern, und er drückte sie an sich, als würde er sie vor allen Bedrohungen und Schwierigkeiten schützen.

»Hab keine Angst, Schatz. Nur ein Kuss! Du kannst nicht durch meinen Park rennen und glauben, dass es nichts kostet!«

Sein Kuss begann zart und leicht, wurde dann aber immer stürmischer, und sie klammerten sich fest aneinander. Als Will seine Hände an Ellies Rücken hinunterwandern ließ, spürte sie, dass ihr Widerstand erlahmte und sie kurz davorstand, alles zu vergessen, was zwischen ihnen stand.

»Will«, stammelte sie, wandte das Gesicht ab und schmiegte die Wange an seine Brust, damit er ihren Mund nicht mehr erreichte.

»Ellie, ich ... ich will, dass du mir gehörst.« Er fuhr mit beiden Händen durch ihre Haare, sodass auch noch die letzten Haarnadeln herausfielen und ihre Haare bis zu den Hüften reichten.

»Das geht nicht.«

Er holte tief und bebend Luft. »Stimmt, es geht nicht.« Er löste sich schließlich von ihrem Körper, bückte sich, hob ihren Rock auf und reichte ihn ihr, ohne sie anzublicken. »Hier ist dein Rock!«

Schweigend zog sie ihre Kleidung über und staunte über ihr beider Verhalten. Wäre er nicht so rücksichtsvoll gewesen, von sich aus aufzuhören, hätte sie sich ihm eventuell hingegeben, und das wäre ihr Ruin gewesen. Sie hatte auch so schon genügend andere Probleme am Hals! So wie sie gerade durfte ein Mädchen sich nur seinem Ehemann gegenüber benehmen! Doch ihre Gefühle für Will stellten all ihre bisherigen Überzeugungen auf den Kopf, sodass sie nicht mehr wusste, was falsch und was richtig war.

»Du bist gefährlich«, sagte er leise.

»Danke, gleichfalls«, entgegnete sie.

»Da hätten wir uns beinah etwas eingebrockt, stimmt's, Ellie?«

Sie nickte.

»Ich kann dich nicht haben. Ginge es nur um mich, würde ich vorschlagen, dass wir zusammen weglaufen und alles andere vergessen, doch wegen meiner Familie ...«

»Ich weiß.«

»Ich muss auch an sie denken.«

»Verstehe.« Sie seufzte. Aufgrund ihrer bisherigen Lebenserfahrung fiel es ihr leicht zu akzeptieren, dass niemand, auch nicht der Mann, der sie angeblich liebte, alles für sie aufs Spiel setzen würde. »Verzeih mein Benehmen.«

Der alte Schalk blitzte in seinen Augen auf. »Keine Entschuldigung! Weißt du was? Ich rufe für heute einen Feiertag aus – ein Tag, an dem all meine Pächter nackt auf die Bäume klettern müssen!«

»Ich war nicht *nackt*!«

»Ich erlaube mir, mich an meine eigene Version der Realität zu halten! Zudem bin ich mit einer lebhaften Phantasie gesegnet!« Er hob ihre zerknitterte Halskrause auf. »Traurigerweise ist der magische Augenblick vorbei.«

In ihrer Hektik riss Ellie den leichten Leinenstoff beinahe in zwei Teile und erschrak. Sie hatte keine zweite Halskrause und müsste Jane oder die Gräfin anbetteln, wenn sie weiterhin angemessen gekleidet herumlaufen wollte. Es käme sicher zu einer interessanten Unterhaltung, wenn sie erklären müsste, bei welcher Gelegenheit sie die alte Halskrause ruiniert hätte. Etwas weniger stürmisch riss sie ihm die Halskrause dann doch aus den Fingern und bemühte sich, sie unter ihren Kragen zu stecken. Will beobachtete sie schweigend, und sie fühlte sich unbehaglich unter seinem musternden Blick.

»Was ist?«, fragte sie und rieb sich mit dem Handrücken über die Nase, falls sie bei ihrer Kletterpartie schmutzig geworden war.

»Ich werde Lady Jane heiraten, falls sie meinen Antrag annimmt.«

Das hatte Ellie natürlich geahnt, doch es nun so direkt zu hören, war fast, als hätte er ihr ein Messer in den Bauch gerammt. »Ich … ich wünsche euch beiden, dass ihr glücklich werdet.«

»Glücklich?« Will streckte eine Hand nach ihr aus, ließ sie dann aber wieder sinken. »Glücklich, nein. Zufrieden vielleicht?«

»Ich mag Jane.«

»Gut, das freut mich. Ich kenne sie kaum, doch wenn du sie magst, dann muss sie nett sein.«

»Du solltest versuchen, sie zu lieben, Will, wenn du sie heiratest. Alles andere wäre unfair.« Ellie hasste es, so verständnisvoll, so nobel reagieren zu müssen. In Wirklichkeit hätte sie am liebsten zu ihm gesagt, er solle sich für sie entscheiden, ohne an die Folgen zu denken.

Will starrte sie an wie ein Verhungernder, der aus der Ferne eine reich gedeckte Tafel sieht, zu der er keinen Zugang hat. »Ich liebe dich.«

Ich liebe dich auch, wiederholte sie stumm in ihrem Kopf.

»Das … das legt sich, wenn ich fort bin.«

Er runzelte die Stirn. »Nein, wird es nicht. Du kannst meine Gefühle nicht leichtfertig abtun. Und du gehst auch nicht fort.«

»Ich muss.« *Zu bleiben würde mich umbringen.*

Er musterte sie streng. »Wo willst du hin?«

Sie lachte. »Oh, keine Ahnung. Das hängt von meinem Vater ab: Oxford, das Haus eines weiteren Adligen, eine Scheune – bei ihm weiß man nie.«

»Eine Scheune?«

»Will, was denkst du, wo wir genächtigt haben, nachdem du uns damals vor vier Jahren aus dem Haus geworfen hast?«

»Ihr wart bei Mountjoy.«

»Ja, während der letzten sechs Monate.«

Er schüttelte den Kopf, als könnte er es ungeschehen machen, indem er es nicht glaubte. »Nein, keine Scheune!«

»Oh, es gibt Schlimmeres.« *Zum Beispiel unter demselben Dach zu wohnen wie der Mann, den man liebt, wenn er mit einer anderen verheiratet ist.* Ellie deutete durch den Park auf die Dächer hinter den Bäumen. »Das hier war der schönste Ort meines Lebens: Lacey Hall, dieses Dorf.« Und es stimmte; all ihr Optimismus reichte nicht aus, um die trostlose Zukunft, die vor ihr lag, zu erhellen. »Ich sage es nicht, um dein Mitleid zu erregen; ich habe von Anfang an gewusst, dass unser Aufenthalt hier den weiteren sozialen Abstieg meines Vaters nur hinauszögert. Er ist nicht ganz normal, weißt du. Diese Alchimie – sie ist eine Art Krankheit, der mit Vernunft nicht beizukommen ist.«

»Ellie, ich kann dich nicht gehen lassen, jetzt, wo ich das weiß.«

»Du wusstest das bereits, Will, als du mich früher weggeschickt hast – zweimal bereits. Du hast dir nur keine Gedanken gemacht, was es für mich bedeutet.«

Er rieb sich das Gesicht. »Stimmt, du hast recht. Ich bin ein blinder Narr, Ellie. Verzeih mir.«

Sie zuckte die Schultern und verschränkte abweisend die Arme vor der Brust. »Es ist nicht deine Schuld, Will. Vater und ich werden es schon schaffen – das haben wir immer.«

»Nein.« Er sagte es zuerst leise, wiederholte es dann aber lauter. »Nein, das geht nicht – einigermaßen zurechtkommen, Scheunen, Gräben oder was weiß ich.« Er packte sie an den Schultern. »Bei meiner Seele, Ellie, das lasse ich nicht zu. Du musst bleiben! Noch sprach niemand offiziell von einer Verlobung – ich werde *dich* heiraten!«

Ihr Herz machte einen Freudensprung, sank dann aber in tiefste Verzweiflung. Er bot ihr an, wovon sie geträumt hatte, doch ohne die Möglichkeit, diesen Traum auch wahr zu machen. Und es war ein Heiratsantrag, der quasi unter Zwang gemacht worden war, aus der Not heraus geboren, weil er sich dazu verpflichtet fühlte. Sie wussten beide, dass eine Verbindung zwischen ihnen völlig unmöglich war – einfach lächerlich. Denn dann konnte er seine Hoffnung, das Vermögen seiner Familie wieder aufzubauen, endgültig begraben. Dieser überstürzte Antrag würde, wenn sie einwilligte, sie beide ins Elend stürzen. Sie stellte sich kurz vor, wie ihre gemeinsame Zukunft aussehen würde: glücklich trotz geflickter Kleidungsstücke? Liebe war nicht immer genug, das hatte das Leben mit ihrem Vater sie gelehrt. Ellie zwang sich, den Tatsachen ins Auge zu blicken. Wills Gefühle würden erlöschen, in Groll umschlagen, wenn er eines Tages erwachte und an der Stelle seiner Gemahlin ein Mädchen sah, das nichts in seine Familie eingebracht hatte außer seiner Liebe. Seine Familienmitglieder würden sie hassen, wenn sie ihretwegen noch ärmer dastanden. Nein, das hatte ihre Liebe nicht verdient. Und das musste sie ihm klarmachen.

»Und was wird aus deiner Familie, deinen Pächtern?«

Seine Miene wurde grimmig. »Sie werden den Gürtel enger schnallen müssen.«

»Was ist mit der Mitgift, die du deinen Schwestern versprochen hast? Mit den Geldern, um deine Brüder abzufinden?«

»Ich werde die Mittel schon irgendwie aufbringen.«

Sie verzog das Gesicht. »Aber ich lasse es nicht zu, dass deine Familie erneut von jemandem namens Hutton ruiniert wird.« Sie machte einen Knicks. »Besten Dank für das großmütige Angebot, Mylord, doch ich fürchte, ich muss ablehnen.«

»Ellie, das lasse ich nicht zu!«

»Du musst! Du magst zwar ein mächtiger Lord sein, doch meines Wissens muss auch die Braut mit der Eheschließung einverstanden sein.«

»Aber ich liebe dich.«

»Ich dich auch. Und genau deshalb muss ich Nein sagen.«

Er zog sie in seine Arme und drückte sie ganz fest an sich, rieb sein Kinn an ihrem Scheitel. »Du halsstarrige Göre! So leicht gebe ich nicht auf.«

Sie schlang die Arme um seine Taille. »Sturer Lord! Das war mein letztes Wort in dieser Angelegenheit.«

Lady Jane stand am Fenster und sah Will und Ellie zusammen aus dem Wildgehege kommen. Sie hatten ihre Hände losgelassen, sobald sie auf dem Gartenweg waren – ohne zu ahnen, dass man sie vom Haus aus schon sehen konnte, als sie noch auf der Wiese gewesen waren. Sie gingen auch jetzt noch viel zu dicht beieinander. Ein Zauber ging von ihnen aus, eine Magie, wie Dichter sie besangen, doch bisher hatte Jane nicht geglaubt, dass es das wirklich gab. Sie war zum einen neidisch auf diese große Zärtlichkeit, zum anderen aber auch traurig für alle, deren Wege weg von der Liebe und hin zur Pflicht führten.

Da stellte sich Nell hinter sie, folgte ihrem Blick und schnaubte verächtlich.

»Aha, Mylord schäkert mit der Alchimistentochter. Ihr müsst sie fortschicken, wenn Ihr erst vermählt seid, Mylady.«

»Hab ich dich nach deiner Meinung gefragt, Nell?«, fauchte Jane. »Und ich wäre dir dankbar, wenn du aufhören würdest, meine Freundin mit deinem losen Mundwerk zu verleumden.«

Nell brummte noch kurz etwas von wegen ›über lasterhafte Frauen‹ lästern, doch danach schwieg sie.

Jane wandte sich wieder zum Fenster. Da sah sie James, der seinem Bruder entgegeneilte und einen Brief schwenkte. Er trug ein schickes blaues Wams und eine Kniehose, in der seine langen Beine wunderbar zur Geltung kamen. Sie lächelte, als sie ihn über eine Bank springen sah, statt einen kleinen Umweg in Kauf zu nehmen. James war genauso alt wie sie, groß gewachsen und hatte ausgezeichnete Manieren. Jane hatte sich schon mehrfach dabei ertappt, dass er ihr viel mehr im Kopf herumspukte, als gut war. Er brachte sie zum Lachen, schmeichelte ihr mit übertriebenen Komplimenten, die ihrem Selbstwertgefühl dennoch guttaten; und selbst seine nüchterne Auffassung vom Leben und der Liebe empfand sie als angenehm. Sie wusste, dass sie ihrem zukünftigen Ehemann vor der Hochzeitsnacht den Fehltritt mit Raleigh gestehen müsste, und wäre James der Auserwählte gewesen, hätte er ihrem Gefühl nach Mitgefühl gezeigt; bei Will dagegen würde sie mit einem Geständnis sicher nur auf kühle, höfliche Enttäuschung stoßen.

»Wollt Ihr heute das blaue oder das gelbe Kleid tragen, Herrin?«, fragte Nell und hielt die beiden Gewänder hoch.

»Das blaue.« Jane griff nach ihrem Kamm und begann, sich fürs Essen herzurichten. Zu schade, dass man nicht einfach tauschen konnte: Wäre James der älteste Sohn, könnte sie mit ihrer Mitgift das Vermögen der Dorsets aufpolstern, und Will könnte als Zweitgeborener heiraten, wen er wollte. Doch das Leben war nun mal nicht gerecht!

Da hörte sie hinter sich ein Klirren. Als sie herumfuhr, sah sie Nell hilflos auf einen Henkelkrug starren, der ihr offenbar aus den Händen gefallen war. Nell und hilflos? Normalerweise hätte ihre

Zofe losgeschimpft, was für einen unpraktischen Henkel dieser Krug hatte, und sie selbst könne nichts dafür. Jane wartete und verkniff sich jeden Tadel.

»Verzeiht, Mylady. Ich bin etwas ungeschickt heute.« Nell ging auf die Knie und sammelte die Scherben ein.

Janes Besorgnis wuchs. »Fühlst du dich nicht wohl?«

»Doch, doch, ich bin nur etwas durcheinander.«

Jane lächelte Nell aufmunternd an. Vermutlich hatte ihre Zofe nur ihr allmonatliches Problem, und sie wusste aus eigener Erfahrung, wie einem das die Laune vermiesen konnte. »Keine Bange – ich werde sagen, er sei mir aus den Händen gerutscht. Es wird dir nicht vom Lohn abgezogen.«

Nell bekam vor Staunen den Mund nicht mehr zu.

Jane wunderte sich ebenfalls. War sie bisher wirklich so streng zu ihrer Zofe gewesen, dass sie nicht mit dieser kleinen Gefälligkeit gerechnet hatte?

»Danke, Mylady.« Ihre arme Zofe war noch immer so irritiert über diese neue Seite ihrer Herrin, dass Jane beschloss, sie abzulenken.

Sie sprang auf und machte eine ungeduldige Handbewegung. »Hilf mir mit den Häkchen, sonst komme ich zu spät zum Essen.«

Nell schlüpfte schnell wieder in ihre alte Rolle. Mit undurchdringlicher Miene warf sie die Scherben in die Waschschüssel und eilte dann zu ihrer Herrin. »Sehr wohl, Mylady.«

Will stand am Fenster seines Arbeitszimmers und starrte auf den Brief in seiner Hand. Die Erlaubnis war eingetroffen, versehen mit der wunderschönen königlichen Unterschrift und dem Siegel. Er hatte schon vor Lady Janes Eintreffen an die Königin geschrieben, wie es für die höchsten Adligen im Land Pflicht war, und um die Erlaubnis gebeten, die Tochter Percevals heiraten zu dürfen. Königin Elisabeth hatte keine Einwände. In einem kleinen Winkel seines Herzens hatte er gehofft, die Königin würde ihm Steine in den Weg legen, sodass die geplante Verbindung platzen würde, ohne dass er etwas dafür konnte. Aber was hätte das langfristig genutzt? Wenn die Königin schon Lady Jane abgelehnt hätte, hätte sie über seine Absicht, Ellie zu heiraten, sicher nur lauthals gelacht.

»Alles in Ordnung, Will?«, fragte James, der seinen Bruder beim Lesen des königlichen Schreibens genau beobachtet hatte.

»Ja, alles bestens«, antwortete Will düster und reichte ihm den Brief. »Du kannst ›Halali!‹ schreien. Die Jagd nach der reichen Braut kann beginnen!« Erschöpft ließ er sich auf einen Stuhl fallen. »Himmel, ich fühle mich schrecklich.«

»Keine Lust zu jagen?«

»Eine Jagd macht wohl kaum Spaß, wenn die Lady bereitwillig in meine Falle tappt.«

James legte den Brief behutsam auf den Schreibtisch. »Sie ist eine gute Frau, Will. Du kannst von Glück reden.«

»Ja, ich weiß. Sie ist ein Ausbund an Tugenden. Schön, geistreich, vermögend – die heilige Dreifaltigkeit an Vorzügen auf dem Heiratsmarkt.«

»Aber sie ist nicht Lady Eleanor. Hat es dich so schlimm erwischt, Will?«

Will hob den Kopf und schaute seinem Bruder in die Augen. Darin lag kein Spott, sondern echter Kummer. »Ja, Jamie, wirklich schlimm. Sie ist alles, was ich mir wünsche: der Schlüssel zu meinem Schloss, der Pfeil an meinem Bogen – oh, und zehntausend weitere poetische Metaphern, von denen jedoch keine dem nahekommt, was ich wirklich empfinde. Wenn ich bei ihr bin, überkommen mich die wundervollsten Hoffnungen und Gefühle. All meine bisherigen Empfindungen sind schal im Vergleich dazu. Ich weiß, ich dürfte sie nicht lieben, doch ich tue es.«

Dass James seinen Bruder ernst nahm, sah man daran, dass er sich zurückhielt und nicht über Wills blumige Sprache lustig machte. »Und sie? Erwidert sie deine Liebe?«

Will griff nach dem Tennisball, der auf seinem Schreibtisch lag, und warf ihn von einer Hand in die andere. »Ja.«

»Wirklich, oder nur, weil du ein Earl bist?«

Empört warf Will den Ball nach seinem Bruder, der ihn dank seiner ausgezeichneten Reflexe jedoch mühelos auffing. »Sie liebt mich so sehr, dass sie meinen überstürzten Heiratsantrag heute früh abgelehnt hat.«

James staunte. »Und warum?«

Will lachte hohl. »Weil sie weiß, dass es für unsere Familie der Ruin wäre. Sie war es, die von der Mitgift und dir und Tobias geredet hat.«

James warf den Ball zu Will zurück. »Oh, dafür liebe ich die Lady nun auch!«

»Untersteh dich!«, brummte Will.

»Was zu tun?«

»Ich kann nicht ... ich kann darüber keine Scherze machen. Es steht dir frei, sie zu umwerben, während es mir unmöglich ist. Aber ich warne dich. Ich wäre unsagbar eifersüchtig, wenn du das tätest.«

James schüttelte den Kopf. »Du hast mich völlig missverstanden, Will. Ich kenne die kleine Hutton inzwischen ganz gut, und meine Gefühle für sie sind rein brüderlicher Art. Ich wünsche ihr alles

Gute.« Er warf einen vielsagenden Blick auf das königliche Schreiben. »Ich wünschte, du könntest sie heiraten.«

»Kann ich aber nicht.«

»Nein, kannst du nicht. Aber dafür bekommst du eine wahre Perle von Gemahlin – und damit machst du meiner Meinung nach kein schlechtes Geschäft.«

Gerade als Will sich erhob, bimmelte draußen im Korridor die Glocke – das Zeichen dafür, dass das Essen fertig war. James konnte offenbar nicht nachvollziehen, was in Will vor sich ging. Er war noch nie von den Flammen der Liebe gefoltert worden und stellte sie sich nur als ein schwaches Glühen vor, das jederzeit durch ein anderes ersetzt werden konnte. Es wäre sinnlos gewesen, es ihm zu erklären.

»Ich will die Angelegenheit bald regeln. Noch heute mache ich Lady Jane einen offiziellen Heiratsantrag.«

Sein Bruder konnte sich einen kleinen Seitenhieb nicht verkneifen. »Zwei Heiratsanträge an *einem* Tag, Will? Das ist beachtlich, selbst für einen Earl!«

»Oh, Klappe, Jamie! Wenn du an der Reihe bist, lache ich über dich«, brummte Will und ging mit hängenden Schultern zur Tür hinaus.

19. Kapitel

Als Ellie am Tisch saß und auf das Erscheinen ihres Vaters wartete, spielte sie nervös an der wunderschönen Halskrause herum, die sie sich von Jane ausgeliehen hatte. Will hatte Turville aufgetragen, Sir Arthur von Walsinghams Krankenbett zu holen, und bis er kam, mussten die Anwesenden auf den leeren Tisch starren. Die Gräfin machte höflich Konversation mit Henry und Jane, hauptsächlich über aktuellen Hofklatsch, zu dem Ellie nichts beisteuern konnte, da sie nicht zum inneren Kreis gehörte. James hatte Jane freundlich angelächelt, versuchte nun aber angestrengt, sie nicht mehr anzuschauen. Will schwieg, die Faust um seinen Becher geklammert. Er wirkte irgendwie wütend, doch auf wen? Auf ihren Vater, weil er zu spät kam? Auf sie, weil sie ihm einen Korb gegeben hatte?

»Verzeihung, meine Herrschaften«, sagte ihr Vater fröhlich in die Runde, als er endlich eintraf, mit einer Energie, die ihn um Jahre jünger wirken ließ.

»Dann können wir ja anfangen«, sagte Will. Alle erhoben sich von ihren Plätzen, Will murmelte ein kurzes Dankgebet und gab dann den Dienstboten das Zeichen, den ersten Gang aufzutragen.

»Wie geht es meinem Patienten?«, wandte sich die Gräfin an Sir Arthur, der neben Ellie Platz genommen hatte.

»Ganz gut, Mylady.« Dann drehte er den Kopf und strahlte seine Tochter an. »Ich habe gute Neuigkeiten, meine Liebe.«

Ellie legte den Löffel weg und wappnete sich für die nächste Hiobsbotschaft. »Gute Neuigkeiten, Sir?«

»Walsingham schickt mich in den Tower.«

Will, der gerade einen Schluck Dünnbier getrunken hatte, prustete ihn wieder aus. »Wie bitte?«

»In den Tower?«, wiederholte Ellie ungläubig.

Ihr Vater nickte überglücklich.

»Als … als Gefangener?«

Er lachte und tätschelte ihre Hand. »Aber nein, Ellie, du Dummerchen! Als Ehrengast. Wir dürfen im Weißen Turm wohnen.«

Das war ja schlimmer als jeder Albtraum! Wie hatte Walsingham es geschafft, ihrem Vater diese Inhaftierung als besondere Ehre schmackhaft zu machen? »Warum?«

»Er will, dass ich dort mit meinem Phönixtropfen-Sprengstoff experimentiere. England braucht offenbar militärische Sprengschiffe, auch Brander genannt, um unsere Häfen vor der spanischen Armada zu schützen. Ihre Majestät will vorbereitet sein für den Fall der Fälle, weißt du.« Zufrieden schlürfend, machte sich Sir Arthur über seine Suppe her.

Ellie wusste zwar, dass sie fast wie sein Echo klang, doch seine Worte erschütterten sie mehr als seine selbst gebastelten Laborsprengsätze. »Eine Armada?«

»Eine Flotille von Kriegsschiffen«, erklärte ihr Vater fröhlich. »Natürlich werden die Spanier uns nicht besiegen.«

»Vielleicht doch«, sagte James düster, »wenn sie von einer ausreichenden Anzahl von Bodentruppen aus den Niederlanden unterstützt werden.« Cecil nickte zustimmend.

»Deshalb die Brander«, sagte Ellies Vater, und seine Augen blitzten vor Begeisterung.

Ellie wandte sich an Will, der ihren Vater mit einer Mischung aus Entsetzen und Staunen anstarrte. Fast unmerklich schüttelte er dann den Kopf und riss ein Stück Brot ab.

»Was wird dann aus Eurer Suche nach Gold, Vater?«, fragte Ellie leise und hoffte, dass keiner der anderen Tischnachbarn es mitbekam.

»Ach, das«, sagte Sir Arthur mit einer wegwerfenden Handbewegung. »Das kann warten. Sir Francis hat mir klargemacht, wie dringend diese Mission ist – wenn ich ihm diene, diene ich gleichzeitig auch meinem Vaterland. Und außerdem wird er mir ein Salär auszahlen!« Den letzten Satz sagte er fast ungläubig.

»Ich weiß nicht, was ich sagen soll.« Ellie starrte ihren Vater an und versuchte, seinem seltsamen Verhalten auf die Spur zu kommen. »Ihr habt Euch bisher nie von Eurem Ziel abbringen lassen. Weder von mir noch von sonst jemandem!«

Er lächelte sie auf gönnerhafte Art an. »Na, na, meine Liebe, du bist immer noch ein Kind. Wie könntest du es verstehen? Ich bekomme mein eigenes Labor, mit den allerbesten Geräten ausgestattet. Die Natur hat noch mehr Rätsel zu lösen als nur das der Herstellung von Gold. Ich werde nach dem Ursprung der Kraft forschen, die Explosionen verursacht – ein Gebiet, über das die Gelehrten noch sehr wenig wissen.«

Dios, dachte Ellie, *jetzt hat er noch eine weitere Marotte!* Er war nicht von seinem Goldfieber geheilt, sondern hatte es nur für ein anderes Fieber eingetauscht, das für Walsingham von Nutzen war.

»Wann reisen wir ab?«, fragte sie leise.

»So bald wie möglich«, erklärte Sir Arthur. »Wie wär's mit morgen?«

»Und was wird aus Dame Holton?«

Ihr Vater runzelte irritiert die Stirn. In seinem Eifer hatte er das Drama der letzten beiden Nächte fast vergessen. »Ach ja. Weißt du, Ellie, es sieht ganz so aus, als hätten wir uns in ihr getäuscht. Man stelle sich vor: Sie hat einen katholischen Priester beherbergt! Walsingham hat mir alles erklärt.«

»Und nun wollt Ihr sie im Stich lassen?« Ellie zerbröselte ihr Brötchen, als müsste sie ihre Finger irgendwie beschäftigen, um ihrem Vater nicht vor aller Augen eine Ohrfeige zu geben.

»Aber nein.« Ihr Vater blickte auf Will, der ihren geflüsterten Wortwechsel ohnehin verfolgt hatte, wie Ellie vermutete. »Der Earl scheint ein vernünftiger Mann zu sein. Er wird das Richtige tun.«

Es war nicht zu fassen! Am vorletzten Abend hatte Ellie einige Minuten lang geglaubt, ihr Vater sei endlich aus seiner kleinen Privatwelt getreten, um für jemanden zu kämpfen, doch diese hehre Absicht hatte die Hitze seiner neuen Leidenschaft nicht überlebt. Mit einem stummen Hilfeschrei wandte sie sich an Will.

»Ich habe alles Nötige veranlasst, Lady Eleanor«, sagte Will steif. »March wird bei seinen Priesterkollegen in Banbury eingekerkert. Sollten gegen Dame Holton keine weiteren Beweise auftauchen, wird sie wieder auf freien Fuß gesetzt und muss nur versprechen, den öffentlichen Frieden nicht zu stören.«

»Das … das klingt sehr weise«, stammelte Ellie.

»Teilweise auch Cecils Idee«, gestand Will mit einem ironischen Lächeln. »Etwas so Kluges konnte nicht aus meinem Kopf kommen, oder?«

»Oh, ich weiß nicht. Ihr unterschätzt Euch, Mylord.«

»Tue ich das, Lady Ellie?«

Sie nickte und lächelte ihn schüchtern an.

»Ich werde nicht vergessen, dass Ihr das denkt.« Seine Stimme war fast eine Liebkosung.

Ellie spürte, dass sie rot wurde. Ihr Geplänkel war zu vertraulich geworden – und das vor allen anderen hier am Tisch. Alle waren verstummt; Ellie hatte den Eindruck, dass sie die Ohren spitzten, um zu hören, was am oberen Teil der Tafel vor sich ging. »Damit wollte ich nur sagen, Mylord, dass alle, die mit Euch zu tun haben, eine sehr hohe Meinung von Euren Fähigkeiten haben.«

»Ach, wirklich?«, mischte sich da Sir Henry Perceval ein. »Von welchen Fähigkeiten sprecht Ihr, meine Liebe? Welche Erfahrungen habt *Ihr* persönlich mit unserem Gastgeber gemacht? Sind darunter auch welche, an denen Ihr uns teilhaben lassen wollt?« Seine Andeutung war so plump, dass man schon *sehr* begriffsstutzig hätte sein müssen, um es nicht mitzubekommen.

»Ich bin mir sicher, dass sich die Lady auf die gute Lösung bezog, die er im Falle unserer katholischen Abtrünnigen gefunden hat«, warf Cecil hastig ein. »Ich sah ihn heute früh mit March kurzen Prozess machen – äußerst geschickt, wie ich auch meinem Vater berichten werde.«

Ellie dankte dem Himmel, dass Cecil hier war, um ihr aus der Patsche zu helfen, obwohl es Perceval eindeutig gelungen war, sie vor seiner Schwester und Wills Mutter in Verruf zu bringen. Ihr fehlte der Mut, aufzublicken und ihnen in die Augen zu schauen, und deshalb griff sie nun mit zitterigen Fingern nach ihrem Löffel und hoffte, dass dieses Thema hiermit abgehakt war. Das Problem war nur, dass Percevals Vorwurf nicht aus der Luft gegriffen war. *Ganz* unschuldig war sie nicht. Ein anständiges Mädchen hätte den Earl niemals geküsst …

»Lady Jane, kann ich Euch nach dem Essen unter vier Augen

sprechen?«, fragte Will und brachte die Tischrunde mit dieser Frage erneut zum Schweigen.

Ellie legte den Löffel weg; ihr war der Appetit vergangen.

»Selbstverständlich, Mylord. Ich stehe Euch zu Diensten«, entgegnete Jane kühl.

Der Earl führte Jane ins Gewächshaus – eine Neuheit in England, die Jane sehr beeindruckt hatte. Es zeigte, dass der Earl ein modern eingestellter Mann war, der bereit war, in seine Ländereien zu investieren. Wie klug von ihm, mich als seine zukünftige Braut hierher zu führen, dachte Jane beklommen, denn mit *ihrem* Geld würde er sich die Errichtung weiterer hundert Gewächshäuser leisten können.

Vor einem Beet mit zarten Frühlingsblumen blieb er stehen und drehte ihr den Kopf zu.

»Mylady, ich habe von der Königin die Erlaubnis erhalten, um Eure Hand anzuhalten. Deshalb frage ich Euch: Gewährt Ihr mir die Ehre, meine Frau zu werden?« Er sprach hastig, wie ein Patient, der eine bittere Medizin schlucken musste.

Jane konnte ihre Enttäuschung nicht verbergen. Er war so … so leidenschaftslos. Wäre sie ein besserer Mensch, würde sie ihn abweisen, um ihrer Freundin den Weg frei zu machen, doch Jane war realistisch. Sie wusste, dass weder ihre Stellung noch die Erwartungen ihrer Familie ein Nein zuließen. Außerdem, wem würde es nützen? »Danke, Mylord, ich nehme Euren Antrag an.«

»Gut, dann werde ich noch heute an Euren Vater schreiben, dass wir beide uns einig sind. Falls Ihr ebenfalls eine Notiz beilegen wollt, könnte mein Bote sie gleich mitnehmen.«

Wie praktisch er war!

»Das ist sehr freundlich von Euch, Mylord.«

Der Earl machte eine kurze Pause, als witterte er den Sarkasmus, den sie eigentlich zu verbergen versucht hatte.

»Nein, Madam, Ihr seid es, die freundlich ist.« Als wäre es ihm jetzt erst eingefallen, nahm er ihre Hand und hauchte einen Kuss auf ihre Finger. Jane ahnte, dass er Ellie nicht auf diese Weise küsste, pflichtbewusst und mit geschlossenen Lippen. Sobald sich sein Griff lockerte, entzog sie ihm ihre Hand.

»Bitte verzeiht mir, Madam: Aber wenn Ihr erlaubt, würde ich meiner Familie gern sofort die gute Nachricht überbringen.«

Sie nickte und blickte ihm nach, als er steifbeinig zum Haus zurückging. Seit sie gemeinsam den Speisesaal verlassen hatten, waren höchstens fünf Minuten vergangen. Sie riss eine Rose ab, die in einem Topf neben der Bank wuchs, zupfte die Blütenblätter ab und zerdrückte das Innere dann zwischen den Fingern, bis es ganz zerbröselt war. Dieser verdammte Kerl!

Jane wusste, dass sie nicht die Einzige war, die in Lacey Hall unglücklich war, doch es dauerte eine Weile, bis sie diese andere Person gefunden hatte. Ellie saß in einem abgelegenen Winkel der Bibliothek, halb versteckt hinter einem schweren Vorhang.

»Ist hier auch Platz für zwei?«, fragte Jane leise.

Ellie zog die Beine an. Da sie keinen Reifrock anhatte, konnte sie die Knie an die Brust ziehen, eine Freiheit, um die Jane sie beneidete. Denn sie selbst musste ganz damenhaft dasitzen, mit den Füßen auf dem Boden.

»Ich habe Neuigkeiten, und ich wollte, dass Ihr sie von mir erfahrt«, begann Jane.

Ellies große braune Augen sagten ihr, dass die Freundin es bereits wusste.

»Ich habe Dorsets Antrag angenommen.« Jane würde den Earl heiraten, doch beide Mädchen wussten, dass sein Herz Ellie gehörte.

»Meinen Glückwunsch, Mylady.«

»Bitte, bleiben wir doch bei Jane!«

»Ich hoffe, ihr werdet glücklich miteinander.« Ellie schaffte es, diesen Satz nahtlos über die Lippen zu bringen, bevor ihr die Tränen kamen. Jane blickte schnell weg und tat so, als hätte sie es nicht bemerkt.

»Ihr habt versprochen, meine Freundin zu bleiben.« Jane verknotete ihre Finger auf dem Schoß.

»Ich … das tue ich. Bitte gebt mir aber etwas Zeit, um … um mich daran zu gewöhnen.«

»Werdet Ihr mir aus London schreiben?«

Ellie räusperte sich, um sich zu fassen. »Natürlich. Wo werdet Ihr sein?«

»Nun, wo alles besprochen ist, kehre ich an den Hof zurück. Meine Eltern werden anreisen, um alles Weitere zu regeln.«

»Alles Weitere?«

»Ja, Ehevertrag, Mitgift … mein Hochzeitskleid.«

»Ach ja.«

»Ellie, es tut mir leid.«

Ihre Freundin wandte das Gesicht zum Fenster. »Das braucht es nicht.«

»Doch, es tut mir leid, nicht nur in einer Hinsicht.« Sie machte die Perlenbrosche von ihrem Mieder ab und drückte sie in Ellies kalte Hand. »Als Zeichen unserer Freundschaft.«

Ellie umschloss die Brosche mit den Fingern. »Als Zeichen unserer Freundschaft«, wiederholte sie mit tonloser Stimme.

An diesem Abend lauerte Nell im Gang hinter den Küchenräumen ihrem Opfer auf, während die Dienerschaft von Lacey Hall auf das Wohl der Frischverlobten trank. Die Umstände waren fast ideal: Henry stellte der Tochter des Alchimisten nach, ihre Herrin spielte im Kreise der Familie Laute, und Turville becherte gehörig. Aber warum brauchte er so lange? Nell überlegte schon, ob sie ihn mit irgendeiner Ausrede aus der Küche locken sollte – eine Nachricht vielleicht? Doch bevor sie zu diesem leicht durchschaubaren Trick greifen musste, erhob er sich vom Küchentisch und wankte zum Außenabort. Nell rümpfte die Nase: Es war nicht sehr romantisch, dass es ausgerechnet ein Besuch im Abort war, der sie ihrem Ziel näherbringen würde, aber das ließ sich nicht ändern. Angehende Mütter ohne Ehemann durften nicht zimperlich sein. Aber sie wartete besser, bis er zurückkam …

Fröhlich vor sich hin summend, kehrte er in den Gang zurück, mit der Umsicht von Leuten, die wussten, dass sie betrunken waren, und auf jeden ihrer Schritte achteten.

»Eins, zwei, drei«, zählte Nell stumm, ehe sie aus ihrem Versteck rannte und mit ihm zusammenstieß. Mit einem absichtlichen schwungvollen Durcheinander von Petticoat und Knöcheln ließ sie sich auf den Boden fallen.

»Oh, Mistress Rivers, v-ver-verzeiht!« Turville stützte sich an der Wand ab und reichte ihr seine freie Hand, um ihr wieder auf die Beine zu helfen. »Habt Ihr Euch wehgetan?«

Nell rang sich ein Stöhnen ab. »Mein Bein, Sir.«

Turville war sichtlich durcheinander und schwankte wie ein Baum im Sturm. »Am besten, ich hole jemanden, der …« Er rülpste.

Narr!

»Ich denke, Ihr seht besser selbst nach, ob ich etwas gebrochen habe«, schlug Nell vor.

»Oh.« Der kräftige Mann ging auf die Knie wie ein plumpes Zugpferd in seinem Stall. Behutsam strich er dann über ihren Knöchel. »Hier?«

»Oh nein, Sir! Ich fürchte, der Schmerz sitzt etwas höher«, sagte sie mit heiserer Stimme.

Turville kroch ein Stück näher, ließ seine Hand bis zu ihrem Knie wandern und hielt inne, als der Strumpf aufhörte und er auf nackte Haut stieß. Seine Finger betasteten ihr Strumpfband. Nell spürte, wie verlegen und aufgeregt er darüber war, dass er sich diese Freiheit herausnahm. »Hier?«

»Ich glaube nicht, dass mein Bein ernsthaft verletzt ist, aber es fühlt sich komisch an.« Nell blickte ihm treuherzig in die Augen und klimperte mit den Wimpern. »Ich habe Herzklopfen und Schmetterlinge im Bauch.«

»Wirklich?« Turville hatte seine ursprüngliche Aufgabe offenbar vergessen, denn seine Hand glitt noch ein Stück höher. Sein Atem wurde schneller, sein Bieratem schlug ihr ins Gesicht. Na, großartig …

»Ja, so merkwürdig habe ich mich noch nie gefühlt.« Sie rieb sich über die Brust und lockerte dabei »versehentlich« die Schnürung. Seine trüben Augen verfolgten jede ihrer Bewegungen. Noch ein bisschen mehr Reize zeigen, und dieser Fisch hing an ihrer Angel. »Was … was glaubt Ihr, was ich habe?«

»Oh, ich … ich ahne es, meine Liebe«, keuchte er.

»Meint Ihr, es ist heilbar?« Sie stützte sich auf die Ellbogen und hielt ihm ihre Brüste vors Gesicht.

»Ich habe … genau das, was Ihr braucht.«

Er bewegte sich noch näher zu ihr, offenbar mit der Absicht, sie am Hals zu küssen, doch im letzten Moment gaben seine Arme nach, und er plumpste auf sie. Sie biss die Zähne zusammen und wartete darauf, dass sein Grapschen weiterging. Doch plötzlich begann er zu schnarchen.

Nell versuchte, ihn von sich zu hieven, aber der Mann war so gut wie bewusstlos. Nur mit größter Mühe gelang es ihr, unter ihm wegzurutschen; sie ließ ihn mit dem Gesicht nach unten auf dem Fliesenboden liegen und erhob sich mühsam. Dann strich sie ihre Kleidung glatt und blickte verächtlich auf den Fleischberg, der sie beinahe zerquetscht hätte.

»Verfluchter Trunkenbold!« Sie kickte ihn in die Rippen, doch er rührte sich nicht mehr. Fürs Erste war da nichts zu machen. Schade, sie hatte alles so schön geplant gehabt. Sie fasste sich jedoch rasch wieder und stolzierte davon, um zu sehen, ob Henry eventuell Wert auf ihre Gesellschaft legte.

Als Nell am nächsten Morgen in die Küche kam, stellte sie fest, dass die meisten Dienstboten vom Zechen am Vorabend einen Kater hatten. Den Kopf auf die Hände gestützt, saßen sie am Tisch und verzehrten ihr Frühstück, bestehend aus Brot und kaltem Fleisch. Da niemand aufblickte, schaute sie verächtlich in die Runde. Ihre Laune hatte sich gestern Abend nach einem kleinen Intermezzo mit Sir Henry gebessert, und sie setzte neue Hoffnung auf ein Gelingen ihrer Heiratspläne. Es würde noch einige Monate dauern, bis man ihr ihren Zustand ansah. Und wenn nicht Turville, dann würde eben ein anderer Mann an ihrer Angel landen.

Dorcas winkte Nell näher und goss ihr einen Becher Dünnbier ein.

»Ihr seht frisch und erholt aus, Nell – nicht wie die anderen Saufköpfe hier.«

Nell schlug sittsam die Augen nieder. »Wisst Ihr, Mistress, ich bin nicht an starke Getränke gewöhnt. Deshalb habe ich kaum etwas getrunken.« *Hör sich einer an, was ich da rede,* dachte sie und war stolz auf ihr schauspielerisches Können, *ich klinge ja richtig überzeugend!*

Dorcas tätschelte ihr die Hand. »Gutes Mädchen.«

Turville trat ein, großspurig wie immer. Bei Nells Anblick lief er knallrot an und räusperte sich mehrmals, bevor er sich ans andere Ende des großen Tisches setzte. Wie viel wusste er noch? Dachte er eventuell, sie hätten es getan – im Hausflur auf dem Boden? Ausgezeichnet, dachte sie, als ihr auf einen Schlag erleichtert klar wurde, dass sie vermutlich bereits am Ziel war … und dabei hatte sie den Kerl nicht mal in ihr Bett lassen müssen!

Nach einem Seitenblick auf Dorcas, ihre ahnungslose Verbündete in dieser Sache, hielt Nell sich ihre Schürze vors Gesicht und begann zu schniefen.

»Mein liebes Kind, was ist denn los?«, fragte Dorcas betroffen. Das leise Gemurmel am Tisch erstarb, und alle blickten auf Nell.

»Ich … ich kann nicht«, murmelte sie. »Ich kann nicht so tun, als sei alles gut.«

Dorcas legte ihren fleischigen Arm um Nells Schultern. »Ach was, so schlimm kann es doch nicht sein. Erzählt der guten, alten Dorcas, was los ist.«

»Ich kann nicht mit diesem M-Mann am gleichen T-Tisch sitzen.« Nell atmete tief und bebend ein. »Ich … ich schäme mich so.«

Dorcas musterte der Reihe nach alle Männer am Tisch, um den Schuldigen zu finden. Vom Küchenjungen bis zum Lakai blickten alle ratlos drein, mit Ausnahme des Verwalters, der sich eine Hand vors Gesicht hielt und sich offenbar das Gehirn zermarterte.

»Nein, das kann nicht sein«, sagte Dorcas entgeistert. »Nicht Master Turville!«

Nell wimmerte voller Verzweiflung und rieb sich den leeren Ringfinger. »Nachdem es passiert ist, kann ich mich nicht mehr mit erhobenem Kopf in anständiger Gesellschaft blicken lassen.«

Dorcas sprang auf. »Turville, was habt Ihr dazu zu sagen?«

Alle starrten den Verwalter empört an.

»Mistress Dorcas?« Er wirkte so glücklich wie ein Mann kurz vor dem Gang zum Richtblock.

»Ihr wisst genau, wovon ich spreche.«

»Ja?«

»Ihr ... Ihr seid ein Heuchler! Ausgerechnet Ihr, die Ihr Euch so oft zum Richter über uns andere aufspielt, geht hin und missbraucht dieses junge Ding – ich würde es nicht glauben, wenn der Beweis nicht neben mir säße!«

Die Reaktion der anderen Anwesenden reichte von empörter Sympathie für die junge Frau bis zu Belustigung vonseiten einiger Lakaien, die sich vom Verwalter schon so manche Strafpredigt hatten anhören müssen, nachdem er sie mit Mädchen erwischt hatte. Nell fand, dass es der richtige Zeitpunkt war, um in Tränen auszubrechen. Umgehend fielen ihr die anderen Mädchen um den Hals und führten sie zum besten Platz, direkt neben dem Herd.

»Oh, Ihr Ärmste!«

»Hat er Euch gezwungen? Soll ich den Herrn holen?«

»Dieser Schuft! Ich kratze ihm die Augen aus!«

Nell spürte, dass es ihnen richtig Spaß machte; zu schade, dass sie nicht selbst mitmachen konnte.

»Ich kann nicht darüber reden.« Sie beschloss, keine Details der Begegnung preiszugeben, da sie von diesem Mann ja geheiratet werden wollte und dann mit ihm zusammenleben musste.

»Master Turville, was gedenkt Ihr zu tun?«, fragte Dorcas streng, die Fäuste auf die Hüften gestützt.

»Ich kann mich an gar nichts erinnern, Mistress«, gestand Turville kleinlaut. Nell spürte, dass er sie alle ans andere Ende der Welt wünschte. Seine Autorität hatte einen schweren Schlag erlitten, und dafür hatte sie kaum einen Finger krümmen müssen!

»Das ist keine Entschuldigung!«, keifte Dorcas.

»Das macht es noch schlimmer! Was für ein Schurke Ihr doch seid, ein ausgemachter Schurke!«, setzte die Köchin, eine hübsche, füllige Frau, noch eins drauf. Angeblich hatte sie selbst ein Auge auf Turville geworfen, bevor Nell ins Haus gekommen war.

Die anderen Frauen murmelten zustimmend.

Turville erhob sich und versuchte, seine Würde zurückzuerlangen, wie ein Bettler, der sich in einen zerlumpten Umhang hüllte, um seine Nacktheit zu bedecken. »Mistress Rivers, würdet Ihr bitte mit mir kommen?«

Nell war ziemlich stolz darauf, dass alle sahen, wie es sie durchzuckte – ob aus Angst oder Abscheu, das sollten sie ruhig selbst entscheiden.

»Ihr geht mit dem armen Mädchen nirgendwo hin!«, erklärte Dorcas resolut. »Sagt ihr vor Zeugen, was Ihr zu sagen habt!«

Turville verdrehte die Augen, ehe er wieder auf Nell blickte. Sie glaubte zu sehen, dass er mit den Zähnen knirschte, ehe er aussprach, wozu er sich verpflichtet fühlte.

»Meine liebe Maid, ich weiß nicht, was ich tun kann, um den Schaden wiedergutzumachen, den ich Eurem guten Namen zugefügt habe. Meine Gefühle müssen mich übermannt haben, eine andere Entschuldigung fällt mir nicht ein.«

»Wohl eher das Bier, wenn ihr mich fragt«, murmelte ein Lakai.

Turville überhörte diese Bemerkung. »Bitte verzeiht mir!«

Dorcas schnalzte mit der Zunge. »Verzeihen? Typisch Mann! Er denkt, das genügt. Sie will Euch nicht verzeihen; sie will, dass Ihr ihre Ehre wiederherstellt und sie zu einer ehrbaren Frau macht! Ihr wisst, was der Vikar in diesem Fall sagt: Wer von den Früchten kosten will, sollte bereit sein, den ganzen Obstgarten zu kaufen.«

Turville schien langsam zu verstehen. Er warf einen weiteren Blick auf Nell, die in Dorcas' Armen schluchzte. Dass sich ihre Brüste vor Aufregung hoben und senkten, machte ihm die Entscheidung etwas leichter. »Mistress Rivers, ich wage zu hoffen, dass Ihr mir nach diesem Vorfall die Ehre erweist, meine Frau zu werden.«

Nell blinzelte zu ihm hoch und schenkte ihm ein –, wie sie hoffte –, zaghaftes Lächeln. »Oh, Sir … Master Turville … Affabel, ich nehme den Antrag an.«

Die Zuschauenden jubelten. Auf Turvilles Gesicht breitete sich ein widerwilliges Lächeln aus. Er fuhr sich mit beiden Händen durch das schüttere Haar und strich es zurück. »Als ich vorhin aus dem Bett stieg, lag mir der Gedanke fern, einen Heiratsantrag zu machen, aber ich denke, ich kann sagen, ich habe kein schlechtes Geschäft gemacht.« Er trat zu ihr, drückte ihr einen Kuss auf die Lippen und fand, dass es ganz schön clever von ihm gewesen war, sich auf diese Weise eine junge, hübsche Frau zu angeln.

Nell musste sich beherrschen, um sich nicht den Mund abzuwischen. Er hatte tatsächlich ein gutes Geschäft gemacht – noch besser, als er dachte. Denn er bekam sie gleich im Doppelpack!

20. Kapitel

Drei Wochen waren seit dem Tag der beiden Heiratsanträge, wie Ellie ihn nannte, vergangen. Sie wohnte inzwischen in einer kleinen, aber elegant möblierten Wohnung im Weißen Turm, dem quadratischen hohen Bergfried, in dem hochrangige Adlige residierten, wenn sie im Tower von London zu Gast waren. Von ihrem Zimmer aus hatte sie einen herrlichen Blick auf die Grünfläche und die düsteren Mauern dahinter, in denen die weniger glücklichen Bewohner dieses Orts untergebracht waren. Ellie hatte wenig zu tun. Ihr Vater war meist in seinem Labor oder unten am Kai bei seinem Versuchsbrander und kam manchmal nicht mal zum Essen.

Ellie ging viel auf dem Gelände spazieren; ans Flussufer wagte sie sich aber nur, wenn Wächter in Sicht waren, da dieser Teil von London kein sicherer Ort für ein junges Mädchen ohne Begleitung war. Sie passte in keine der Welten, die innerhalb dieser Mauern existierten: Da sie weder eine Gefangene noch ein Soldat war, gab es für sie keinen Platz. Sobald ihr Vater von Walsingham das erste Salär bekam, würde sie versuchen, ihn zu überreden, in eine Wohnung in der Stadt zu ziehen.

Vielleicht. Vielleicht auch nicht. Denn ihr Vater hatte eine Geliebte, von der er sich nicht trennen wollte, und deren Name war: Wissenschaft.

Ellie schrieb an Lady Jane, wie sie es versprochen hatte, und die langen Briefe, auf die sie viel Zeit verwendete, waren ihr ein großer Trost. Die Antwortschreiben fielen viel kürzer aus, waren aber voller Neuigkeiten und interessanter Beobachtungen, die Ellies Geist bis zum nächsten Schreiben beschäftigten. Jane jammerte über ihre neue Zofe (die alte hatte überraschend Wills Verwalter geheiratet), schimpfte auf ihren ehrgeizigen Vater, machte sich über ihren Bruder lustig – das Übliche eben. Nur Will kam ungeschoren davon – genau genommen erwähnte sie ihn kaum; er ging nur als Statist über die Bühne, der zufällig den Adelstitel Earl of Dorset trug und in dem Stück nur einen einzigen Satz zu sagen hatte.

Liebe Jane,
heute herrscht große Aufregung: Mein Vater plant, seinen ersten Brander auf der Themse zu Wasser zu lassen. Aber keine Angst: Der Aufseher und Sir Francis Walsingham sind im Bilde, und es ist nur ein kleines Boot, sodass der Schiffsverkehr auf unserem großen Fluss nicht über Gebühr gestört werden dürfte.

Ellie hob die Schreibfeder vom Blatt. Ihr Vater war in seinem Arbeitszimmer und spähte durch die offen stehende Tür zu ihr herein. Er schritt auf und ab und murmelte vor sich hin, während er die letzten Vorbereitungen traf.

Er setzt große Erwartungen in diesen Versuch und will Vorlesungen über explosive Stoffe halten, falls wir irgendwann triumphierend in Oxford ankommen.

In Wirklichkeit wagte Ellie aber kaum noch zu hoffen, dass sie die berühmte Universitätsstadt jemals erreichen würden, jedenfalls nicht, solange Walsingham ihren Vater weiterhin ›herumspielen‹ ließ. Dieser Traum verblasste immer mehr, zusammen mit vielen anderen, an die sich Sir Arthur all die Jahre geklammert hatte.

So bleibt mir vorläufig nichts anderes übrig, als die Raben mit meiner Bildung zu beeindrucken. Sie hören mir geduldig zu, wenn ich ihnen bei meinem alltäglichen Spaziergang rund um mein neues Heim meine Lieblingsverse vortrage. Der Mann hinter dem vergitterten Fenster hat mir erneut mit seinem weißen Taschentuch zugewinkt, also erhob ich meine Stimme, damit er mithören konnte. Hoffentlich konnte ich damit seine langweilige Kerkerhaft etwas lindern, aber seinen Namen weiß ich immer noch nicht – die Wächter sind sehr verschlossen in diesem Punkt; ich konnte ihnen nur die Information entlocken, dass er einst unter dem Earl von Leicester im Heer gedient hat.

Der Tower ist ein seltsamer Ort auf Gottes belebter Erde. Außerhalb der hohen Mauern geht das Leben seinen gewohnten Gang: Tiere werden zum Markt gebracht, Leute eilen zur Arbeit, Schiffe fahren in fremde Länder. Doch wir hier im Inneren drehen uns um unseren eigenen Fixpunkt und kommen keinen Schritt weiter. Wir alle fühlen uns sehr, sehr verloren.

Oje, sie wurde sentimental – sie musste aufhören!

»Ellie, meine Liebe, hast du mein altes Notizbuch irgendwo gesehen?«, rief ihr Vater aus dem Nebenzimmer.

Froh über jede Ablenkung, und sei es auch ein langweiliger Auftrag wie dieser, sprang sie auf. »Ich hole es Euch, Vater.« Sie holte das Notizbuch aus der Satteltasche, wo es seit ihrer Ankunft gesteckt hatte. »Hier ist es.«

»Danke, mein Schatz«, sagte er mit einem geistesabwesenden Lächeln. »Willst du bei meinem Experiment dabei sein? Es dürfte sehr interessant werden.«

Immer noch besser, als den ganzen Abend die Wände anstarren, dachte sich Ellie. »Gern, Vater. Wie wird das Boot angetrieben?«

»Ich rudere auf dem Brander bei Flut in die Mitte des Flusses, brenne die Zündschnur an, springe von Bord und lasse das Boot treiben. Ein Ring von anderen Booten hält die anderen Wasserfahrzeuge in sicherem Abstand.«

Diese Vorsichtsmaßnahme machte sie stutzig, denn das sah ihrem Vater gar nicht ähnlich. »Ist es so gefährlich?«

»Aber nein, meine Liebe.« Er tippte sich an die Nase. »Dein alter Vater weiß, was er tut.«

Das fand sie gar nicht beruhigend …

Der Abend kam und mit ihm die Flut. Die Themse floss durch das Traitor's Gate, das Verrätertor, und trug den Gestank des Wassers bis in den Bergfried. Ellie ging zwei Schritte hinter ihrem Vater her, der mit Walsingham, dem Aufseher des Towers und weiteren Zeugen zur Themse ging. Ihre offenkundige Neugier und die vielen Fragen, die sie ihm zur beabsichtigten Wirkung des von ihm erfundenen Sprengstoffs stellten, gingen ihm runter wie Öl.

»Das Geheimnis liegt im Verhältnis des Schießpulvers meiner Spezialmischung. Eine brisante Mischung, mit der man eindrucksvolle Ergebnisse erzielt. Ich habe im Labor einen ersten kleinen Test gemacht, und der dabei entstandene Schaden war beträchtlich.«

Oh ja, es war sensationell gewesen: Ellie hatte einen ganzen Nachmittag gebraucht, um die Bruchstücke und Scherben zusammenzukehren.

Ein kleines Boot war am Fuß der Stufen vertäut und wurde von zwei nervösen Soldaten bewacht. Ein größeres Ruderboot, mit einem erfahrenen Ruderer bemannt, wartete darauf, es in die Fahrrinne zu schleppen. Sir Arthur zündete eine Laterne an, um eine Flamme bei sich zu haben und später die Zündschnur anbrennen zu können, und sprang dann an Bord.

»Viel Glück, Sir!«, rief Walsingham.

In seinem Eifer, sich zu bewähren, winkte Sir Arthur ihm nur kurz zu. Er hatte nicht einmal einen Blick für Ellie übrig, als er seine letzten Befehle gab. »Legt los, Gridley!«, rief er dem Ruderer zu.

Ellie fröstelte trotz der warmen Brise. Sie entfernte sich ein Stück von den Schaulustigen und begann, heimlich für ihren Vater zu beten. Das Führungsboot war kaum noch zu sehen, es war nur ein flacher Schatten auf dem Wasser, mit Rudern, die sich hoben und senkten wie die herumfuchtelnden Arme eines Ertrinkenden. Die Lichter des Rings der anderen Boote, die den Schiffsverkehr von diesem Abschnitt des Flusses fernhielten, leuchteten wie eine Halskette aus Feuer. Ellie wartete gespannt, denn sie wusste nicht, was als Nächstes passieren würde.

Ungeduldig klopfte Walsingham mit seinem Gehstock auf die Erde. Sein Sekretär notierte, was der Meister über Windrichtung und Wetterbedingungen murmelte.

Plötzlich blitzte im Dunkeln ein grelles Licht auf.

»Das war's – die Zündschnur brennt!«, verkündete Walsingham.

Weil es schon dunkel war, konnte Ellie weder das Boot ihres Vaters noch den Brander sehen, nur die weiße Schlange, die sich rasch vorwärts fraß. Dann …

Rumms!

Sie wandte das Gesicht ab, als der Brander explodierte; brennende Holzsplitter regneten auf sie herab, obwohl sie in vermeintlich sicherem Abstand am Ufer standen. Ellie duckte sich, hielt sich die Hände vors Gesicht und wartete darauf, dass das Bombardement aufhörte. Als sie die Augen wieder zu öffnen wagte, sah sie Walsingham, der sich gerade mühsam aufrichtete.

»Bravo!«, rief er und begann zu applaudieren.

Ellies Sehvermögen erholte sich langsam wieder von dem grellen Lichtblitz, aber auf dem Wasser war noch immer nichts zu sehen. Der Brander war offenbar komplett vernichtet; doch auch von dem Ruderboot war nichts zu sehen.

»Sir Francis, wo ist mein Vater?«, fragte Ellie voller Panik und rannte zum Ufer.

»Geduld, Mylady. Er kommt gewiss bald, um seinen Triumph mit Euch zu feiern«, sagte Walsingham voller Zuversicht.

»Aber ich kann ihn nicht sehen!«

»Das kann keiner von uns, meine Liebe.« Der Tower-Aufseher tätschelte ihren Arm. »Eine eindrucksvolle Explosion, nicht wahr?«

»Ihr versteht nicht – ich kann den Fluss sehen, aber nicht das Boot!« Sie wandte sich zum Wasser, hielt sich die Hände als Trichter an den Mund und schrie aus Leibeskräften: »Vater, Vater!«

Angesichts von Ellies Panik warf der Aufseher Sir Walsingham einen besorgten Blick zu und sagte: »Das Mädchen hat recht, Sir. Es ist wirklich nichts zu sehen.«

»Gebt den anderen Booten Bescheid!«, befahl Walsingham seinem Sekretär. »Sagt ihnen, sie sollen im Wasser nach Überlebenden suchen!«

Überlebende!

Nein, nein! Ihr Vater *musste* noch leben! Er konnte nicht auf diese sinnlose Weise sterben, nicht so plötzlich, so unvorbereitet.

Der Aufseher legte ihr einen Arm um die Schultern und zog sie vom Ufer weg. »Lady Eleanor, Ihr könnt hier nichts tun. Geht mit mir zum Haus zurück, wo sich meine Frau um Euch kümmert, bis wir Euren Vater gefunden haben.«

Grimmig schüttelte sie den Kopf. »Ich muss bleiben.«

»Wir haben Flut – er könnte ein gutes Stück flussaufwärts getrieben werden, bevor ihn jemand aus dem Wasser zieht«, gab der Aufseher zu bedenken.

»Ich werde bleiben«, wiederholte sie stur.

Der Aufseher blieb an ihrer Seite stehen, als die Suche begann. Ellie fühlte sich wie betäubt und merkte kaum, wie ein Wachmann ihr eine Decke um die Schultern legte. Walsingham war längst fortgegangen, nachdem er gemurmelt hatte, man solle ihm in seiner Stadtresidenz Bericht erstatten. Ellie dagegen wartete und wartete.

Als am Himmel im Osten über dem Hafen der Morgen graute, kehrte das letzte Boot ohne Überlebende zurück, nur mit der Leiche des Ruderers an Bord. Er hatte eine tiefe Wunde an der Stirn, wo ihn ein Trümmerteil getroffen hatte, sowie Brandwunden an den Armen und im Gesicht. Ellie begann am ganzen Leib zu zittern. Der Ruderer hatte im Boot weiter hinten gesessen als ihr Vater!

Der Aufseher legte ihr seine schwere Hand auf die Schulter. »Kommt, meine Liebe. Wir müssen befürchten, dass Sir Arthur umgekommen ist, aber wir können immer noch auf ein Wunder hoffen.«

»Ich bleibe.« Ellies Stimme klang wie ein im Wind flatternder Faden, der jederzeit reißen konnte.

»Nein, es reicht«, sagte der Aufseher mit fester Stimme. »Ihr kommt jetzt mit mir!« Er fasste sie am Ellbogen und zog sie zurück zum Tower und in sein gemütliches Heim.

Dort übergab er sie der Obhut seiner Frau und deren Magd. Ihr feuchtes Kleid wurde ihr ausgezogen, sie wurde in ein warmes Bett gelegt und behutsam zugedeckt. Da glaubte sie plötzlich zu ertrinken und begann um sich zu schlagen.

»Schsch«, sagte die Frau mit sanfter Stimme. »Ruht Euch aus. Ich wecke Euch, sobald es etwas Neues gibt.«

Ellie rollte sich zu einem Ball zusammen, um möglichst wenig Platz auf der Welt zu beanspruchen. Sie starrte auf das weiße Leintuch über ihr, zählte die Webfäden, fixierte die winzigen schwarzen Punkte dazwischen, bis es für sie nichts mehr gab als das Gewebe.

Als Ellie erwachte, dauerte es eine Weile, bis ihr alles wieder einfiel, und ein paar grausame Sekunden lang war ihr Vater für sie noch am Leben. Doch ihre Erinnerung tötete ihn erneut.

Aber es war ja nicht sicher gewesen. Vielleicht gab es inzwischen etwas Neues?

Sie sprang aus dem Bett und rannte zur Tür, auf der Suche nach jemandem, der vielleicht etwas wusste. Der Korridor vor ihrem Zimmer war leer. Hektisch rannte sie die Treppe hinunter. Aus dem Arbeitszimmer des Aufsehers drangen Stimmen. Ellie vergaß ihre gute Erziehung und riss die Tür auf, ohne anzuklopfen.

»Sir, wurde mein Vater gefunden?«

Die beiden Herren drehten die Köpfe und starrten sie überrascht an. Ellie sah zunächst nur den Aufseher, dann erst Walsingham, der ihm gegenübersaß.

»Kind, Ihr seid nicht angekleidet«, sagte der Aufseher.

Das war Ellie vollkommen egal – ein Hemdkleid reichte aus, um zu hören, was es Neues gab. Was spielte es da für eine Rolle, dass sie barfuß war und offene Haare hatte?

»Bitte, was ist mit meinem Vater?«

Der Aufseher schüttelte nur bedauernd den Kopf.

Ellie weigerte sich, die Hoffnung aufzugeben – sie wollte es nicht glauben. »Was wird getan? Wird der Fluss abgesucht?«

Walsingham hob abwehrend eine Hand. »Bringt sie zu Eurer Frau!«, sagte er zum Aufseher.

Der Aufseher ging zu Ellie und griff nach ihrem Ellbogen. »Kommt, meine Liebe! Hier seid Ihr falsch.«

»Aber ich muss wissen, was getan wird, um ihn zu finden!« Ellies Panik wurde größer. Niemand hörte ihr zu – was war, wenn ihr Vater irgendwo verletzt am Ufer lag?

»Wir tun alles, was möglich ist, Lady Eleanor«, sagte Walsingham steif. »Wir müssen herausfinden, was falsch lief.«

»Es interessiert mich nicht, was falsch lief! Ich will meinen Vater wiederhaben!« Ellies Mund war trocken, ihr Herz klopfte. Es konnte nicht wahr sein! Das ließ sie nicht zu! »Dann gehe ich selbst und suche nach ihm, wenn Ihr es nicht tut!«

Der Aufseher zog sie wie ein ungezogenes Kind aus dem Raum. »Meine Männer haben den Fluss und das ganze Ufer abgesucht, Lady Eleanor. Seit dem Unfall gab es zwei Gezeitenwechsel. Sein Körper kann längst ins Meer gespült worden sein.«

Sie schüttelte den Kopf, Tränen ohnmächtiger Wut in den Augen. »Er ist nicht tot, das sage ich Euch! Er ist nicht tot!«

Der Aufseher brachte sie in die Küche, wo seine Ehefrau, eine zierliche, elegante Frau mit dunklen Haaren, die geflochten und unter einer hübschen Haube zu Schnecken gewickelt waren, bei der Köchin stand und mit ihr den Speiseplan für diese Woche besprach. »Katherine, kümmere dich um sie, sei so gut!« Er schob Ellie zu ihr hin.

»Ah, meine Liebe, kommt her!« Die Frau des Aufsehers streckte die Arme aus, doch Ellie wich zurück.

»Ich muss mich ankleiden – und nach meinem Vater suchen!«

Die Lady nickte. »Tut, was Ihr nicht lassen könnt. Ich helfe Euch beim Ankleiden.«

Sie stützte Ellie auf dem Weg ins Gästezimmer. Doch dort war keines von Ellies Kleidungsstücken zu sehen.

»Wartet, ich hole Euch Sachen von mir«, sagte die Frau des Aufsehers. »Eure Kleidung wurde bei der Explosion versengt.« Sie brachte ihr einen schwarzen Rock und ein Leibchen aus der Kleidermangel und half Ellie beim Anziehen. Die Sachen waren viel zu dünn, doch das war Ellie egal. Sie schlüpfte in ihre Schuhe und wollte zur Tür eilen.

»Euer Haar?«, rief die Lady ihr in Erinnerung und reichte ihr eine Haube.

Was spielte das Aussehen schon für eine Rolle? In aller Eile teilte Ellie ihre langen Haare in drei Strähnen, flocht sie zu einem dicken Zopf und stülpte dann die Haube darüber. »Ich bin fertig.«

»Wo wollt Ihr anfangen zu suchen?« Die Frau des Aufsehers stand geduldig neben der Tür.

»Wie meint Ihr das?«

»Flussaufwärts oder -abwärts? In einem Boot oder am Ufer? Alles wurde bereits abgesucht, wisst Ihr! Mein Mann hat es veranlasst, und seine Leute sind sehr gründlich.«

Trotz ihrer Verzweiflung spürte Ellie, dass ihr Kampfgeist erlahmte. Es war hoffnungslos – das wollte die Frau ihr zu verstehen geben. »Ich fange dort an, wo ich ihn zuletzt sah – am Kai.«

Die Frau nickte und ließ zwei Gardisten kommen, die Ellie aus dem Tower und zum Fluss begleiten sollten. Ellie stellte sich direkt ans Ufer der Themse und schaute über die braune Wasseroberfläche ans entfernte südliche Ufer; die dort befindlichen Lagerhäuser wurden zum Teil von großen Handelsschiffen verdeckt, die von weit her gekommen waren. Eine Ölschicht bedeckte den Fluss, der faulig roch, ganz anders als das klare Wasser weiter flussaufwärts, wo sie mit ihrem Vater entlanggewandert war, nachdem sie Windsor verlassen hatten. Was wollte sie hier? Es war sinnlos.

»Soll ich ein Boot rufen?«, fragte die Frau des Aufsehers.

Ellie schüttelte den Kopf; Tränen liefen ihr über die Wangen.

»Sollen wir wieder ins Haus gehen?«

Ellie nickte.

»Gibt es jemanden, an den wir schreiben können? Verwandte?«

Erst in diesem Augenblick begriff Ellie, wie allein sie jetzt auf der Welt war – schrecklich allein. Ihr Vater war ihr zwar häufig eine Last gewesen, aber zumindest hatte er ihr einen Sinn gegeben, war ihre Familie gewesen. Wen hatte sie jetzt noch?

»Mein Vater hatte einen Bruder, doch sie verstanden sich nicht.«

»Und Eure Mutter?«

»Sie war aus Spanien, Mylady. Ich kenne niemanden dort.«

»Ah, verstehe. Freunde?« Ihre besten Freunde auf der Welt standen kurz davor, sich miteinander zu vermählen; sie konnte ihnen ihre Chance auf ein gemeinsames Glück nicht verderben, indem sie sich als Kuckuckskind in ihr Nest setzte. »Nein, Mylady.«

»Nun, das kann warten. Gehen wir wieder ins Haus. Die Köchin macht Euch etwas zu essen.«

Willenlos ließ Ellie sich in den Tower zurückführen.

»Euer Vater starb als Held, Lady Eleanor«, sagte die Frau des Aufsehers. »Er hat sein Leben im Dienste seines Vaterlandes verloren.«

Ein Held? *Ein Held?* Ellie begann zu lachen, ein bitterer Ausbruch, von dem ihr noch unwohler wurde. Er starb, wie er gelebt hatte – als Narr seines Metiers. Und es war ihm sogar gelungen, jemanden mit in den Tod zu reißen!

»Aufhören! Davon werdet Ihr krank!« Die Frau schüttelte Ellie.

Doch Ellie konnte nicht aufhören. Sie lachte, bis ihr der Magen wehtat und sie sich zusammenkrümmte. Irgendwann ging ihr schrilles Gelächter in Schluchzen über. Sie kauerte im Gras und wurde von ihrem Kummer überwältigt.

»Bringt sie in ihre Kammer«, befahl die Frau einem der Gardisten. »Sie ist außer sich vor Schmerz.«

Der Mann hob sie wie ein Bündel hoch und trug sie ins Haus. Ellie hatte sich etwas beruhigt, als sie aufs Bett gelegt wurde. Ihre Vernunft meldete sich zurück. Sie konnte die einzigen Menschen, die sie vor einem Leben auf der Straße bewahrten, nicht vor den Kopf stoßen, indem sie sich wie eine Wahnsinnige aufführte.

»Verzeihung«, flüsterte sie, ohne die Augen zu öffnen, denn sie spürte, dass die Frau des Aufsehers in der Nähe war.

»Aber nein, Liebes, es gibt nichts zu verzeihen. Ruht Euch aus. Trauert um Euren Vater. An morgen denken wir erst, wenn es so weit ist.«

Sie verließ das Zimmer und zog leise die Tür hinter sich zu.

Ellie starrte an die Decke, doch diese gab ihr keine Antworten darauf, was aus ihr werden würde. Nach einer Weile setzte sich Ellie auf und blickte sich um. Ihr war, als sei ihre Seele entflohen und hätte nur eine leere Hülle zurückgelassen, die fortan ihr Leben führen würde. Unter dem Fenster stand ein Schreibtisch. Ellie erhob sich und griff nach einem leeren Blatt. Dann nahm sie die Feder und begann zu schreiben.

21. Kapitel

Will wusste, dass James vor dem Audienzsaal des Greenwich Palace – der Lieblingsresidenz von Königin Elisabeth am Südufer der Themse – auf ihn wartete. Ihre Privaträume befanden sich in einem Turm, direkt am Ufer gelegen, und während der ganzen Audienz war er abgelenkt von den Spiegelungen der Themse, die über die vergoldete Decke huschten. Und da unter dem Fenster Binsen raschelten, wähnte man sich eher in der Gegenwart einer Flussgöttin als der Königin von England.

Der Hof stand kurz davor, zur alljährlichen Sommerrundreise aufzubrechen. Nur die wichtigsten Minister und Bediensteten würden die Königin begleiten, doch das bedeutete dennoch, dass eine Entourage von mehreren Hundert Personen durch das Land reisen würde. Will war froh, dass er nicht zu diesen Unentbehrlichen gehörte, denn für ihn hätte es den finanziellen Ruin bedeutet, so lange den äußeren Schein eines vermögenden Mannes wahren zu müssen. Außerdem hatte er eine Heirat vorzubereiten – welche Freude!

Während der Audienz zeigte Königin Elisabeth sofort Verständnis, als er ihr erklärte, warum er für einige Monate nicht an ihrer Seite sein konnte. So kam es, dass er mit einem Kuss auf ihre blasse Hand davonkam.

»Alles geregelt?«, fragte James, als Will aus dem Palast trat.

»Ja, wir können abreisen.« Will ging mit großen Schritten davon, damit er weg war, falls die Königin es sich anders überlegte.

»Heimwärts also?«

»Ja, wir ziehen uns zurück.«

»Hat sie viel gesagt?«

Will verzog das Gesicht. »Sie hat mir zu Marchs Entlarvung gratuliert und gesagt, sie freue sich schon darauf, von weiteren Erfolgen meinerseits im Kampf gegen katholische Verschwörer zu hören.«

James zog die Stirn kraus und zupfte an seinem frisch gestutzten Bart. »Ich nehme an, du hast nicht erwähnt, dass March geflohen ist, kaum dass er in Banbury war, oder?«

»Ähm, nein, natürlich nicht. Da war ich zum Glück nicht mehr für ihn verantwortlich. Der Mann hielt sich wortwörtlich an das Versprechen, das er mir gab – was will ich mehr? Ich hoffe nur, dass er so vernünftig ist, nach Rom zu gehen und England in Frieden zu lassen.«

»Und wie hoch ist die Wahrscheinlichkeit, dass er das tut?«

»Ungefähr so hoch wie die, dass es im Juli schneit.«

Sie gingen um eine Hausecke und von dort aus weiter zu Percevals Gemächern. Will staunte immer wieder von Neuem, wie prächtig die Fassade aussah, die zum Flussufer hin lag, mit dem mit Zinnen bewehrten Dach und den Rundbogenfenstern, die den Palast wie ein großes schwimmendes, gläsernes Schloss aussehen ließen – ein passendes Symbol für die gefährliche Reise, die jeder Untertan machte, der sich an den Hof wagte. Die Percevals gehörten zum engen Kreis jener, die in den besten Gemächern wohnten, ganz in der Nähe der Königin.

Als Will an den Zustand seines eigenen Herzens dachte, warf er einen Seitenblick auf seinen Bruder, der während der letzten Wochen ungewöhnlich schweigsam gewesen war. Doch wegen seines persönlichen Kummers darüber, dass er Ellie nicht haben konnte, hatte er gar nicht groß darüber nachgedacht, wie es James wohl ging.

»Und? Wie läuft's mit der Witwe in Cambridge, kleiner Bruder?«

»Welcher Witwe?« James kickte ein Steinchen aus dem Weg.

»Tobias hat doch mal erwähnt, dass du in eine Lady dort verliebt bist, oder ist das passé?«

»Aus und vorbei. Es war nur ein Techtelmechtel. Ich habe mich nach unserem Aufenthalt in Windsor nicht mehr mit ihr getroffen.«

»Warum das? Hat sie einen Galan ihres Alters gefunden, den sie verführen konnte?«

»Kann sein. Aber sie war nur ein paar Jahre älter als ich, Will, keine Jahrzehnte, wie Tobias behauptet hat.«

Will lachte. »Also ist die Affäre einfach ausgelaufen?«

»Na ja, sagen wir, ich bin ihren Reizen nicht mehr erlegen.«

»Und dann wird behauptet, nur *Frauen* seien wankelmütig.«

James zuckte nur mit den Schultern und wechselte dann das Thema.

Will musterte James, als er ihm erzählte, wie sehr er hoffe, in Leicesters Armee aufgenommen zu werden. Er war enttäuscht, dass sein Bruder nicht auf seine Hänseleien eingegangen war; vielleicht waren James' Gefühle tiefer gewesen, als er eingestand?

»Jamie, du würdest es mir doch sagen, wenn dich etwas bedrückt, oder?«, fragte er und blieb unter der Tür zu Percevals Gemächern stehen.

James wich seinem prüfenden Blick aus. »Klar, wenn ich denke, dass du mir helfen könntest.«

»Aber …?«

»Sollten wir nicht besser anklopfen?« James nahm es ihm ab und klopfte resolut an die Tür. Ein Diener öffnete und ließ sie eintreten.

»Mylord!« Janes Vater, Thaddeus Perceval, der Earl von Wetherby, kam ihnen entgegen. Er war zwar einen Kopf kleiner als sein Sohn, hatte aber dieselben goldblonden Haare wie seine Kinder. Er war ein Respekt einflößender Mann, der Will an einen Felsbrocken erinnerte, den man, wenn er erst einmal talwärts rollte, nicht mehr aufhalten konnte.

»Wir sind gekommen, um Lebewohl zu sagen, Sir«, sagte Will. »Die Königin hat uns vom Hof beurlaubt, und ich möchte in meine Grafschaft zurückreisen, um dort alles für die Ankunft meiner zukünftigen Gemahlin vorzubereiten.«

»Gut, gut. Ich habe von meinem Rechtsanwalt Urkunden aufsetzen lassen, die die Verlobung und die Heirat regeln, Höhe und Übergabe der Mitgift, was meine Tochter im Falle Eures Todes erhält und so weiter. Möchtet Ihr gleich heute unterzeichnen, oder zieht Ihr es vor, die Schriftstücke mitzunehmen, um zuerst Eure eigenen Berater zu konsultieren?« Er fuchtelte mit einer Schriftrolle herum.

»Ich denke, ich lese mir die Dokumente besser in Ruhe durch, Sir.« Will nahm sie entgegen und reichte sie an James weiter. »Ich werde sie Euch durch einen Boten zurücksenden, sobald alle Formalitäten erledigt sind.«

Lord Wetherby klatschte in die Hände und rieb sie dann voller Vorfreude. »Heirat im Dezember, hm? Dann erwarte ich nächstes Jahr zur Erntezeit meinen ersten Enkel!« Er lachte. »Aber jetzt kommt! Jane fragt sich bestimmt schon, was ihren Zukünftigen so lange aufhält.«

Mit einer überschwänglichen Geste bedeutete er ihnen, ins Damenzimmer zu gehen. Dort wurden sie von Jane erwartet, deren schmale Gestalt sich vor dem schweren, zurückgezogenen Vorhang abzeichnete. Sie sah atemberaubend schön aus in ihrem zartgelben Kleid. »Mylord?« Sie machte einen knappen Hofknicks, und ihr Lächeln vertiefte sich, als sie sah, dass er nicht allein gekommen war. »Ah, Master Lacey.«

Will gab ihr einen Handkuss. »Mylady, wir sind gekommen, um Abschied zu nehmen. Wir reisen nach Lacey Hall.«

»Dann überbringt meine Grüße an Eure Frau Mutter und an Lady Sarah – und natürlich auch an den Schlingel Tobias, falls er zu Hause ist.«

Will erwiderte ihr Lächeln. »Ja, das ist er. Wickelt Mutter um den Finger und ärgert Sarah, wann immer er kann. Ich fürchte, Ihr heiratet nicht in ein sehr friedliches Heim ein. Und wo ist Euer Bruder, Mylady?«

Fragend schaute Jane ihren Vater an. »Sir, ist Henry hier? Ich habe ihn heute früh noch nicht gesehen.«

Ihr Vater brummte etwas und trat an das Fenster, das zum Fluss führte. »Nein, mein Kind, er ist wegen irgendeinem Blödsinn zum Tower gegangen. Heute Morgen hat er Sir Walsingham getroffen, der ihm von einem bösen Unfall erzählt hat, der sich vor zwei Tagen zutrug. Einer von Walsinghams Männern kam bei einer Explosion auf der Themse ums Leben – dieser dubiose Alchimist, der damals in Windsor so großes Ärgernis erregte.«

»*Was?*« Will sah ihn fassungslos an.

»Sir Arthur Hutton?« Jane war leichenblass geworden.

»Ay, der Nämliche. Soll sich in die Luft gesprengt haben, heißt es. Man fand keine Spur mehr von ihm. Jetzt steht Walsingham dumm da. Da hat der Mann eine großartige Formel zur Herstellung von Sprengstoff entdeckt, und was ist? Starb, bevor er sie aufzeichnen konnte. Höchst frustrierend.«

»Und seine Tochter?«

Wetherby runzelte die Stirn. »Er hat eine Tochter? Aha! Das erklärt, warum Henry nicht mehr zu halten war. Er ist losgerannt, um die trauernden Hinterbliebenen zu trösten.« Er lachte in sich hinein. »Keine Angst, wenn sie hübsch ist, findet sich schnell jemand, der sich um sie kümmert.«

Will wollte nichts wie weg von hier. Er stand hier und spielte den pflichtbewussten Freier, während Ellie auf der anderen Seite der Themse bereits von Wölfen umkreist wurde! Er musste dringend nach ihr sehen! Als er sich an Jane wandte, um sich zu entschuldigen, sah er, dass sie bereits zur Tür eilte.

»Ich muss zu meiner Freundin«, sagte sie kurz angebunden.

Lord Wetherby stellte sich ihr in den Weg. »Nein, Jane, du bleibst hier! Was immer dich in der Vergangenheit mit diesem Mädchen verband: Sie ist kein Umgang für dich. Dein Bruder ...« Er dachte kurz nach und entschied sich dann für klare Worte. »Du verstehst solche Dinge noch nicht, doch es schickt sich nicht für dich, dich mit ihr zu zeigen. Dein zukünftiger Gemahl würde es nicht gutheißen.«

Will hakte Janes Arm bei sich unter. »Ganz im Gegenteil, Lord Wetherby, Lady Eleanor ist durchaus ein schicklicher Umgang für meine Gemahlin. Auf Henrys Trost dagegen legt sie mit Sicherheit keinen Wert!«

»Unsinn! Er ließ durchblicken, dass dem Mädchen gar nichts anderes übrig bleibt, als sich einen Beschützer zu suchen – sie steht ohne Geld und ohne Familie da!«

»Aber sie hat Freunde! Kommt, Mylady, ich begleite Euch zum Tower, um zu sehen, was wir für Ellie tun können.« Gebieterisch zog Will die Augenbrauen hoch, als er Lord Wetherby anblickte. »Falls Ihr keine Einwände habt, Sir.«

»Ähm, dann eben nicht. Ihr werdet ohnehin bald für meine Tochter verantwortlich sein! Doch wenn Ihr Euch in dieser Hutton-Tochter getäuscht habt, bringt mir meine Jane sofort zurück, und untersagt ihr jeden weiteren Kontakt.«

»Ich täusche mich nicht.«

»Wir werden sehen. Ihr kennt vielleicht die Tochter, aber nicht meinen Sohn! Er kann sehr überzeugend auftreten.«

Den letzten Dienst, den Ellie ihrem Vater erweisen konnte, war es, seine Notizbücher und Manuskripte in einen großen Koffer zu packen und nach Oxford zu schicken. Die ihm überlassenen Räume im Weißen Turm standen ihr nicht mehr zu, und folglich musste sie sie ohnehin ausräumen. Sie konnte nicht viel dorthin mitnehmen, wo sie hinging, und da ihr Vater von einem Kollegenfreund am New College gesprochen hatte, würde sie ihm die Unterlagen schicken. Darüber würde Vater sich freuen, dachte sie; seine Kollegen wüssten sein Lebenswerk sicherlich zu schätzen.

Ihre Hand verharrte über dem Notizbuch, in das er noch am Tag des Todes geschrieben hatte. Wieder wurde sie von Schmerz überwältigt und vergaß alles andere.

Er war tot. Das Schlimmste war, dass sie das immer wieder vergaß und dachte, er sei nur im Nebenzimmer. Menschen, die ein Bein oder einen Arm verloren haben, sagen oft, sie könnten das fehlende Körperteil noch spüren – und so erging es ihr auch: Sie hatte eine Art Phantomschmerz, weil ihr etwas fehlte.

»*Señor Jesu Cristo, sálvame*«, wisperte sie und strich über den kalbsledernen Einband des Notizbuches.

Ein Klopfen an der Tür riss sie aus ihrem leisen Gebet. Als sie aufblickte, stand Sir Henry Perceval da, sehr ernst; doch mit seinen scharfen Augen erfasste er auf einen Blick ihre Lage.

»Meine arme Lady Eleanor«, begann er. »Ich kann Euch nicht sagen, wie betroffen ich bin, seit ich von Eurem großen Verlust hörte.«

Ellie erhob sich und hielt sich das Notizbuch wie einen schützenden Schild vor die Brust. Er war der allerletzte Mensch, den sie sehen wollte.

»Sir Henry?«

»Der Aufseher sagte mir, dass ich Euch hier finde. Er sagte auch, dass Ihr von Kummer überwältigt seid.«

Die Worte lagen wie Wackersteine in ihrer Kehle. »Es ist ein herber Schlag für mich, Sir.«

»Ich weiß, meine Liebe, herb und so ungerecht. Euer Vater starb im Dienste unseres Vaterlandes, und dennoch müsst Ihr nun hier ausziehen.« Er betrat die Kammer, ging von einer Wand zur anderen und griff wahllos nach dem einen oder anderen Buch. Ellie biss die Zähne zusammen, als sie sah, wie er die Stapel wieder durcheinanderbrachte, die sie an diesem Morgen sorgsam aufgeschichtet hatte.

»Die Räume werden für jemand anderen gebraucht, Sir.«

»Und Ihr? Was soll nun aus Euch werden?«

Ellie hatte zwar schon einen Plan, doch das ging Sir Henry nichts an. »Ich gehe fort, Sir.«

Er legte das Buch, das er gerade in die Hand genommen hatte, zurück und trat auf Ellie zu. »Lady Ellie, Ihr müsst wissen, weshalb ich gekommen bin.«

Sie wich einen Schritt zurück, da ihr die Erinnerung an die bisherigen schrecklichen Begegnungen noch in den Knochen steckte und sie fest entschlossen war, nicht wieder in seine Falle zu tappen. »Sir, ich will es nicht hören.«

»Aber Ihr *müsst*! Ich kann Euch einiges bieten: Ihr ahnt ja gar nicht, was ich Euch geben kann, wie viel Spaß wir miteinander haben können. Dorset kann Euch nicht einen Bruchteil dessen geben, was ich vermag.«

»Dorset?«, quiekte Ellie überrascht.

Henry grinste süffisant. »Ich weiß, dass zwischen euch etwas war, Schätzchen! Mir wäre es anders lieber, aber ich bin ein Mann von Welt und kann über den kleinen Fehltritt hinwegsehen.«

Ellie schnappte nach Luft. »Wir hatten nichts miteinander!«

Er legte seine Hand an ihre Wange. »Ach, Schätzchen, wenn ich dich so höre, bin ich fast geneigt, an deine Unschuld zu glauben!«

»Ich bin unberührt, Sir!«, fauchte sie empört, während sie sich gleichzeitig fragte, warum sie sich überhaupt die Mühe machte, sich zu verteidigen. Sie täte besser daran, einfach wegzulaufen.

»Das werden wir ja sehen, nicht wahr?«

Mit dem Notizbuch schlug sie seine Hand weg. »Nein, werden wir nicht! Geht bitte, Sir! Euer Angebot, mich zu beschützen, will und brauche ich nicht!«

Er wollte nach ihrem Arm greifen, doch Ellie reagierte blitzschnell. In ihrer Not warf sie ihm das Buch ins Gesicht, drehte sich um, schnappte sich ein Destilliergefäß von der Werkbank und warf es über ihre Schulter. Es zerschellte hinter ihrem aufdringlichen Verehrer an der Wand. »Lasst mich in Frieden!« Eine Messingwaage folgte als Nächstes, dann eine Zange. Henry wich dem Bombardement geschickt aus und war sogar so dreist, sie auszulachen!

»Ellie, Ellie, du bist zauberhaft!«, erklärte er. »So eine Leidenschaft! Welch ein Feuer!«

Das war zu viel – zusätzlich zum Verlust ihres Vaters nun auch noch von diesem … diesem Scheusal von Mann belästigt zu werden.

»*Dios y sus ángeles!* Ich hasse Euch!«

Eine Pipette prallte an seiner Stirn ab, ein paar Tropfen Quecksilber spritzten heraus.

»Komm her, Süße!«

Ein Fläschchen mit einer nicht identifizierten Flüssigkeit explodierte, als sie es nach ihm warf, Glassplitter regneten auf ihn herab. Da er einen Moment lang abgelenkt war, riss Ellie die Tür auf, taumelte die Stufen hinunter und floh. Ihre Pläne, von hier wegzugehen, waren auf einen Schlag sehr viel konkreter geworden. Sie würde keinen Augenblick länger in derselben Stadt bleiben wie dieser Widerling!

Als Will, James und Lady Jane im Tower ankamen, fanden sie Henry auf dem Boden vor. Seelenruhig saß er inmitten eines Haufens von Scherben, die aussahen, als würden sie von Glasinstrumenten und merkwürdig geformten Messinggegenständen stammen. Er überflog ein Buch, während er ein Taschentuch an seine Wange presste.

»Was ist hier passiert?«, fragte Jane.

Ihr Bruder schien kein bisschen überrascht, sie zu sehen. »Erstaunlich temperamentvoll, diese Lady Eleanor!«

Will war drauf und dran, auf Henry loszugehen, doch James legte ihm beschwichtigend eine Hand auf den Arm.

»Wir sollten besser in Erfahrung bringen, wohin sie gegangen ist«, raunte er seinem Bruder zu.

»Und wo ist sie jetzt?«, nahm Jane ihm die Frage ab.

Henry zuckte die Schultern. »Keine Ahnung. Nachdem sie die Instrumente ihres Vaters zertrümmert hatte, ist sie davongerannt. Ich warte hier, bis sie zurückkommt.« Er blätterte wieder in dem Notizbuch. »Meine Güte, dieser Sir Arthur war tatsächlich verrückt – hier drin steht lauter Unsinn! Er hat nicht mal gemerkt, dass er dieselben Experimente mehrmals gemacht hat!«

»Was hast du zu ihr gesagt?«, wollte Jane von ihrem Bruder wissen, während sie vorsichtig zwischen den Glasscherben in den Raum ging.

»Nichts. Ich bot ihr nur meine Schulter an, um sich auszuweinen.«

»Was noch?«

Verlegen blickte Henry zu Will. »Du, Janie, das ist eigentlich nichts für deine Ohren.«

»Ich bin nicht dumm, Henry: Du hast ihr angeboten, deine Mätresse zu werden, und das Chaos hier war ihre Antwort darauf.« Eine Glasscherbe knirschte unter ihrem Schuh.

Henry lachte spöttisch. »Weißt du was, Janie? Ich fürchte, sie mag mich nicht.«

»Aha, und das merkst du erst jetzt?«

»Ihre Liebe gilt einem anderen.« Henry blickte auf Will und verzog das Gesicht.

»Glaub nicht, dass du in deiner Wut einen Keil zwischen Dorset und mich treiben kannst, Henry. Ich weiß bereits, dass er und Lady Eleanor sich mögen.«

Mit einem hinterhältigen Funkeln in den Augen winkte Henry sie näher und flüsterte ihr ins Ohr: »Weißt du auch, dass sie schon miteinander geschlafen haben?«

Jane zuckte zurück und gab ihm eine schallende Ohrfeige. »Das war für meine Freundin.« Sie hob eine Hand, um Will davon abzuhalten, sich auf Henry zu stürzen. »Er will Euch nur ärgern, Mylord. Bitte gebt ihm nicht die Genugtuung, Euch provozieren zu lassen!«

Henry rieb sich die Wange. »Da seht Ihr, worauf Ihr Euch einlasst, Mylord! Nach außen hin gibt sich meine Schwester lieb und sanft, nicht wahr? Aber das ist nur gespielt. Sie ist nicht, wie Ihr denkt.«

Will war beeindruckt von Janes Courage und schenkte ihr sein erstes aufrichtiges Lächeln. Er küsste ihre gerötete Handfläche. »Nein, das ist sie nicht. Sie ist großartig! Kommt, Mylady, machen wir uns auf die Suche nach unserer Freundin!«

Die Frau des Aufsehers empfing sie in ihrem Salon. Sie wirkte bekümmert, versuchte aber, es zu verbergen.

»Lady Eleanor? Ich fürchte, die Herrschaften kommen zu spät, Mylord. Sie bestieg vor etwa einer Stunde ein Boot, das flussaufwärts fuhr, und bat mich, die Sachen ihres Vater nach Oxford zu schicken.«

Will bekam einen Schreck. Wenn Ellie mitten im Packen überstürzt davongerannt war, mussten Henrys Avancen sie wirklich in große Panik versetzt haben. Vermutlich hatte er ihnen nicht alles erzählt. Will beschloss, zurückzugehen und ihn sich vorzuknöpfen, ehe er sich auf die Suche nach Ellie machte, um auf sie aufzupassen. Das hätte er von Anfang an tun sollen!

Jane dagegen bewahrte die Ruhe und stellte all die Fragen, an die er in seiner Aufregung nicht gedacht hatte. »Hat sie gesagt, wohin sie gehen wollte, Madam?«, fragte sie die Frau des Aufsehers.

»Ja, Mylady. Sie sprach von Verwandten in Gloucestershire. Ursprünglich wollte sie warten, bis eine Antwort auf ihren Brief eintraf, aber dann hat sie es sich überraschend anders überlegt und wollte sofort aufbrechen.« Die Frau des Tower-Aufsehers rang ihre Hände. »Ich habe noch versucht, es ihr auszureden. Aber ich fürchte, der Verlust ihres Vaters hat sie völlig durcheinandergebracht.«

Jane blickte zu Will, und in ihrem Blick lag die Frage, ob er etwas über diese Verwandten wüsste, doch er wusste leider nichts.

»Und wisst Ihr zufällig, wo diese Verwandten wohnen?«, fragte Jane weiter.

Die Frau schüttelte den Kopf, und Wills Hoffnungen zerschellten. »Aber mein Mann wird es wissen, da er gestern einen Boten mit dem Brief weggeschickt hat. Wie ich zu Lady Eleanor sagte, muss sie aufpassen, dass sie den Mann unterwegs nicht überholt und noch vor dem Brief mit der Nachricht vom Tod ihres Vater bei ihrem Onkel eintrifft.«

Henry war klug genug gewesen, das Weite zu suchen, um Wills Zorn zu entgehen.

»Können wir den Raum in diesem Zustand hinterlassen?«, fragte Jane mit einem ratlosen Blick auf das Chaos im Turmzimmer.

»Ich bitte einen der Gardisten, jemanden zu schicken, der die letzten Bücher einpackt und die Scherben wegräumt«, erklärte Will. »Aber dass Ellie alles stehen und liegen ließ und davongerannt ist, macht mir Sorgen. Das ist eigentlich nicht ihre Art.«

»Vielleicht sollten wir ein paar ihrer Sachen mitnehmen, falls sie an ihnen hängt und sie später zurückhaben möchte.«

Jane packte ein paar Kleinigkeiten zusammen, die Ellie sicher am Herzen lagen: eine Perlenbrosche, ein Notizbuch ihres Vaters, das vor dem Kamin lag, ein Gedichtband, ein Nähset. Beim Anblick des Nähsets huschte ein wehmütiges Schmunzeln über Wills Gesicht, weil es ihn an Ellies miserable Stickkünste erinnerte. Behutsam schob er es unter sein Wams, ehe er mit James und Jane zum Boot ging, das sie nach Greenwich zurückbringen würde.

»Ein Onkel?«, sagte Jane nachdenklich. »Ich dachte, Ellie sei allein in der Welt.«

»Mir gegenüber hat sie mal erwähnt, dass die besessene Suche ihres Vaters nach Gold ihn und seine Familie entzweit hat.« Will zog seinen Umhang enger und blickte zurück auf den Tower, dessen Silhouette sich düster vor dem bewölkten Himmel abzeichnete. Regentropfen platschten auf den Fluss, so heftig, dass sich um sie herum größer werdende Ringe auf dem Wasser bildeten.

James legte ein Segeltuch über Janes Schoß, um sie vor dem Regen zu schützen. »Eigentlich eine gute Nachricht, nicht wahr? Sie ist auf dem Weg zu ihrem Onkel!«

»Aber ohne zu wissen, ob er sie bei sich aufnimmt, Sir«, gab Jane zu bedenken.

Will ballte die Fäuste. Er hatte das irritierende Gefühl, dass Jane ihn als Einzige von allen verstand; seine distanzierte Braut war seine Verbündete geworden! Trotzdem wuchs seine Überzeugung, dass er sie unmöglich heiraten konnte. Als Ellie im Weißen Turm unter den Fittichen ihres Vaters gewesen war, war diese Aussicht noch einigermaßen erträglich gewesen, doch nun, da sie aus ihrem Nest gefallen war, hatte er keine Ruhe mehr, bis er wissen würde, dass es ihr gut ging und ob sie glücklich war. Doch wenn er ihr bis nach Gloucester nachreiste, würde er seine ungewöhnlich starke Zuneigung für Ellie verraten; Jane wäre zu Recht beleidigt und Ellies Ruf ruiniert, sofern er sie nicht anschließend heiratete.

Sofern er sie nicht heiratete. Schon allein dieser Gedanke war berauschend und erschreckend zugleich, es würde bedeuten, dass er auf sämtliche Pflichten und seine Verantwortung pfiff. Im Grunde seines Herzens wusste er, dass er sich längst entschieden hatte; das Schwierige war nur, es den anderen beizubringen.

Jane begriff mehr, als der Earl ahnte, als sie nun gemeinsam die frostige Rückfahrt nach Greenwich antraten. Der Mann war zerrissen zwischen Liebe und Pflichtgefühl. Nun, dem konnte sie abhelfen. Sir Arthurs Unfall hatte alles geändert: Ellie brauchte Will eindeutig mehr als sie. Will kam notfalls auch ohne das Geld der Percevals aus, doch ob ihre Freundin Ellie ohne ihn überleben konnte, war fraglich. Und sie selbst würde genügend andere Freier finden. Wie hatte sie jemals glauben können, mit Will glücklich zu werden? Wie könnte sie in diese Familie einheiraten, wenn ihre Freundin ihren Gemahl liebte und sie selbst dessen Bruder?

Sie blickte auf James' Hand, die neben ihr auf der Bank lag. Es klang nicht schön, wenn man es so unverblümt ausdrückte, doch es war die nackte Wahrheit. Wie in einem schrecklich komplizierten Theaterstück waren die Bande zwischen den Liebenden restlos verheddert, und wenn sie nicht etwas tat, um den Knoten zu entwirren, nahm die Sache ein böses Ende.

Doch ihr Vater würde außer sich sein. Jane schloss die Augen und fröstelte, als sie an die schmerzhaften Schläge zurückdachte, die sie bis vor einigen Jahren von ihm bekommen hatte, um ›Disziplin‹ zu lernen. Er hatte ihr immer vorgeworfen, dass sie zu unweiblich war, viel zu halsstarrig … *ihm* im Grunde genommen zu ähnlich. Sie konnte nur hoffen, dass sie inzwischen zu alt für die Prügelstrafe war, denn er würde sie unweigerlich für wahnsinnig halten, wenn sie sich nun rundweg weigerte, einen Earl zu heiraten.

Ich muss wieder zur biestigen Xanthippe werden, die die Männer verschmäht, dachte sie und dachte daran zurück, mit welchen Gefühlen sie damals zum Hof gereist war, als sie Ellie und James noch gar nicht kannte. Die Jane von damals würde diese Sache hinter sich bringen und darauf pfeifen, ob jemand etwas dagegen hatte oder nicht.

Das Boot glitt ans Ufer und legte am Landesteg an. James half Jane an Land, und der Earl nahm ihren Arm, um sie in ihre Gemächer zurückzubegleiten.

»Mylord, kann ich Euch unter vier Augen sprechen?«, fragte Jane. Sie konnte es nicht vor James tun – das wäre nun wirklich zu viel verlangt!

Der Earl wunderte sich über ihren Ton, gab seinem Bruder aber zu verstehen, sich ein Stück zu entfernen. »Selbstverständlich, Mylady.«

Sie wartete, bis James außer Hörweite war. »Während unseres kleinen Ausflugs eben wurde mir klar, dass wir nicht zusammenpassen.« So, nun war es ausgesprochen!

»Was soll das heißen?« Der Earl ließ ihre Hand los und wich einen Schritt zurück.

Ihr liebt meine Freundin, nicht mich. Nein, das konnte sie nicht sagen. »Ich möchte unsere Verlobung auflösen.« Keine langatmigen Erklärungen – sie musste hart und herzlos sein.

Der Earl fuhr sich durch die Haare. »Aber die Königin … Euer Vater?«

»Ihr wünscht diese Verbindung nicht, Sir, und ich ebenso wenig.«

Er machte wieder einen Schritt auf sie zu und sagte leise: »Ist es wegen dem, was Euer Bruder sagte? Madam, ich versichere Euch, dass die Lady und ich niemals … wir haben nie …«

Abwehrend hielt sie eine Hand hoch. »Ihr braucht Euch nicht zu rechtfertigen, Sir. Ich möchte meinen eigenen Weg gehen und stelle Euch frei, den Euren zu gehen.«

Sie sah ihm an, dass er dachte, sie sei enttäuscht von ihm und Ellie. Dabei war nichts weiter von der Wahrheit entfernt: Sie mochte sie beide mehr denn je. Doch genau aus diesem Grund musste sie ihn in diesem Glauben lassen.

»Ich habe ernsthafte Bedenken, was Euren Lebenswandel angeht, Sir. Euer Herz spielt falsch.« Zumindest *das* stimmte!

Der Earl suchte verzweifelt nach einer passenden Erwiderung. Er sah sich gezwungen, um eine Verbindung zu kämpfen, die er nicht wollte, aber für notwendig hielt – wie schwer für ihn, ehrlich zu sein, wenn alles in ihm danach schrie, die Abfuhr anzunehmen, die sie ihm quasi auf einem silbernen Tablett servierte!

»Einen schönen Tag noch. Ich denke nicht, dass wir uns jemals wiedersehen, Mylord.« *Ergreift die Chance, die ich Euch biete, Dorset,* flehte sie ihn stumm an, während sie stocksteif dastand.

»Ist es Euer Ernst?«

»Meine Entscheidung steht fest, Sir. Zum Glück sind die Verlobungsverträge noch nicht unterzeichnet, deshalb ist es noch nicht zu spät. Ich kann Euer Angebot ablehnen, ohne dass dies Folgen hätte.«

Wäre ihr nicht so unwohl gewesen, hätte sie gelacht über die Mischung aus Erleichterung und Ärger, die sich auf seinem Gesicht abzeichnete. Doch er fasste sich rasch wieder und machte eine förmliche Verbeugung.

»Ich muss gestehen, dass mich dieser plötzliche Rückzieher irritiert, Mylady, aber natürlich akzeptiere ich Euren Wunsch.«

»Gut.«

Er wich zurück und wäre beinahe über die Randsteine des Wegs gestolpert. »Bitte verzeiht, wenn ich Euch enttäuscht habe. Ich habe Euch und Lady Eleanor immer mit größtem Respekt und Anstand behandelt.«

Haha, und ich bin die Kaiserin von China, dachte sich Jane, die keinen Augenblick glaubte, dass seine Gefühle für die arme Ellie von großem Anstand geprägt waren.

Nach einem letzten, ratlosen Blick wandte sich Will ab und machte sich auf die Suche nach James.

Jane drückte die Handflächen aneinander. Sie hatte das Richtige getan, davon war sie überzeugt. Nun musste sie es nur noch ihrem Vater erklären.

Der alte Lord Fortescue ritt auf seinem ebenfalls schon betagten Wallach im Passgang vorbei, begleitet von zwei hübschen Stallburschen. Der gute Mann war um die siebzig, hatte vier Ehen hinter sich und keine noch lebenden Kinder, und es war allgemein bekannt, dass er auf der Suche nach einer fünften Ehefrau war. Als er Jane allein dastehen sah, berührte er mit der Reitpeitsche grüßend seinen Hut. Jane machte einen Hofknicks und rang sich ein entzücktes Lächeln ab. Sie fand ihren ursprünglichen Plan auf einmal wieder ganz verlockend.

22. Kapitel

Die Reise nach Snowslip in Gloucestershire, wo ihr Onkel Paul wohnte, dauerte eine ganze Woche und kostete Ellie fast ihr ganzes verbliebenes Geld, da sie es für das Ausleihen von Pferden und für die Führer brauchte, die sie durch diese fremde Gegend brachten. Der Zustand der Straßen und Wege spottete jeder Beschreibung; sie waren nur passierbar, weil es Sommer war und relativ trocken; zu jeder anderen Jahreszeit musste das kleine Dorf von der Außenwelt abgeschnitten sein. Ihre Reise hatte sie auch durch Oxford geführt, wo sie jedoch nicht haltgemacht hatte, da die Erinnerungen an ihren Vater zu schmerzhaft waren; von dort aus ging es weiter ins Tal von Evesham, einer lieblichen Gegend mit vielen Obstbäumen und Wäldern, am Fuße sanfter Hügel gelegen. Als Ellie oberhalb des Tals ankam, in das Snowslip eingebettet war, sah sie das Dach des Gutshofes ihres Onkels unter sich, mit den für diese Gegend typischen dunkelgrauen Schieferplatten gedeckt. Umgeben war es von den Hofgebäuden, einem Taubenschlag, einer Scheune und Ställen. Schafe weideten auf gepflegt wirkenden Wiesen. Neben einem Wäldchen flochten zwei junge Burschen Hürden aus Haselnussruten. Sie arbeiteten in Hemdsärmeln und hatten ihre Kittel auf den untersten Ast einer Ulme gehängt.

»Sind wir am Ziel?«, fragte Ellie ihren Führer, einen älteren Mann, den sie in Chipping Norton angeheuert hatte. Mit ihm, Harding, hatte sie eine gute Wahl getroffen, denn er war freundlich und zuverlässig. Ellie wusste natürlich, dass es für ein junges Mädchen wie sie nicht schicklich war, ohne Begleitung einer Magd zu reisen. Aber bedauerlicherweise konnte sie sich diesen Luxus von Ehrbarkeit nicht leisten.

»Ay, Lady, das ist der Hof Eures Onkels. Er ist bestimmt da – Master Hutton ist ein hart arbeitender Mann, obschon vielleicht etwas streng.« Beim Lächeln zeigte der Mann seine Zahnlücken, und seine weißen Augenbrauen zuckten, als führten sie ein Eigenleben.

Sie lächelte zurück. »Schön, dann werde ich einfach anklopfen und nach ihm fragen.« Indem sie es laut aussprach, sprach sie sich selbst Mut zu, denn sie wäre am liebsten weggelaufen. Doch nach dieser langen Reise konnte sie nicht mehr umkehren!

»Dann hier lang, Mylady. Wenn Ihr Euch ganz sicher seid …«

Ob sie sich sicher war? Aber natürlich! »Danke, Harding.«

Ihr Begleiter wartete mit den Pferden auf dem Hof vor den Stallgebäuden, während Ellie auf das Wohnhaus zuging. Es fiel ihr nicht leicht. Am liebsten wäre sie bei dem netten alten Mann geblieben, der sich auf ein sonniges Fleckchen gesetzt hatte und auf einem Strohhalm herumkaute.

Die alte Haustür aus Schwarzeiche, auf der mit Ziernägeln ein ›H‹ nachgebildet worden war, sah uralt aus; der Türklopfer hatte die Form eines Fuchses. Ellie holte tief Luft und hämmerte damit zweimal an die Tür. Sie brauchte nicht lange zu warten: Eine Frau öffnete ihr die Tür – ihrem schlichten grauen Gewand und der strengen Haube nach sicher die Hausmagd. Ellie strich nervös über ihr schwarzes Kleid, das sie sich von der Frau des Aufsehers ausgeliehen hatte und das nun nach der Reise etliche Flecken aufwies.

»Ja, Mistress?«, fragte die Frau, keine Spur von Argwohn oder Erkennen in der Stimme. Ellie fragte sich, ob ihr Brief noch nicht angekommen war.

»Ich bin Eleanor Hutton«, stellte sie sich verlegen vor.

Die Frau trat einen Schritt zurück. »Dann tritt besser ein!«

»Ich werde erwartet?« Ellie betrat den kühlen Hausflur mit den ausgetretenen Steinplatten.

»Wir haben den Brief erhalten.« Die Frau winkte Ellie mit sich in die Küche. Es war ein hoher, gewölbter Raum, ein Überbleibsel des ursprünglichen großen Saals, dem ältesten Teil des Gutshauses. Ein großer Herd nahm fast eine ganze Wand ein, doch darin brannte nur ein kleines Feuer, das zwar einen Wasserkessel, nicht aber den ganzen Raum erwärmen konnte. Auf dem Tisch stand eine Schüssel mit Sommersalaten, am Fenster lagen mehrere Brotlaibe unter einem Tuch zum Abkühlen. Alles wirkte sauber und ordentlich.

»Durstig?«, fragte die Frau.

»Oh ja, sehr. Oh, der Mann, der mich hierher begleitet hat, ist noch unten auf dem Hof bei den Ställen.«

»Die Jungen werden sich um ihn kümmern.« Die Frau goss Ellie einen Becher Wasser ein. »Von unserer Quelle – ganz frisch.«

Ellie nippte daran und beobachtete die Frau, die ihr einen Teller Brot und Salat vorsetzte.

»Iss!«

»Danke.« Ellie griff zu Löffel und Messer. »Sind mein Onkel und meine Tante im Haus?«

Die Frau, die gerade mit einem Zweig im Feuer herumgestochert hatte, drehte ihr den Kopf zu. »Ich bin deine Tante, Eleanor: Tante Hepzibah.«

»Oh.« Ellie sprang auf. »Verzeihung.« Sie beeilte sich, einen

Knicks zu machen, und es war ihr peinlich, dass sie ihre Tante für eine Hausmagd gehalten hatte. »*Madre de Dios*, wie konnte mir das passieren?«

Tante Hepzibah kniff die Augen zusammen. »Was hast du da gesagt?«

Ellie schluckte. »Ich … ich habe mich entschuldigt, weil ich Euch nicht gleich erkannt habe. Ich … ich meine, als wir uns das letzte Mal sahen, war ich noch klein, und ich … ach, ich weiß nicht, was ich dachte.« Betroffen starrte sie auf ihren Teller. Die kleinen Zierblüten im Salat waren das einzig Fröhliche im ganzen Raum.

»Nein, dieser ausländische Ausdruck – was bedeutet er?«

Ellie musste kurz überlegen, ehe er ihr wieder einfiel. Ach ja, eine der Lieblingsfloskeln ihrer Mutter, wenn sie nervös war.

»Ich sagte: ›*Madre de Dios!*‹«

Tante Hepzibah schwieg, da sie offenbar auf eine nähere Erklärung wartete.

»Das ist ein spanischer Ausdruck, den meine Mutter manchmal verwendet hat. Er bedeutet ›Mutter Gottes‹.«

Die Augenbrauen ihrer Tante schossen so hoch, dass sie fast unter der straffen, tief sitzenden Haube verschwanden. »Du führst den Namen Gottes missbräuchlich im Munde?«

Oje, hatte sie das getan? »Verzeiht bitte. So hatte ich es bisher nie gesehen.«

»Deine Rede sei ja, ja und nein, nein. Alles, was darüber ist, ist von Übel«, fauchte Tante Hepzibah. Sie riss Ellie den Teller weg und tauschte ihren Becher gegen einen anderen aus, den sie flugs mit Salzwasser aus dem Pökelfass gefüllt hatte. »Wasch dir den Mund aus, und bete zu Gott, dass er mit deinem losen Mundwerk Erbarmen hat.«

Ellie begriff nicht, wieso die ruhige Frau auf einen Schlag so anders, so feindselig geworden war.

»Es tut mir leid, wenn ich Euch gekränkt haben sollte.«

»Du hast dich nicht gegen mich versündigt, sondern gegen den Herrgott!« Sie schob den Becher mit dem Salzwasser zu Ellie. »Trink und spül dir den Mund aus!«

Ellie bekam fast Angst, dass die Frau gleich die Beherrschung verlieren könnte. Sie erhob sich rasch und ging zu dem Becken am Fenster. Hepzibah beobachtete sie argwöhnisch, fast so, als befürchte sie, Ellie würden gleich Hörner und ein Schwanz wachsen. Als Ellie merkte, dass ihre Verwandte keine Gnade kannte, tat sie, wie ihr geheißen, und nippte vorsichtig. Das Salzwasser schmeckte sehr abscheulich – und brannte auf der Zunge und in der Kehle. So abscheulich, dass Ellie es schnell wieder ausspuckte.

»Noch einmal!«

Ellie begriff zwar nicht, warum, gehorchte aber rasch.

»Ich möchte nie wieder hören, dass du heilige Worte unnütz in deinem Munde führst, Nichte!«

Ellie entdeckte ihren ersten Becher mit dem Quellwasser und wollte danach greifen.

»Nein!« Tante Hepzibah stellte sich ihr in den Weg. »Du musst den Geschmack noch eine Weile im Munde behalten, damit du an deine Sündhaftigkeit denkst.«

Ellie setzte sich wieder. Diese Frau war eventuell verrückt – oder auf alle Fälle irrsinnig streng. Wie konnte sie eine Fremde gleich nach dem Kennenlernen für einen unabsichtlichen Lapsus so hart bestrafen? Nein, das Ganze war höchst sonderbar. Ellie konnte nur hoffen, dass ihr Onkel etwas normaler und vernünftiger war.

Schweigen herrschte in der Küche, als Hepzibah unbeirrt weiterarbeitete. Ellie fragte sich, wann ihr Onkel endlich kommen würde, doch sie wagte nicht zu fragen, um ihre Tante nicht erneut zu verärgern. Die Schatten waren schon lang geworden, als endlich Schritte im Hausflur zu hören waren – von mehreren Personen, die näher kamen. Ihre Tante stellte sich gerade hin und faltete sittsam die Hände. Die Tür öffnete sich, und fünf Männer betraten den Raum: ein älterer und vier jüngere im Alter von ungefähr fünfzehn bis fünfundzwanzig, die alle die dunkelbraunen Haare und den stämmigen Körperbau ihres Vaters geerbt hatten. Zwei von ihnen hatte Ellie bereits gesehen; sie waren die Arbeiter, die die Haselruten geflochten hatten und nun wieder in ihre Kittel geschlüpft waren. Ellie erhob sich und wartete gespannt, wie sie sie begrüßen würden.

»Ist sie das?«, wandte sich der Älteste an Tante Hepzibah und deutete mit dem Kinn auf Ellie.

»Ay, Mann«, antwortete Hepzibah.

»Nichte, ich hab den Mann weggeschickt, der dich gebracht hat. Er ist mit den Gäulen nach Chipping zurückgekehrt. Du hattest ihn für seinen Dienst bereits entlohnt.« Es war eine Aussage, keine Frage.

»Ja, Sir.« Ellie wunderte sich, dass er kein Wort des Willkommens äußerte.

»Wo ist deine Magd?«

»Ich habe keine, Sir.« War er absichtlich so schroff? Hätte er sich und seine Söhne nicht zuerst vorstellen können, bevor er sie diesem Verhör unterzog?

»Du bist allein gereist – von London bis hierher?«

Ellie dachte nicht im Traum daran, sich zu rechtfertigen. »Wie Ihr seht, Sir.«

Die Missbilligung war fast mit den Händen greifbar. Ellie musste nicht aufblicken, um zu wissen, dass sie von sechs schockierten Augenpaaren angestarrt wurde.

»Dein Vater ist tot?«

»Ja, Sir.« Ellie verknotete die Finger und kämpfte gegen aufsteigende Tränen an.

»Wie kam das?«

Ellie hatte den Unfall in ihrem Brief genau geschildert. Wollte er sie quälen, indem er sie zwang, ihm alles erneut zu erzählen?

»Er starb bei einer Explosion im Dienste der Königin.«

»Hast du ihn bereits beerdigt? Es ist ja erst sieben Tage her!«

Ellie blickte aus dem Fenster. Eine Taube hatte sich auf den Ziegeln des Pförtnerhäuschens niedergelassen und gurrte leise. »Es gab keine Leiche – die Themse hat ihn fortgeschwemmt.«

»Und jetzt kommst du also zu uns – arm wie eine Kirchenmaus und in Schimpf und Schande.«

Schockiert starrte sie ihn an. »In Schimpf und Schande?«

»Du, eine junge Frau von … was? Achtzehn Jahren? Du warst mehrere Tage lang allein unterwegs. Damit hast du deinen Ruf für immer zerstört, Mädchen!«

»Ich bin sechzehn.«

»Was?«

»Ich bin sechzehn Jahre alt, Sir.«

»Alt genug, um zu wissen, dass sich das nicht gehört! Ich sehe, du bist so halsstarrig wie mein hirnrissiger Bruder.«

Ellie hatte genug gehört. Was immer sie von ihren Verwandten erwartet hatte – das jedenfalls nicht! Sie rannte zur Tür.

»Wo willst du hin, Eleanor?«, bellte ihr Onkel. »Ich bin noch nicht fertig!«

Mit tränenblinden Augen rannte Ellie über den Hof. Sie wollte nichts als weg von hier. Doch sie hatte kein Pferd, kein Geld und keine Ahnung, wohin sie gehen sollte.

Bienen summten um die Lavendelbüschel, die neben dem schmalen Pfad wuchsen. Ellie ließ ihn hinter sich und hastete weiter zum Obstgarten. Hier unter den Baumkronen fühlte sie sich einigermaßen vor fremden Blicken geschützt, und sie setzte sich kurz hin, um sich wieder etwas zu beruhigen. Es war nicht klug gewesen, so überstürzt davonzurennen, denn es hatte ihren Onkel sicher noch zorniger gemacht. Mutlos ließ sie den Kopf auf die Knie sinken, als ihr klar wurde, dass ihr gar nichts anderes übrig blieb, als zu dieser Familie zurückzukehren und sich zu entschuldigen. Sie musste nur mehr Stärke zeigen und mehr Geduld aufbringen, was auch in den Jahren mit ihrem Vater oft geholfen hatte.

Da hörte sie Schritte im Gras näher kommen. Vier Paar Stiefel stellten sich um sie herum.

»Cousine Eleanor?«

Widerwillig hob sie den Kopf und legte eine Hand über die Augen, um sie gegen die schräg fallenden Sonnenstrahlen abzuschirmen. Einer der Jungen hatte sie angesprochen, der Älteste, wie sie vermutete, da er in der Mitte stand und der Anführer zu sein schien.

»Ja, Cousin?«

»Wir sollen dich wieder ins Haus holen.«

»Verstehe …«

Sie nahm seine ausgestreckte Hand und ließ sich von ihm auf die Füße ziehen.

»Ich bin Josiah, und das sind Aaron, Titus und Zechariah.«

Sie knickste kurz. »Freut mich, euch kennenzulernen.«

Aaron, der Junge mit dem schmalsten Gesicht und den schlauen Augen, musterte sie. »Bist du wirklich katholisch, Cousine?«

Ellie vermutete, dass ihre Tante zu diesem Schluss gekommen war. »Nein, aber meine Mutter war es.«

»Bist du eine Metze?«, fragte Titus und schien irgendwie zu hoffen, dass sie bejahen würde. Diese Frage trug ihm eine Kopfnuss von seinem ältesten Bruder ein.

»Nein, bin ich nicht«, antwortete sie steif.

»Vater hat es aber gesagt.«

»Dann täuscht er sich.«

»Er täuscht sich nie.«

»Wirklich? Dann muss er unfehlbar sein – und ich dachte immer, das sei nur Gott allein.«

Das ließ die Burschen stutzen.

»Ich glaube nicht, dass sie eine Katholikin oder eine Metze ist«, sagte der jüngste Bruder, Zechariah. Er hatte das freundlichste Gesicht von allen, und seine funkelnden Augen verrieten, dass er im Gegensatz zum Rest seiner Familie Humor besaß. »Ich glaube, sie ist nur verloren.«

»Verloren?«, schnaubte Josiah verächtlich.

»Ay, ein verlorenes Schaf.« Zechariah reichte ihr seine Hand. »Komm, Cousine, du hast einen weiten Weg hinter dir und bist gewiss müde.«

»Ja, das bin ich. Danke.«

»Sag nichts, wenn Vater in der Nähe ist, und sei höflich zu Mutter, dann bekommst du keine Probleme, Cousine Eleanor.«

»Ellie.«

Er schüttelte den Kopf. »Besser nicht. Mutter ist ohnehin schon bestürzt, weil du keinen biblischen Namen hast. Ich rate dir dringend, ihr keinen weiteren Grund zu geben, sich aufzuregen. Der Name Ellie wäre nur ein weiterer Pfeil in ihrem Köcher.«

»Oje, das klingt nach einer Schlacht.«

»Ay, eine religiöse Schlacht, die wir Tag für Tag kämpfen. Beim kleinsten Anzeichen von Schwäche wird man zu einem gefundenen Fressen für den Teufel.«

»Und mein Name ist eine Schwäche?«

Sie waren inzwischen am Haus angekommen, und auf der Türschwelle blieb er noch einmal stehen. »Das verlorene Schaf kam durch Sünde und Eigensinn vom rechten Weg ab, Eleanor. Die Familie erwartet völlige Unterwerfung und Umkehr von dir, wenn du bei uns bleiben willst.«

Also hielt auch Zechariah sie für ein erbärmliches Geschöpf und war nur etwas netter als der Rest der Familie.

»Und welche Sünden habe ich begangen, Cousin?«

»Du hast dich weltlichen Dingen zugewandt und dich nicht vor ihnen verschlossen, wie ein wahrhaft gläubiger Mensch es täte, das kannst du nicht bestreiten.«

»Nein, tu ich auch nicht, aber solche Lehren sind mir neu.«

Er lächelte und tätschelte ihre Hand. »Dann hast du aus Unwissenheit gesündigt, und es besteht noch Hoffnung. Ich werde es Vater sagen.«

Ellie entschuldigte sich brav bei ihrer Tante und ihrem Onkel für ihr Weglaufen und war froh, dass sie die Sache auf sich beruhen ließen. Hepzibah führte Ellie in ihr Zimmer und sagte, sie bekäme an diesem Abend nichts zu essen, weil sie fasten und über ihre Sünden nachdenken müsste. Ellie machte die Tür hinter sich zu und stellte ihre kleine Reisetasche auf das schmale Bett. Wie herrlich, endlich wieder allein zu sein. Ellie wusste nicht, was schlimmer war: Tante Hepzibahs strenge Art, die Verdammung durch ihren Onkel oder Zechariahs nachsichtige Überzeugung, dass sie ein armes Lamm war, das vom rechten Weg abgekommen war.

Als Ellie am nächsten Morgen bei Tagesanbruch erwachte, hörte sie, dass die Familie bereits unten in der Küche war. Ein neuer Tag – vielleicht bekäme sie eine neue Chance? Sie bürstete ihr Haar und flocht es zu einem lockeren Zopf. Dann ging sie die Treppe hinunter und hoffte, dass sie noch nicht zu spät dran war, um ihrer Tante bei der Zubereitung des Frühstücks zu helfen. Bei ihrem Eintreten hoben die Männer den Blick von ihrem Haferbrei und starrten sie nur wortlos an. Ihre Tante aber stürzte sich wie eine Furie auf Ellie, packte sie am Arm und schleppte sie in ihr Zimmer zurück.

»Keine Frau zeigt jemals in der Öffentlichkeit ihre Haare!«, fauchte sie. »Nur liederliche Frauen stellen ihre Reize zur Schau. Hast du keine Haube wie jede anständige Frau?«

Ellie verkniff sich die Bemerkung, dass die Königin ihr prachtvolles rotes Haar oft und gern zur Schau stellte. »Nein, Tante, ich besitze nur eine Samtkappe.«

»Dann leihe ich dir eine meiner Hauben aus.«

Unter viel Ziehen und Schimpfen schob Hepzibah Ellies Locken bis auf die letzte Strähne unter eine hässliche Leinenhaube.

»Dein Kleid ist anständig, aber zu fein für einen Werktag. Du kannst eines meiner abgelegten Hemdkleider haben.«

Das hatte Ellie befürchtet. Ihre Tante war einen Kopf größer als sie und hatte den doppelten Taillenumfang. Sie würde darin ertrinken! Doch wenn sie in dieser Familie bleiben wollte, musste sie offenbar in Kauf nehmen, lächerlich auszusehen.

»So, jetzt kannst du wieder in die Küche gehen!«, verkündete ihre Tante, als sie Ellies veränderte Aufmachung musterte.

Nach dem Frühstück wurde gemeinsam gebetet, und alle knieten sich auf den Boden. Onkel Paul flehte den Herrgott lang und breit an, mit der armen Sünderin, die zu ihnen gekommen war, Erbarmen zu haben. Ellie tat so, als merkte sie nicht, dass es um sie ging; der Gott, den sie anbetete, war ganz anders als der Gott der Familie ihres Onkels. Er war liebevoll, barmherzig und verständnisvoll. *Ihr* Jesus wollte, dass die Kinder zu ihm kommen, und hatte auch Maria und Martha mit offenen Armen aufgenommen.

»Oh, gütiger Gott, ich werde mit dem Teufel ringen müssen, um ihre Seele zu dir zurückzuführen.« Onkel Paul boxte wie bei einem Scheinangriff in die Luft und verzog das Gesicht. »Hilf ihr, gegen seine Listen und Tücken anzukommen, und führe sie auf den rechten Weg zurück. Möge sie den Eitelkeiten des Weibervolkes entsagen, nur rechtschaffene Worte sagen und ihre mannigfaltigen Sünden bereuen.« Vor lauter Eifer kam Onkel Paul ins Schwitzen; Schweißtropfen rannen über seine Wangen in den Vollbart. Sein inbrünstiges Gebet endete in einem vielstimmigen »Amen« und mit einem zustimmenden Kopfnicken der übrigen Familienmitglieder. Unter anderen Umständen wäre Ellie von so viel Inbrunst beeindruckt gewesen. So aber konnte sie nur die Augen schließen und sich vornehmen, nicht wieder zu blinzeln, um zu sehen, was die anderen machten. Doch plötzlich legten sich zwei schwere Hände auf ihre Schultern, und sie stieß einen erschrockenen Schrei aus. Ihr Onkel hielt sie mit eisernem Griff fest.

»Ja, Herr unser Gott, die Dämonen in ihrem Inneren haben sich ihrer Seele bemächtigt. Sie schreien laut und wenden sich vom wahren Licht ab. Ich werde sie nun vertreiben im Namen unseres Herrn Jesus Christus, unserem Heiland!« Er schüttelte Ellie so heftig vor und zurück, bis sie sich nicht mehr auf den Knien halten konnte und vor der Feuerstelle auf den Boden fiel. »Seht ihr, ich habe alle Verderbtheit aus ihr herausgeschüttelt! Der Anblick des göttlichen Lichts hat sie überzeugt! Gepriesen sei der Name des Herrn! Halleluja!«

»Halleluja!«, wiederholten seine Söhne und seine Frau. Mühsam stemmte Ellie sich wieder hoch und spuckte die Ascheflocken aus, die sie in den Mund bekommen hatte.

»Kind, preise den Herrn für deine Erlösung!«, rief ihr Onkel.

Ellie wollte nur von einem erlöst werden – von diesem Wahnsinn hier! Die Gebete ihrer Verwandten mochten zwar von Herzen kommen, doch ihr frömmlerisch-fanatisches Getue war Ellie unheimlich und machte es ihr unmöglich, selbst aufrichtig zu beten. Doch alle schienen darauf zu warten, dass sie etwas sagte. Deshalb fasste sie sich und neigte den Kopf.

»*Padre, perdónanos nuestros pecados.*« Vater, vergib uns unsere Sünden.

»Schon wieder dieses Kauderwelsch!«, rief Tante Hepzibah empört. »Du musst den Teufel aus ihr herausprügeln, Mann! Sie ist wirklich besessen!«

Ellie blickte sie erschöpft an. »Nein, Mistress, es ist kein Kauderwelsch. Ich wiederhole nur einen Satz des Vaterunsers auf Spanisch, wie meine Mutter es mir beigebracht hat. Ich bete oft in meiner Muttersprache, da es die erste Sprache war, die ich lernte, und da sie meinem Herzen am nächsten ist.«

»Aber Spanisch ist eine *katholische* Sprache! Bete gefälligst in gutem, anständigem Englisch, wie es sich für eine Christin gehört!«

Dieser Vorwurf war lächerlich – als wenn das Vaterunser ›beschmutzt‹ werden könnte, wenn es in einer anderen Sprache gesprochen wurde!

»Gut.« Ellie verholte das Vaterunser auf Englisch und hoffte, dass diese Leute nun endlich zufrieden waren.

»Ich finde, Ihr solltet sie besser noch einmal schlagen, Vater, um ganz sicherzugehen«, sagte Josiah boshaft. »Sie hat etwas Verschlagenes an sich.«

»Sie ist zu kokett – will die Männer mit ihrem Lächeln und ihren Haaren in Versuchung führen«, wurde er von Titus unterstützt, der auf eine Locke zeigte, die unter ihrer engen Haube herauslugte – was kein Wunder war, nachdem ihr Onkel sie so heftig geschüttelt hatte.

»Bei uns habt Ihr auch nicht mit der Rute gegeizt, Vater«, führte Aaron ins Feld. »Und schaut, was aus uns geworden ist!«

Onkel Paul wippte auf den Fußballen und warf einen Blick auf die Birkenrute, die neben der Hintertür hing. »Ich werde es mir überlegen. Mein Bruder wurde nie gezüchtigt, weil er der Älteste und der Liebling unserer Eltern war, und später schreckte er nicht davor zurück, die Familie zu bestehlen; vielleicht geht seine Tochter denselben Weg.«

Ellie fühlte sich nicht so sehr wie ein verlorenes Schaf als vielmehr wie ein Fuchsjunges in einem Rudel hungriger Jagdhunde. »Mein Vater hat nicht gestohlen.«

»Willst du mich der Lüge bezichtigen?«, schnaubte ihr Onkel.

Auf diese Frage konnte Ellie keine wahrheitsgetreue Antwort geben.

»Er hat eine Hypothek auf unsere Ländereien aufgenommen – die ich bis heute abbezahle. Dank ihm verloren wir unser Haus in Gloucester. Er ist ohne männliche Erben gestorben, und folglich ginge es nun an mich und später an Josiah; doch es wurde von einem Händler gekauft, der es zu einem Laden umgebaut hat!«

Was sollte sie dazu sagen? Sie wusste, dass ihr Vater zu Leichtsinn neigte, doch das war nicht dasselbe wie Stehlen, oder?

»Wir sind mildtätig zu dir, nehmen dich unter unserem Dach auf, und wie dankst du es uns? Dadurch, dass du uns der Falschheit bezichtigst und katholische Flüche vor dich hin murmelst.«

»Es waren keine Flüche!«

»Geh in dein Zimmer! Lies den ganzen Morgen in der Heiligen Schrift, besonders im Lukas-Evangelium, elftes Kapitel, die Weheuch-Klagen. Wenn du um die Mittagszeit meine Fragen richtig beantwortest, erspare ich dir die Rute. Sind deine Antworten falsch, schlage ich dich so lange, bis ich deinen störrischen Geist gebrochen habe.« Er reichte ihr die Familienbibel. »Hüte es gut; dieses Buch ist wertvoller als dein Leben. Viele tapfere Männer mussten sterben, damit du die Heilige Schrift nun auf Englisch lesen kannst, zu deiner Belehrung und deiner Rettung.«

»Soll ich nicht lieber meiner Tante im Haushalt helfen?«

Ihr Onkel klopfte mit dem Zeigefinger auf das dicke, ledergebundene Buch. »Das hier ist deine Aufgabe! Es gibt nichts Wichtigeres als die Rettung eines Sünders!«

Bei seiner Rückkehr aus Greenwich brachte Will es nicht über sich, seiner Mutter von der geplatzten Verlobung zu erzählen. Auf ihre Frage hin murmelte er nur, sie seien sich noch nicht ganz einig. Will wusste, dass alle fest damit rechneten, dass sich die finanzielle Situation der Familie bald bessern würde. Wie peinlich, jetzt zugeben zu müssen, dass ihn die Lady abgewiesen hatte, weil sie gemerkt hatte, dass sein Herz einer anderen gehörte. Was würde seine Familie sagen, wenn er ihr zu allem anderen hin noch gestand, dass er ein Mädchen heiraten wollte, das keinen Penny Mitgift hatte? James würde es ihm nie verzeihen. Nachdem Will vom Aufseher des Towers erfahren hatte, dass Ellie von ihrem Onkel aufgenommen worden war, wollte er ihr nun die Chance geben, sich bei ihrem Onkel einzuleben, bevor er zu ihr ging – das war er ihren beiden Familien gegenüber schuldig. Irgendwann würde er sie besuchen, um zu sehen, wie es ihr ging. Sollte sie sich bei ihren Verwandten wohlfühlen, würde er wieder nach Hause zurückkehren, allen erklären, dass seine Verbindung mit Lady Jane vorbei war, und sich eine neue reiche Braut suchen, die ganz im Sinne seiner Familie war.

Weil er bis zur Erntezeit warten wollte, war es Ende August, bis Will endlich aufbrach. Er verriet niemandem, was er vorhatte, und nahm nur Turville mit nach Gloucestershire. Je weniger Personen davon wussten, desto besser, fand er. Sonst hätten alle während seiner Abwesenheit die unglaublichsten Vermutungen angestellt. Es gab ohnehin schon genug Gerede.

Seit sein alter, treuer Diener Nell Rivers geheiratet hatte, war Will nicht mehr mit ihm allein gewesen. Die vielen Meilen hätten Turville nun die Gelegenheit geboten, über seine Ehe zu reden, doch der Verwalter mied dieses Thema. Er wirkte sogar, als sei er froh über diese Reise mit seinem Herrn.

»Ich hoffe, deiner Frau geht es gut«, sagte Will.

»Oh ja«, antwortete Turville, und ein Lächeln huschte über sein Gesicht. »Sie ist schwanger.«

»So schnell? Gratuliere!«

»Ay, ich werde bald Vater. Eine Aussicht, die mich ehrlich gesagt erschreckt.«

»Du warst für mich und meine Brüder all diese Jahre wie ein Vater, Turville – folglich hast du genügend Erfahrung.«

Turville war sichtlich gerührt. »Danke, Sir. Ihr wart wunderbare junge Burschen, ihr alle, obwohl man Euch jetzt natürlich nicht mehr als junge Burschen bezeichnen kann.«

»Gefällt es deiner Frau in Lacey Hall? Ich könnte mir vorstellen, dass es eine große Umstellung war, da sie vorher in Lady Janes Diensten gestanden hat.«

»Sie ist … ja, zufrieden«, brachte Turville zustande, und sein Tonfall verriet die Zweifel, die er selbst tagtäglich hegte. »Wenn Ihr ihre frühere Herrin heiratet und sich die Lage von Lacey Hall allgemein bessert, ist sie gewiss wieder richtig glücklich.«

»Aha.« Will erwog, Turville ins Vertrauen zu ziehen. Früher oder später würde er es ohnehin erfahren. »In dieser Hinsicht hat es eine Veränderung ergeben. Lady Jane ließ mich wissen, dass sie mich doch nicht heiraten will. Sie hat unsere Verlobung aufgelöst.«

»Was?!« Turville fiel aus allen Wolken. »Aber die Mitgift … Eure Ländereien!« Wills Blick ließ ihn jedoch umgehend verstummen. Selbst einem alten und vertrauten Diener konnte Will nicht jede Freiheit erlauben und musste ihn in seine Schranken verweisen. »Verstehe, Mylord«, murmelte Turville. »Meine Nelly wird es nicht gern hören, aber wir werden es schon schaffen.«

An einem Samstag erreichten sie Snowslip und mieteten sich im einzigen, ärmlichen Gasthof ein. Es war ungewöhnlich ruhig für einen schönen, lauen Sommerabend – man sah keine Boccia-Spieler auf dem Dorfanger, und auch die von der Sonne beschienene Bank neben dem Dorfbrunnen war leer. Die Männer des Dorfes saßen in der Schankstube und unterhielten sich leise, und jeder trank nur einen Humpen des nicht besonders guten Biers. Will ließ sich seine Lammpastete schmecken und rechnete die ganze Zeit damit, jemand würde ihn ansprechen, nach Neuigkeiten oder dem Grund ihres Kommens fragen, doch erstaunlicherweise blieben die Dorfbewohner unter sich und zeigten keinerlei Interesse an dem elegant gekleideten Gentleman und dessen Diener.

»Sonderbar«, raunte er Turville zu.

»Ay, irgendwie nicht normal«, stimmte ihm sein Verwalter zu.

»Herr Wirt!«, rief Will, und als der Mann herbeigeeilt kam, fragte er ihn: »Was ist hier im Dorf los? Es ist so ruhig. Findet irgendwo in der Nähe ein Jahrmarkt statt?«

Der Gastwirt, ein kleiner Mann mit fast quadratischen Händen und kurz geschorenen grauen Haaren, war diensteifrig hinter seinem Tresen hervorgeflitzt. »Nein, Sir, bei uns ist es immer so ruhig. Kann ich Euch noch etwas bringen? Hierzulande zieht man sich am Samstagabend immer recht früh zurück.«

Will überhörte die Andeutung. »Und wo sind die jungen Leute, die Burschen und Mädchen?« Er hatte gehofft, Ellie an diesem Abend noch kurz sehen zu können.

»Zu Hause, wo sie hingehören. Wir sind gern für uns, Sir, neigen nicht zu Trunkenheit und anderen Ausschweifungen, wie es in anderen Gegenden vorkommt. Als auserwähltes Volk Gottes leben wir abseits der Welt, gehen nur wenig unter die Leute, Sir.«

Will hatte das Gefühl, der Mann glaubte, er sei mit dem Teufel im Bund. »Leben hier in Snowslip alle so abgeschieden?«

Der Blick des Gastwirts wanderte kurz zu den anderen Männern im Schankraum. Sie waren verstummt und machten keinen Hehl daraus, dass sie angestrengt mithörten.

»Wir sind friedliebende und königstreue Menschen, Sir«, sagte der Wirt vorsichtig. »Wir bezahlen unsere Steuern und gehen zum Gottesdienst, wie es sich gehört.«

Will runzelte die Stirn und schob seinen Stuhl zurück. »Davon ging ich aus. Ich habe mich nur gefragt, ob alle in eurer Gemeinde dieselben Gewohnheiten haben.«

Der Gastwirt wrang das Tuch aus, das er in den Händen hielt. »Ay, wir alle hier im Dorf gehören der Reformierten Kirche an, gedankt sei Gott und Ihrer Majestät.«

»Ich suche einen Paul Hutton – gehört er auch zu euch?«

Bei der Nennung dieses Namens schnappte Turville neben ihm nach Luft.

Die Augen des Wirts weiteten sich. »Ay, das tut er – er ist einer der Ältesten unserer Kirchengemeinde. Was habt Ihr mit ihm zu schaffen?«

Will lächelte betont ungezwungen. »Das geht nur ihn und mich etwas an, richtig? Danke für Eure Information. Aber sagt mal, könnt Ihr einen Burschen erübrigen, der mich morgen früh zu seinem Haus begleitet?«

»Das ist nicht nötig. Er wird zur Morgenandacht kommen.« Der Gastwirt zeigte auf die Kirche mit dem gedrungenen Turm auf der anderen Seite des Dorfangers. »Dort könnt Ihr ihn antreffen.«

Turville wartete, bis sie oben in ihrem Zimmer waren, bevor er seinem Herrn die Fragen stellte, die ihm auf der Zunge brannten.

»Hutton? Was soll das bedeuten? Der alte Narr ist doch angeblich in der Themse ertrunken – warum sucht Ihr nach weiteren Personen mit seinem Namen?«

»Turville!«, sagte Will vorwurfsvoll.

»Verzeiht, Mylord, aber ich kann nicht glauben, dass … nein, Ihr habt gewiss nicht vor …« Turville schaffte es, die einzelnen Puzzlestücke selbst zusammenzufügen. »Es geht um dieses spanische junge Ding, richtig?«

»Lady Eleanor«, korrigierte ihn Will. »Ja, es geht um sie.«

»Wir sind durch das halbe Königreich gepilgert, weil Ihr mit ihr tändeln wollt?«

Will warf seinen Stiefel nach ihm. »Ich bin nicht zum Tändeln hier, sondern um herauszufinden, wie es ihr geht. Wenn sie bei ihrer neuen Familie gut aufgehoben ist, reisen wir umgehend wieder zurück.«

»Und wenn nicht?«

Eine gute Frage. Will warf Turville auch seinen zweiten Stiefel hin, da sie ohnehin geputzt werden mussten. Wenig später glitt er zwischen die kalten Betttücher, und die Frage war unbeantwortet geblieben.

23. Kapitel

Will setzte sich früh genug auf die hinterste Bank der Dorfkirche, damit er alle Gemeindemitglieder eintreffen sah. Der Vikar, ein korpulenter Mann mit militärischem Auftreten, begrüßte ihn kurz und machte keinen Hehl daraus, dass er sich durch die Anwesenheit eines Fremden in der letzten Bank gestört fühlte. Als Soldat Gottes im Kampf gegen die Sünde nahm er vermutlich an, dass Will im Dienste der Regierung überprüfen sollte, welche religiösen Lehren in dieser Kirchengemeinde gepredigt wurden, die sich so abseits hielt – und ob es womöglich Anzeichen von Fanatismus gab. Wäre Will tatsächlich als Spion gekommen, hätte er berichten können, dass der Geistliche seine Schäfchen wirklich fest im Griff hatte. Das Innere der Kirche war von allem früheren Pomp leer geräumt worden – mit Ausnahme der Bilder auf den Grabmalen, und selbst diese waren teilweise übertüncht; an die früheren Wandteppiche erinnerten nur noch die Haken, an denen sie einst hingen; die Fenster bestanden aus klarem Glas. So konnten die Kirchgänger nur ehrfurchtsvoll in dem kühlen, nüchternen Gotteshaus knien und sich hinter nichts vor der Strafe Gottes verstecken.

Als der Beginn der Morgenmesse näher rückte, fiel Will auf, dass sich die versammelten Gläubigen in ihrer schlichten, eintönigen Kleidung fast zum Verwechseln ähnlich sahen. Die Frauen trugen eng sitzende Hauben, die Männer Filzkappen. Ihre kleinen Halskrausen hatten kaum etwas mit den kunstvoll verzierten, großen Spitzenkragen gemeinsam, die am Hof in Mode waren. Will kam sich mit seinem dunkelgrünen Samtwams und seinem Umhang zunehmend auffälliger vor – wie ein farbenprächtiger Erpel inmitten dieser Schar demütiger Enten.

Eine Minute vor der vollen Stunde traf die letzte Familie ein. Voraus schritt ein resolut aussehender Mann durchschnittlicher Größe, der zielgerichtet die vordere Bank ansteuerte, den Ehrenplatz. Ihm folgten eine grau gekleidete Frau und vier junge Burschen, vermutlich seine Söhne. Und ganz zum Schluss kam eine kleine, zierliche Gestalt, die den Saum ihres viel zu langen Kleides hochhalten musste, um nicht darüber zu stolpern, und deren Haube viel zu tief ins Gesicht gerutscht war. Eine schwarze Ringellocke war der Haube entkommen und schlängelte sich ihren Rücken hinunter. Ellie! Beinahe hätte Will gelacht – denn sie wirkte unter diesen ernsten, nüchternen Dorfbewohnern absolut fehl am Platz. Voller Freude über dieses Wiedersehen nach all den Monaten des Wartens lehnte er sich zurück, um die Andacht über sich ergehen zu lassen. Er freute sich schon im Voraus darauf, was für Augen Ellie machen würde, wenn sie ihn hier sah.

Doch dann kam alles ganz anders. Nach einem Eröffnungsgebet, in dem die Reinheit der in dieser Gemeinde lebenden Gläubigen gelobt wurde, besonders im Vergleich zu den sündigen Leuten jenseits der Dorfgrenzen, die Sakralschmuck und andere Ausgeburten des Teufels guthießen, griff der Pfarrer nach einem Buch. Die Kirchengemeinde hielt gespannt die Luft an.

»Und nun werde ich die Vergehen der vergangenen Woche verlesen, deren sich einige unter uns schuldig gemacht haben und über die das Sakristeigericht geurteilt hat. Master Joseph Buntwell, der sich über die Witwe Heron lustig gemacht hat, erhält sechs Peitschenhiebe und wird eine Stunde lang am Dorfbrunnen stehen und für die Frauen Wasser heraufziehen. Mistress Miriam Smith, die ihrem Nachbarn ein Schimpfwort nachgerufen hat, erhält sechs Peitschenhiebe von der Hand ihres Ehemannes.«

Im hinteren Teil der Kirche hob ein Mann die Hand und wurde aufgerufen. »Hab ich bereits gemacht, Herr Pastor.«

Der Vikar nickte und machte eine Notiz in sein Buch. »Eleanor Hutton … oh weh, oh weh.« Die Kirchengemeinde spitzte die Ohren. »Ich fürchte, die Liste ist wieder sehr lang geworden diese Woche, schlimmer als die letzte, sofern das überhaupt möglich ist. Singen am Sonntag, beim Beten eingeschlafen, ohne Erlaubnis allein spazieren gegangen, unhöfliches Benehmen ihrem Vormund gegenüber, unziemliche Kleidung und – was mich persönlich am meisten bestürzt: in fremden Zungen sprechen, obwohl ihr strikt befohlen wurde, nur Englisch zu reden.« Der Vikar machte eine theatralische Pause. »Erhebe dich, Mädchen!«

Ellie tat, wie ihr befohlen, und verlor fast das Gleichgewicht, weil sich ihr Schuh im Saum verhedderte. Will musterte sie entsetzt. Nun, als er sie im Profil sah, fiel ihm auf, wie erschreckend dünn sie geworden war. Sie hatte dunkle Ringe unter den Augen und drückte die Hände an die Brust, als hätte sie Schmerzen, weil sie geschlagen worden war.

»Was hast du zu sagen, Kind? Deine Tante und dein Onkel haben dich aus reiner Herzensgüte aufgenommen, und das dankst du ihnen durch Starrsinn?«

Ellie ließ den Kopf hängen. Will begriff die Welt nicht mehr. Wo war *seine* Ellie mit den kessen Antworten und dem verschmitzten Lächeln geblieben?

»Wir vom Sakristeigericht fragen uns allmählich, ob dieses Mädchen nicht gar vom Bösen besessen ist.« Der Vikar wandte sich an seine Gemeinde. »Ihr Onkel sagt, er habe versucht, den Dämon zu vertreiben, der in ihr wohnt, doch sie habe sich widersetzt. Kann jemand weitere Beweise anführen, dass das Mädchen vom Leibhaftigen besessen ist?«

Ein junger Bursche erhob sich. »Ich habe sie letzten Mittwoch am Zaunübertritt zum Anwesen ihres Onkels angesprochen. Da wurde sie plötzlich gewalttätig – hat mir ins Gesicht geschlagen und ist davongerannt.« Er deutete auf den kleinen blauen Fleck unter seinem Auge. »Da kam mir der Verdacht, dass mit ihr etwas nicht stimmt.«

Der Vikar runzelte die Stirn. »Und warum hast du es nicht sofort gemeldet?«

Der Bursche scharrte nervös mit den Füßen, denn er hatte ganz eindeutig etwas zu verbergen. Wills Brust schwoll an vor Empörung, denn ihm schwante, dass der Bursche das eine oder andere wichtige Detail ausgelassen hatte, zum Beispiel, was er mit ›Ansprechen‹ gemeint hatte. Viel wahrscheinlicher war, dass er versucht hatte, Ellie zu küssen!

»Ich wollte der Maid nicht noch mehr Ärger machen«, gestand der junge Mann kleinlaut.

»Mit Nachsicht tut man ihr keinen Gefallen, Master Miller.« Der Pastor hieß ihn, sich wieder zu setzen. »Sonst noch jemand?«

Will wunderte sich, dass Ellie sich nicht verteidigte. Sie starrte nur auf den Fußboden, wirkte merkwürdig abwesend, fast so, als sei sie innerlich weit weg von hier, tief in ihre eigene Welt zurückgezogen, wo niemand sie erreichen konnte.

Der Pastor wandte sich nun wieder wichtigtuerisch an Ellie. »Du bist inzwischen seit zwei Monaten bei uns, Eleanor Hutton, aber wir warten noch immer vergeblich auf ein Anzeichen von Besserung. Wir hören immer nur neue Klagen über deinen rebellischen Geist. Nun sind wir mit unserer Geduld am Ende, denn unsere Gebete wurden nicht erhört. Wenn es noch eines Beweises bedurft hätte, so haben wir ihn. Die Sünde hat dein Herz verhärtet, sodass das Gute keinen Einzug halten kann. Selbst Schläge und andere Strafen zeigten nicht den erwünschten Erfolg.«

Schläge?! Will sprang empört auf.

»Ja, Sir?« Der Pastor schaute ihn unwillig an, weil er es gewagt hatte, seine Ansprache zu unterbrechen.

»Ihr habt Lady Eleanor *geschlagen*?«, rief Will, und seine Hand wanderte unwillkürlich zu seiner Reitgerte.

Ellies Kopf fuhr hoch. Will sah, dass ihre Lippen ungläubig seinen Namen formten.

»Was geht es Euch an, Sir? Und wer seid Ihr, dass Ihr Euch erdreistet, die Beschlüsse des Sakristeigerichts zu hinterfragen?«

Genug war genug! Will musste nicht mit Ellie reden, um zu wissen, wie es ihr ging. Er sah auch so, welche Qual es für sie war, hier zu leben, inmitten dieser engstirnigen, puritanischen Meute, in der sie eine Außenseiterin war! Sie hatten sie *geschlagen*! Will schob sich an den Gläubigen in seiner Bank vorbei und ging dann mit großen Schritten nach vorne, wo Ellie stand.

»Wer ich bin? Ich bin William Lacey, Earl von Dorset, Baron Hancliffe, Vogt von Berkshire – reicht Euch das? Und diese junge Lady hier gehört mir – niemand wage mehr, sie anzurühren!« Er streckte eine Hand aus. »Komm, Liebste, kehren wir diesen Verrückten mit ihrer sonderbaren Rechtsprechung den Rücken!«

Etwas verängstigt wollte Ellie einen Schritt auf ihn zumachen, doch da erhoben sich ihr Onkel und seine vier Söhne und stellten sich ihr in den Weg.

»Eleanor, bei deiner unsterblichen Seele: Du gehst nicht mit diesem Mann!«, erklärte Onkel Paul. »Noch ein einziger Schritt, und du fällst der ewigen Verdammnis anheim!«

Will rang sich ein gekünsteltes Lächeln ab und blickte Ellies Onkel an. »Aber, aber, Sir, ist eine Heirat mit mir so schlimm?« Er hörte Ellie nach Luft schnappen. Eigentlich hatte er sich seinen Heiratsantrag etwas romantischer vorgestellt, doch seine praktisch veranlagte kleine Ellie musste einsehen, dass der Antrag im Angesicht dieser feindlich gesinnten Kirchengemeinde äußerst zweckdienlich war.

»Meine Nichte heiraten? Das verbiete ich!«, fauchte Onkel Paul.

Will erschrak. Ellie war noch minderjährig. Durchaus möglich, dass Hutton ganz offiziell ihr Vormund war. Aber andererseits bezweifelte er, dass der Bauer daran gedacht hatte, ein formelles Gesuch einzureichen. Und was für ein Gewicht hatten die Einwände eines niederen Gutsherrn gegen die Wünsche eines Earls?

»Die Königin höchstselbst wird ihre Zustimmung zu unserem Bund geben, nicht Ihr, Sir!«, erklärte Will mit größerer Zuversicht, als er verspürte. »Lasst die Lady vorbei!«

Ellie ballte die Hände zu Fäusten, obwohl sie von der letzten Züchtigung noch schmerzten. Würde ihr Onkel nachgeben? Doch wie immer dieser Zwischenfall auch endete – sie glaubte nicht, dass Wills Heiratsversprechen ernst gemeint war, da er ja mit einer anderen verlobt war –, hier bleiben konnte sie jedenfalls nicht! An Flucht hatte sie natürlich schon oft gedacht, da ihre Züchtigungen von Woche zu Woche schlimmer wurden. Sie war zum Sündenbock für die ganze Kirchengemeinde geworden: Wenn ein junger Mann sie im Freien ansprach, weil er sie für ein leichtes Mädchen hielt, wurde *ihr* die Schuld gegeben; wenn ihr Vetter Josiah sie bat, ihm ein Kirchenlied vorzusingen, wurde *sie* ausgeschimpft, genau wie der Bösewicht gehofft hatte. Von einem Adligen vor dem ganzen Dorf ›Liebste‹ genannt zu werden, würde vermutlich dazu führen, dass sie für eine Woche an den Pranger gestellt wurde.

Ihr Onkel und ihre Vettern rührten sich nicht von der Stelle. Will machte einen Schritt zur Seite, um an ihnen vorbei Ellies Gesicht sehen zu können. In seinen Augen lag die Aufforderung, sich ihren Verwandten zu widersetzen.

»Ich fürchte, deine Verwandtschaft hat keine Manieren, Mylady. Bist du bereit?«

Die Wochen der Angst und die Monate der Erniedrigung verblassten.

»Einen Moment, Sir.« Nach einem frechen Knicks in Richtung ihrer Tante hob Ellie den Rock und hüpfte auf die Kirchenbank. Die Umstehenden schnappten entgeistert nach Luft – derartige Mätzchen hatte man in einem feierlichen Sonntagsgottesdienst noch nie gesehen! Doch Ellie war nicht mehr aufzuhalten. Unverzagt kletterte sie über die Rückenlehne und zwängte sich zwischen den Menschen dahinter vorbei, indem sie sich ungeniert an deren Schultern festhielt. Leichtfüßig hüpfte sie so von Bank zu Bank und kam erstaunlich schnell voran, da alle zu verdutzt waren, um sie aufzuhalten. Will rannte im gleichen Tempo neben ihr her durch den Mittelgang und hielt ihren Onkel und dessen Söhne mit erhobener Reitgerte in Schach. Bei der letzten leeren Bank ganz hinten angekommen, sprang Ellie auf den Boden und lief zu Will.

»Bereit!«

Grinsend legte er einen Arm um ihre Taille und wirbelte sie einmal im Kreis. Seine Reitgerte schwingend, rief er ins Kirchenschiff: »Bitte setzt den Gottesdienst doch fort! Wir sind gleich weg!«

Der Küster sprang erschrocken zur Seite, als Will das Kirchenportal aufstieß und Ellie mit sich in den Sonnenschein hinauszog. Sie stolperte, weil ihre Füße wieder mal an dem verhassten Saum hängen blieben. Ihre Tante hatte ihr nicht erlaubt, das alte Hemdkleid zu kürzen, weil – wie sie sagte – es sonst ›ruiniert‹ gewesen wäre.

»Meine Güte, Ellie, was für ein scheußliches Kleid!« Will hob sie mit beiden Armen hoch und trug sie mit großen Schritten zum Gasthof, wo sein Pferd und Turville warteten.

»Ich weiß. Es gehört meiner Tante.« Sie verzog das Gesicht.

»Erzähl mir lieber nichts mehr. Wie hast du es nur bei diesen Leuten ausgehalten? Sie sind ja komplett verrückt!«

Ellie lachte leise, sie war so glücklich, dass Will da war. »Ich bin froh, dass du das sagst. Ich fing schon an zu glauben, dass *ich* die Verrückte bin, da sie mir ständig vorhielten, wie böse und sündig ich bin!«

Will küsste sie auf die Nase. »Wenn *du* böse bist, dann droht uns anderen die ewige Verdammnis!«

Turville kniff die Augen zusammen, als Will mit Ellie auf den Armen in den Stall stürmte. Ellie schmiegte sich noch enger an Wills Brust, denn sie wusste, dass der Verwalter sie vermutlich ebenso sehr hasste wie ihre Verwandten.

»Sattle Berber, Turville!«, befahl Will. »Ich schätze, wir haben ungefähr fünf Minuten Zeit, in denen sie beten und aufgeregt diskutieren müssen, was zu tun ist. Aber dann werden sie hier auftauchen!«

»Ay, Mylord.«

»Sind im Haus deines Onkels irgendwelche Sachen, die du holen möchtest?«, wandte sich Will an Ellie.

Sie schüttelte den Kopf. »Nein, das wäre zu riskant. Ich kam ohnehin mit sehr wenig hier an.«

»Ausgezeichnet. Dann sehen wir zu, dass wir so schnell wie möglich von hier verschwinden!« Er nahm ihr die scheußliche Haube vom Kopf und ließ sie auf den Boden fallen. »Reitest du mit mir?«

Ellie lächelte, weil sie sich an ihren ersten gemeinsamen Ritt auf Berbers Rücken erinnerte. »Mit dem größten Vergnügen, Mylord.«

»Dann nichts wie weg von hier, bevor sie sich fragen, warum ein Earl mit nur einem Diener unterwegs ist. Es würde Stunden dauern, bis ich ihnen alles erklärt hätte.«

Als Ellie auf Berbers Rücken saß, die Arme um Wills Taille geschlungen und den Kopf an seinen Rücken gedrückt, wurde sie von einer Welle des Glücks durchflutet. Es war ihr gleichgültig, was die Zukunft bringen würde – die jüngste Vergangenheit war *nur* schlimm gewesen. Sie verübelte es ihrem Vater nicht mehr, dass er mit seiner Familie gebrochen hatte: Sie waren ein niederträchtiger Haufen, unerträglich selbstgerecht und scheinheilig. Sie, Ellie, sei unanständig, weil sich ihre Locken nicht bändigen ließen? Aha, und was war mit Titus, der sie im Stall bei jeder Gelegenheit anfassen wollte? Ihre Gebete seien eine Beleidigung für Gottes Ohr, weil sie auf Spanisch waren? Erstaunlich, dass Gott sich dann Onkel Pauls Klagen über die sündhaften Kaufleute in Chipping Norton anhören konnte, die ihm unverschämterweise keinen besseren Preis für seine Wolle zahlen wollten!

Doch Onkel Paul hatte etwas geschafft, was sie nie für möglich gehalten hätte: Sie hatte sich ernsthaft nach der Alchimie ihres

Vaters zurückgesehnt. Dessen Besessenheit von Gold war nicht annähernd so schwer zu ertragen gewesen wie die frömmlerische Besessenheit seines Bruders von Gott. Ihr Vater hatte nie die ganze Welt verdammt, weil er sein unrealistisches Ziel nicht erreicht hatte; und er war zudem bei dem Versuch gestorben, seinem Vaterland zu dienen, statt es für ein Machwerk des Teufels zu halten.

»Alles in Ordnung, Liebste?«, fragte Will, nachdem sie den Hügel erklommen hatten und von dort oben auf das Dach des Gutshofs hinunterblickten.

»Ja.«

»Kein Bedauern?«

»Oh nein.«

»Ich sage es nur ungern, aber deine Familie ist eine Katastrophe. Du bist die einzig Anständige unter ihnen.«

»Bitte verzeih mir, dass ich so dumm war, als eine Hutton geboren zu werden«, sagte sie ironisch.

Er tätschelte ihre Hand, das Einzige, was er von ihr berühren konnte, da sie hinter ihm saß. »Dem kann abgeholfen werden.«

»Ach ja, Mylord? Lass mich raten: Du drehst die Zeit zurück und lässt mich woanders zur Welt kommen?«

»Nein, Schatz, aber ich werde dir einen neuen Namen geben. Sobald ich die Erlaubnis der Königin eingeholt habe. Bis dahin gebe ich dich in die Obhut meiner Mutter, damit du dich erholen kannst. Und sie wird dir beibringen, was man wissen muss, um einem Lacey eine gute Gemahlin zu sein.«

Ellie lächelte. Es war ein herrlicher Traum – bei seiner Familie zu leben war bei Weitem angenehmer als bei ihren Verwandten. Doch eine Heirat? Darauf konnte sie nun wirklich nicht hoffen.

»Und? Was hältst du von meinem Vorhaben?«

»Ich bin begeistert, Mylord. Du bist genial.«

»Fein. Lobe mich ruhig auch weiterhin, dann gibst du eine wunderbare Gemahlin ab, Mylady.«

Will rechnete nicht mit einer erfreulichen Heimkehr. Davon hatte er Ellie nichts gesagt – wozu auch, da sie nichts daran ändern konnte? Und tatsächlich – als er nun auf das Wohnhaus zuritt, mit einer vaterlosen Braut hinter ihm im Sattel, schaute seine Familie ziemlich konsterniert drein. James war mehr als konsterniert – er war empört. Er hastete die Stufen herunter, eilte ihnen entgegen und stellte sich neben den Aufsteigblock. Die Hände auf die Hüften gestützt, erwartete er seinen Bruder.

»Wo hast du sie gefunden?«, herrschte er ihn an. »Ich dachte, sie sei zu ihren Verwandten gegangen.«

Diego kam aus dem Stall gerannt, um Ellie beim Absteigen zu helfen. Nach den vielen Stunden im Sattel und nur einem kurzen Halt zum Übernachten konnte sie sich kaum noch auf den Beinen halten. Will schwang sein Bein über Berbers Rücken und sprang auf die Erde.

»Ist sie auch. Aber dort hat es ihr nicht gefallen. Es war keine akzeptable Lösung.«

»Und was für eine Lösung soll das hier sein?«, schnaubte James. »Willst du deine zukünftige Braut kränken, indem du dir eine Mätresse ins Haus holst? Und was ist mit unserer Mutter und unserer Schwester? Wie sollen sie sich ihr gegenüber verhalten?«

Will biss sich auf die Zunge, um ruhig zu bleiben und seinem Bruder keine Ohrfeige zu geben. James kannte nicht die ganze Geschichte. Solange er nicht alle Einzelheiten kannte, sah diese Szene für ihn tatsächlich verwerflich aus.

»Lady Eleanor ist meine einzige zukünftige Braut, Jamie. Und deshalb möchte ich dich bitten, höflich zu ihr zu sein.«

»Und was ist mit Lady Jane?« James packte seinen Bruder an den Schultern, zog ihn zu sich und zischte: »Oder hast du sie schon vergessen, weil dieses Mädchen dich verhext hat?«

Will packte die Handgelenke seines Bruders und drückte so fest zu, dass er losließ.

»Du vergisst dich, James. Ich bin dir keine Erklärung schuldig, werde dir aber trotzdem eine geben. Sei bitte in einer Stunde in meinem Arbeitszimmer.« Nach diesen Worten wandte er seinem Bruder den Rücken zu und reichte Ellie den Arm. »Komm, Liebste, du musst müde sein nach der langen Reise. Ich werde Mutter bitten, sich um dich zu kümmern.«

Die Gräfin stellte ihrem Sohn in Anwesenheit der Dienerschaft auf dem Hof keine Fragen; sie lächelte Ellie an und sagte nur, sie würde sie in ihr altes Zimmer führen.

»Mutter, wärt Ihr so freundlich, ebenfalls in mein Arbeitszimmer zu kommen?«, sagte Will formell und höflich. »Ich habe auch Euch etwas zu sagen.«

Die Gräfin wartete, bis sie mit Ellie die Treppe hinaufgegangen war, bevor sie Ellie mit Fragen löcherte. Sie wollte alles wissen: wo Will sie gefunden hatte, wie es ihr nach dem Tod ihres Vater ergangen war, wo ihr Gepäck sei und warum sie so dünn geworden sei. Ellie gab bereitwillig Auskunft, obwohl ihr natürlich bewusst war, dass sie mit ihrem Erscheinen sicher alle vor den Kopf stieß. Sie bedauerte, dass sich die Brüder ihretwegen in die Haare geraten waren, und befürchtete, dass auch die Gräfin alles andere als erfreut war.

»Lady Dorset, bitte glaubt mir, wenn ich sage, dass ich in Eurer Familie keine Zwietracht säen wollte.«

Die Gräfin schüttelte nur den Kopf und schnalzte mit der Zunge, als sie ihr aus dem scheußlichen grauen Kittelkleid half. »Ich weiß, meine Liebe. Wartet, ich hole Euch etwas zum Anziehen. Das Kleid hier gehört in den Lumpensack.«

Ellie schoss der Gedanke durch den Kopf, dass ihre Tante es sicher nicht gern hören würde, aber andererseits hatte sie mit der Gräfin so wenig gemeinsam wie ein Schaf mit einem Rassepferd.

»Ich werde Euch durch eine Dienerin etwas zu essen bringen und ein Bad vorbereiten lassen. Wie ich meinen Sohn kenne, hat er unterwegs kaum Pausen gemacht, und Ihr seid sicher sehr erschöpft.«

Ellie dankte ihr. Übermüdet, wie sie war, kam es ihr wie ein Wunder vor, als die Dienstmägde geschäftig durch ihr Zimmer huschten und Tätigkeiten verrichteten, die während der letzten Wochen *ihre* Aufgabe gewesen waren. Der Badezuber wurde gefüllt, das Wasser darin duftete nach Rosen; eine Mahlzeit wurde serviert, und Ellie musste nichts weiter tun, als sich in das herrlich warme Wasser zu legen und alles zu genießen, ohne an den nächsten Tag zu denken.

Ach, wäre es doch nur so leicht, seine Gedanken abzuschalten!

Will ging mit großen Schritten in seinem Arbeitszimmer auf und ab und spürte sehr wohl, dass sich James' Blicke in seinen Rücken bohrten. Doch er wollte mit seinen Erklärungen erst anfangen, wenn auch ihre Mutter da war. Dann endlich trat sie ein und küsste ihn auf beide Wangen.

»Ich freue mich sehr, dass du wieder zu Hause bist!«, sagte sie. »Wir waren in großer Sorge, als du ohne ein Wort fortgeritten bist.«

Er führte sie zu einem Stuhl. »Verzeiht mir, Mutter. Aber ich konnte vor meiner Abreise nichts sagen, weil ich nicht wusste, was ich am Ziel vorfinden würde.«

»Lady Eleanor?«

»Ja. Ich musste zuerst wissen, wie es ihr geht.«

James knurrte missbilligend. »Du hast ihren Ruf ruiniert, Bruder, indem du sie hergebracht hast. Alle werden dieselben Schlüsse ziehen wie ich: Sie soll deine Mätresse werden!«

»Dann täuschen sich alle!«, entgegnete Will in einem ebenso scharfen Ton. »Ich werde sie nämlich heiraten.«

Die Gräfin sog laut hörbar die Luft ein, und ihre Gedanken überschlugen sich. »Aber du bist einer anderen versprochen, Will.«

»Nein, bin ich nicht. Lady Jane hielt es für angebracht, unsere Verlobung zu lösen, noch bevor sie formell geschlossen war. Das hat sie mir schon in Greenwich gesagt.«

James sprang auf. »So lange ist es schon her? Und du hast mir kein Wort gesagt?«

»Was hätte ich sagen sollen?«, entgegnete Will achselzuckend. »Dass ich in ihren Augen für die reiche Familie Perceval nicht gut genug bin?«

»Stimmt das?«

»Warum sollte ich lügen?«

James schüttelte den Kopf, während er seine Vermutungen in Bezug auf seinen Bruder und Lady Jane neu überdachte. »Diese eiskalte Schlange – ich kann es nicht glauben!«

»James!«, rief seine Mutter. »Du kannst nicht wissen, was sie dazu veranlasst hat.«

»Sie denkt, dass ich nicht ehrenhaft genug bin, Mutter.« Will schnitt eine Grimasse, füllte drei Gläser mit Sherry und reichte zwei davon weiter.

»Das ist eine Beleidigung für unsere Familie!«, erklärte James. »Ich könnte ihr den Hals umdrehen!«

Will hatte natürlich gehofft, dass sich sein Bruder auf seine Seite stellte, wenn er von der Abfuhr erfuhr, doch eine solche Vehemenz überraschte ihn. James schien die Sache weitaus persönlicher zu nehmen als er, Will.

»Das Ganze ist etwas peinlich, das gebe ich zu.« Gelassen nippte Will an seinem Sherry. »Aber eigentlich sehe ich es eher als befreiend. Und außerdem will ich Ellie heiraten, wie ich schon sagte.«

Seine Mutter drehte ihr Glas in den Fingern. »Will, sie mag zwar einen spanischen Adelstitel haben, aber keinerlei Mitgift, soweit ich weiß.«

»Das weiß ich auch.«

»Sie ist die Tochter dieses vermaledeiten Alchimisten«, gab James zu bedenken und zitierte damit Wills eigene Worte.

»Das ist richtig.«

»Warum also willst du sie heiraten?«, fragte seine Mutter vorsichtig. »Ist sie … du weißt schon …?«

Lächelnd schüttelte Will den Kopf. »Nein, Mutter, Ihr werdet noch nicht Großmutter, falls Ihr das meint.«

»Warum dann?«

»Ich liebe sie.«

»Das habe ich irgendwie geahnt, aber liebt sie dich auch? Woher willst du wissen, dass du nicht nur ihr rettender Hafen bist, nachdem sie nun ganz allein dasteht?«

»Weil sie mich schon einmal abgewiesen hat, Mutter, allein in meinem Interesse. Damals ließ ich sie gehen, aber diesmal nicht! Ich habe euch nicht hergebeten, um zu besprechen, ob ich sie heiraten soll oder nicht, sondern nur, *wie* es gehen wird.«

Will verurteilte seine Familie nur ungern zu einer so unsicheren Zukunft, weil er der Stimme seines Herzens folgen wollte, doch er war nicht bereit, auf Ellie zu verzichten. Er würde schon für sie alle sorgen können. Irgendwie würde er es schaffen, wieder zu Wohlstand zu kommen, auch wenn es nicht einfach war und vermutlich eine Weile dauern würde. Cecil hatte die Möglichkeit erwähnt, in eine Handelsgesellschaft zu investieren; die diesjährige Ernte fiel besser aus als die letzte; er brauchte nur Zeit und etwas Glück.

Und mit Ellie an seiner Seite konnte ihn die Zukunft nicht schrecken.

»Schön, mein Lieber, dann überlegen wir uns jetzt, was getan werden muss«, sagte seine Mutter tapfer. »Wir brauchen die Genehmigung der Königin; unsere Stellung bei Hof erlaubt uns nicht, gegen ihren Willen zu handeln. Und du stehst noch unter Burghleys Amtsvormundschaft, Will; wir müssen auch ihn konsultieren.«

Will küsste ihre Hand. »Danke, Mutter. James, bist du auch auf unserer Seite?«

Sein Bruder warf den Kopf in den Nacken und lachte gequält. »Warum nicht? Ich wüsste nicht, was ich mit einem bequemen Leben ohne Herausforderungen anfangen sollte, oder? Gut, planen wir diesen Wahnwitz. Aber ich habe noch eine Frage.«

»Ja?«

»Wer sagt Tobias, dass er jetzt doch kein Pferd kriegt?«

Will konnte sich nicht darauf verlassen, dass Ellie seinen Heiratsantrag auch wirklich annahm. Es war gut möglich, dass sie, sobald sich die erste Euphorie über die Flucht vor der Familie ihres Onkels gelegt hatte, auf die Idee kam, ihn, Will, vor seiner eigenen Dummheit bewahren zu müssen. Er wusste aus Erfahrung, dass sie bei Problemen dazu neigte zu fliehen; doch diesmal war er fest entschlossen, sie zum Durchhalten zu überreden und vor allem dazu, seine Frau zu werden. Alle weiteren Schwierigkeiten konnten sie anschließend gemeinsam angehen.

Der Diener, den Will als Wächter vor Ellies Zimmer postiert hatte, stand noch da, als Will die Treppe heraufkam.

»Ist die Lady noch in ihrem Zimmer?«

»Ay, Mylord, ich sah sie nicht herauskommen.«

»Danke, du kannst gehen.«

Der Lakai verbeugte sich und eilte zu den Dienstbotenräumen. Will wartete, bis er ganz sicher war, dass der Korridor leer war, ehe er leise an die Tür klopfte und sofort eintrat, ohne auf eine Reaktion zu warten. Wie erwartet schlief Ellie nicht friedlich in ihrem Bett, sondern saß voll bekleidet am Fenster. Ihre Miene verhieß nichts Gutes.

»Will!« Sie sprang auf. »Was machst du hier zu dieser Stunde?«

»Ich will dich besuchen, was sonst?« Er blieb neben der Tür stehen, denn er ahnte, was gleich kommen würde.

»Das ist gut, ich wollte dich sowieso unter vier Augen sprechen.« Sie spielte nervös mit der Perlenbrosche an ihrem Mieder herum.

»Ach ja?« Will nahm eine Blume aus der Vase auf dem Nachttisch und drehte sie zwischen den Fingern.

»Ich … ich habe nachgedacht.«

Er lächelte. »Das scheinst du recht häufig zu tun.«

»Ja, das stimmt. Und ich kam zu dem Schluss, dass es nicht geht. Was ist mit Jane?«

Will verzog das Gesicht. »Was mit ihr ist? Nun, *sie* hat das Verlöbnis aufgelöst, nicht ich.«

»Herrje …« Ellie zog die Stirn kraus, während sie diese Neuigkeit verdaute, beschloss dann aber, damit bis nachher zu warten. »Trotzdem kann ich deine Familie nicht in den Ruin treiben.« Sie ließ die Brosche los und fuhr mit einer Fingerspitze über das Notizbuch ihres Vaters, das neben ihr auf dem Tisch lag. »Das haben die Huttons schon einmal getan.«

Er würde sie all ihre Einwände aufzählen lassen. »Und was hast du vor, nachdem du mich so edelmütig hast sitzen lassen?«

»Ich … ich habe mir überlegt, dass ich ein Gewerbe erlernen könnte. Schneidern zum Beispiel …« Sie deutete auf ihr Nähset, das er zusammen mit den anderen Andenken an ihr früheres Leben aufbewahrt hatte.

Er prustete los. »Ellie, du bekommst keinen einzigen geraden Stich hin!«

Gekränkt wandte sie den Kopf ab. »Dann werde ich es eben lernen. Eine Frau hat nicht viele Möglichkeiten. Latein und Griechisch sind nicht sehr gefragt.«

Er machte einen Schritt auf sie zu. »Aber du besitzt etwas, das *sehr* gefragt ist.«

Stirnrunzelnd blickte sie ihn an und hoffte, dass er ihr nicht zu nahe kommen würde. Wenn er sie in die Arme nahm, wäre sie verloren. »Und das wäre?«

»*Meine wahre Liebe besitzt mein Herz und ich seins.* Du besitzt mein Herz, Ellie. Du kannst mich nicht einer Zukunft ohne Liebe entgegengehen lassen, Ellie. So grausam bist du nicht!« Er schlang seinen Arm um ihre Taille und steckte ihr die Blume ins Haar: eine pinkfarbene Blüte in die dunkle Lockenpracht.

»Aber Will …!«

»Es nützt nichts. Ich habe mich dazu entschlossen, und meine Familie hat zugestimmt. In der Kirche in Snowslip hast du versprochen, mich zu heiraten; willst du jetzt wortbrüchig werden? In meinem Herzen bist du bereits meine Frau, deshalb ist die Zeremonie nur noch eine Formsache. Und was die Mitgift betrifft: Im Leben geht es um mehr als nur um Geld. Ich könnte der reichste Mann im ganzen Königreich sein und wäre trotzdem todunglücklich.«

Ellie versuchte, sich aus seiner Umarmung zu lösen, um ihm ins Gesicht zu sehen. »Willst du stattdessen lieber *arm* und todunglücklich sein?«

Er drückte einen zarten Kuss auf ihre Stirn. »Nein, todunglücklich nicht.«

»Aber wenn du meiner irgendwann überdrüssig bist und dich ärgerst, weil ich keine Mitgift in diese Verbindung eingebracht habe ...«

Er legte einen Finger auf ihre Lippen. »Psst, mein Schatz. Versuch, mir zu vertrauen. Ich schließe den Bund mit dir offenen Auges. Ursprünglich hatte ich zwar andere Pläne, aber es bedeutet nicht den Untergang des Hauses Dorset. Wir werden einen Weg finden, um die Hindernisse zu überwinden. Mein Vater war reich, hat aber alles verloren. Ich bin arm, aber fest davon überzeugt, dass ich mit harter Arbeit und soliden Investitionen unser Schicksal wenden kann.« Er rieb seine Nase an ihrer Wange. »Und das kann ich nur mit einer klugen, praktisch veranlagten Gefährtin an meiner Seite.«

»Oh, Will.«

»Es heißt nicht ›Oh, Will‹, sondern ›Ja, Will‹!«

Ellie seufzte und fragte sich, warum sie sich so sehr sträubte, obwohl es das war, was sie sich beide wünschten. Es war an der Zeit, dass sie ebenfalls etwas investierte und der Liebe vertraute. »Gut, dann muss ich wohl sagen: Ja, Will!«

»Danke, mein Liebling.« Wills Hände glitten über ihren Rücken und drückten sie eng an sich. »Ich will heute Nacht bei dir bleiben. Denn wenn ich dich allein lasse, läufst du mir möglicherweise wieder davon.«

»Tue ich nicht«, versprach sie, und es war ihr voller Ernst. Die Stränge ihrer beider Schicksale waren nun miteinander verflochten – unauflösbar. »Aber du solltest besser nicht bleiben.«

»In meinen Augen bist du bereits meine Frau. Hab Erbarmen mit einem armen Ehemann, der nur schlafen kann, wenn er neben dir liegt. Wer weiß, was für Unfug du anrichtest, wenn ich dich allein lasse.« Er hob sie hoch und trug sie zum Bett.

»Ich fürchte, ich richte mehr Unfug an, wenn du bleibst.«

»Das wäre nicht schlimm. Wir sind verlobt. Es gibt kein Zurück mehr.«

Ein Schauder der Vorfreude durchzuckte Ellie. »Ist es dir wirklich ernst?«

Er knabberte an ihren Fingerspitzen. »Todernst! Unsere gemeinsame Zukunft beginnt hier und jetzt.«

24. Kapitel

Die Königin hielt sich noch in Greenwich auf, als die Barke der Dorsets an den Stufen am Ufer anlegte. Als Erster sprang der Earl an Land, elegant gekleidet in goldenen Samt – dieselbe Farbe wie seine Haare und sein Bart. Ihm folgte sein Bruder, dessen dunkle Haare bis auf die Schultern seines dunkelblauen Wamses fielen. Als Nächste kamen die jüngeren Geschwister, ein hübsches Pärchen, ganz in Weiß gekleidet (der Junge hatte allerdings einen Flecken am Knie, weil er unterwegs heimlich Fische fangen wollte). Die Gräfin von Dorset trat Arm in Arm mit einer dunkelhaarigen jungen Schönheit an Land, beide in der Trauerfarbe Schwarz. Obschon ihre Kleider schon älter und erst kürzlich der neuesten Mode entsprechend umgeändert worden waren, verlor niemand ein Wort darüber, denn eine so prächtige Familie, die zu den bedeutendsten im Lande zählte, musste nicht sklavisch der gängigen Mode folgen. Hinter ihnen ging die Dienerschaft: ein exotischer Junge in grünem Satin, ein großer, rothaariger Mann mit einem Gesicht wie drei Tage Regenwetter, sowie sechs Zofen. Für die Umstehenden war es sehr unterhaltsam, als das Reisegepäck ausgeladen wurde, da sich der rothaarige Riese und die hübscheste der Zofen zankten und es damit endete, dass der Mann eine Ohrfeige bekam.

Doch zu diesem Zeitpunkt war die gräfliche Familie schon nicht mehr da. Robert Cecil hatte sie abgeholt und umgehend zur Audienz mit der Königin in den Palast geführt. Als sie nun vor den königlichen Gemächern warteten, nahm Cecil Will zur Seite.

»Seid Ihr Euch Eurer Sache ganz sicher, Mylord?« Verstohlen schaute er auf Ellie, die so tat, als sei sie in die Betrachtung eines Wandgemäldes vertieft und wisse nicht, dass die beiden jungen Männer über sie redeten.

»Oh ja, das bin ich.« Will lachte. »Ich bin ein hoffnungsloser Fall, Cecil. Niemand kann mich vor mir selbst schützen.«

»Sie ist ein entzückendes Mädchen, wie ich ja schon immer sagte, auch als Ihr selbst noch anderer Ansicht wart.«

»Erinnert mich nicht *daran*«, sagte Will und stöhnte.

»Mein Vater hat der Verbindung zugestimmt – er wird Euch nicht im Weg stehen. Er sagte, Ihr hättet das Recht, die Mutter Eurer Kinder selbst zu wählen, auch wenn ihr euch alle für den Rest eurer Tage von Rüben ernähren müsst.«

Will hoffte von ganzem Herzen, dass ihm das erspart bleiben würde.

»Er gab mir ein paar Ratschläge, wie man es Ihrer Majestät am besten präsentieren sollte«, fuhr Cecil fort. »Wenn Ihr mir also vertraut, nehme ich es in die Hand.«

Will streckte seine Rechte aus. »Ihr habt meinen Dank und meine Freundschaft, wie immer es auch enden wird, Cecil.«

Sie schüttelten sich die Hand mit der ernsten Miene von Männern, die im Begriff stehen, in eine Schlacht zu ziehen.

Ellie wäre am liebsten geflohen – ihre übliche Reaktion in Krisensituationen, in denen sie keine Chance hatte zu gewinnen. Doch die Gräfin hielt sie am Arm fest.

»Nein, Kind, es lässt sich nicht vermeiden«, raunte sie ihr zu. »Schaut nicht so verängstigt drein. Unsere Königin liebt Geschichten von wahrer Liebe … solange ihr jeweiliger Favorit nicht mit im Spiel ist. Wäre Will ein Raleigh, bestünde kaum Hoffnung. Doch ein junger Earl, in die Tochter eines Gelehrten verliebt, die zudem noch eine heimliche Komtess ist – das klingt nach einer wahren Romanze, und dafür hat Ihre Majestät stets ein offenes Ohr.«

Ellie hatte ihren Adelstitel nie als ein Geheimnis gesehen, sondern eher als Bürde im verunsicherten England. »Kennt Ihr die Königin gut, Mylady?«

»Nein, gut nicht. Sie ist einige Jahre älter als ich, aber ich war recht oft am Hof, als mein Gemahl sich noch in diesen Kreisen bewegte. Sie ist eine großartige Tänzerin.«

Eine Begegnung mit der Königin jagte Ellie beinahe dieselbe Ehrfurcht ein wie eine Begegnung mit Gott persönlich. Sie fühlte sich dieser Situation nicht gewachsen und befürchtete, die Monarchin würde es sofort spüren. Doch sie biss tapfer die Zähne zusammen. Will und seine Familie riskierten für sie ihre Stellung am Hof, da musste sie auch ihren Teil beitragen.

Die Tür wurde geöffnet, und die Familie Dorset betrat den Audienzsaal. Die Königin saß auf ihrem Thron am anderen Ende des Saals, in einem Gewand aus feinstem Brokat, purpurrot und weiß. Dazu trug sie eine Halskrause aus blütenweißer Spitze, die alles übertraf, was Ellie bisher gesehen hatte. Elisabeth hielt ein Buch in der Hand, betrachtete aber zwei kunstvolle Globen auf Messingständern. Ihre Berater standen um sie herum, ein Sekretär saß an einem mit Papieren übersäten Tisch. Raleigh thronte breitbeinig neben der Königin auf einem Stuhl, schaute betont gelangweilt drein und drehte eine versilberte Spielfigur zwischen den Fingern. Eine Zwergin saß zu Füßen der Königin und spielte mit einem kleinen Geschöpf, das fast wie ein Mensch aussah – ein Äffchen, wie

Ellie annahm. Als die Königin ihre dunklen Augen auf die Neuankömmlinge richtete, sah man ihr an, dass sie sich fragte, aus welchem Grund die gesamte Familie Lacey an den Hof gereist war.

Die Laceys und Ellie schritten bis an den Fuß des Thrones und verneigten sich respektvoll vor Ihrer Majestät.

»Mylord Dorset«, sagte die Königin amüsiert, nachdem sie alle Familienmitglieder gemustert hatte, »was führt Euch an den Hof? Ich dachte, Ihr seid in Eurer Grafschaft und bereitet alles für Eure Hochzeit vor.« Sie drehte einen der Globen, der eine Himmelskarte darstellte, bis ihr Finger auf dem Sternbild Jungfrau verharrte.

Will legte eine Hand an sein Herz. »Ich bedaure, Euch sagen zu müssen, dass die geplante Verbindung gescheitert ist, Majestät.«

Elisabeth ließ die Hand sinken und richtete ihre ganze Aufmerksamkeit auf den jungen Earl. »Tatsächlich? Ihr seht mir nicht wie ein vor Gram gebrochener Mann aus.«

»Wir haben uns in aller Freundschaft getrennt, Euer Majestät.« Die zornigen Schreiben, die Will von Lord Wetherby erhalten hatte – und in denen er ihm und Lady Jane vorwarf, seine Zeit vergeudet und ihn von seiner geliebten Jagd abgehalten zu haben, um an den Hof zu reisen –, erwähnte Will wohlweislich nicht.

Raleigh gähnte, doch Ellie fand, dass er plötzlich noch selbstgefälliger wirkte, als er von der gescheiterten Verbindung mit den Percevals hörte.

Die Königin studierte Wills Miene für einen Augenblick, um seinen Gemütszustand zu ergründen. »Verstehe«, sagte sie dann. »Und warum habt Ihr um die heutige Audienz ersucht?«

Robert Cecil trat vor. »Euer Majestät, dürfen wir Euch Lady Eleanor Rodriguez, Komtess de San Jaime und Tochter des bekannten verstorbenen Gelehrten, Sir Arthur Hutton, vorstellen?«

Der Blick der Königin wurde schärfer, in ihrem Gedächtnis arbeitete es. »Das Mädchen, das Paracelsus übersetzt hat?«

Ellie trat ebenfalls vor und machte einen formvollendeten Hofknicks. »Jawohl, Euer Majestät.«

»Eine beachtliche Leistung für ein noch so junges Mädchen. Wir waren sehr betrübt zu hören, dass Euer Vater im Dienste der Krone ums Leben kam, Kind«, sagte Elisabeth freundlich. »Doch nun sind wir froh zu sehen, dass Ihr mit einer der vornehmsten Familien des Landes befreundet seid.«

Cecil wartete nur auf eine Gelegenheit, zu Wort zu kommen.

Die Königin bemerkte seine Ungeduld. »Habt Ihr etwas zu sagen, Master Cecil?«

»Ja, Euer Majestät. Mein Vater ist der Meinung, dass die junge Dame eine Entschädigung erhalten sollte, da sie bei der Explosion damals ihren einzigen Verwandten verlor.«

Elisabeth hatte bei dem Wort ›Entschädigung‹ die Stirn gekraust.

Cecil räusperte sich. »Es gab eine Debatte, ob das Schatzamt ihr eine Leibrente zahlen oder in Anbetracht ihrer Jugend eine Heirat für sie in die Wege leiten soll. Das würde der Regierung viele Jahre Rentenzahlung ersparen.«

Die Königin war nicht dumm, aber sie gab auch nicht gern Geld aus. »Eine Heirat, sagt Ihr? Mit einem von Dorsets Brüdern vielleicht?« Ihre Augen wanderten über die versammelte Familie und blieben am jüngsten Spross hängen – sehr zu Tobias' Entsetzen.

»Mit dem Earl selbst, Euer Majestät. Dorset und die Lady haben ihre Zuneigung zueinander schon in frühester Jugend entdeckt, und dieses Gefühl flackerte wieder auf, als sie sich vor einigen Monaten erneut trafen.«

Zuneigung? Ellie fand nicht, dass der Rauswurf damals aus Wills

Haus, als sie zwölf war, als Zeichen von Zuneigung gewertet werden konnte, doch das behielt sie wohlweislich für sich.

»Ich denke, diese Verbindung wäre in ihrer beider Sinne«, sagte Cecil abschließend.

Die Königin tippte sich nachdenklich an die Lippen. »Seid Ihr willens, die junge Lady zu heiraten, Dorset?«

»Es wäre mir eine Ehre«, antwortete Will, ohne zu zögern.

»Und Eure Familie ist einverstanden?« Die Königin musterte das heitere Gesicht der Gräfin und die loyale Haltung von James, der hinter seinem Bruder stand.

»Das ist sie.«

Raleigh beugte sich vor, und seine Abneigung gegen Will drängte ihn, etwas zu sagen. Eine unvorteilhafte Eheschließung würde den Einfluss Dorsets bei Hof nachhaltig schmälern. »Eine romantische Liebesgeschichte, Euer Majestät. Der Poet in mir wünscht sich, dass sie ein glückliches Ende nehmen möge.«

Die Königin lächelte auf ihren Günstling hinunter. »Dann gebe ich meine Erlaubnis. Die junge Lady sei Euer, Dorset.«

Will musste einen Freudenschrei unterdrücken. »Ihr seid sehr gütig, Ma'am.«

»Vermutlich werdet Ihr als Nächstes um die Erlaubnis bitten, nach Hause zurückkehren zu dürfen, um die Heirat vorzubereiten?«

»So ist es, Euer Majestät.«

»Dann geht! Aber seht zu, dass Ihr zum Turnier am Michaelistag zurück seid. Ich möchte zu gern sehen, ob Ihr meine Ritter erneut schlagen könnt.«

Raleigh runzelte die Stirn und ballte die Hände auf seinen Knien.

Will wusste, wann es ratsam war, auf einen Handel einzugehen. »Es wird mir ein Vergnügen sein, erneut an den Wettkämpfen teilzunehmen, Ma'am. Master Raleigh, ich freue mich schon darauf, mit Euch erneut die Lanze zu kreuzen.«

»Und ich erst!«, knurrte Raleigh.

Die Familie Lacey zog sich aus dem Audienzsaal zurück und begab sich dann eilends in ihre Privatgemächer. Erst als sie vor fremden Blicken sicher waren, ließen sie ihrer Freude freien Lauf. Will fiel zuerst Ellie, dann seiner Mutter und Sarah um den Hals. James schlug Tobias auf den Rücken und versicherte ihm, dass er sich für einen kleinen Nichtsnutz ganz gut benommen hatte. Cecil beobachtete sie schmunzelnd.

»Master Robert, das habt Ihr sehr gut gemacht«, sagte die Gräfin und küsste ihn auf beide Wangen. »Bei so viel diplomatischem Geschick sage ich Euch eine große Zukunft voraus.«

»Danke, Mylady.«

»Ihr kommt doch hoffentlich zu unserer Hochzeit?«, fragte Will und klopfte Cecil auf die Schulter.

»Das werde ich mir um nichts auf der Welt nehmen lassen. Ich würde mich diebisch freuen, wenn Eure Zukünftige das Latein des Vikars korrigieren müsste.«

Ellie setzte eine besserwisserische Miene auf. »Warum nicht, wenn nötig, Sir?«

Cecil nahm ihre Hand. »Seid Ihr Euch sicher, dass Ihr diesen ungebildeten Burschen heiraten wollt? Gut, er mag ja ein Earl sein, aber kann ich Euch nicht von ihm abbringen?«

Ellie schüttelte den Kopf. »Ihr seid mir zu gebildet, Sir; mich reizt die Herausforderung, *seinen* hohlen Kopf mit Wissen zu füllen.«

Will umschlang von hinten ihre Taille. »Ich wette, wir bekommen die klügsten Kinder des Landes, Ellie.«

»Allerdings nicht die reichsten«, sagte James trocken.

Epilog

Nell fand die Hochzeit höchst enttäuschend. Sie hatte sich den Tag etwas vornehmer vorgestellt. Die Kirche war voller Dorfbewohner gewesen, die Atmosphäre eher fröhlich als feierlich, obwohl durchaus mehrere Adlige anwesend waren. Der Earl und seine Braut mussten Spießruten laufen unter einem Erntebogen, der von zwei kichernden Reihen von Mädchen gehalten wurde; die kleine Lady Sarah saß Seite an Seite mit der Bäckersfrau und deren Schwester – alles wenig höfisch. Die Braut hatte sich mit einem alten Kleid ihrer Schwiegermutter begnügen müssen, das geändert worden war. Der üppig-goldene Stoff, der noch aus Lady Dorsets Aussteuer stammte, rief allen in Erinnerung, dass Ellie nichts mit in die Ehe brachte als ihr Lächeln. Gegen die Braut selbst hatte Nell nichts einzuwenden – sie spürte instinktiv, dass man mit der jungen Gräfin gut auskommen konnte und sie nicht nachtragend war –, aber für sie persönlich war es ärgerlich, weil sie letztendlich in einem relativ ärmlichen Haushalt gelandet war. Bei ihrer eigenen Hochzeit war sie davon ausgegangen, in absehbarer Zukunft die Frau des Verwalters auf einem Gutshof zu sein, der dank der beachtlichen Mitgift ihrer früheren Herrin Jane florieren würde. Dass harte Arbeit bald nur noch eine schreckliche Erinnerung sein würde, sie über ein Heer von Dienern herrschte und selbst keinen Finger mehr rühren müsste. Nun aber müsste sie auch in Zukunft weiterhin früh aufstehen und hart arbeiten, damit die benachbarten Adelsfamilien nicht merkten, wie knapp es in Wirklichkeit in Lacey Hall zuging.

Nell warf einen verächtlichen Blick auf ihren Ehemann, der sturzbetrunken vor einem Humpen Dünnbier am Küchentisch saß, da er seit dem Mittag auf das Wohl des frisch vermählten Paares trank. Ein Blumenkranz baumelte ihm schief vor einem Auge. Was für ein Trunkenbold! Aber wenigstens würde er sie in diesem Zustand am Abend nicht mehr betatschen. Sie strich über ihren runden Bauch und spürte, wie sich das Kind darin bewegte. Das Baby würde bald eine gute Ausrede sein, Affabel ganz abzuweisen; er war erstaunlich verständnisvoll, sobald es um die mysteriösen Umstände des Frauseins und der Schwangerschaft ging. Der einzige Punkt, in dem er sich unerbittlich zeigte, war sein verfluchter Wolfshund, auf den er einfach nicht verzichten wollte. Nell glaubte sogar, dass er dieses Tier mehr liebte als sie.

Da fiel Nells Blick auf den hübschesten Kerl unter den Dienern. Im ersten Moment wirkte der junge Mann etwas verdutzt, als er ihren fordernden Blick auffing, doch dann begriff er. Sie wartete, bis er den Raum verlassen hatte, und als sie ihm folgte, schnürte sie schon mal ihr Mieder weiter. Diese Arbeit wollte sie ihm abnehmen; es musste sowieso schnell gehen, damit Turville nichts merkte.

Ihr Leben war anders, als sie es sich vorgestellt hatte, aber auch Lacey Hall hatte seine Reize.

Will und Ellie waren nicht in ihrem Schlafzimmer, wie die Hochzeitsgäste annahmen. Nachdem sie feierlich durch die Tür und zu dem mit Blütenblättern übersäten Bett gebracht worden waren, hatte sich das junge Paar heimlich davongeschlichen, um hier im Wildgehege den Sonnenuntergang zu genießen. Sie hatten ihren Hochzeitsputz achtlos auf den Boden fallen lassen und waren auf Ellies Lieblingsbaum geklettert, wo sie nun ganz oben im Wipfel saßen und zum Haus zurückblickten. Hinter den Stallgebäuden sahen sie eine dunkelhäutige Gestalt auf einem Schimmel über die Wiesen galoppieren.

Ellie lehnte sich an Will. »Wusstest du, dass Diego auf Berber besser reitet als du?«

»Nein, aber es überrascht mich nicht.« Wills Finger glitten über ihren Nacken und unter ihr Hemdkleid.

»Will, wir sind auf einem Baum!«, gab Ellie zu bedenken.

»Tja, ich weiß auch nicht, ob es geht«, sagte er schelmisch. »Aber trotzdem würde ich es gern probieren. Du nicht?« Er zog die Augenbrauen hoch.

»Will, du bist unmöglich!«, sagte Ellie und lächelte. »Ich will später meinen Kindern nicht erzählen müssen, dass ich meine Hochzeitsnacht auf einem Baum verbracht habe!«

Er knabberte an ihrem Ohr. »Das will ich auch hoffen. Stell dir nur vor, wie schockiert sie wären!«

Ellie lachte und überließ ihm bereitwillig ihr Ohrläppchen.

Will fand, dass das Sitzen auf dem Baum seinen Reiz für ihn verloren hatte. »Klettern wir wieder hinunter, Liebste?«

»Gleich. Wir haben ja noch die ganze Nacht.«

Seine Hand kreiste auf ihrem Bauch. »Und den ganzen morgigen Tag. Wenn ich dich erst mal im Schlafzimmer habe, kommst du mir nicht so schnell wieder heraus!«

»Dann werden wir verhungern!« Ellie kitzelte seinen Handrücken mit einem Blatt.

»Nein, werden wir nicht. Ich gab die Anweisung, dass in regelmäßigen Abständen ein Tablett mit Essen vor unsere Tür gestellt wird.«

»Mylord, ich bin beeindruckt: Ihr denkt wirklich an alles.«

»Mylady, ich denke nur an eines – und das bist du!«

Sie tat sein Kompliment mit einem Schnauben ab, drückte sich dann aber wieder bereitwillig an ihn. »Ich bedauere sehr, Will, dass ich meinen Zauberstab nicht mitgebracht habe. Dann würde ich dich so reich machen wie einen Märchenhelden.«

»Ach, weißt du, diese Abmachungen mit dem Elfenvolk haben immer auch ihre Kehrseite. Ich habe dich lieber so, wie du bist.«

»Aber deine Familie ...«

»Das haben wir doch schon besprochen. Wir schaffen es! Cecil und ich wollen gemeinsam in eine Handelsgesellschaft investieren. Dank der neuen Schiffsrouten und Niederlassungen auf dem ganzen Erdball eröffnen sich ganz neue Möglichkeiten.«

»Und woher willst du das Kapital für deine Investitionen nehmen?«

Er küsste sie sanft aufs Kinn. »Ich kann es nicht glauben, meine praktisch veranlagte Gemahlin, dass du in unserer Hochzeitsnacht über Finanzen reden willst. Das ist nicht sehr romantisch.«

»Stimmt«, gab Ellie zu.

Er lächelte sie an. »Weißt du was? Ich glaube, dein Vater hat es doch geschafft, Gold herzustellen.«

Entrüstet rümpfte sie die Nase. »Fang nicht *damit* an, Will! Er jagte einem Wunschtraum nach.«

»Ja, aber er und deine Mutter haben *dich* gemacht. Und du bist mehr wert als das Gold aller spanischen Galeonen zusammen!« Er wartete auf ihren üblichen Protest – wie immer, wenn er ihr ein

Kompliment machte, doch sie blieb stumm. »Schatz? Alles in Ordnung?«

»Will, das hast du schön gesagt! Mein ganzes Leben lang habe ich mir gewünscht, mein Vater würde mich einmal richtig anschauen, doch er hatte immer nur seine Forschungen und Experimente im Sinn. Ich wusste nicht, wie es ist, wirklich geschätzt zu werden … bis ich dich traf!«

Will freute sich, dass es ihm endlich einmal gelungen war, ihr ein Kompliment zu machen, das sie annahm. Das würde ihn zu weiteren Versuchen anspornen.

»Aber nun sollten wir wirklich langsam wieder runterklettern. Ich klettere als Erster. Dann kann ich dich auffangen, wenn du fällst.«

Doch Ellie kam ihm zuvor. »Oh nein, Mylord, vergiss es! Du willst nur unter meine Petticoats schielen.«

»Und du, Liebste, vergisst, dass du versprochen hast, mir fortan zu gehorchen.« Will drängte sich an ihr vorbei und kletterte wieselflink nach unten.

»Das tue ich auch – aber nur, wenn du mir versprichst, alles zu tun, was ich sage«, rief sie ihm von ihrem Ast aus zu und lachte.

Unten angekommen, sprang Will auf den Boden und rannte auf die andere Seite. Ellie saß auf dem niedrigsten Ast und wartete darauf, dass er ihr herunterhalf.

»Und wie lautet Euer Befehl, Mylady?« Er streckte die Arme aus.

»Fang mich auf!«

»Immer!« Sie sprang in seine Arme, und er stellte sie behutsam auf die Erde. »Doch wenn ich es mir recht überlege, meine Liebe, warum sollten wir so ein wunderbar weiches Lager aus Blättern verschmähen?« Er küsste sie auf den Hals.

Ellie umfasste seinen Kopf mit beiden Händen und strich durch seine Haare. »Ja, warum eigentlich?« Sie stellte sich auf die Zehenspitzen, um ihn zu küssen, und legte alles, was sie für ihn fühlte, in diesen Kuss.

Als er sich hinterher von ihr löste, strahlte er sie an. »Ich muss sagen, Gräfin, dass Ihr Euch sehr gut macht in Eurer neuen Rolle!«

Sie lachte. »Das könnte ich auch von dir sagen. Aber nur, wenn du mich noch einmal küsst.«

»Ich wüsste nicht, was ich lieber täte!«

Ende

Mehr von Eve Edwards – Romantik garantiert!

Eve Edwards
Die Herzentflammte
384 Seiten · Ab 13 Jahren
ISBN 978-3-7817-0513-5

Als Jane Perceval und James Lacy wieder aufeinandertreffen, verlieben sie sich trotz der vorangegangenen Ereignisse ineinander. Aber James befindet sich mitten in den Vorbereitungen zu einer gefährlichen Reise nach Amerika. Deshalb weist er Jane schweren Herzens ab. Allein am Hof der Königin muss Jane sich gegen weitere Verkupplungsversuche zur Wehr setzen.

KLOPP

Weitere Informationen unter: ***www.klopp-buecher.de***